读写经典

党禺艺术丛书

唐诗·草书卷

党禺 著

嶺南美術出版社

中国·广州

图书在版编目（CIP）数据

读写经典·党禺艺术丛书. 唐诗·草书卷 / 党禺著. — 广州 ：岭南美术出版社，2019.5
ISBN 978-7-5362-6758-9

Ⅰ.①读… Ⅱ.①党… Ⅲ.①唐诗—诗集②草书—法书—作品集—中国—现代 Ⅳ.①I22②J292.28

中国版本图书馆CIP数据核字(2019)第058447号

责任编辑：刘向上　彭辉
责任技编：罗文轩
丛书策划/执行：雨秋
图片摄影：党亿安
书籍设计：腾云文化

读写经典·党禺艺术丛书. 唐诗·草书卷
DUXIE JINGDIAN DANG YU YISHU CONGSHU TANGSHI CAOSHU JUAN

出版、总发行：岭南美术出版社　（网址：www.lnysw.net）
（广州市文德北路170号3楼　邮编：510045）
经　　销：全国新华书店
印　　刷：雅昌文化(集团)有限公司
版　　次：2019年5月第1版
2019年5月第1次印刷
开　　本：889mm×1194mm　1/16
印　　张：5.5
印　　数：1—2000册
字　　数：54千字
ISBN 978-7-5362-6758-9

定　　价：299.00元（一套4册）

总序

党禺从予游艺，历有岁时。

潜心治碑版水墨画，日有进境。

含碑帖之金英，漱丹青之芳流，积稿成帙。

乘其出版问世之际，期其有大成焉。

丙子将至

黾翁王学仲

注：此序文为恩师王学仲先生1996年为我所题，先生斯人已去，但其教诲铭刻在心，不敢懈怠，故再以此文为序，怀念先生，致敬传统。党禺合十。

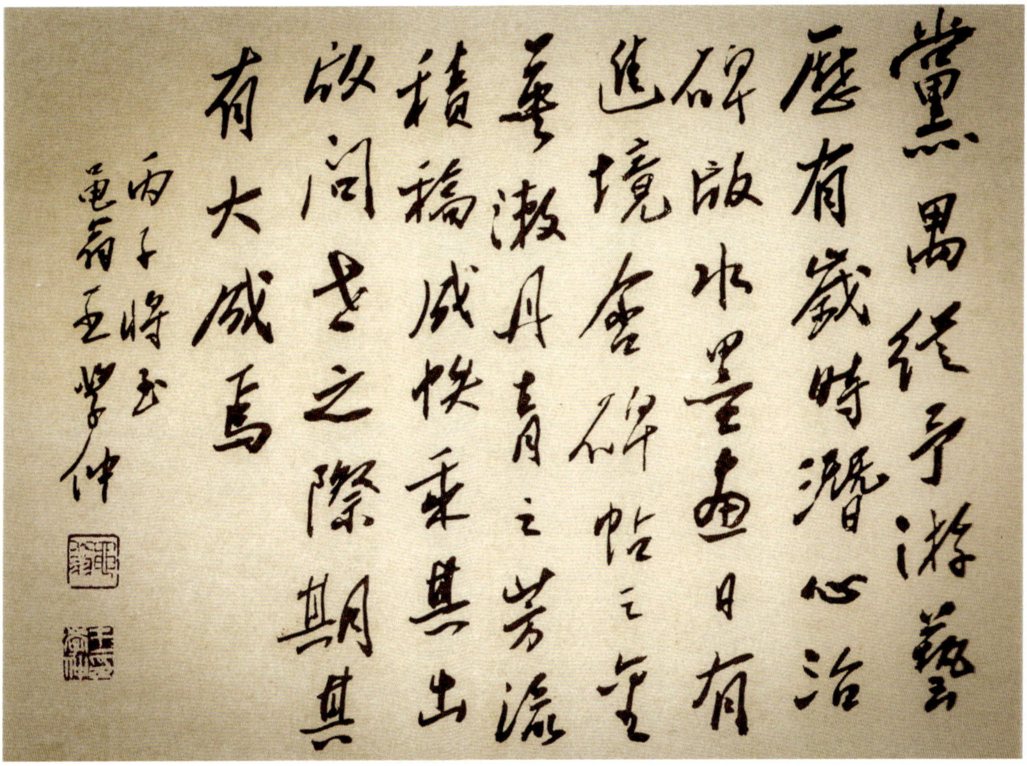

前 言

致敬传统

党禺

一辈子与书法为伍，不觉间，年逾古稀。

每当被人问起“书法的意义”，不觉犯难——书法于我，原是证悟此生的修行方式；于大众，该如何叙说？很多时候，我便想起蔡元培先生，作为中国提出美育的第一人，蔡先生早在1912年就提出了“美感教育”，以美术教育提高国民素质。现在看来，信哉斯言。

儿时，我的卧床四周贴满了父亲写的书法，冥冥之中指向了我一生的选择。5岁启蒙，长辈为我准备了柳公权的墨迹拓本，写字时十指皆黑却乐此不疲。中学时，学校邻着南阳汉画像艺术馆，天天看，石板上的飞舞的线条带给我无穷想象，这些，构成我最初的美育。

1971年起，我外出访碑，第一站是西安碑林，背着挎包带着干粮，痴迷地在碑林间踯躅三日。第二站是龙门石窟，之后造访不下10次。1983年，当我亲手触摸到《郑文公碑》，那种震撼，用今天的词来形容：那就是灵魂出窍！至此，我的书学之路走上正途。

再后来，脚步越走越远，在泰山经石峪观摩过《金刚经》的雄浑，在敦煌石窟端详过经书体的端庄，在鸭绿江畔探访过《好大王碑》的厚重，在云南曲靖邂逅《二爨碑》的灵动，在北京故宫博物院领略了《兰亭序》的圆融洒脱，在台北“故宫博物院”膜拜了《散氏盘》的顾盼多姿。这一生，能够拜谒如此丰盛的国宝碑刻，幸甚至哉！

这些古迹斑驳的艺术经典，透过岁月的风尘，展现出勃勃的生命律动，让我直观地理解了，什么是博大精深，什么是千年不朽。

从甲骨文到魏碑石刻，从王羲之的美到怀素的狂，书法绵延千年，字迹里蕴含着民族的信仰，点画中饱含着书家的真诚，可谓一派端方，气象光明。

江山代有才人出，先贤高度纯熟的技法，令后人高山仰止，学习传统是书家一生的功课。但是，一味复古，或抄袭古人，或重复自己，单单注重技巧的精熟，让作品变成流水线上的工业品，失去了艺术鲜活的生命，更难觅见书家的真性情，这样的流行，恰恰是艺术的大敌。

更何况，时下的书法艺术还面临着历史的抉择：进入信息时代，书法摆脱了工具性的束缚，该如何走向更加纯粹的艺术性？

这些，是当代书家必须面对的考题。

这套作品集，可以说，是我对传统学习的一次检阅。为了保持专题创作的基本风格，我将个性表达暂且让位给了统一。但是，为了贴近古诗词的文义，即使同属魏碑、隶书，个别作品依然呈现不同的艺术风格。这，便是我所追求的艺术：书法的形与文本的意，都是美学上有意味的形式。

很多人习书，一味追求“像”原帖，对此，我却充满警觉：一旦发现临帖近似，面临程式化的状态，我会放下，回头，转临另一种帖，并且风格完全不同——以此，就是为了打开门户之见，博取众家所长。

传统并不是某种固化的形式，而是百川汇集的一条大河，因认知僵化而将自己囚禁，无法领略传统的厚重与博大。

《金刚经》有云：若以色见我，以音声求我，是人行邪道，不能见如来。

谨以此，向伟大的传统致敬！

最后，借此新书出版，向一直以来给予我大力支持和帮助的杜泽桦先生、董书通先生，致以诚挚的感谢！

2017年11月21日

《读写经典》出版说明

一、 出版背景

目前，书法学习已经被列入中小学课程，同时，各地老年大学设有书法课程，加之社会上的书法爱好者众多，书法审美的社会需求，可以说是极为广泛。

书法审美的学习，一般从楷书、行书入手，目前市面上所见魏碑、隶书类教材，多为古碑拓本，内容古奥，适合于一般人群书法认知的相对少见。为此，作者特地创作一套面向社会大众、具有广泛适用性的楷书、行书、草书作品。

书法是一项美育工程，讲究对技法的审美和学习，也是对传统文化的认知和理解。本套书集以经典诗词为创作内容，以经典书体书写经典诗词，所以命名为《读写经典》。

二、 丛书特色

1. 本套书共四种书体：魏碑、隶书、行书、草书，基本概括了一般意义上认知的书体面貌。丛书分为四册：《古歌谣 · 魏碑卷》《诗经 · 隶书卷》《唐宋词 · 行书卷》《唐诗 · 草书卷》。

2. 每册选取诗词及选句大约30篇，提取古典诗词中的精华内容，文辞优美，内容浅近，便于读者理解和诵读，在欣赏书法之美的同时，加深对传统文化的理解和进行美育教育。

3. 本套书集每册大约有90页，广泛适用于技法学习、书法欣赏或者诗词诵读。整套购买，可领略不同书体的艺术特色。

4. 丛书由资深书法家党禺先生精心制作。党禺先生一向倡导书法的艺术审美，其书法研究从美学入手，曾在大学教授书法20多年，著有多部《书法教程》；其书法功底深厚，青年时期以“魏隶体”闻名并屡获大奖；中年后专注于草书，形成了以魏碑笔势入草的“方草”艺术。

三、 分册说明

1.《古歌谣 · 魏碑卷》

古歌谣是中国最早的文学样式，词句简洁，节奏流畅。为展现古歌谣的高古和质朴，选用魏碑书体创作。整体艺术风格脱胎于《郑文公碑》，书风大气而厚重。

《郑文公碑》是魏碑中的典范，作者郑道昭被后世称为“北圣”，与南朝王羲之相对，其字体方圆兼备，雍容大度。党禺先生魏碑功底深厚，1983年实地考察《郑文公碑》时，就亲手双钩《郑道昭刻石拓本》40余通，并著有美学论文《云峰石刻美源略探》。之后20年的教学生涯中，又以颜柳法帖为法本，从而将颜体的宽博大度、柳体的斩截修长融入魏碑笔法，形成了独特的魏碑风格。

2.《诗经 · 隶书卷》

《诗经》是我国第一部诗歌总集，文辞优美，抒情热烈，充满音乐的节奏感。为展现这种风格，本册选用隶书书体，整体审美风格偏于《曹全碑》，以优美柔和的形式展现《诗经》的美感。

《曹全碑》是汉代隶书的代表作，风格秀逸，结体匀整，历来被书家所推崇。党禺先生青年时期练就了魏碑和隶书的功底，他对《张迁碑》《礼器碑》《石门颂》都深有心得，对《曹全碑》尤其下过苦功。此次创作，为避免曹体隶书的飘逸过多，从而损耗《诗经》的淳朴气质，部分作品中，根据文字意境，有意加入了《张迁碑》的朴拙厚重，或者《好大王碑》的宽博雄浑，使得这本《诗经 · 隶书卷》既有深厚的传统功底，又有丰富的审美情趣。

3.《唐宋词 · 行书卷》

唐宋词是国人千余年来的精神食粮，词源于唐代的曲子词，句子有长有短，和乐曲紧密结合在一起，节奏灵活便于歌唱；“以雅相尚”是宋词重要的审美追求，艺术风格争奇斗艳，豪放与婉约并存，读来余香满口，韵味深长。为展示唐宋词的韵律美和意境，本册以介于楷书与草书之间的行书体创作。

党禺先生 1979 年起在大学教授书法，并多次为大学编著《书法教程》，完成了实践中的“碑帖双修”。他的行、草书功底，源于孙过庭的《书谱》、颜真卿的《祭侄稿》和王羲之的《十七帖》。在多年的艺术实践中，党禺先生将帖学功夫融入由隶书发展而来的魏碑名帖《石门铭》《瘗鹤铭》之中，形成了独具一格的行书风格：潇洒宏逸中，透着浓郁的金石气息。

4.《唐诗 · 草书卷》

中国被称为“诗的国度”，唐诗是中国古典诗发展的全盛时期，标志着中国古典诗歌的高峰。唐诗的艺术美，让文字的美丽达到了一个极致的境界，影响深远且流传广泛，后人称“熟读唐诗三百首，不会作诗也会吟”。同时，唐诗的形式多样，题材广泛，体制齐备，成就辉煌。为了展示唐诗的丰盛，本卷书体采用了书法艺术的最高形态——草书。

党禺先生早年研习张旭、怀素、黄庭坚、王铎的草书，尤其对怀素下功夫最深，中年时期形成了将魏碑的方正融于草书的方草艺术，风格鲜明地表达了他的儒家思想和审美追求。60 岁后，人书俱老，党禺先生认为，艺术家的使命是表达人类社会的多样性和复杂性，所以他跳出方草的个人风格，以更加多样的技法表达文字的意境。本卷草书创作，既可以看到怀素的笔法脉络，还可以看到王羲之《十七帖》的影子，以及更加高古的《平复帖》的神韵。

目 录

评论文章

得雨卧龙任屈伸

——党禺书画解味

翟墨

书画家党禺的名字容易让人想起“党羽”这个词而去追究他是谁的党羽。而转益多师又浪迹天涯的他却实在无党可羽。但如果一定要溯其渊源，也可以找到他所党所羽的一些蛛丝马迹。

——党禺是赫赫有名的诸葛亮隐居地南阳卧龙岗人，深受卧龙潜而待时的影响。他将居处命名曰“甘寂楼”，三十多年间在书画垅亩的笃城躬耕中努力地充实自己。他爱用泼辣狂放的行草写“龙”写“云”写“雨”，期待“蛟龙得雨”一展宏图。也许悟到“怪石奔秋涧，寒藤挂古松。若教临水畔，字字恐成龙”，五年前他从内陆的河南走临水的海南，以天涯豪客的洒脱去追寻“云山起翰墨，星斗焕文章”“溪流碧水，云带清阴还”的妙境。

——党禺曾师从著名书画大家王学仲先生学习诗、书、画、印；服膺清代郑板桥“三绝诗书画，一官归去来”的高洁胸襟；认同傅青主“宁拙勿巧，宁丑勿媚，宁支离勿轻滑，宁直率勿安排”的艺术主张；赞赏王铎“侮星宿，戏儿垓，撞三山、踢四海”的雄伟气魄。他重视文史哲艺的综合修养，潜心于艺术美学、书法理论的研究，已有《狂怪和创新》《书法教程》《书家必携》《党禺书画集》等6部专著和50多篇论文问世，数百件作品在国内外展出、发表、获奖及被刻碑、收藏，成为理论和实践相表里的学者型书画家。

党禺传统功力厚，思想观念新，其书法作品笔势刚健灵动，结体雄浑恢宏，风格奇异多变。然而撮其要者，还是可以看出他的以下特点：

一曰有道之技

新时代以来，古老的中国书法艺术生机焕发，流派纷呈。除了强调传统笔法和结体的主流派以外，出现了两个相反的分支：一是感性派，疏离书写走向绘画和音乐；二是理性派，致力于抽象点线的空间构成。党禺认为，书画同源亦同流，但书法毕竟不能脱离文字，只能在文字的范畴里，深入生活，濡染笔墨，展开想象，横向生发，移情万物，纳大千于一字一画之中。因而他把自己的书道定位在文字内容、个人情趣、书写形式三者的结合上，努力寻找传统书法语言、现代主体精神视觉形式的构成的有机统一。

在贯彻这一书法宗旨中，他崇尚创作态

度的自由、自然。哪些该隶篆，哪些该行草，哪些更近画，哪些更近书，他很少刻意设计，而多是恣性随情，率意为之。现代书法作品《自由自然》是他随心所欲走得最远几至临界点的一幅。在这里他以书写为骨，泼墨为肉，在不经意间幻化出一幅亦书亦画的奇境。它似乎是湿漉漉的雨后荷塘，又像是芒鞋破帽持伞而舞的济颠，或是手拿芭蕉扇的八戒。那笔的枯涩继续，墨的浓淡肌理，空间的疏密聚散，充分展示了写意水墨的生动气韵。

二曰有控之狂

恣意随情，易入狂怪，而这正是党禺现代书法的美学追求。他的论文《狂怪和美》是他书道的形象宣言。道立则技随，他的修养和技巧，也为创造狂怪并驾驭狂怪服务。

激情的爆发为狂，艺术是一种疯狂的事业，解衣磅礴是中国古艺术的精髓，只是后来被文人的中庸和儒雅之风弱化了。党禺从“颠张醉素”看到了只有大起伏、大倾斜、大虚实的笔法和章法，才能勾画出作者心理深层的大波澜、大躁动、大追求。他的书法作品《狂风》，那凌厉之势似乎一下子把人卷入地狱，那昂扬之态仿佛转瞬间又把人托上天堂，颇有美国大片《龙卷风》的气势。然而仔细观之，他那散锋用笔中裹挟的如火激情又被紧紧控制在一气呵成的节奏之中，像一条首尾相应的翻滚火龙。“狂”头浓墨迸溅，“风”尾细韧如弓，能放能收，不使激情滥泄，强化了内在的张力。

三曰有根之怪

常形的扭曲和畸变为怪，而扭曲和畸变来自压抑下的苦闷与挣扎。诸多生活坎坷加深了党禺的悲剧意识，也使他更加理解人生无法预料的苦难和宇宙难以想象的怪异。而对心灵的冲突和未知领域的神秘，党禺坚信怪异是一种更深层、更复杂、更有震撼力的美，有时丑到极处便是美到极处。他发现极致易出彩，正如王铎所说，为文应有矜贵气、壮丽气、兵戈气，甚至寒酸气、颓败气、死气，否则不可取。从他的书法作品《奇迹多是在厄运中出现的》《怪石以丑为美》等可以看出他的审丑意识的觉醒。书法作品《万象》结体葳蕤森罗而充满不稳定感，正是一个丰富复杂而又险怪环生的世界。

四曰有情之象

书不仅是心画，而且是心碑。党禺在人生的风风雨雨中，磨出了倔强、刚健、笃诚的个性，也练就了随缘、放达、散淡的胸怀。他的书法或险峻老辣，或飘逸潇洒，多是自然与心灵相碰撞所形成的意象的外化。《图龙》有几分迟滞,《率真》带几分顽皮。《干荷叶色苍苍》焦墨狂扫如满塘枯荷摇荡,《江南三月》淡墨慢洇确似春雪无声融溶。画要人看到实物，书使人联想到实物，并体味到作者的心情。党禺在这里做得很有创造性。

党禺的山水以书入画，长于在全景中泼墨赋彩，这里倒没有诘屈的狂怪，而见出传统的功力和萧疏散淡的意韵。

“居士寻墨泪未干，杏花消息雨声寒。谁言书到二王尽，万里南行眼界宽。”这是党禺对自己艺术生涯和艺术抱负的自况。造物、心灵、形式的磨合是没有尽头的，语言与意义的叠合及错位是艺术家永远解不完的魔方。愿拓宽了眼界的党禺也能不断拓宽自己的艺术境界，并把已经起程的各项探索严格筛选，精化，推向极致。

（翟墨：原中国艺术研究院美术研究所美术理论研究室主任，《中国美术报》《美术观察》副主编。原文载于《美术观察》杂志 1997 年第 1 期）

作品

《玉阶怨》

李白

玉阶生白露，夜久侵罗袜。
却下水晶帘，玲珑望秋月。

78cm × 50cm

2017年作

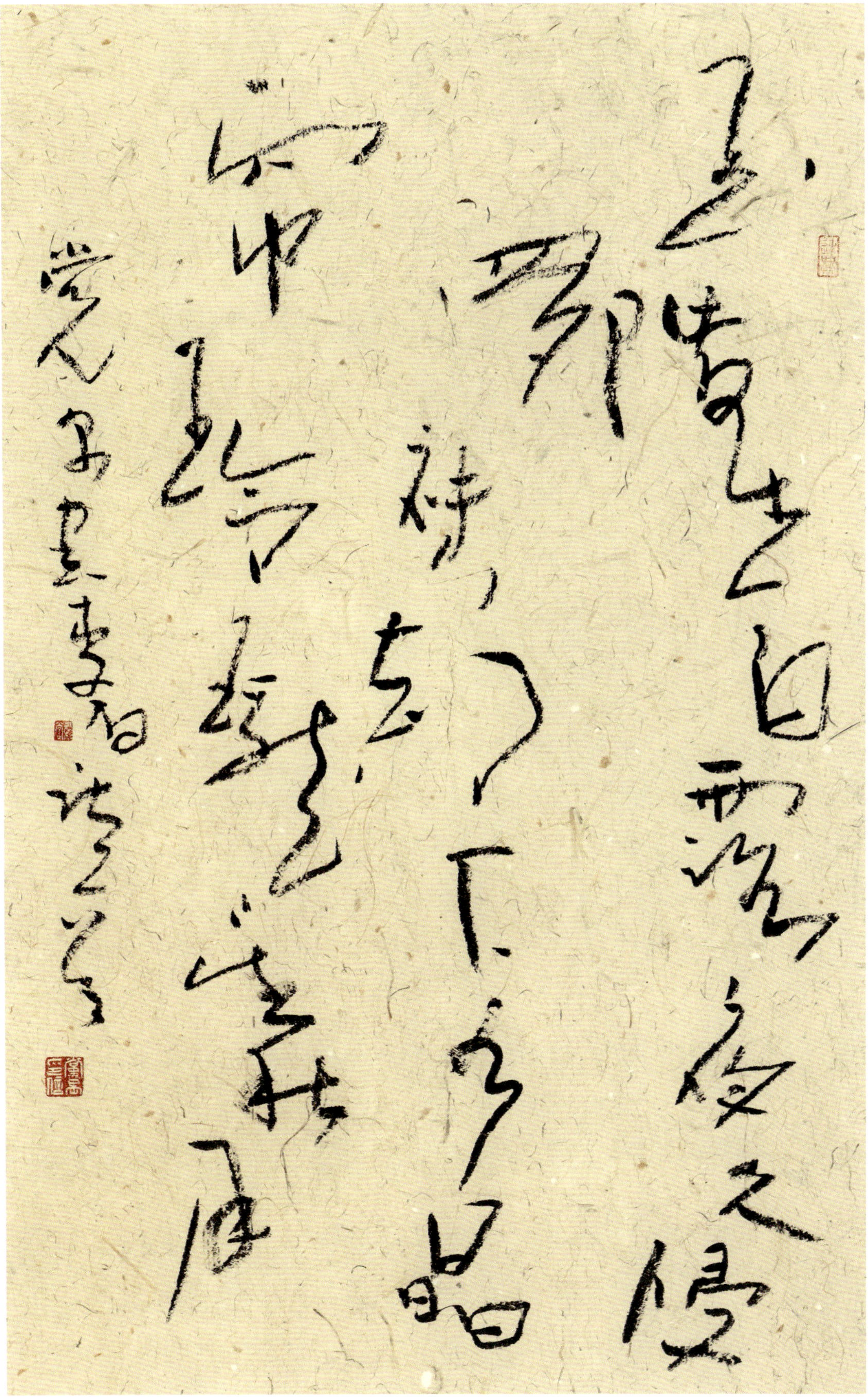

作品

《对雪献从兄虞城宰》

李白

昨夜梁园里，弟寒兄不知。

庭前看玉树，肠断忆连枝。

78cm×50cm

2017年作

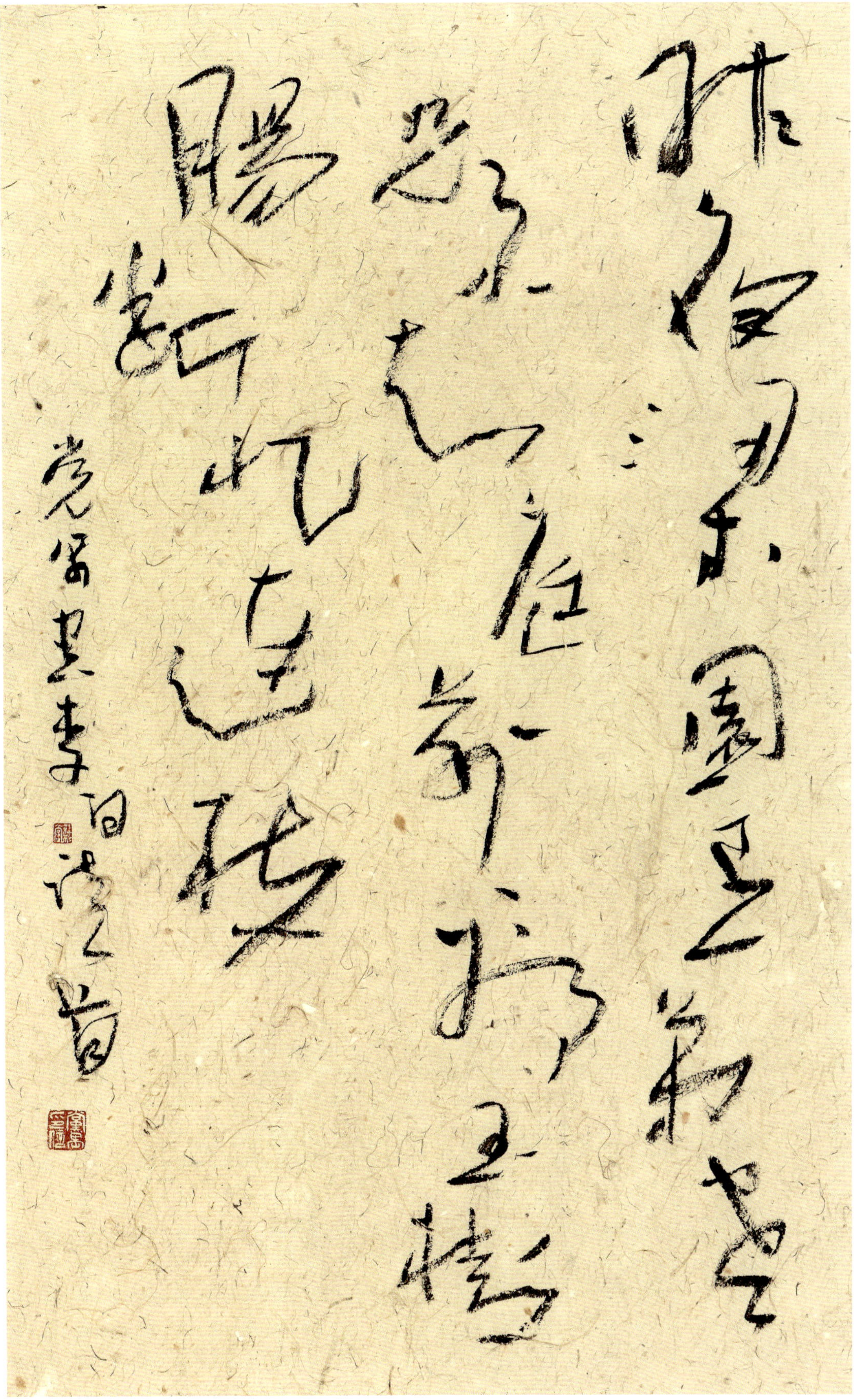

《送灵澈上人》

刘长卿

苍苍竹林寺，杳杳钟声晚。

荷笠带夕（斜）阳，青山独归远。

76cm×73cm

2017年作

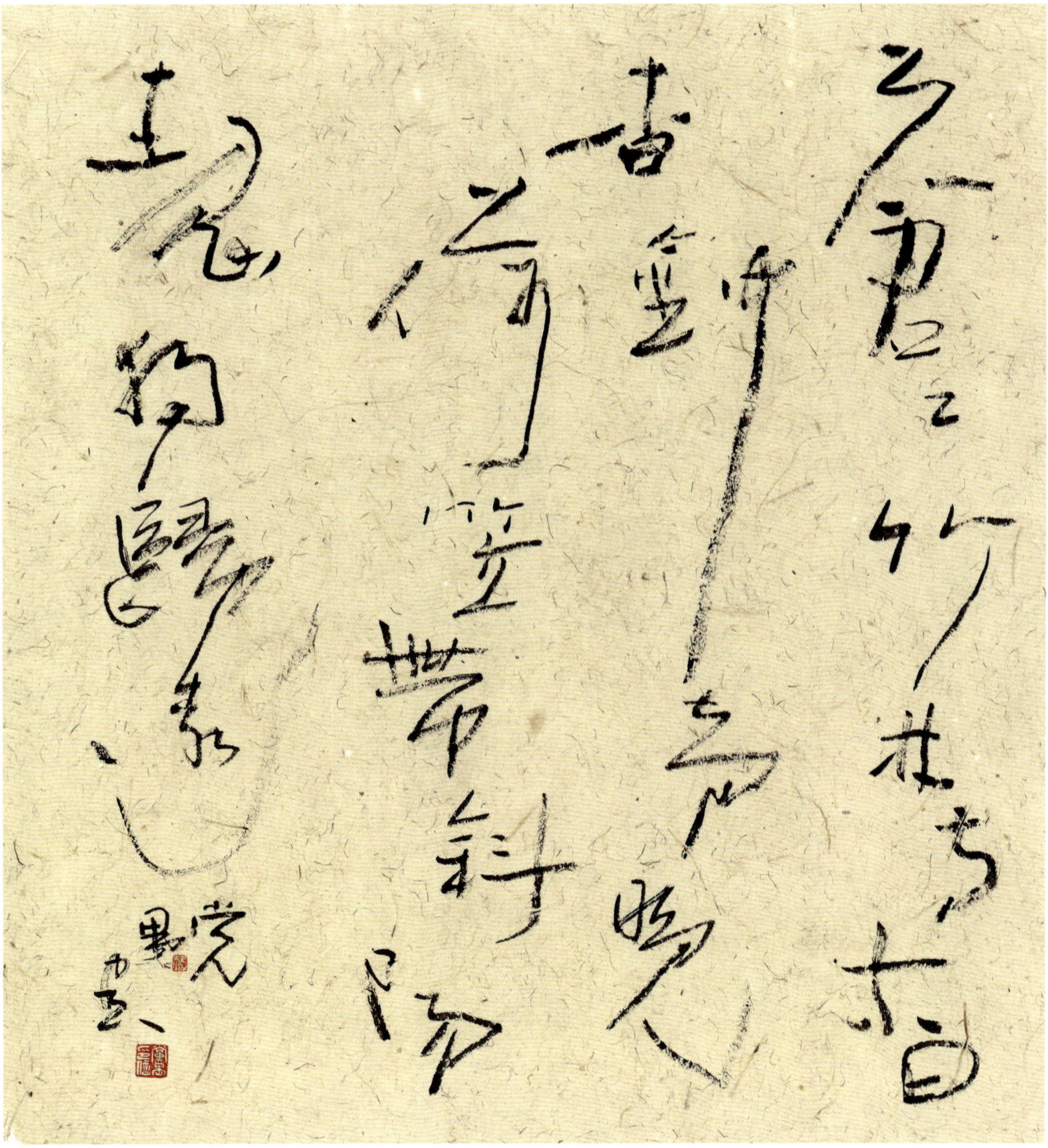

《庭竹》

刘禹锡

露涤铅粉节，风摇青玉枝。
依依似君子，无地不相宜。

73cm×76cm
2017年作

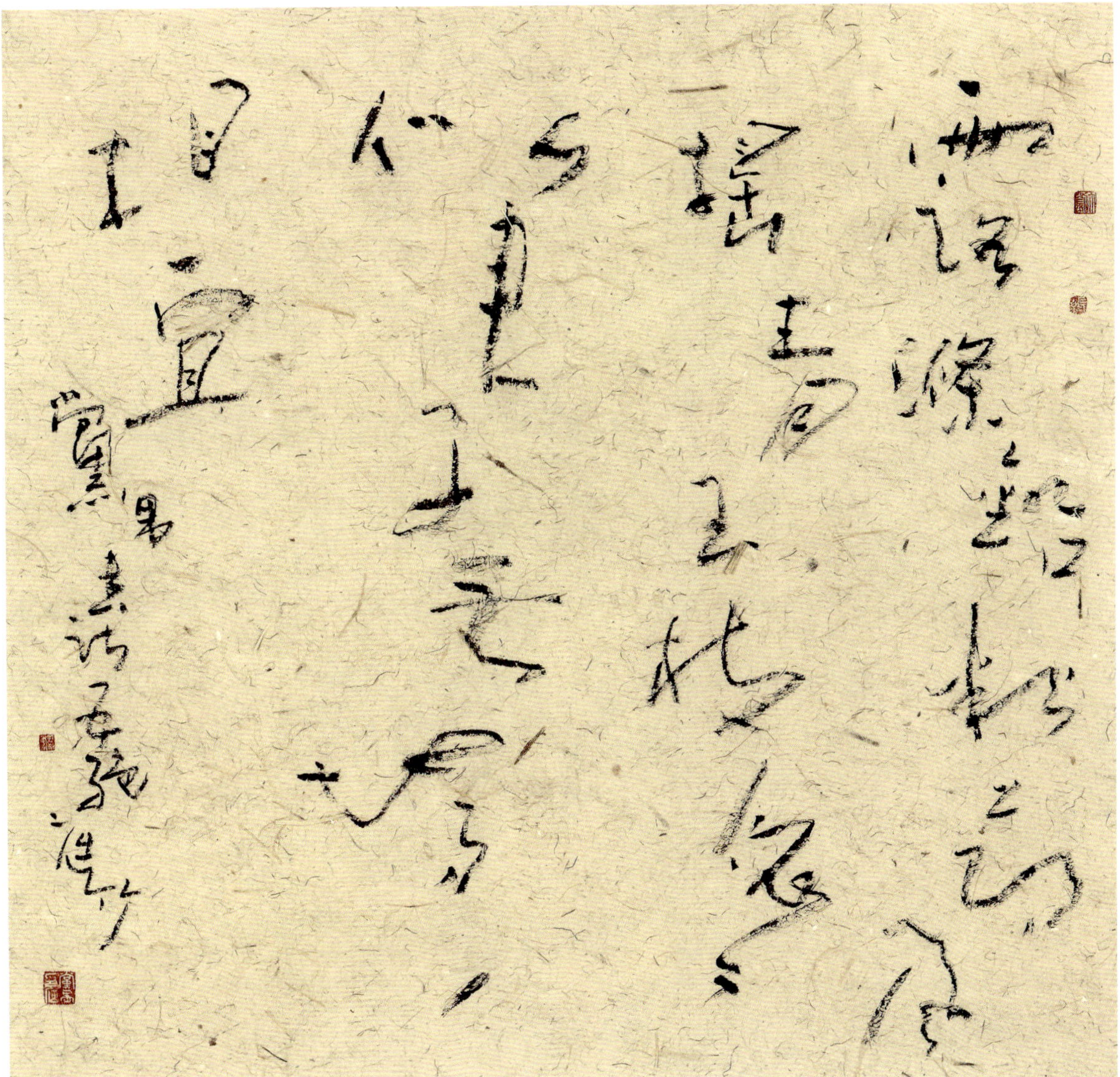

《遗爱寺》

白居易

弄石临溪坐，寻花绕寺行。
时时闻鸟语，处处是泉声。

76cm×73cm

2017年作

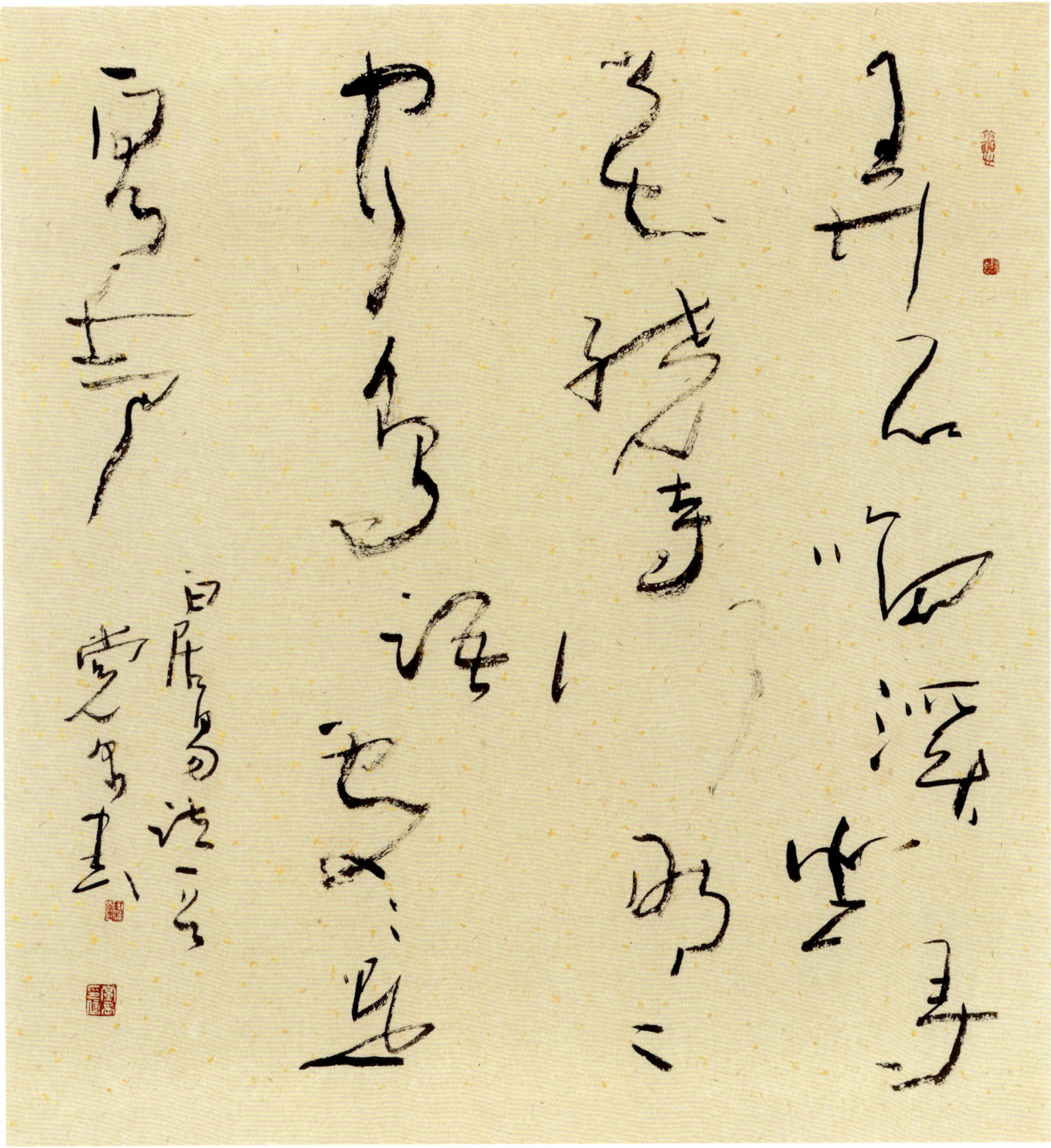

《宿东林寺》

白居易

经窗灯焰短，僧炉火气深。
索落庐山夜，风雪宿东林。

76cm × 73cm
2017 年作

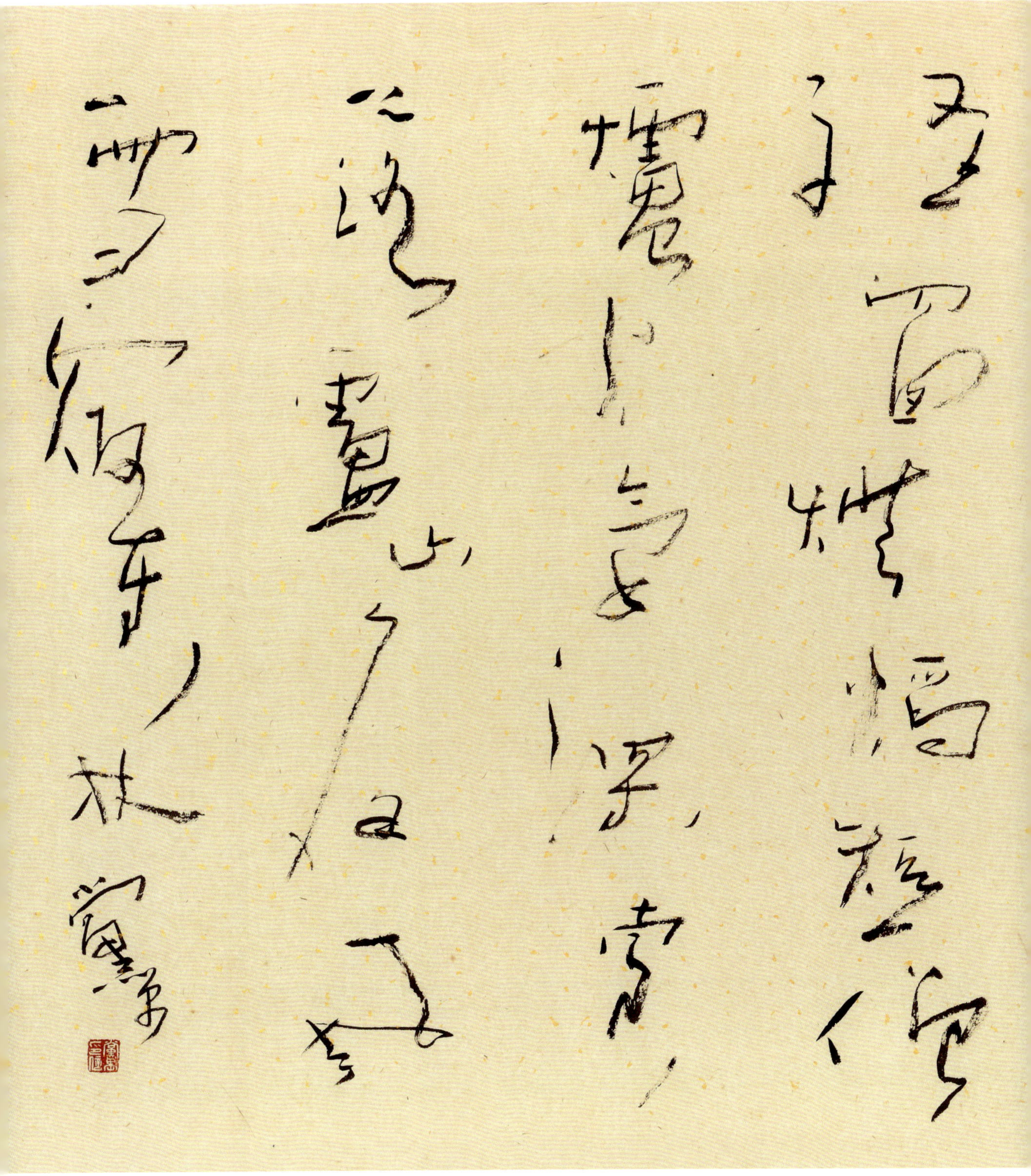

《秋夜寄邱员外》

韦应物

怀君属秋夜，散步咏凉天。

空山松子落，幽人应未眠。

76cm × 73cm

2017年作

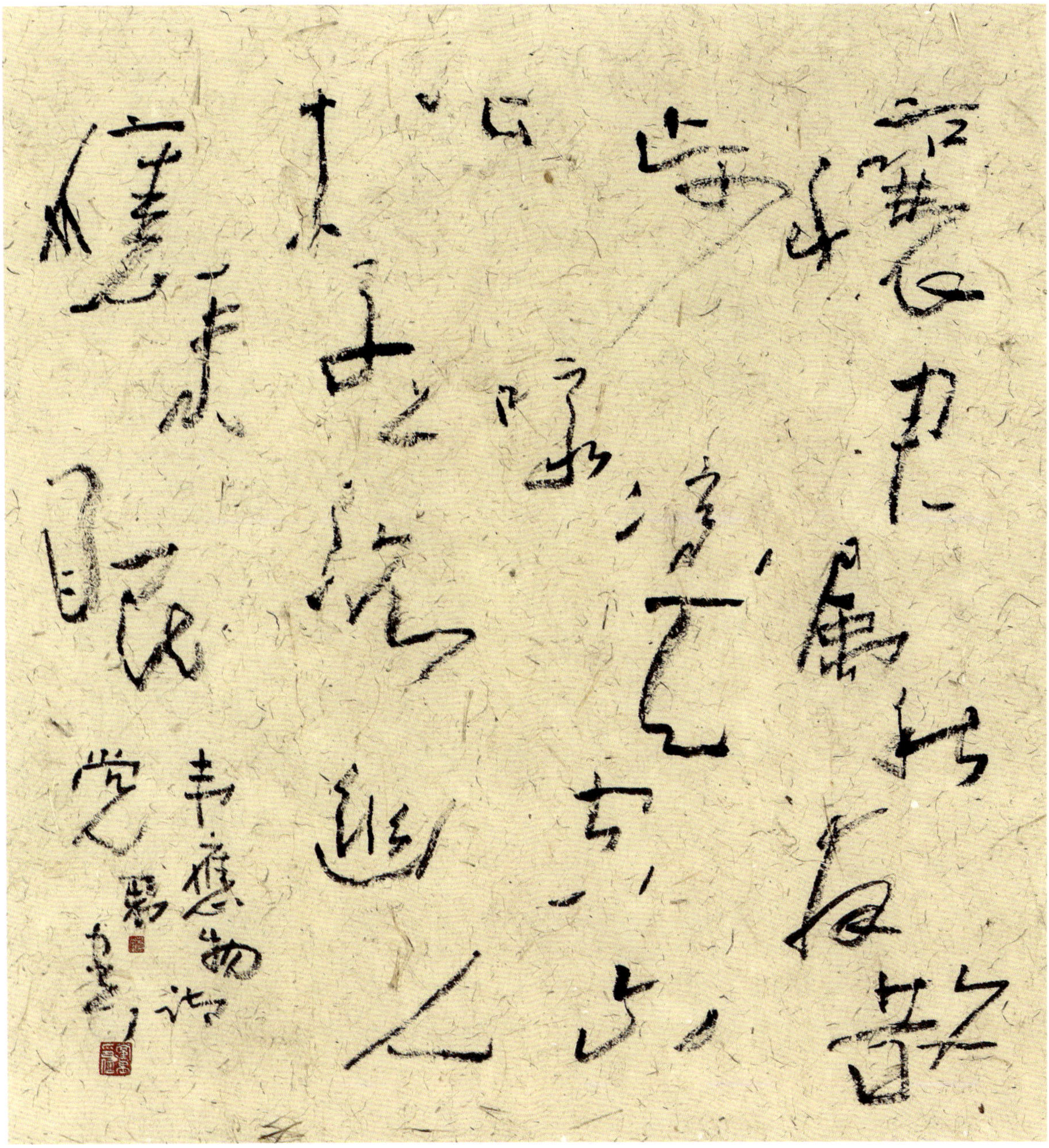
怀君属秋夜散
步咏凉天空
山松子落幽人
应未眠
韦应物诗

《池上》

白居易

小娃撑小艇，偷采白莲回。

不解藏踪迹，浮萍一道开。

76cm×73cm

2017 年作

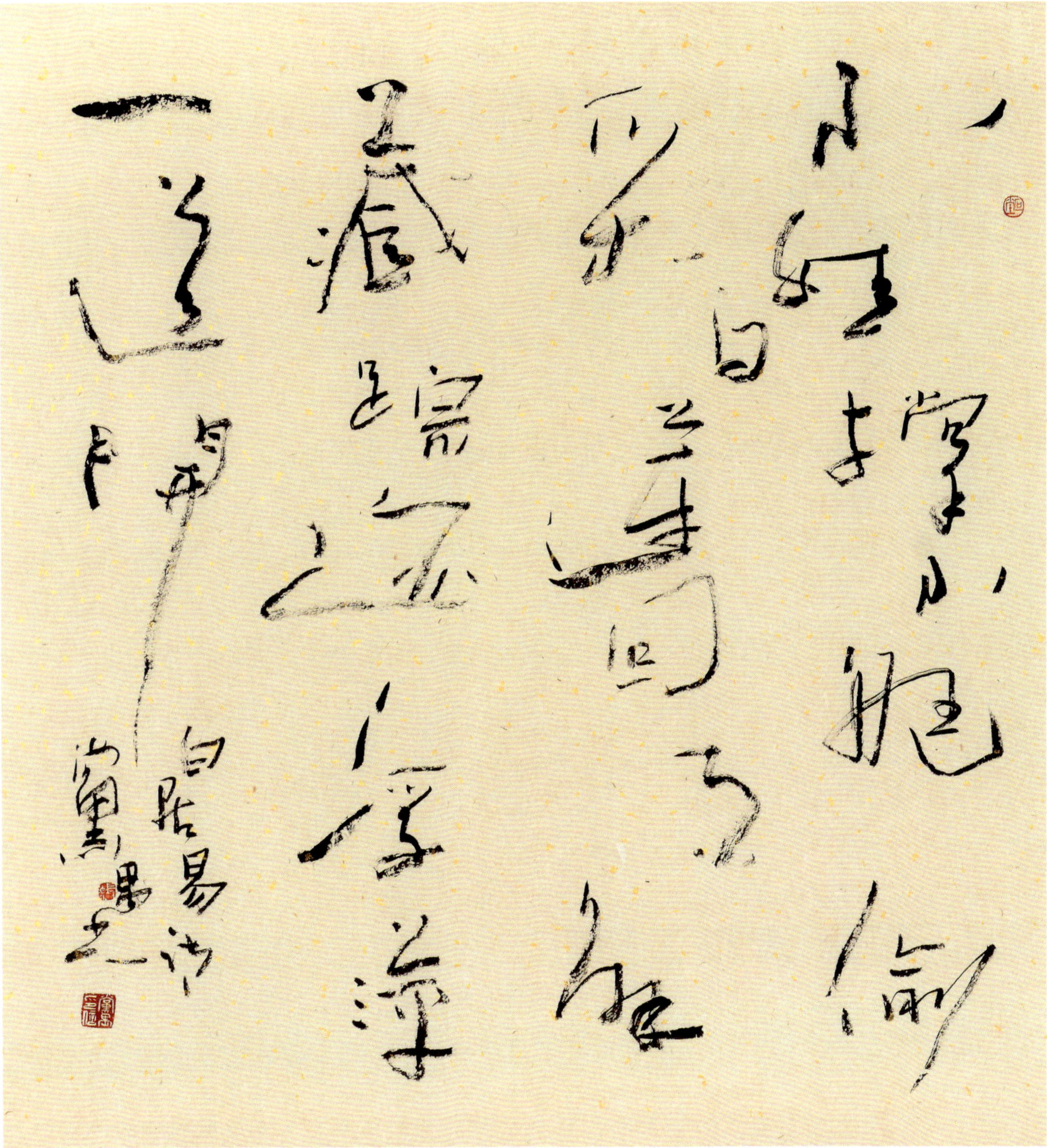

《江雪》

柳宗元

千山鸟飞绝，万径人踪灭。
孤舟蓑笠翁，独钓寒江雪。

76cm × 73cm

2017 年作

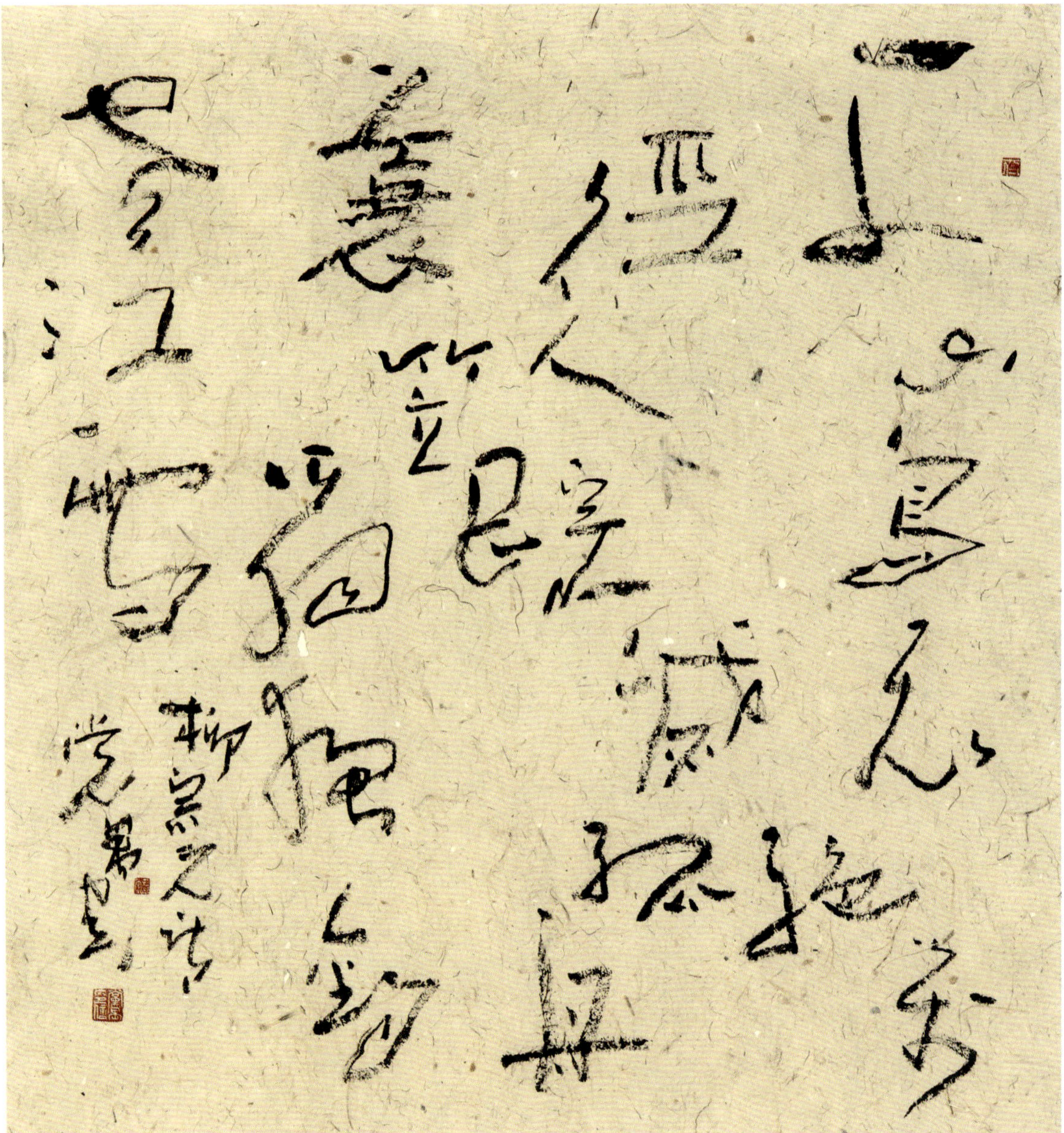
千山鸟飞绝
万径人踪灭
孤舟蓑笠翁
独钓寒江雪
柳宗元诗

《山中》

王维

荆溪白石出，天寒红叶稀。

山路元无雨，空翠湿人衣。

76cm×73cm

2017年作

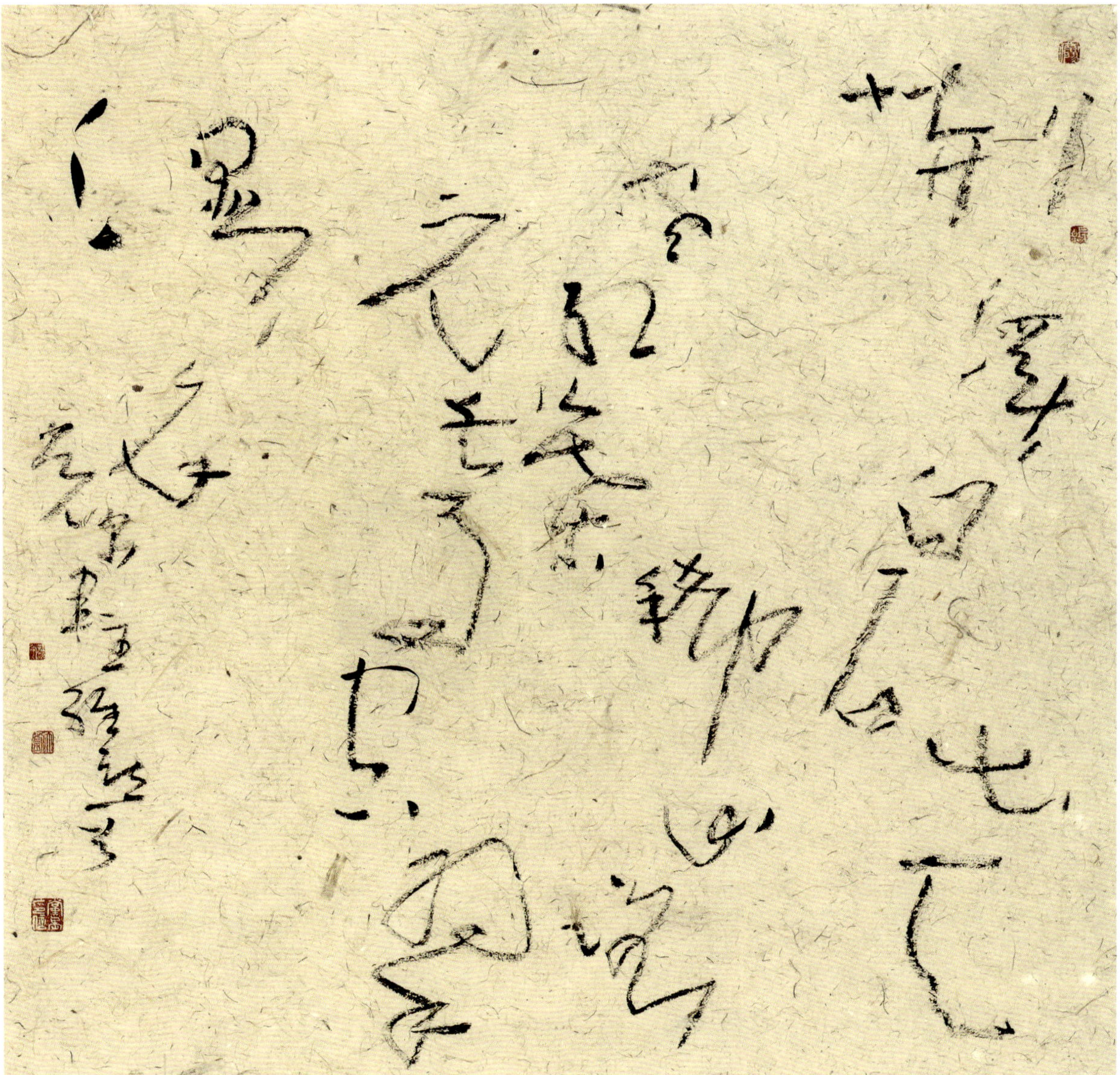

《春晓》

孟浩然

春眠不觉晓，处处闻啼鸟。
夜来风雨声，花落知多少。

76cm × 73cm
2017 年作

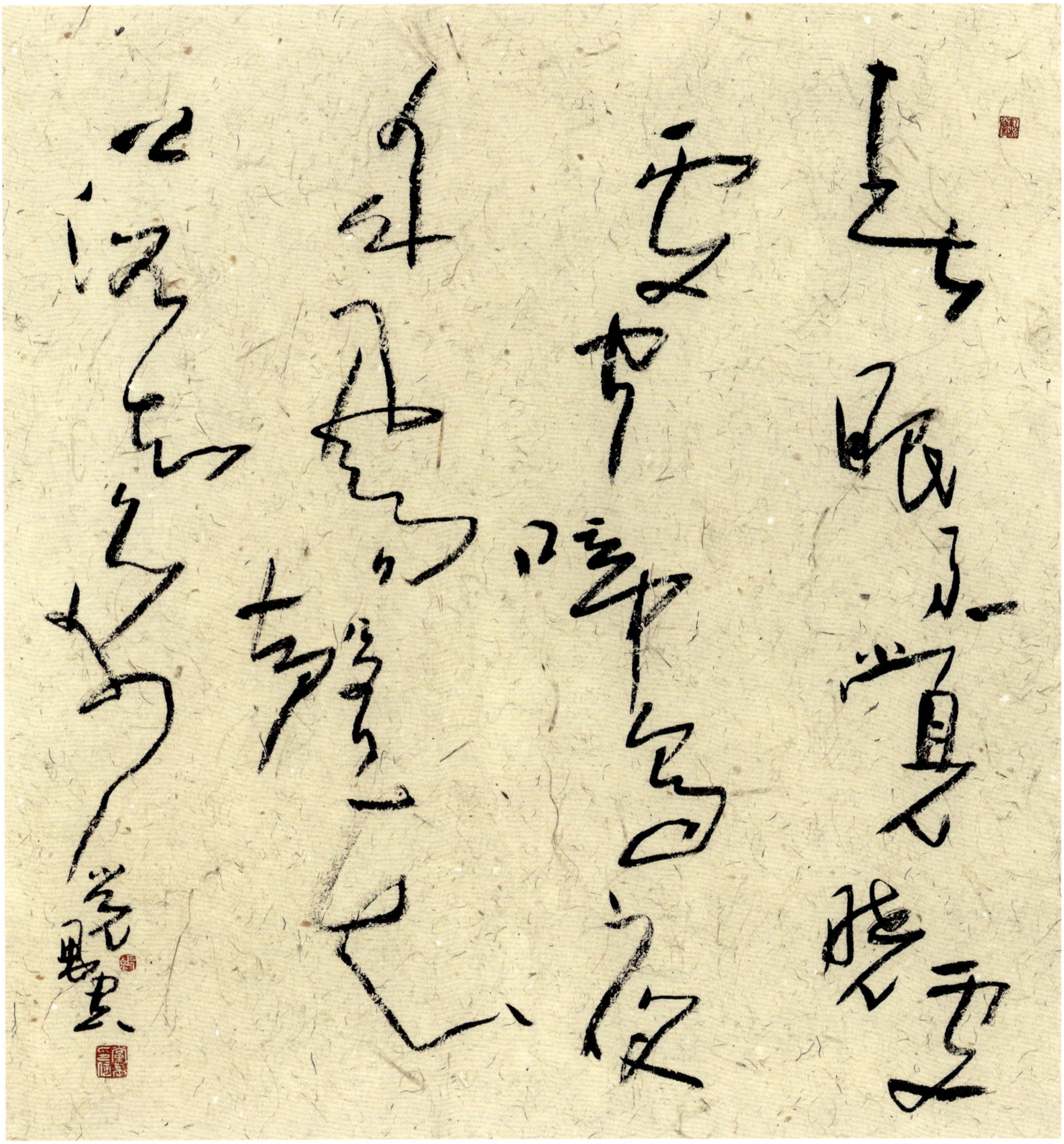

作品

《绝句二首》其一

杜甫

迟日江山丽，春风花草香。

泥融飞燕子，沙暖睡鸳鸯。

76cm×73cm

2017年作

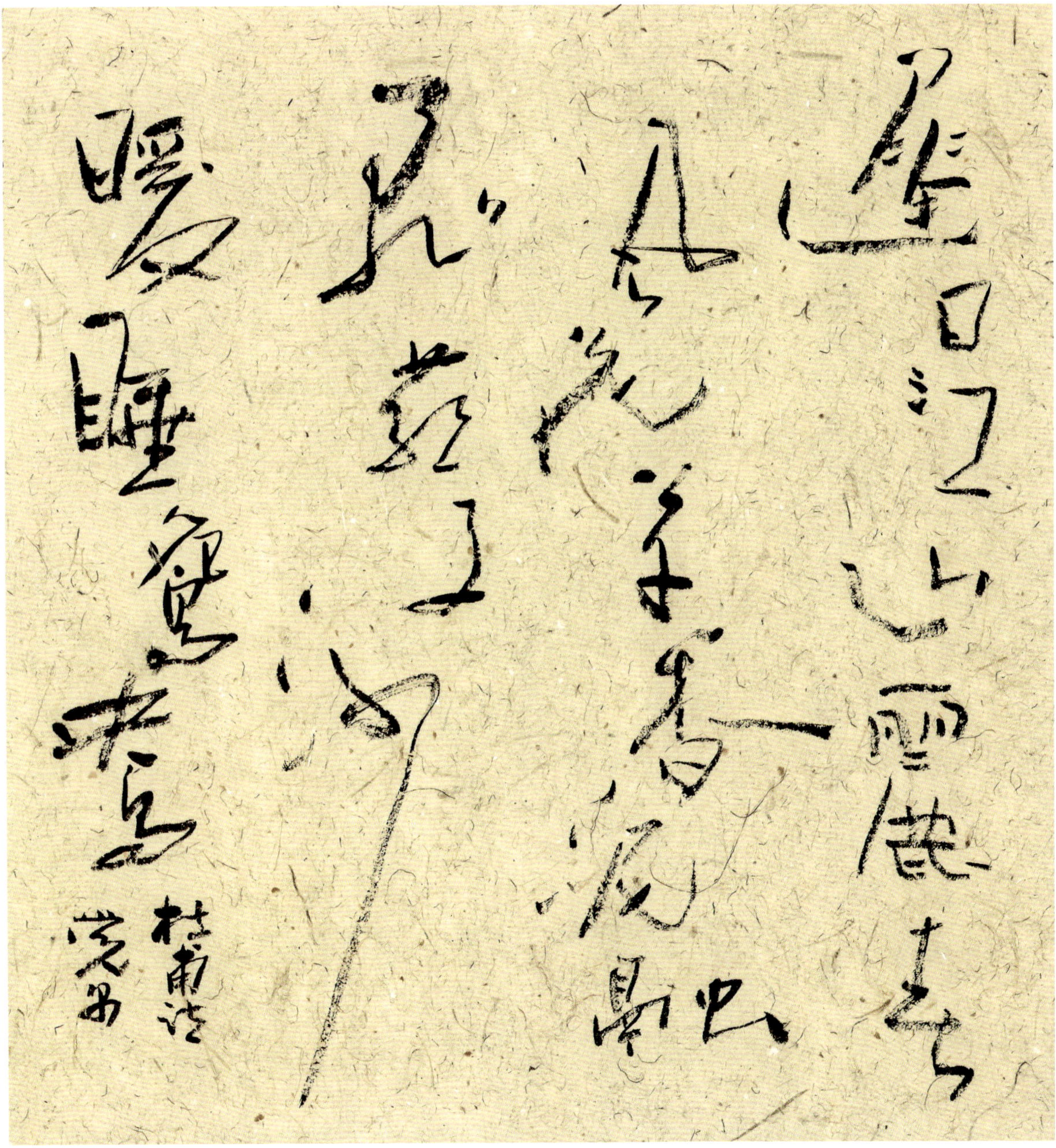
遲日江山麗
春風花草香
泥融飛燕子
沙暖睡鴛鴦
杜甫詩

《绝句二首》其二

杜甫

江碧鸟逾白，山青花欲燃。
今春看又过，何日是归年。

76cm×73cm
2017年作

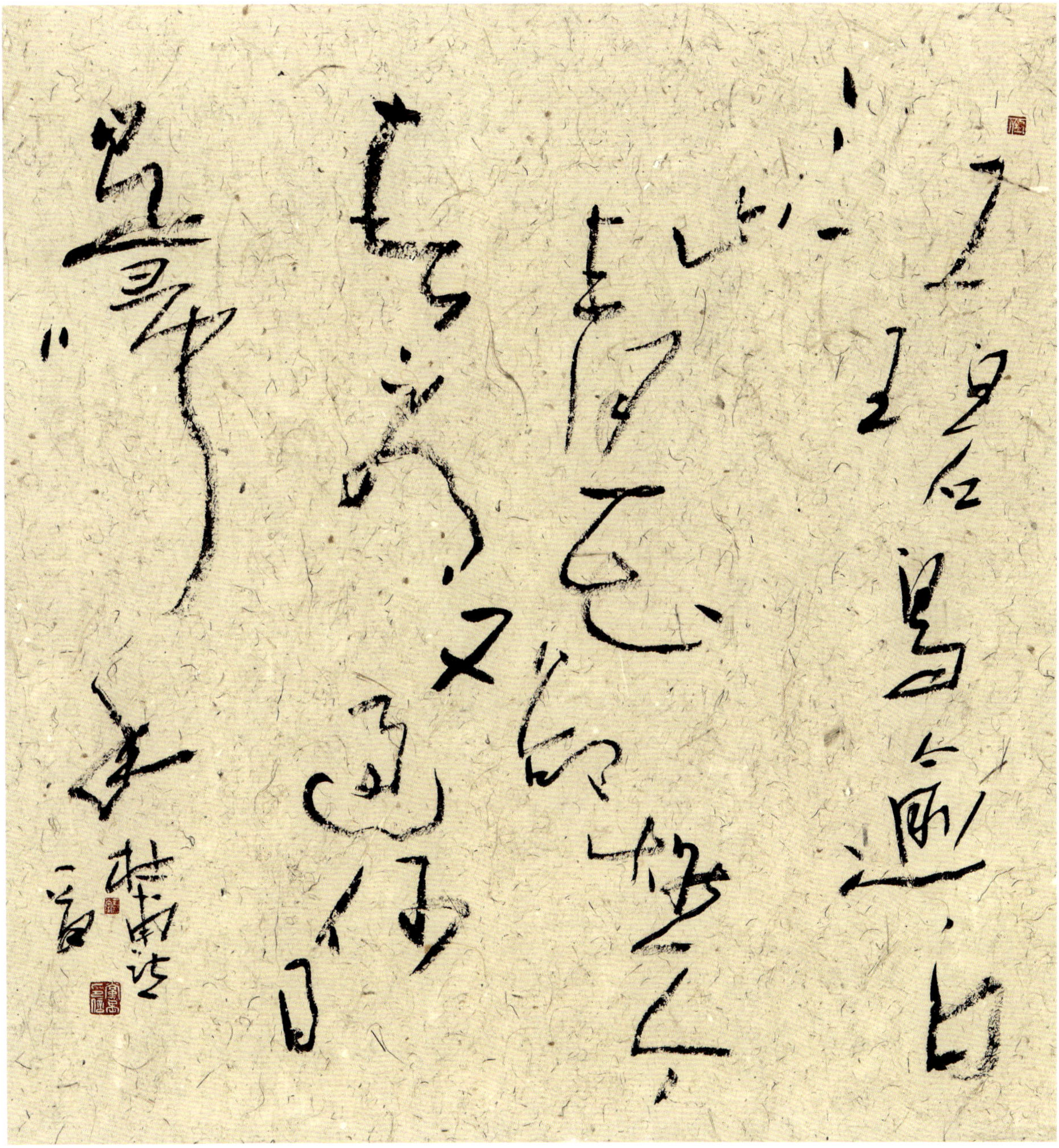

《静夜思》

李白

床前明月光，疑是地上霜。
举头望明月，低头思故乡。

76cm × 73cm

2017 年作

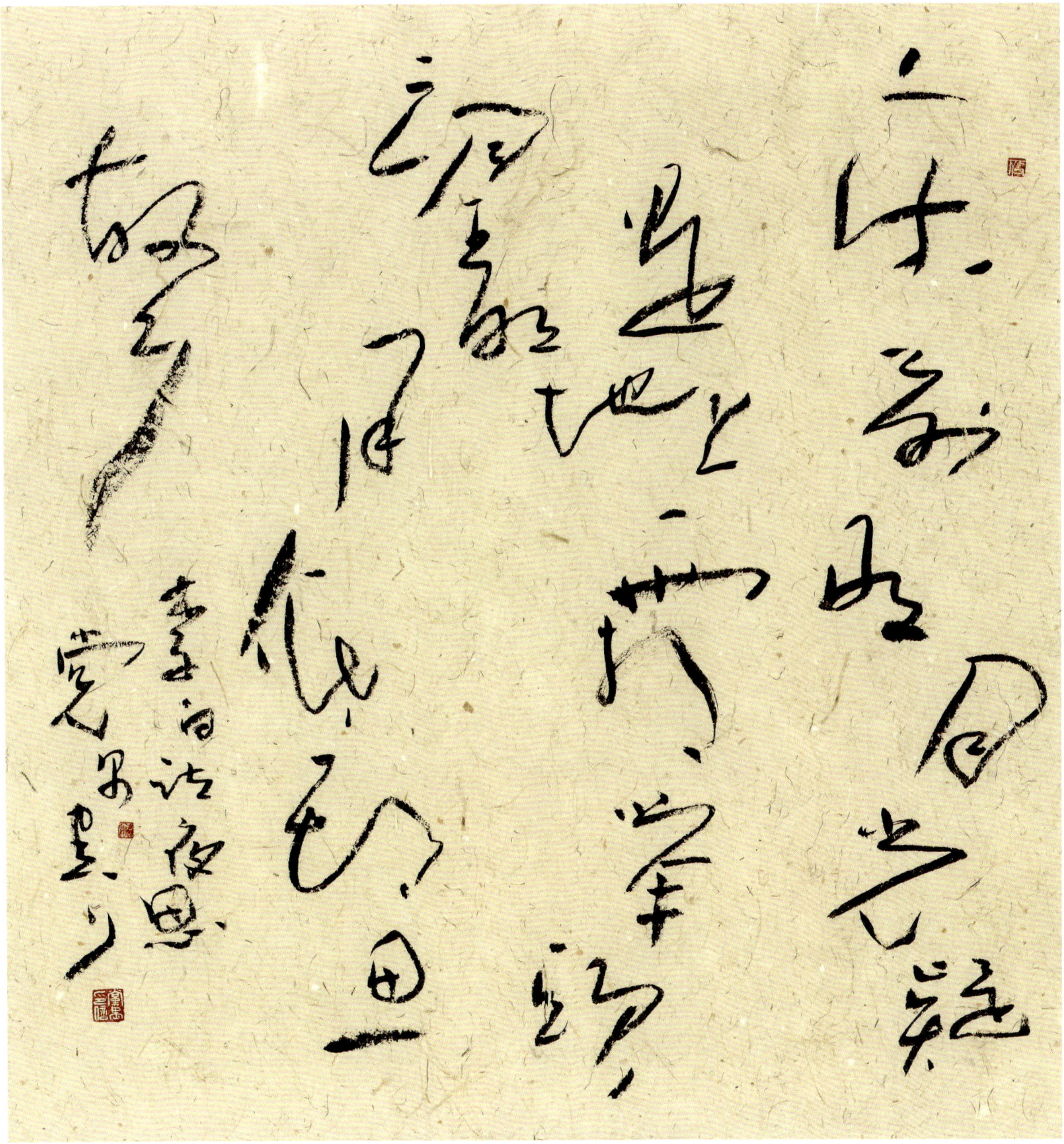

《宿建德江》

孟浩然

移舟泊烟渚，日暮客愁新。

野旷天低树，江清月近人。

76cm × 73cm

2017年作

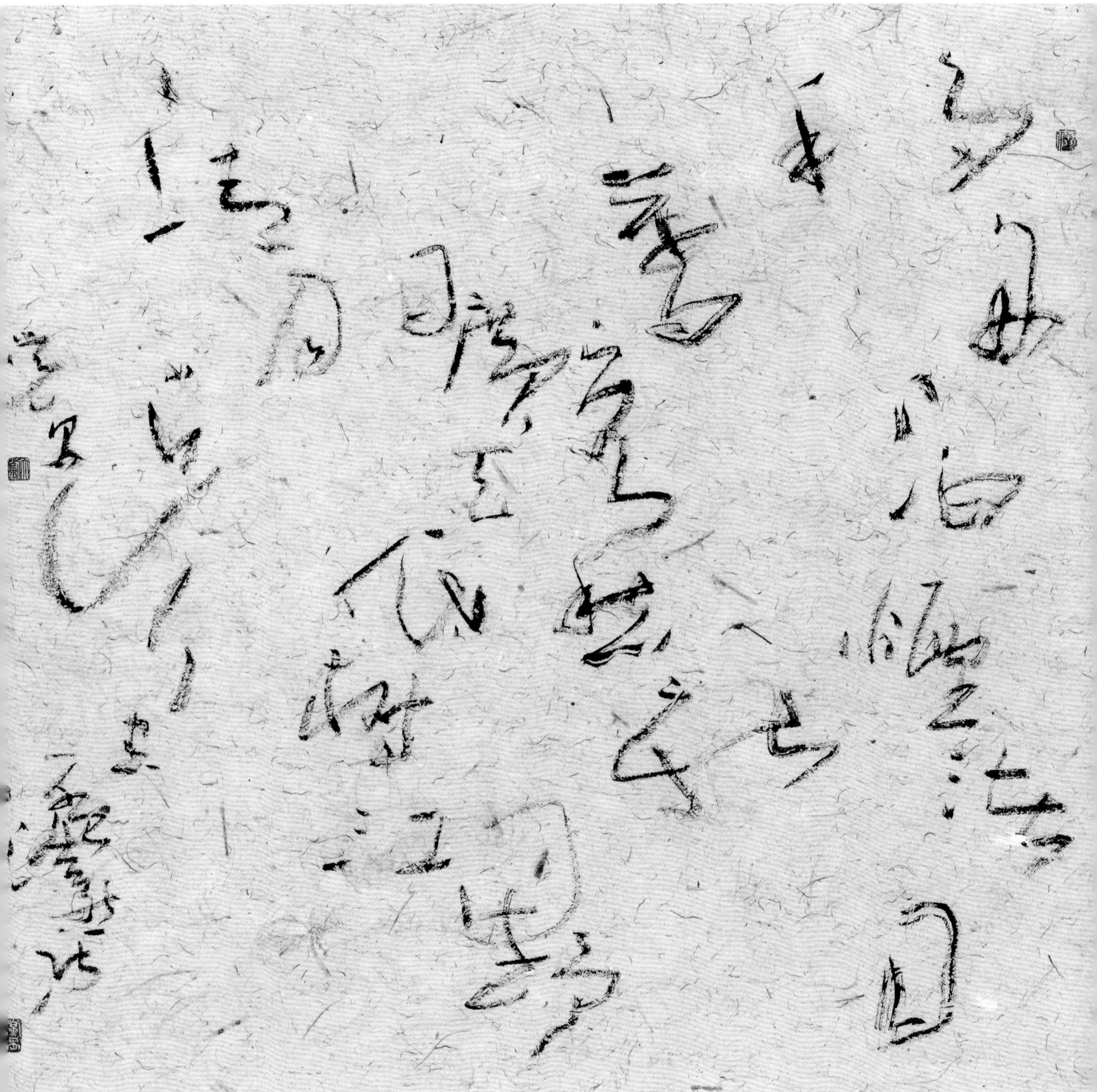

作品

《听弹琴》

刘长卿

泠泠七弦上，静听松风寒。

古调虽自爱，今人多不弹。

（注：七弦一作七丝）

76cm×73cm

2017年作

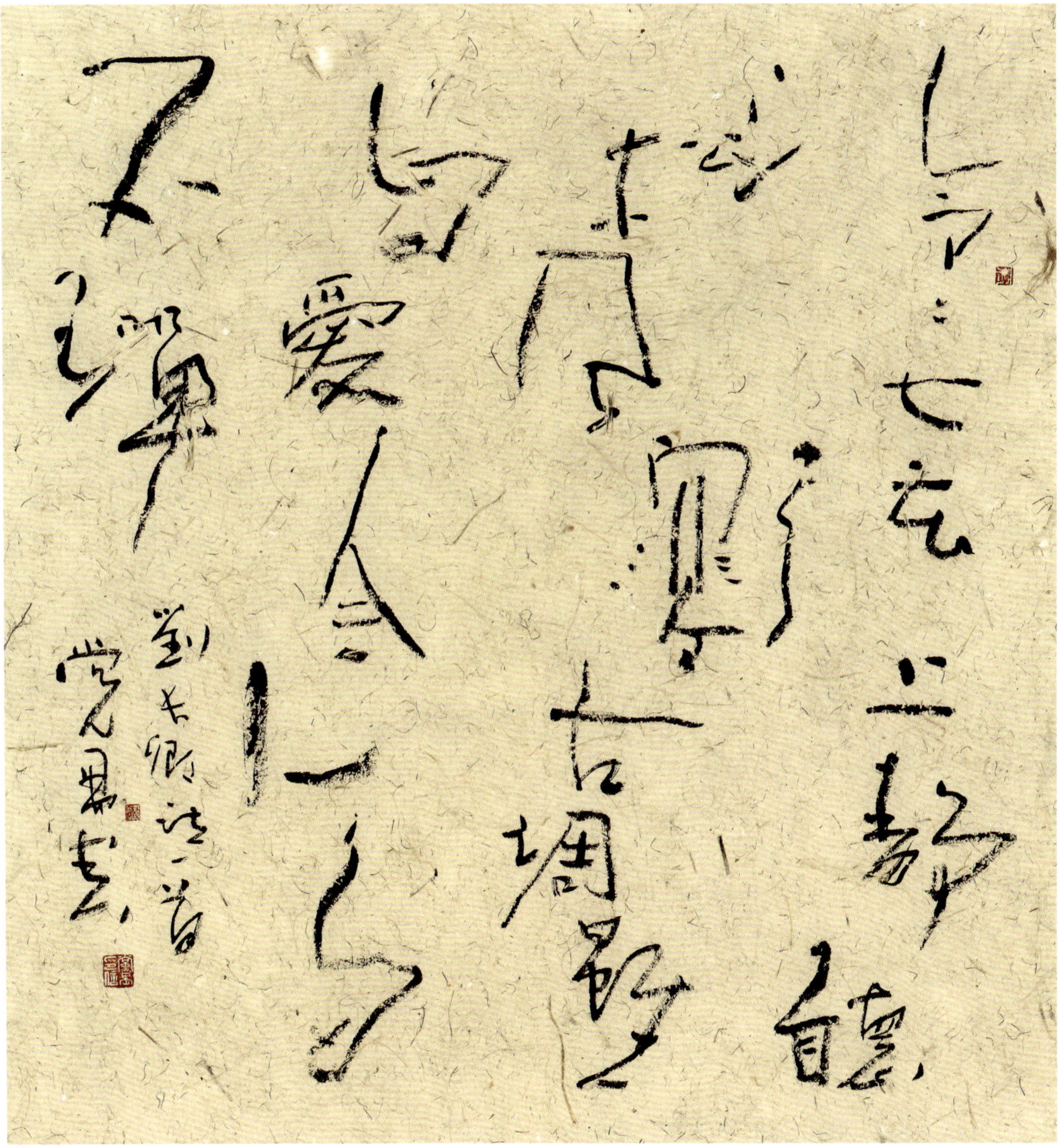

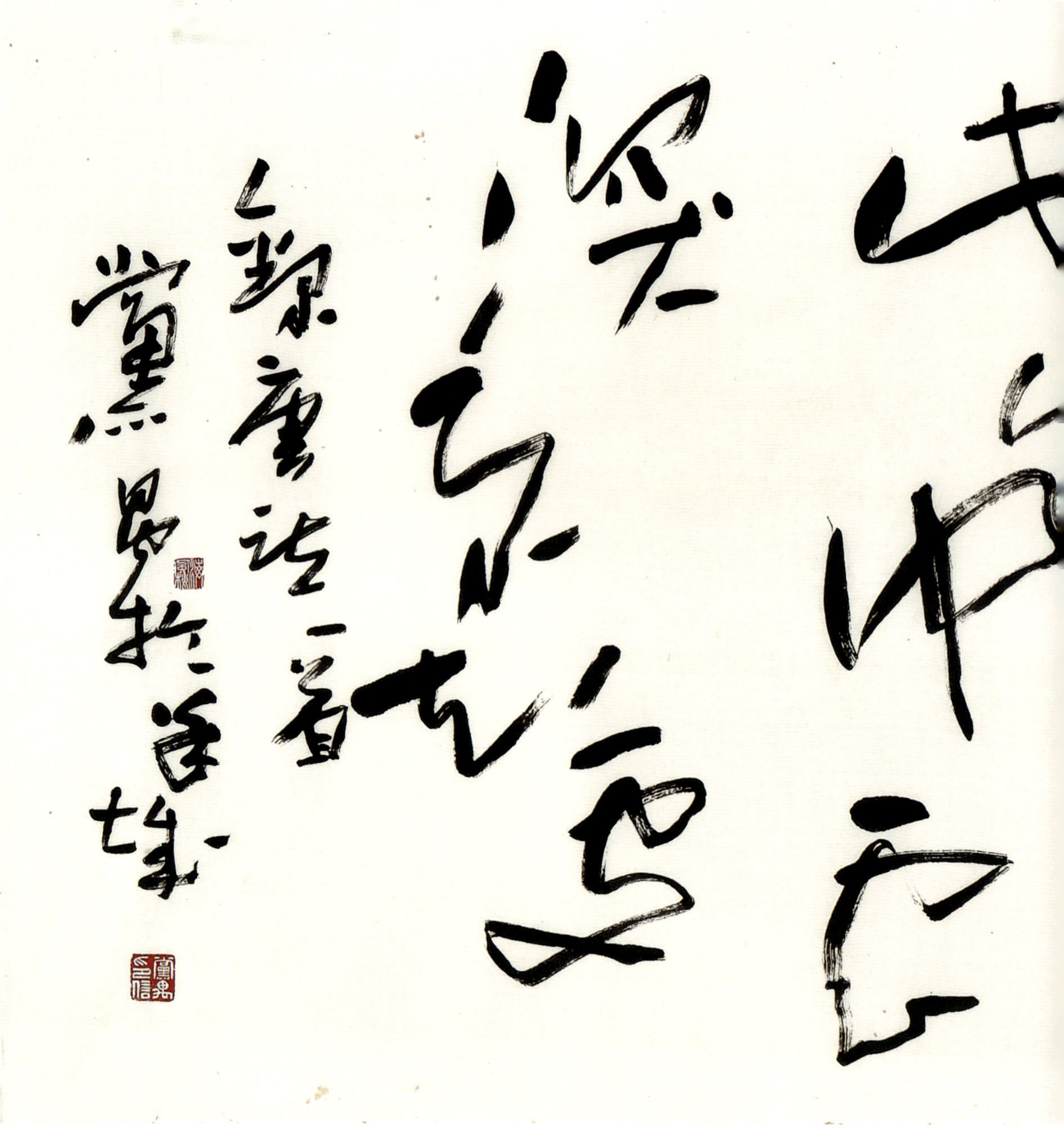

《寻隐者不遇》

贾岛

松下问童子，言师采药去。

只在此山中，云深不知处。

69cm×138cm

2017年作

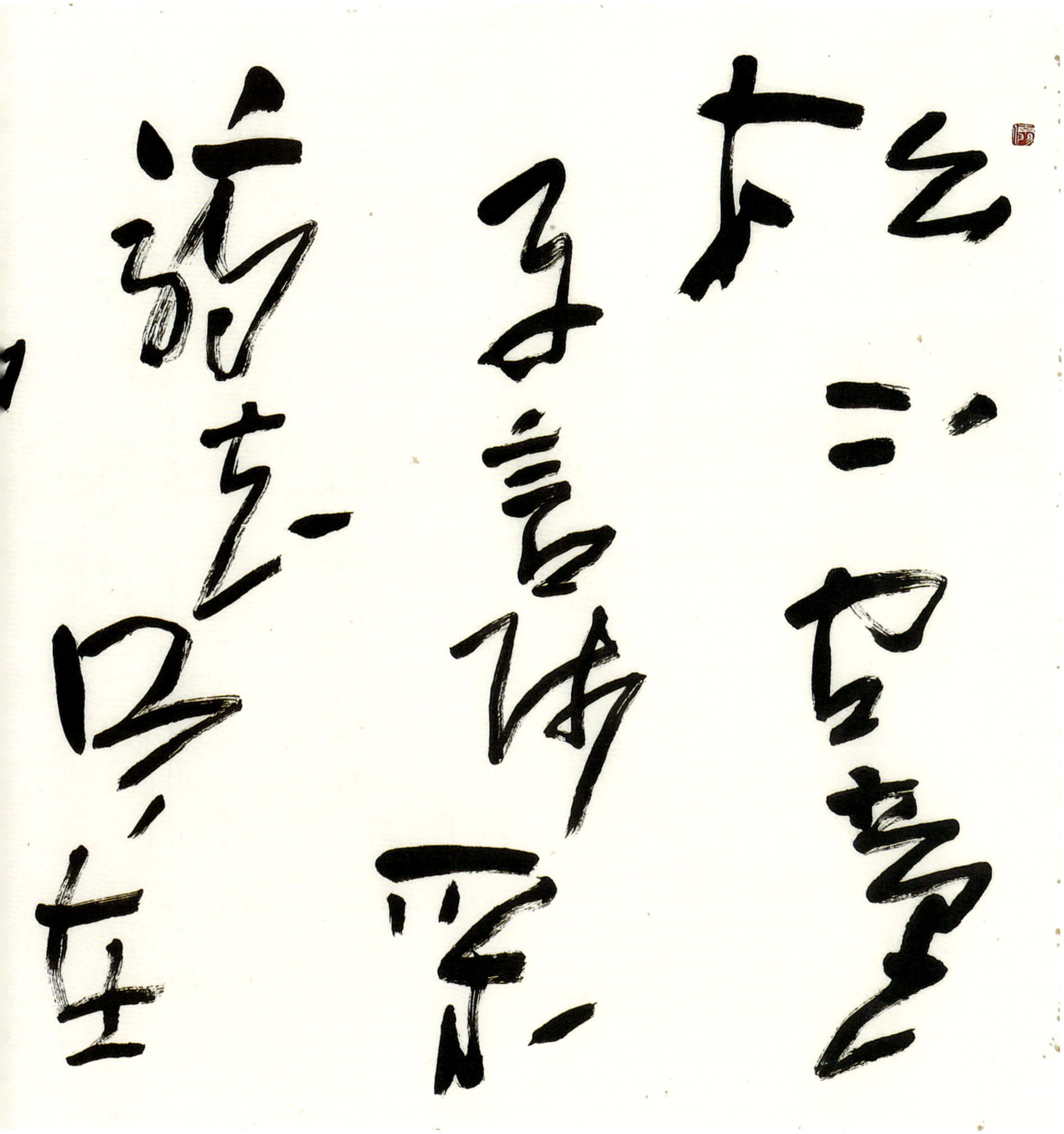

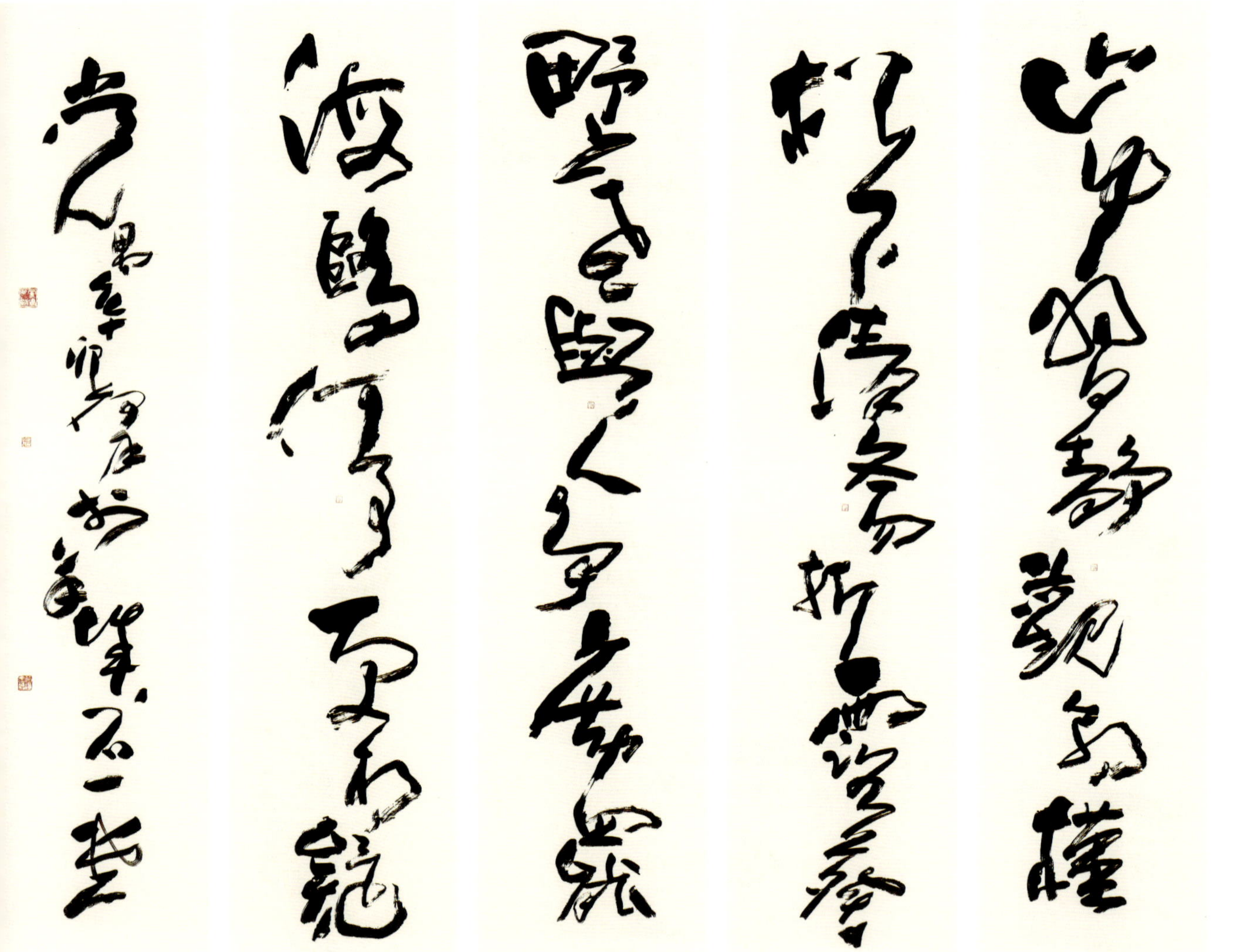

《积雨辋川庄作》

王维

积雨空林烟火迟，蒸藜炊黍饷东菑。

漠漠水田飞白鹭，阴阴夏木啭黄鹂。

山中习静观朝槿，松下清斋折露葵。

野老与人争席罢，海鸥何事更相疑。

240cm×60cm×10

2017年作

作品

《江行无题》句

钱珝

帆翅初张处，云鹏怒翼同。
莫愁千里路，自有到来风。

73cm×76cm

2017年作

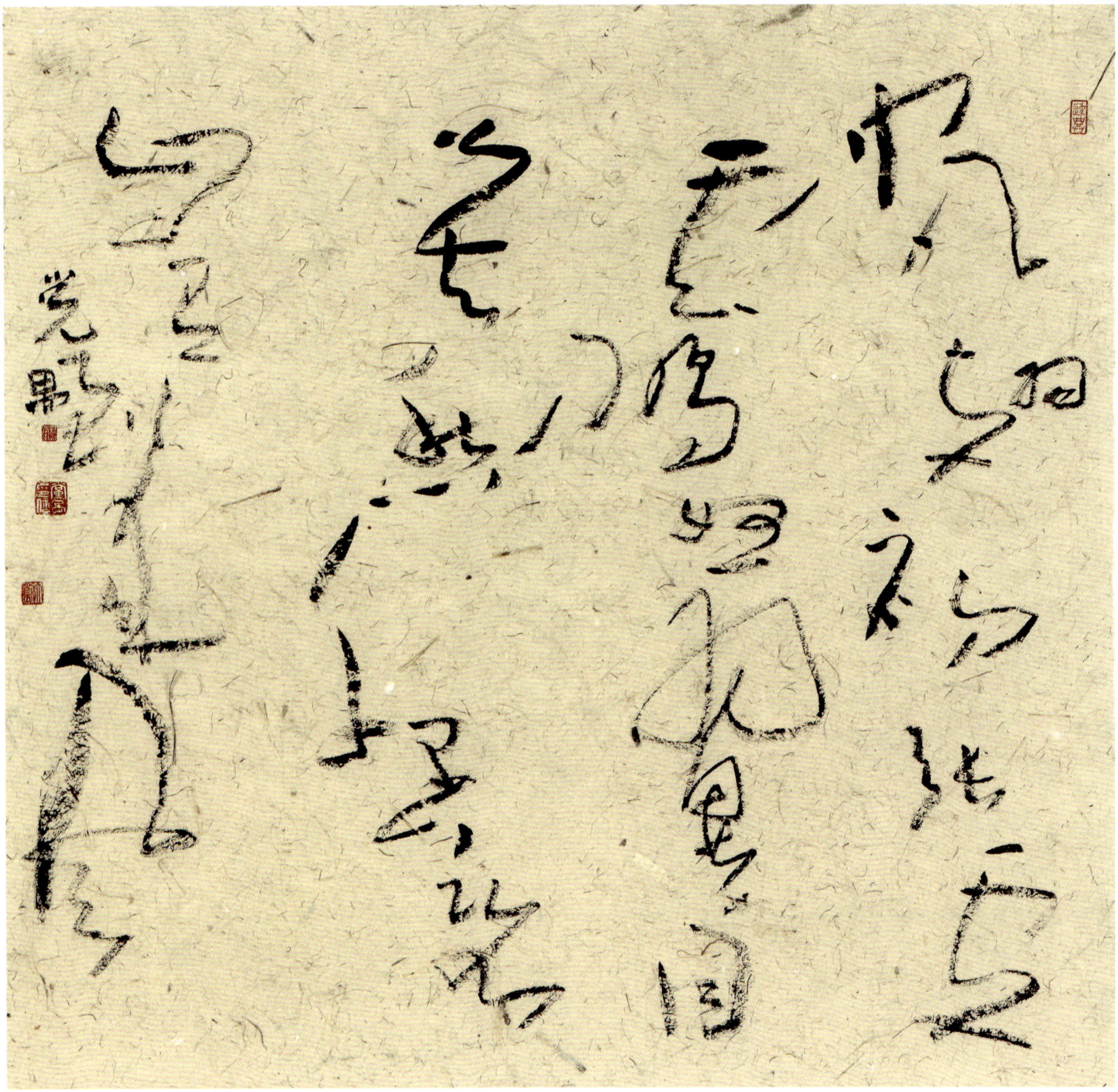

《静夜相思》

李群玉

山空天籁寂，水榭延轻凉。
浪定一浦月，藕花闲自香。

73cm×76cm

2017年作

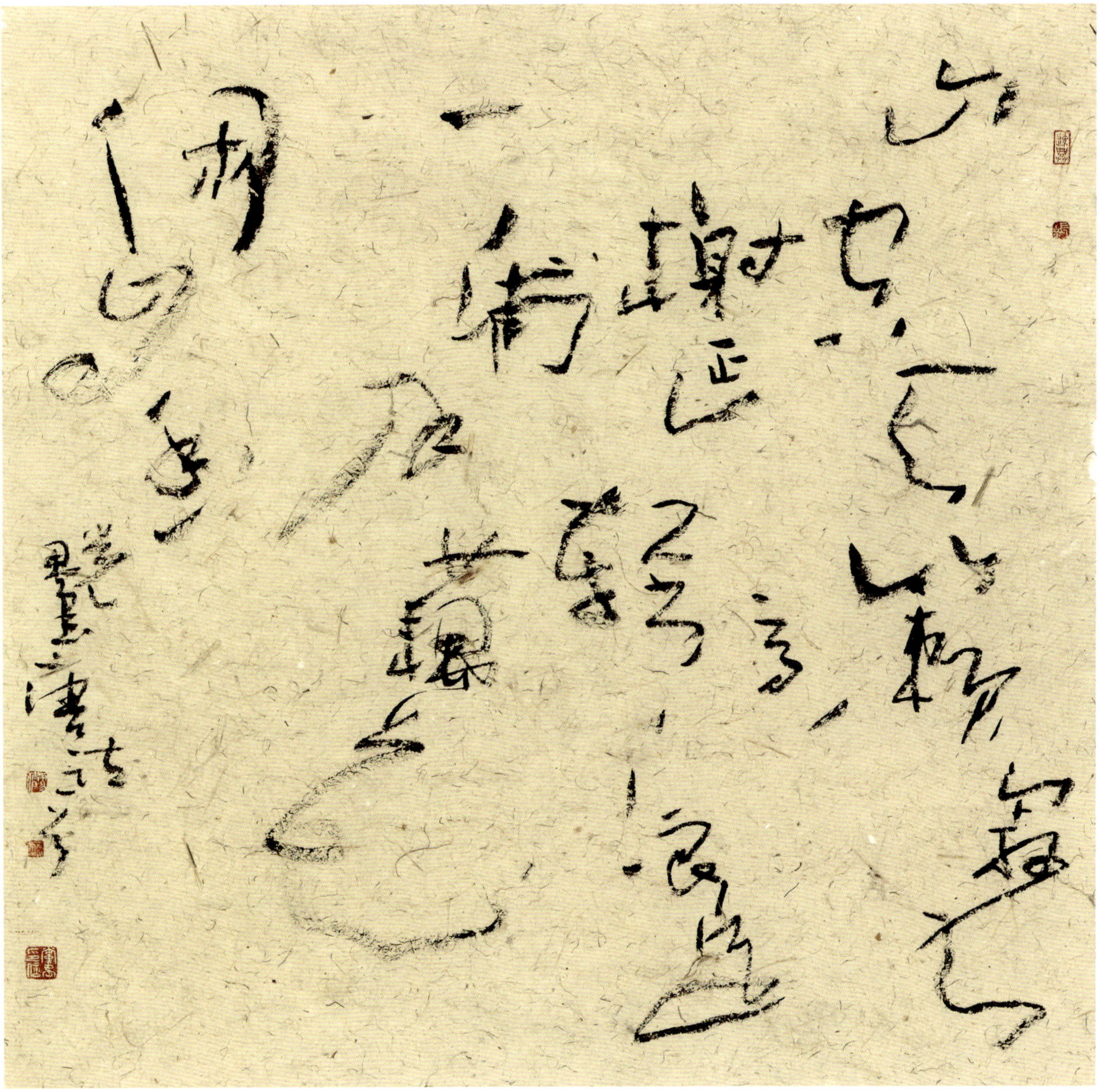

《竹里馆》

王维

独坐幽篁里，弹琴复长啸。
深林人不知，明月来相照。

73cm × 76cm
2017年作

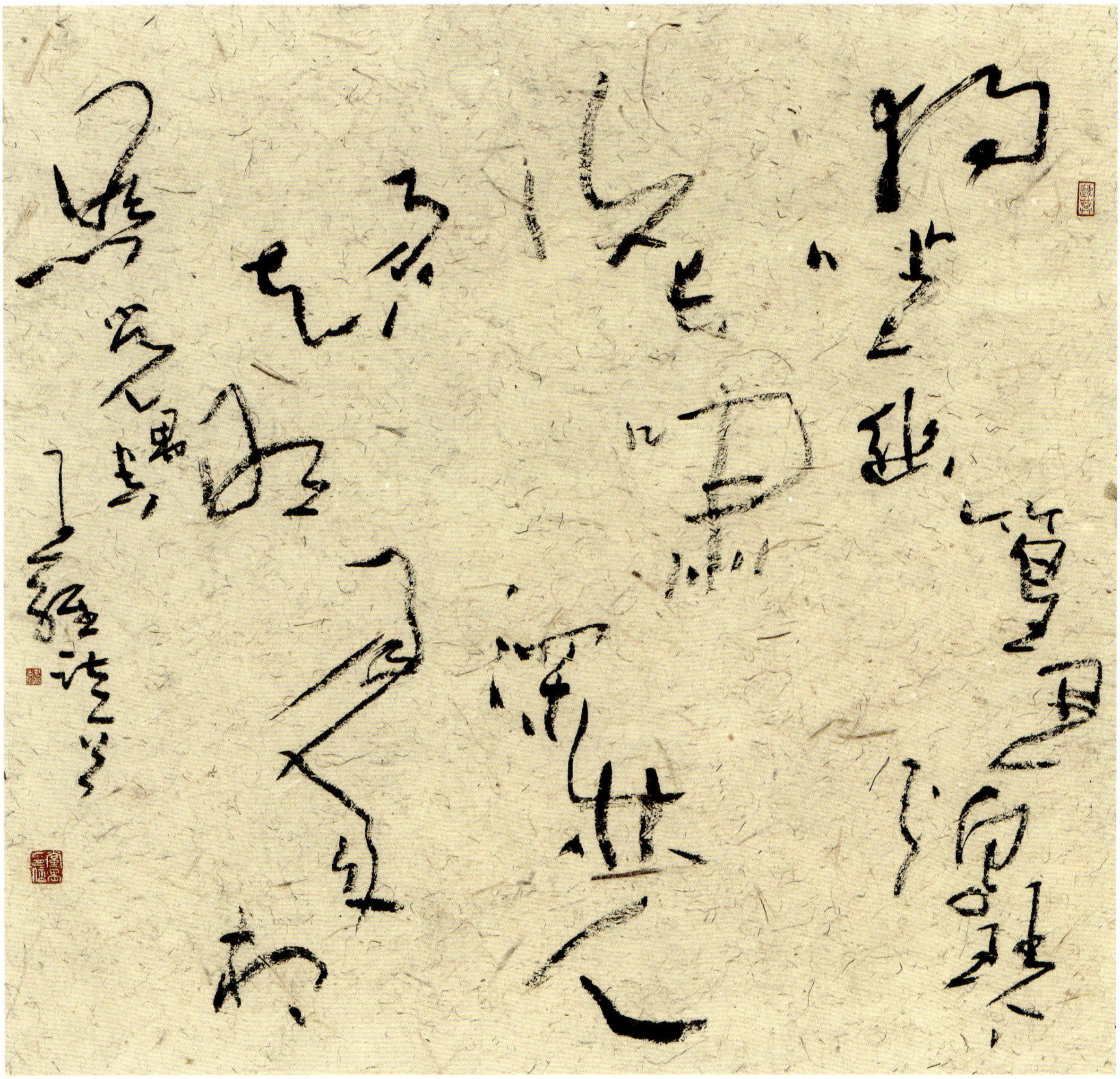

《远望》

白居易

江城寒角动，沙洲夕鸟还。
独在高亭上，西南望远山。

76cm×73cm
2017年作

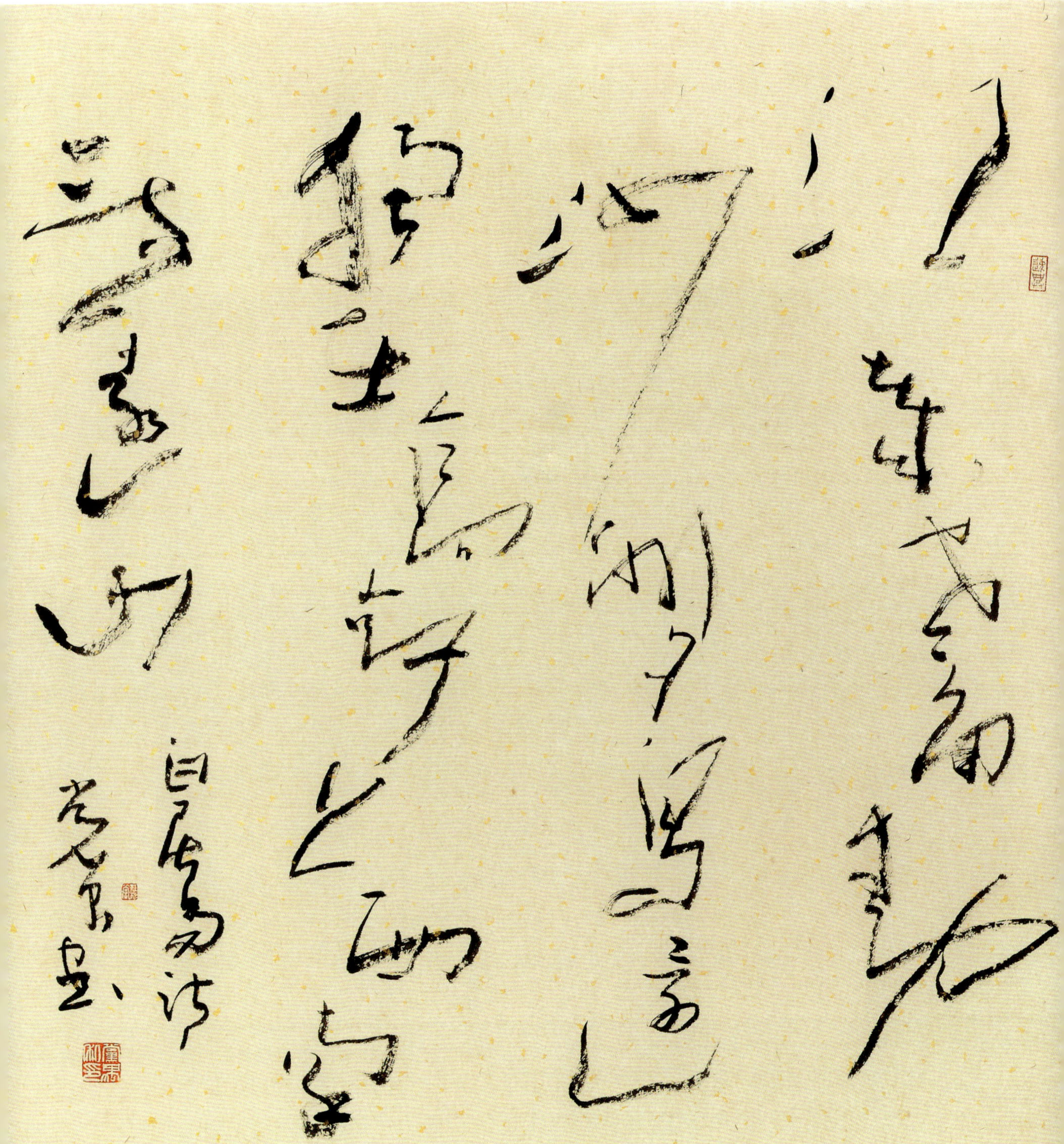

作品

《池窗》

白居易

池晚莲芳谢，窗秋竹意深。
更无人作伴，唯对一张琴。

76cm×73cm
2017年作

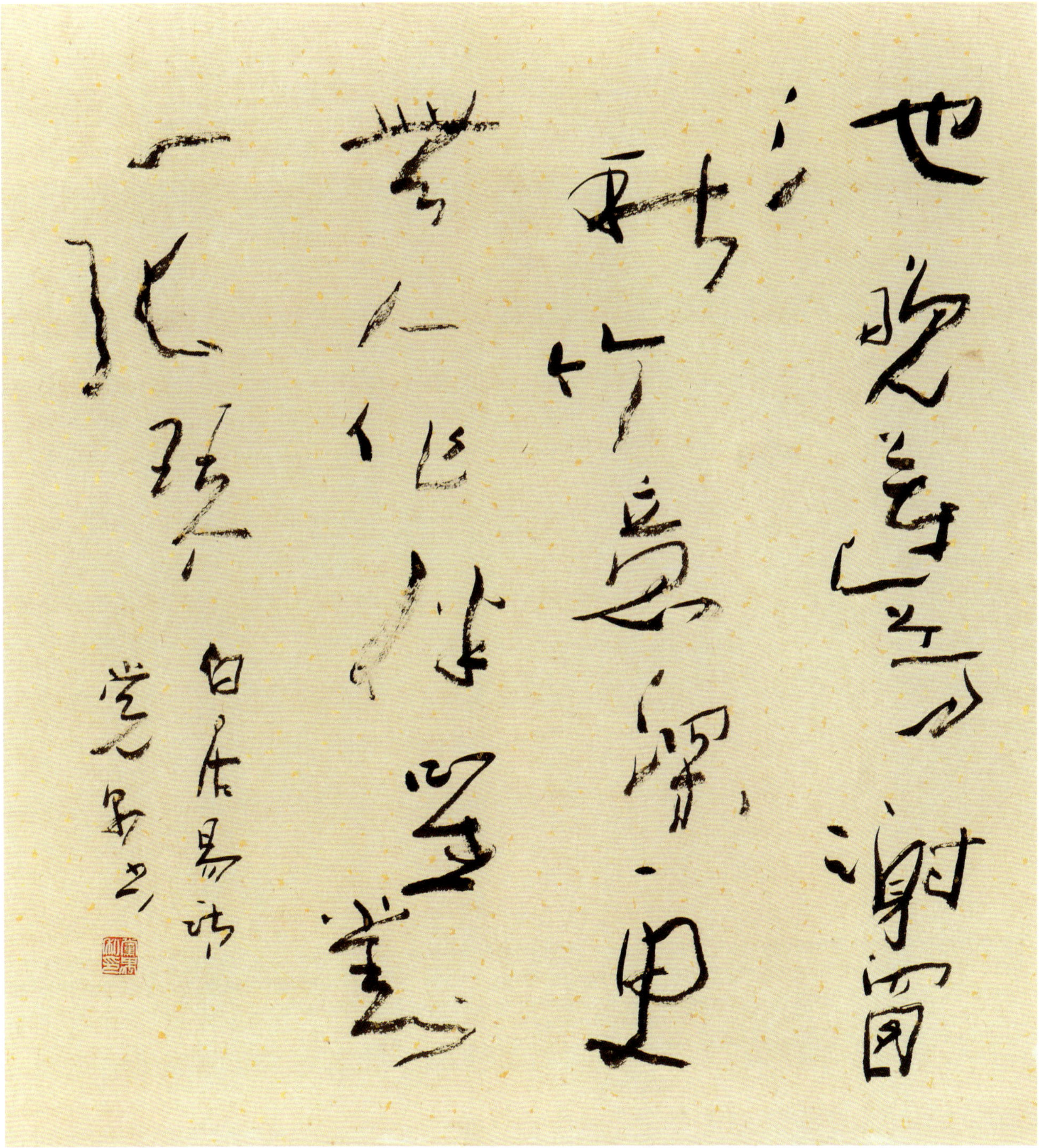

《登鹳雀楼》

王之涣

白日依山尽，黄河入海流。

欲穷千里目，更上一层楼。

76cm × 73cm

2017 年作

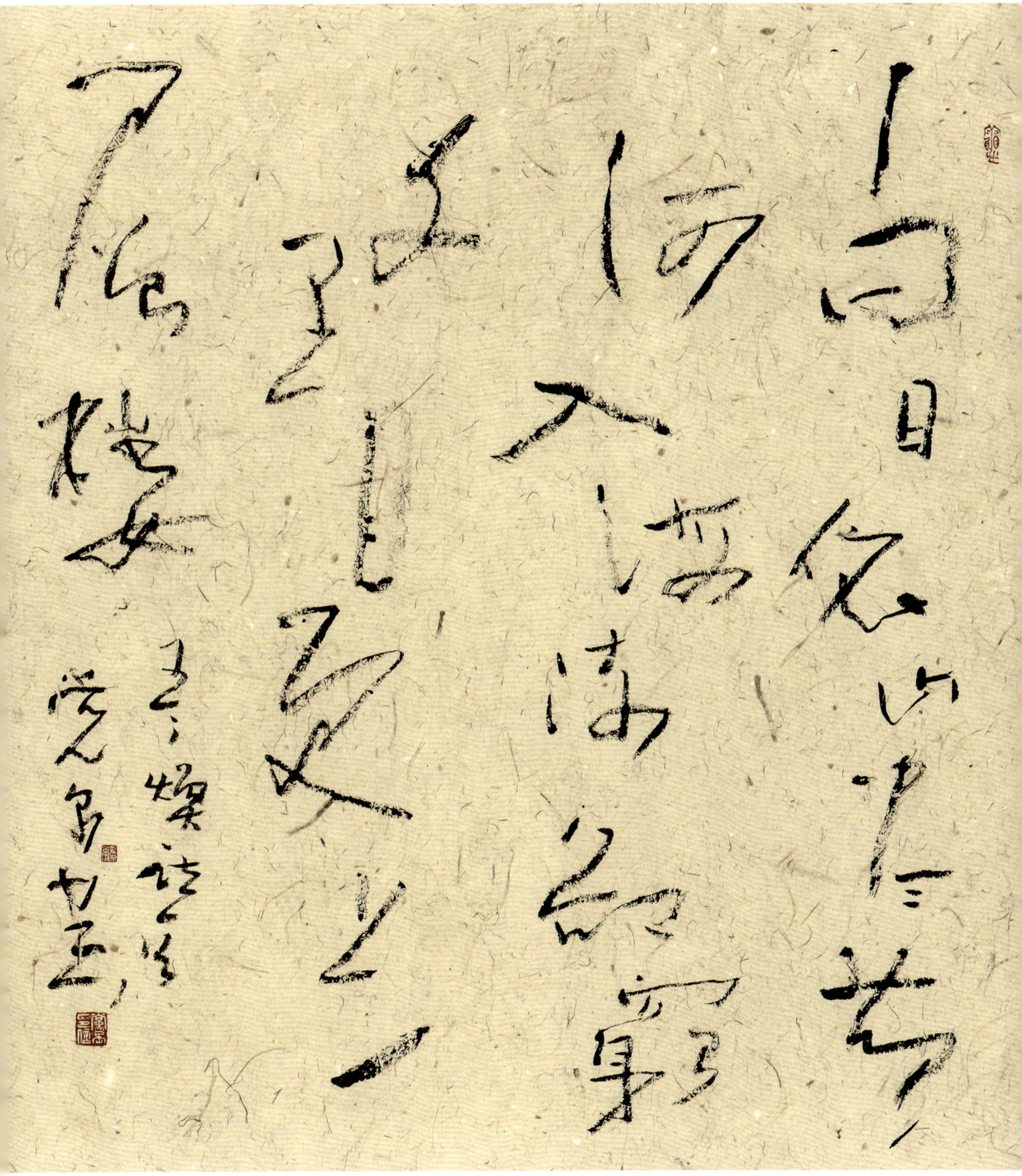

《阳羡杂咏十九首·茗坡》

陆希声

二月山家谷雨天，半坡芳茗露华鲜。
春醒酒病兼消渴，惜取新芽微火煎。

69cm×63cm
2017年作

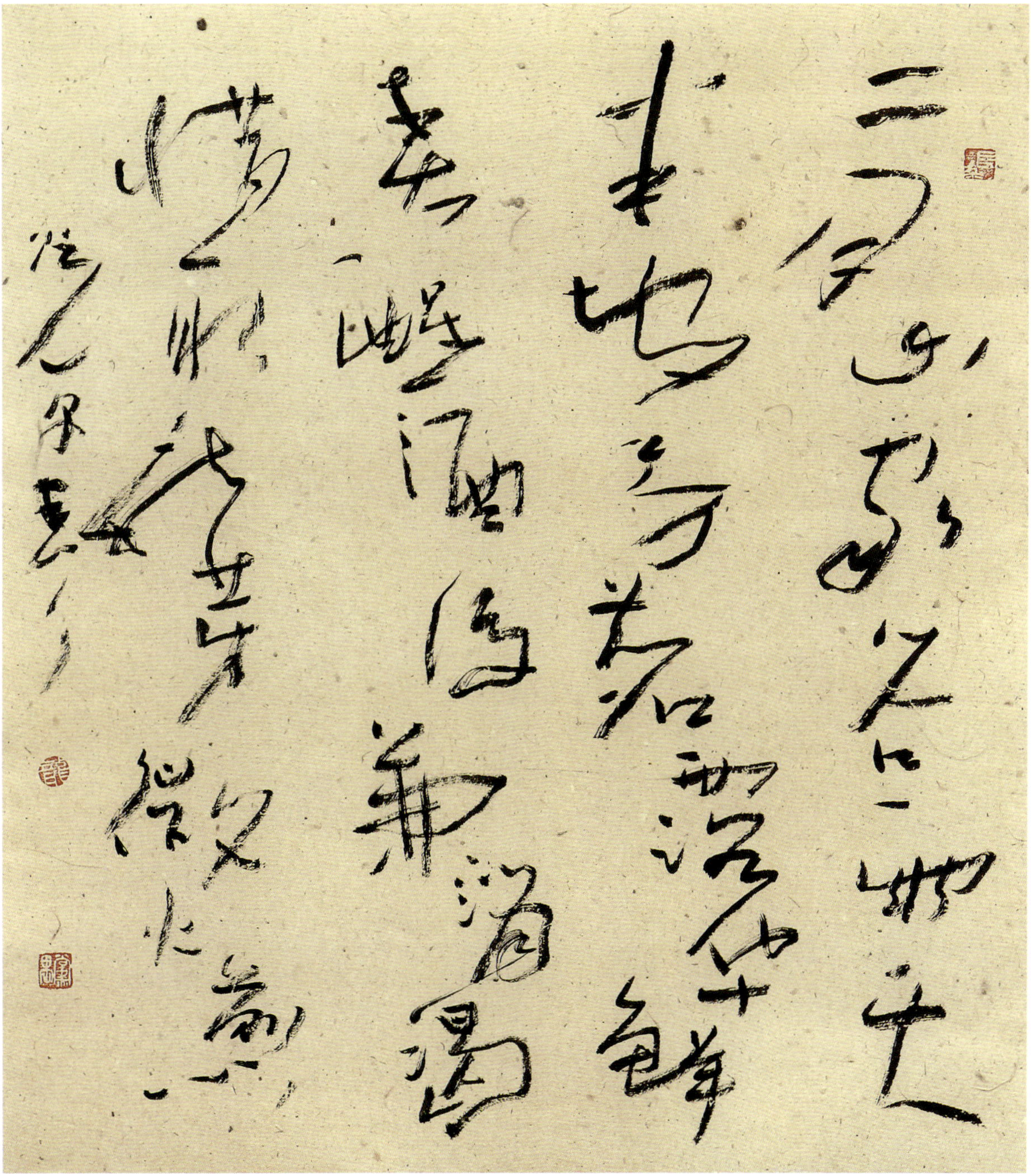

作品

《独坐敬亭山》

李白

众鸟高飞尽，孤云独去闲。

相看两不厌，只有敬亭山。

69cm × 50cm

2017年作

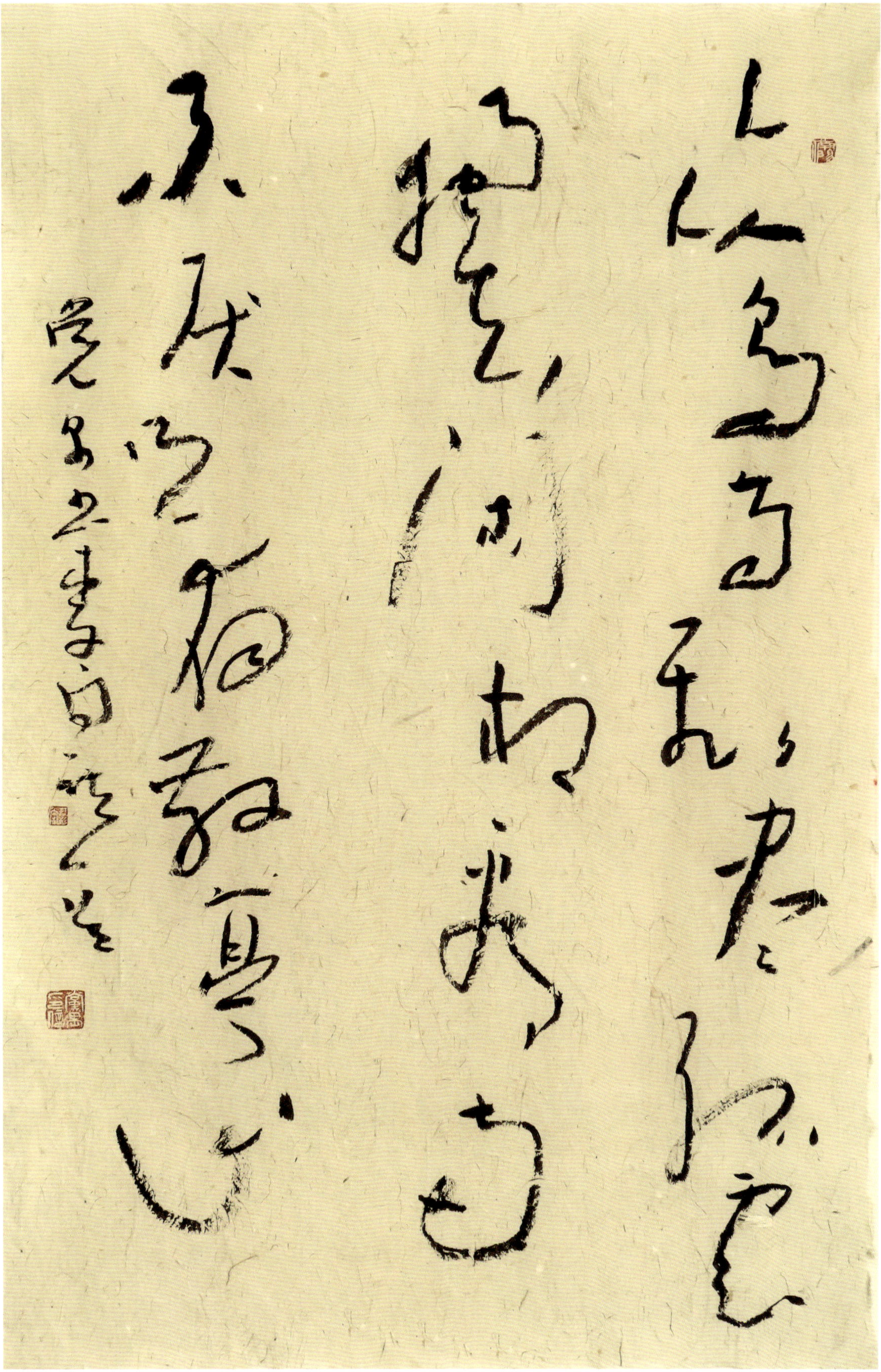

作品

《将赴吴兴登乐游原》句

杜牧

闲爱孤云静爱僧

69cm×69cm

2017年作

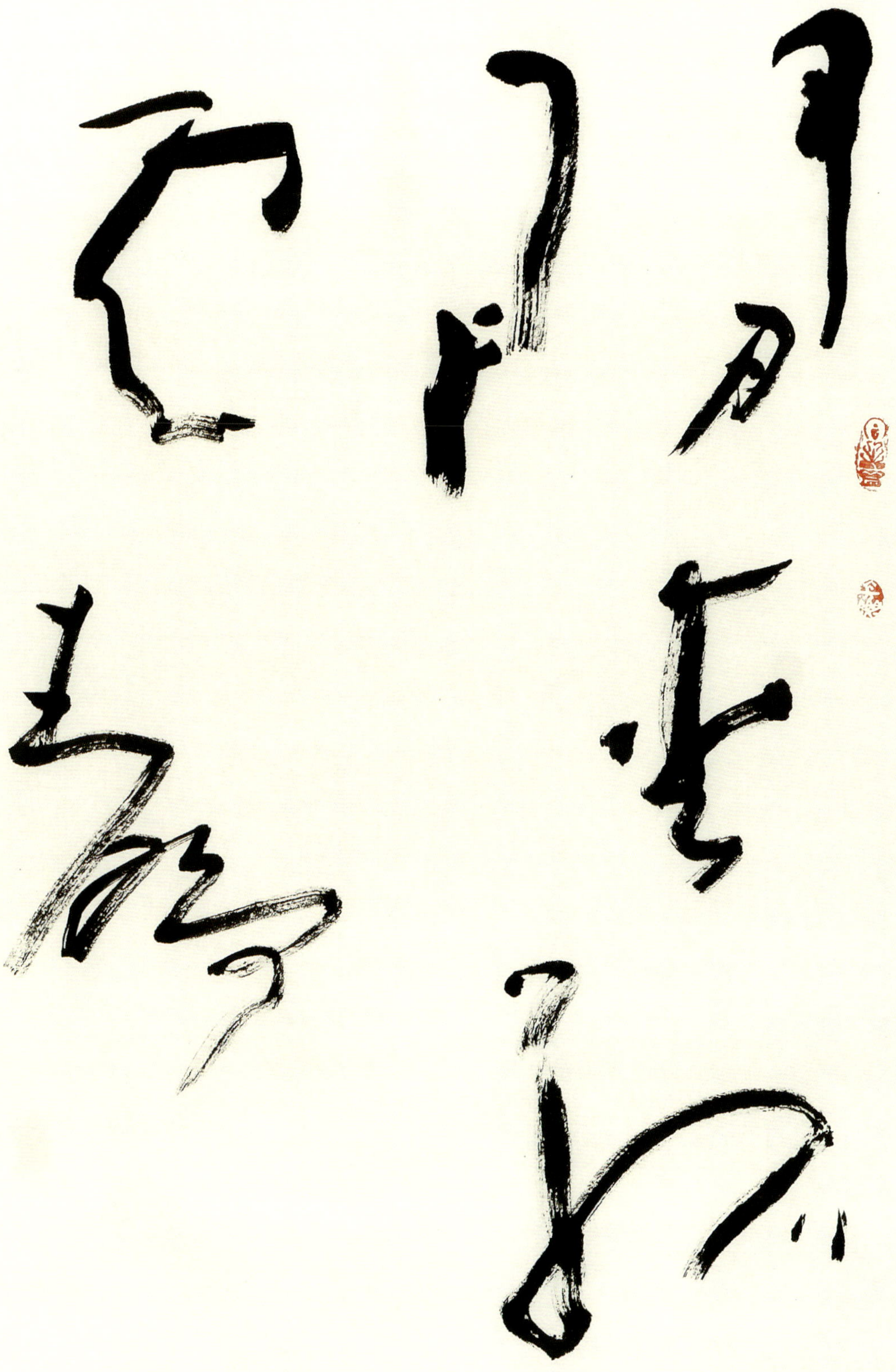

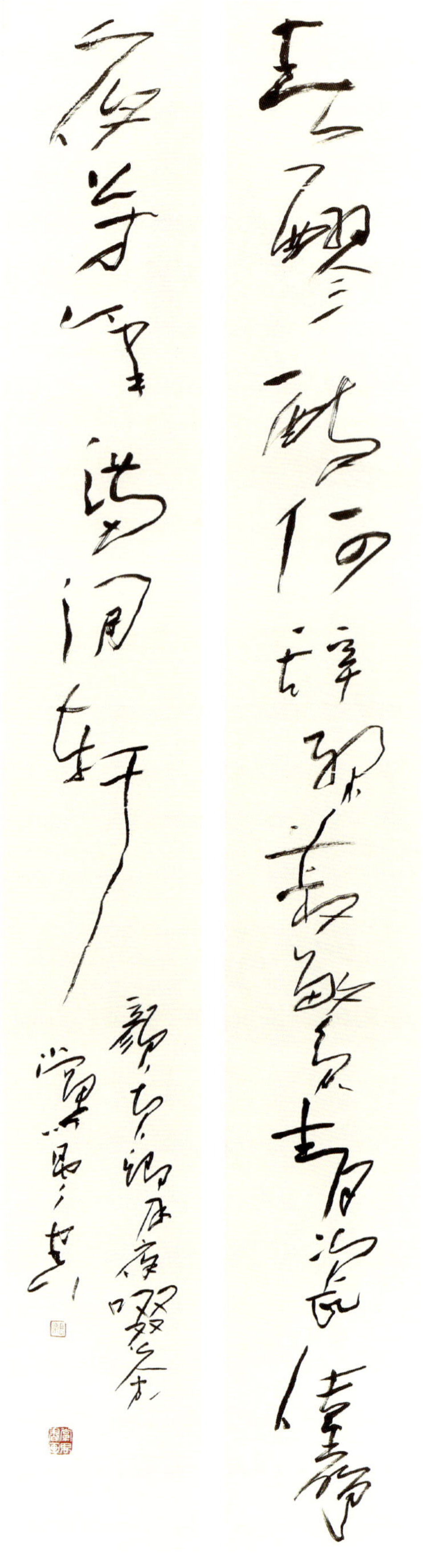

《五言月夜啜茶联句》

颜真卿

泛花邀坐客，代饮引情言。

流华净肌骨，疏瀹涤心原。

不似春醪醉，何辞绿菽繁。

素（青）瓷传静夜，芳气满闲轩。

180cm×35cm×4

2017年作

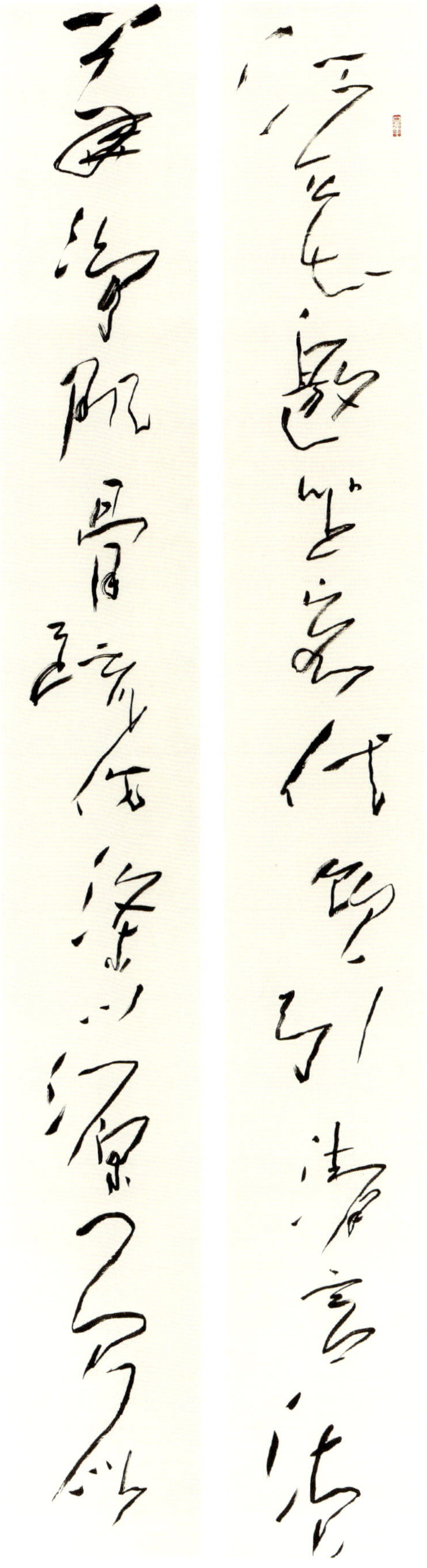

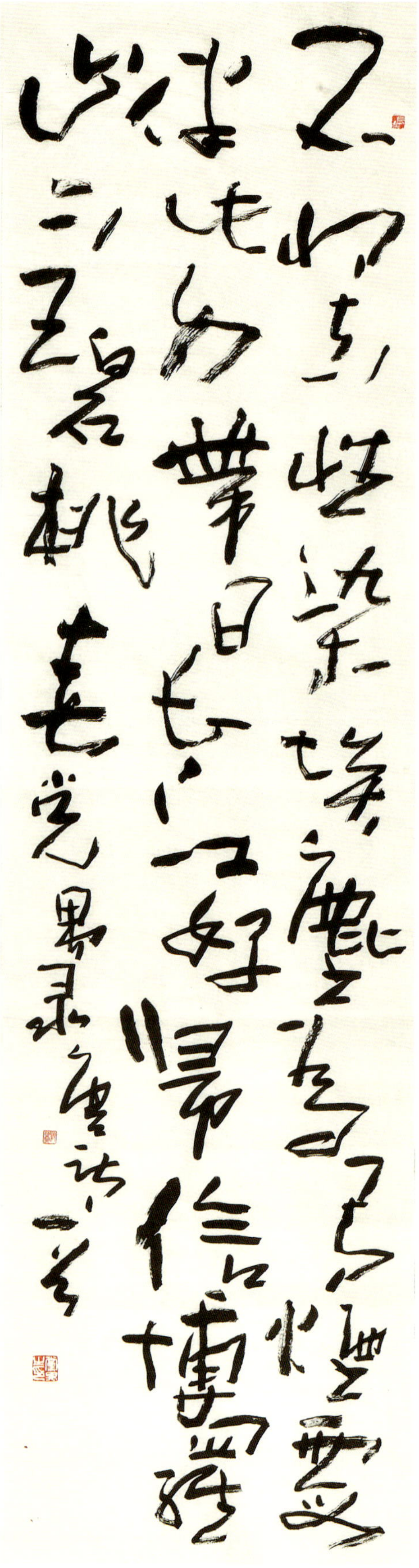

《寄题罗浮别业》

高骈

不将真性染埃尘，为有烟霞伴此身。带日长江好归信，博罗山下碧桃春。

180cm×50cm

2017年作

《渡荆门送别》

李白

渡远荆门外，来从楚国游。
山随平野尽，江入大荒流。
月下飞天镜，云生结海楼。
仍怜故乡水，万里送行舟。

180cm × 50cm

2017 年作

艺术谈

我的草书创作

党禺

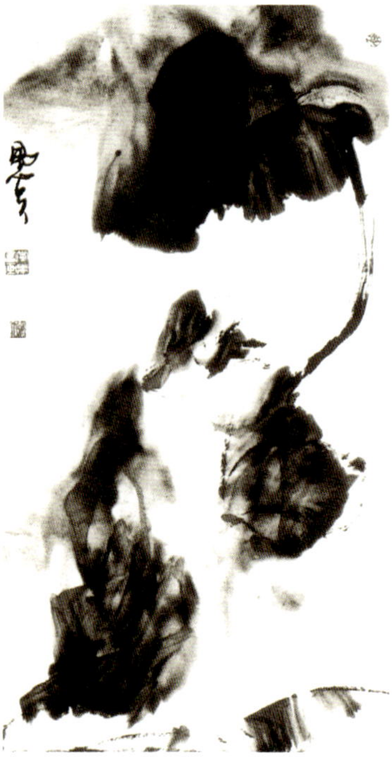

自由自然

听雨

《自由自然》

这是一幅由行草“自由自然”四个字组成的现代派书法作品，虽然有水墨渗润，但其本质仍是一幅行草作品。如果说，我对社会和历史有一点贡献，就在于我创造了这幅独一无二的亦书亦画的艺术作品。

这幅作品被多数人看成是水墨画，看成是一幅“水气淋漓”的中国墨荷，以至于被《世界华人书画集》收录于《中国画》部分。

艺术创作的价值，在于其艺术形式的美学容量以及感情容量和哲学容量的多寡，并且是否具备了时空上的“唯一性”，这幅作品，恰恰具备了诸多要素。它美得动人心弦，也美得朦胧迷离，如同最高级的数学是模糊数学一样。

说它唯一，是因为无论如何，我也无法再次完成这幅作品。我为创造过《自由自然》而自豪。我更为自己自由自然的艺术创作而自豪。

《听雨》

1988 年，我在传统书法创作中摸爬滚打 20 年之后，因为《狂怪和创新》《狂怪和美》这两篇曾引起中国书坛轩然大波的“狂”文，我成了中国现代派书法群体中的一员。

十几年过去了，我的现代派书法创作仍未脱离汉字，多以少字数面目出现，而且，这种书写倾向逐渐向传统行草书创作延展。书法创作，越是字少就越难书写。比如“听雨”，“听”字点画繁多，“雨”字点画稀少，原本很难安排，而且一笔失准，全篇皆输，毫无救补的余地。所以，不但考验创作者的技法功底，更考验创作者的构图能力。

这幅作品书写之先，我并没有“意在笔前，字居心后”（王义之语），更没有“预想字形偃仰平直，然后书之”（宋曹语），而是想起《雨打芭蕉》的曲子，心随曲走，手随心动，瞬间“听雨”就诞生了。再来分析，“听”字倾侧呈探听状，“雨”字如“雨打芭蕉”，声声入耳；“听”字的凝练厚重，“雨”字的空灵透剔，使这幅书法如诗如画。

我的现代派书法创作，依然是书法的用笔，但是加入了国画的墨法，并且，构图强调音乐的节奏感，三者相互融合，瞬间完成创作。这幅作品就是一个例证。

《狂风》

这是一幅几乎被丢弃了的作品。它的诞生，原本不是创作，而是为了蘸去原作上多余的墨汁，因而覆盖在原作上的复制品。原作交出去，还得了大奖。这张吸墨纸，却没有马上被揉成一团扔掉，反倒意外地留存下来。

后来发现，这幅作品中飞沙走石、狂风猎猎的感觉，比原作甚至更好。当时，我感觉“风”的最后收笔，似乎不该这样往上提。几年后，作品展览后，艺术界好评如潮，《狂风》成了我艺术上“狂”的注脚，“狂”的经典。那“风”字上行的收笔，也有了最好的美学意义——有评论家因此认为我“充满激情，却不滥情”。

现在，当两篇论文（《狂怪和创新》《狂怪和美》）已成历史，一纸《狂风》却成为我践行自己美学理想的一个艺术实践。

当今社会，“大师”满天飞，“狂者”比比皆是。我告诫自己，少一点狂言，用作品去“狂”，而且，“狂”到骨子里。

狂风

《狂怪乱黑，我有我法》

这幅作品笔墨的“枯”“焦”，出类拔萃。看原作，甚至部分墨团凸出了纸面，书画界朋友帮我甄选作品时，一眼就看中了它，觉得确实“狂怪乱黑”，形式感特别强。

仔细分析，“乱”“我”乍看似丑，其实，黑白、虚实、对比突出，笔法到位。整体看，显中见隐，稳中有奇，刚健大气又统一协调。

我遵循的“格式塔美学”，在这幅作品里又一次得到了验证。

狂怪乱黑，我有我法

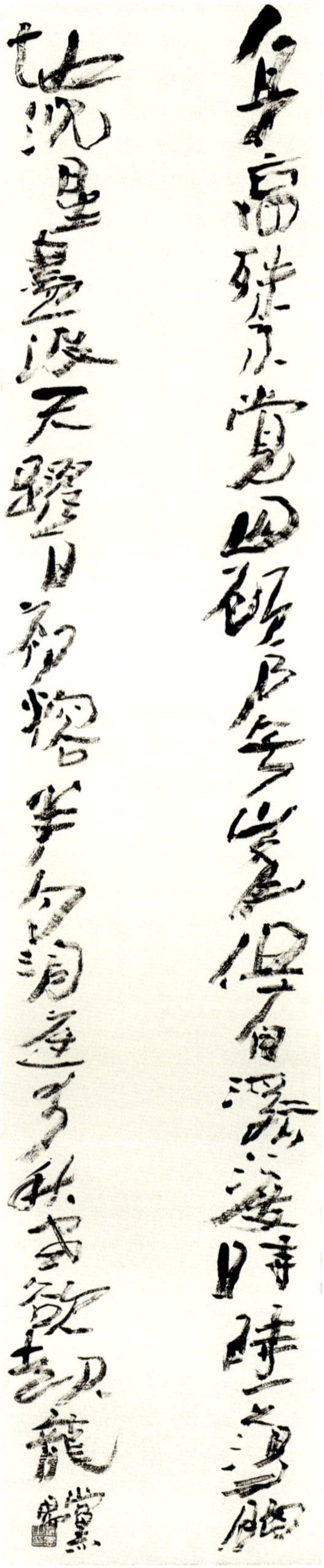

《晨登衡岳祝融峰》
身高殊不觉，四顾乃无峰。
但有浮云渡，时时一荡胸。
地沉星尽没，天跃日初熔。
半勺洞庭水，秋寒欲起龙。

《晨登衡岳祝融峰》

搞艺术，必须首先学习前人，但学习的目的是为我说用。如同牛吃百草、蜂采百花一样，吸收和产出是截然不同的。所以，单纯评价作品学谁、像谁，是没有意义的。

初看，作品带给人以艰涩苍茫之感，细看，既有豪气的抒发，也有郁气的挣扎，但唯独没有无病呻吟的扭捏。虽字字见丑，但笔笔见力，字里行间充斥着浩荡之气。

这正是我的艺术风格——格式塔美学——有意味的形式。

《君不见，黄河之水天上来》

这幅作品与我平素的作品相比，幅式、章法、点画、结构，乃至气韵意味，大致相同，唯不同者，涩笔飞白丰富、苍茫，变化更多且更大，窄长的幅式，如同宽银幕电影，更具波澜壮阔的视觉画面。

显而易见，这幅作品的格调气势，及其意境和形式更具峭峻、劲健，很好地表达了黄河落天的大气磅礴。以书法的形式，为李白的潇洒、唐代的雄强，做出了形象贴切的艺术表达。

《沣上对月，寄孔谏议》

为突出自己某种固定的艺术形式特点，而牺牲艺术作品本身应有的独特，以一种形式和字体，去重复百篇文、千首诗，不是成了写字机器吗？

这幅作品淡泊、清雅，和这首诗的意境相得益彰，达到了性天澄澈般的融溶，看来，潜意识里所固有的对文字意蕴和书写形式的敏感沟通，以及在书写中心理情绪受到文字意境的暗示和激励，我的这种艺术特性还是相当顽强的。

十多年前，我在文章中说过："弥漫宇宙的线条及其构成，明晰又朦胧，清楚又神秘，为何要把它禁锢在某种固定的形式中呢？"

通过梳理和对比，我发现，只要全情投入艺术，任性由情地创作，即便作者自己，想要固守某种艺术形式也是很难的——因为艺术作品不仅仅有习惯性、物理性的形式，还有顽强的专属于艺术家个人的心理性影像。

悟到这些，是我艺术创作的大幸。

君不见，黄河之水天上来，奔流到海不复回

《梅花》

有人问，这类作品是什么体？我笑了笑:“党体”，自由自在的！

有人说:“这有些‘做作’，‘过’了。”也有人觉得没有彻底放开，保守了。可我自己清楚，这些都是自由自然的好孩子。

比如这幅作品，有点儿软，又透着点儿硬；有点儿空，又有点儿挤；结构有歪又有斜，用笔却变化多端；难见“传统”之踪影，但却黑白相生、疏密相成，通篇和谐自然。

艺术之妙全在“羚羊挂角，无迹可求”，过犹不及也好，矫枉过正也罢，都无所谓，审美正如“空中之音，水中之影，言有尽而意无穷，形有尽而境无穷也”。面对作品，还是请你静下心，慢慢品味吧。

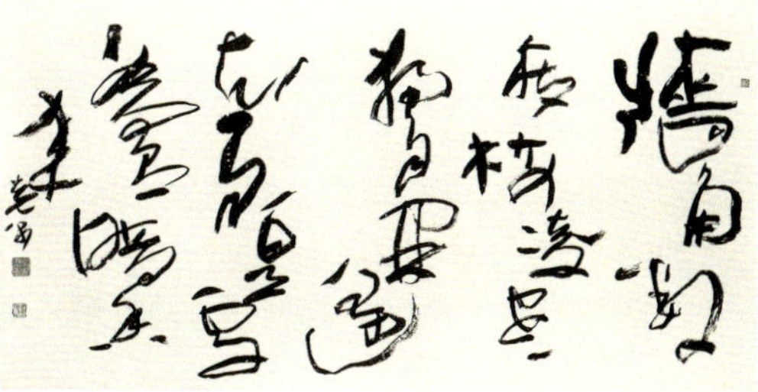

《梅花》墙角数枝梅，凌寒独自开，遥知不是雪，为有暗香来

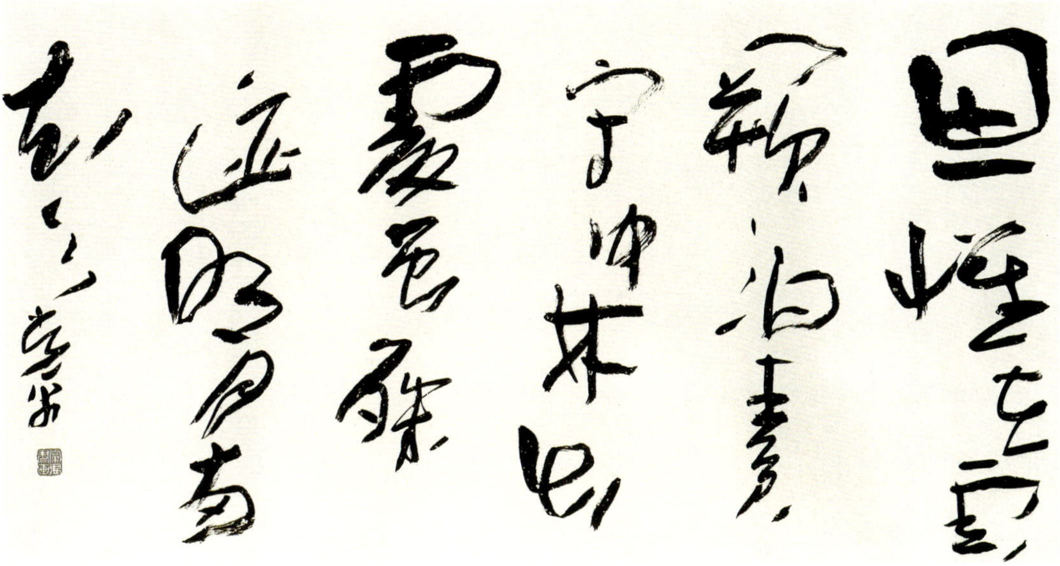

《沣上对月，寄孔谏议》思怀在云阙，泊素守中林。出处虽殊迹，明月两知心

艺术年表

1947年

出生于豫西南阳。

1979年

当选为平顶山市书法研究会副会长。

1980年

作品入选河南省首届书法展览。

1982年

论文《试沦狂怪》入选“河南省首届书学理论会”。

作品入选上海《书法》杂志。

1983年

加入河南省书法家协会。

到山东云峰山考碑，遍览云峰石刻。

作品入选《中国书法》杂志。

1984年

论文《云峰石刻探美》入选“云峰诸山北朝刻石学术讨论会”。

书法作品参加首届“中原书法大赛”并获三等奖。

1985年

论文《狂怪和创新》在《书法研究》发表，后被中国人民大学报刊资料《造型艺术研究》1986年第1期全文转载。

作品入选“国际书法展览”，在会上拜中国书法家协会副主席黄绮为师。

参与创办《青少年书法》杂志。

1986年

调入河南省政法干部学院专职教授书法。

参与撰写河南书法研究院出版的《书法教程》之“书法史”部分。

1987年

论文《狂怪和美》入选“中国新十年书法论辩会”，到会宣读后引起激烈辩论。

1988年

加入中国书法家协会。同年，加入中国现代书画学会。

到天津大学王学仲艺术研究所进修，成为王学仲先生的入室弟子。

论文《云峰石刻探美》在《郑州大学学报》第3期发表，并获优秀论文奖。

书法作品参加“第二届中原书法大赛”并获二等奖。

任“国际新书法大展”评审委员，并到桂林参加评选。

1989年

论文《论王学仲先生的书法艺术空象观》在《青少年书法报》上发表。

论文《传统的核心精神就是创新》收录于1990年出版的《书法新论》一书。

1990年

合著《书法教程》在河南美术出版社出版。

书法作品参加中国对外交流协会主办的“中国现代书画大赛”，获一等奖，其副本《狂风》成为水墨代表作。

论文《狂怪和创新》被收入《中国书法论著辞典》。

1991年

著作《书家必携》在河南美术出版社出版发行，多年来畅销不衰。

参与编写《书法知识千题》，1991年在河南美术出版社出版。

受司法部教育司委托，主持编写《书法与司法笔录训练》（中国政法大学出版社出版）。

参加“中国当代书法家作品邀请展”并当选为组委会副主任。

1992年

应聘到海南师范学院（现为海南师范大学）教学。

创作现代派书法作品《迷》。

应聘为《现代书法》杂志编委。

1993年

在《现代书法》杂志发表现代派书法作品5幅。

论文《明、清书法家群体比较》参加“海南省首届书学理论会”。

1994年

《读党禺的现代派书法》一文被收入四川美术出版社出版的《中国现代派书法赏析》一书。

1995年

作品获“海南省第四届书法、篆刻作品展”金奖。

主编《书法教程》并由海南省南海出版公司出版发行。

参加在江苏省美术馆举办的“中国现代派书法十周年纪念大展暨学术研讨会”。

创作《自由自然》《废纸三千》等一批现代派书法代表作。

1996年

《党禺书画集》由广西美术出版社出版。

1997年

1月20日—26日，中国书法家协会、中国艺术研究院主办的“党禺书画展览”在北京中国美术馆举办，同期举办“党禺艺术研讨会”。

1998年

赴日本进行学术访问，在秋田县立美术馆举办展览和美学讲座。

1999年

4月，参加海南省文联主办的“中国党禺·日本长沼雅彦书法联展”。

6月，参加在成都举办的“巴蜀点兵·99成都20世纪末中国现代书法回顾展”。

7月，在广东省博物馆举办“党禺书法展”。

2000年

游学北京及江南，访兰亭旧址、青藤书屋和黄宾虹故居。

2001年

定居广州，专注怀素《自叙帖》学习，草书风格逐步形成。

2002年

为白云山风景名胜区能仁寺题写《即心是佛》并刻碑。

2003年

举办“汉唐雄风·中国书法名家邀请展”，首倡“汉唐雄风”艺术精神。

12月月底，《党禺书法艺术·行草卷》出版。

2004年

到北京参与“华夏（北京）艺术学院”的筹办，受聘为美术系主任。

2005年

创作《苏东坡·念奴娇·赤壁怀古》等一批巨幅作品。

在广东东莞和河南省南阳美术馆举办“党禺书法艺术展”。

8月，赴甘南采风，回来后创作《九寨飞瀑》等一批国画。

2006年

3月，“大风·党禺书法艺术展”在广州艺术博物院举办，出版作品集《大风·党禺书法作品集》。

8月，赴新疆采风，历时一个月，行程近万里，后创作《吞吐大荒图》等国画。

12月，中国书协学术委员会委员西中文先生《党禺的书法艺术》一文在《书法导报》刊发，提出“党禺的书法是真正的艺术创作”。

2007年

7月，佛山市委宣传部主办“党禺书法艺术展览”。

12月，《解读党禺》出版，对党禺40年的艺术之路进行了完整的总结。

2008年

5月，广州皇阿玛拍卖公司举办“党禺书法艺术展”。

7月，“党禺书法艺术展”在江门美术馆开展。

9月，《增广书画家必携》一书由岭南美术出版社出版发行。

2009年

7月，广东省收藏家协会主席陈少湘先生主编的《收藏党禺》出版。

9月，“党禺书法·传统与创新”在广州越秀区图书馆举办。

12月，广州市越秀区宣传部主办“党禺艺术展”，并出版《党禺书法艺术·毛泽东诗词卷》。

2010年

在广东省文联艺术馆举办“心象·党禺书法展”，出版《党禺书法艺术·综合卷》。

2011年

6月，在澳大利亚墨尔本澳华历史博物馆举办“天涯万里游·党禺书画展”。

10月，湖北武汉市委宣传部主办的“心象·党禺艺术展”在武汉美术馆举办。

12月，在北京西城区文化艺术中心举办“天高云淡·一首词的展览”。

2012年

4月，当选为广州市荔湾区政协委员。

2013年

9月，出版《党禺书法艺术·心象卷》，标志着方草艺术的建立。

11月，出版《党禺书法艺术·心画卷》，书画交融的心象艺术基本成形。

2014年

1月，受聘为广东省文史馆馆员。

3月，参加国家画院主办的“汉书形意——中国汉字水墨艺术展”。

3月，在日本大阪举办“禅茶一味艺术展”。

4月，广州市委宣传部主办的“汉唐雄风·党禺艺术展”在广州艺术博物院举办。

6月，方草作品《不到长城非好汉》被中央档案馆收藏。

7月，巨幅方草作品《大江东去》被广州国家档案馆收藏。

10月，方草作品《毛泽东诗词·清平乐·六盘山》被人民大会堂管理局收藏。

12月，由湖北美术馆和广东省文史馆主办的“大江东去·党禺书法艺术”在湖北美术馆举办，并同期举行了研讨会。

2015年

1月，草书作品《行云经天》《杏花流雪》被湖北美术馆收藏。

1月，《信息时报》推出专版《当代书法的边界在哪里》之后，党禺做出了书面回应——《坚守书法的边界》。

2月，第二次当选为广州市荔湾区政府特殊津贴专家。

6月，在广州广粤会举办沙龙“书情时代·党禺艺术谈”。

10月，在北京恭王府艺术中心举办“我心光明·党禺书法艺术展”。

2016年

4月，长卷《小草千字文》创作完成。

6月，创作《古歌谣·魏碑卷》和《诗经·隶书卷》。

7月，赴太行山写生，创作素描作品60余幅。

2017年

4月，在广州举办“满庭芳·党禺师徒书画展”。

5月，在江苏扬州八怪纪念馆举办“月满扬州·党禺七十艺术展”。

7月，创作《唐宋词·行书卷》。

10月，参加广东省文史馆的洛阳考碑行，第十次参观洛阳龙门石窟。

11月，在广州雅趣艺术馆举办“山居秋暝——党禺书画展”。

2018年

3月，整理国画旧稿。

5月，完成《唐诗·草书卷》的创作。

6月，完成《方草千字文》第三稿。

8月，整理《读写经典·党禺艺术丛书》四卷作品，不断筛选并补充创作。

12月，《读写经典·党禺艺术丛书》四卷书的样稿基本编撰完成。

重要个展

1997年1月……北京中国美术馆
1998年1月……日本秋田县立美术馆
1999年6月……海南省群众艺术馆
1999年7月……广东省博物馆
2006年3月……广州艺术博物院
2007年至2008年……广东巡回展
2009年12月……广州市越秀区文化艺术中心
2010年1月……广东省文联艺术馆
2011年6月……澳大利亚墨尔本澳华历史博物馆
2011年9月……武汉美术馆
2011年12月……北京西城区文化艺术中心
2014年3月……日本大阪堺市文化会馆
2014年4月……广州艺术博物院
2014年6月……北京航空航天大学
2014年12月……湖北美术馆
2015年10月……北京恭王府艺术中心
2017年5月……扬州八怪纪念馆
2017年11月……广州雅趣艺术馆

東南大學現代書画研究所客座研究員
黨禺先生

黨禺書法藝術展
主办单位:湖北美術館、廣東省文史館 承办单位:武漢宏朗制造股份有限公司 协办单位:長江商學院湖北校友會 湖北德潤古今文化傳播有限公

热烈庆祝月满扬州—党禺七十艺术展在我馆
扬州八怪纪念馆

作品集

- 《读写经典·党禺艺术丛书》 2019年岭南美术出版社
- 《党禺艺术书法·心画卷》 2013年中国美术家出版社
- 《党禺书法艺术·心象卷》 2013年书元文化出版社
- 《党禺书法艺术·综合卷》 2010年中国美术家出版社
- 《党禺书法艺术·毛泽东诗词卷》 2009年书艺出版社
- 《收藏党禺》 2009年中国评论学术出版社
- 《解读党禺·党禺书法艺术》 2007年书艺出版社出版
- 《大风·党禺书法作品集》 2006年书艺出版社
- 《党禺书法艺术·行草卷》 2004年河南美术出版社
- 《党禺书画集》 1996年广西美术出版社

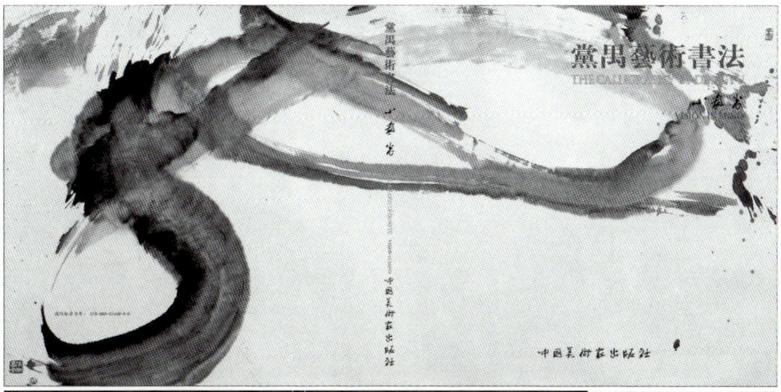
黨禺藝術書法
中國美術家出版社

党禺书法作品集
大风

解讀黨禺
—黨禺書法藝術
DANGYUSHUFAYISHU
書藝出版社

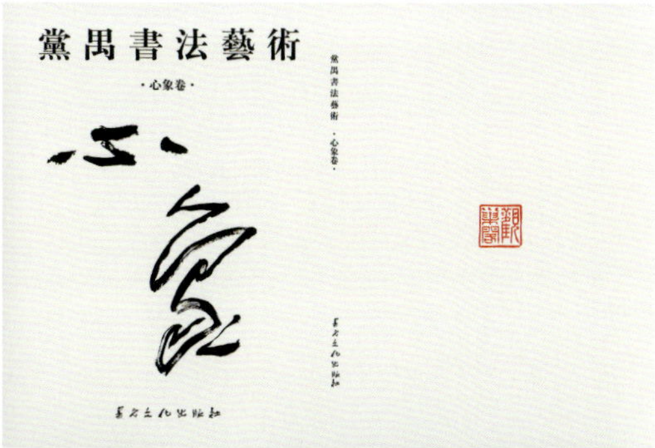
黨禺書法藝術
·心象卷·

黨禺書法藝術
綜合卷

广西美术出版社

黨禺書法藝術
行草卷

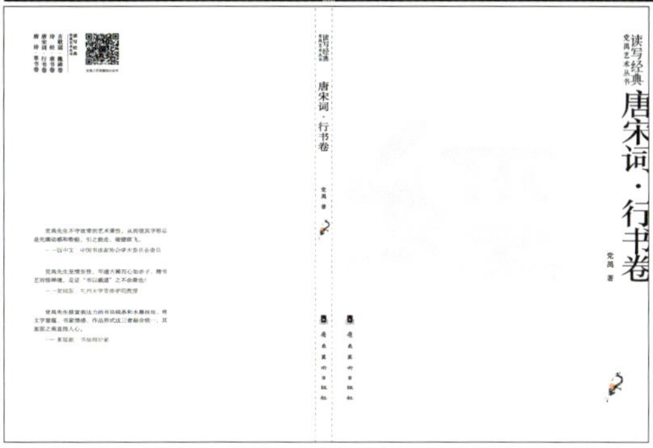
读写经典
党禺艺术丛书
唐宋词·行书卷
党禺 著

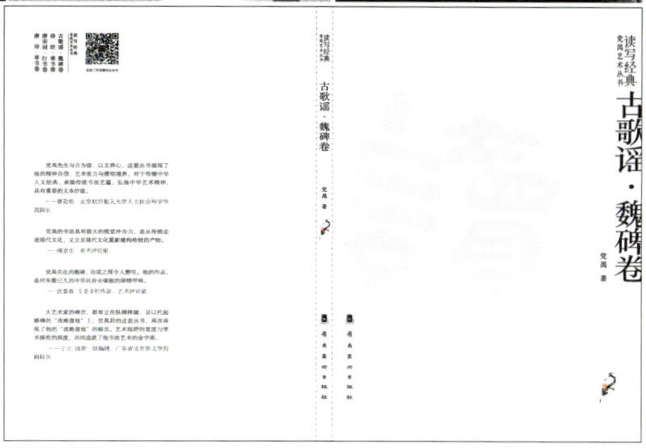
读写经典
党禺艺术丛书
古歌谣·魏碑卷
党禺 著

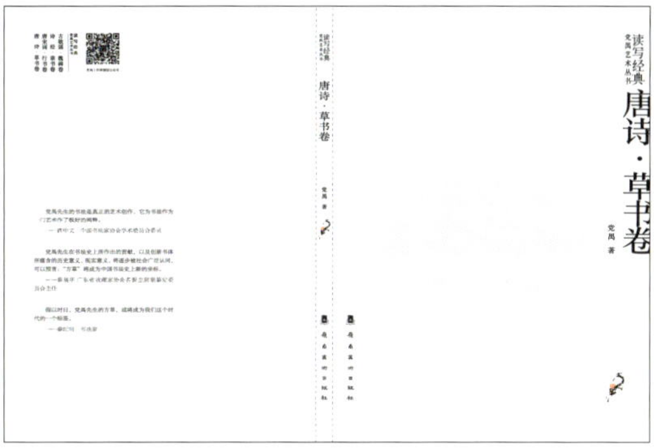
读写经典
党禺艺术丛书
唐诗·草书卷
党禺 著

读写经典
党禺艺术丛书
诗经·隶书卷
党禺 著

后 记（一）

狂生原来是儒生

周俊杰

我与党禺相识于40年前，从1978年到1992年，15年间，我们共同参与了当代书法界早期的大部分活动，编书，参展，开会，由相识到相知，惺惺相惜。

很多人以为，以“狂怪”理论著称的党禺，一定是个狂狷之人，只写狂怪之书。其实，了解他的朋友都知道：狂生原来是儒生。

20世纪80年代，正是改革开放之初，国门刚刚打开，西方美学著作进入视野，而传统文化在拨乱反正后，方兴未艾，传统与未来，两股力量在碰撞融合，文艺界萌生了美学大讨论，书法界也是如此。这段历史，我和党禺是亲历者，也是见证人。

彼时党禺入道不久，血气方刚，好学上进。他一边四处考碑，拜师，临习传统楷书，一边深入研究书法美学。面对浩瀚星河的书法传统，他着力于探究“书法创新”这一美学观点。1982年他的第一篇论文《试论狂怪》入选河南省首届书学理论会，1987年论文《狂怪和美》参加了“中国新十年书法论辩会”，提出“传统的核心就是创新”，两度引起学界激辩。

不过，秉持“创新”观点的党禺，在艺术实践上，却又是力主“集古终能自立家”（清，王文治）的融合派。1988年，党禺加入中国书法家协会，同年，在老师王学仲先生引介下，又加入了中国现代派书画学会。对此，他坦陈：“一手拉着传统，一手挽着创新，这是我几十年来，始终左顾右盼的艺术之路。”

所以，党禺对于传统文化的研习，对碑帖、书画、诗词，无不用心。早年，他在颇有影响的“中原书法大赛”“国际书法大

展”“国际临书大展”中屡次获奖，凭借的就是过硬的魏碑、隶书功底。那时，他给自己立了个规矩“50岁前不写草”。

2014年12月，我参加了党禺在湖北美术馆的个人大展，看到了他近年来的艺术创作，更体会到他一直以来对中国文化的坚守和努力。数十年间，这个曾经以研究书法“创新”著称的人，却一直踏踏实实地守着传统的功夫，精进、努力，从未懈怠。这套读经典、写经典的作品，如实记录了他对传统的理解和实践，是他在倡导艺术“创新”40多年后，对艺术传统的深情回望。

前些年，党禺远走他乡，浪迹天涯，种种艰辛，不言而喻。如今，我们天各一方，年愈古稀，但是，透过这套丛书，我依然感受得到，他对书法艺术的忠诚，所谓历经波折，不忘初心，这是我们这代人的坚守与担当。

谨以此文，祝愿老弟党禺，艺术之树长青！

2019年3月28日

（周俊杰：河南省书法家协会名誉主席，历任中国书法家协会理事、学术委员会副主任）

后 记（二）

千江有水千江月

雨秋

2018年，是我和先生相识的30周年，也是我的天命之年。

一日，走进电梯，明亮的灯光下，巨大的镜子里，头顶隐约有银丝闪烁，凑近细看，我大声惊叫：“哇！白头发！我有白头发啦。”先生在一旁笑出泪来：“哈哈，小姑娘变大妈啦，哈哈哈……”

这一刻，我与先生20岁的年龄差，鸿沟瞬间坍塌，变成了五十步笑百步。

30年的打磨足以改变许多，我的意气用事逐渐变成心平气和，先生则“从心所欲不逾矩”，愈发做回自己。两人习惯了遇事内求，渐渐避开外界喧嚷，很有些“躲进小楼成一统”的意思。

晨起，先生写字，面有得色，拿来一看：“一生负气成今日，四海无人对夕阳。”陈寅恪先生的诗句，我心中一动，起身泡茶，茶香袅袅，熨平心中的波澜，我和先生相视而笑：路是自己选的，因为愿意，所以不悔。

几年前，整理先生的诗集和文集，阅读大量的历史，愈发理解了先生的过往。成年人，谁都有过浩气冲天的青春，碰壁多了，不得不一步步妥协，理想渐渐成灰。但是，先生却是例外，抱定自己的方向，不曾退却，在这点上，他活得比我更纯粹。

2013年年底，先生的恩师王学仲老仙逝，先生夜不能寐，写下悼诗，看到那句“誓立东土厚万丈，敢铸方草随师魂”，我当时泪下，也终于心安——每个女孩都是紫霞，希望自己的意中人是一位盖世的英雄。身边这个倔强又沉闷的人，到底没有让我失望！

在全民性焦虑的时代，又身处名利场，到处是圈子，人愈多愈好，声音愈大愈好，先生喜欢朋友，却恐于应酬，不免寂寞冷清。其实，他是有过辉煌过往的，不过，是他自己主动退出了舞台。

艺术像一面玻璃，将他和时代的狂欢隔开，彻骨的孤独中，他时有叹息，更多时是自得其乐，“偶尔人前走走，到底还是独行”，说到底，艺术表达的是自家那颗心。

令人惊讶的是，文化自有强大的生命力，书法传统里也从来不乏创新的基因——先生36岁提出艺术创新，72岁完成“心象”艺术，他以自己的实践印证了自己的艺术理论，做到了“我手写我心”。

数十年的艺术探索，书法就是先生的佛经，他持戒，精进，禅定，如同一棵大树，根基牢牢地抓住大地，枝丫却奋力地向上伸展，漫长的浸淫后，他的创造力越来越丰盛，传统和创新，在他笔下互相渗透，最终水乳交融。

近来，跟着先生游走江湖，从南到北，

从北到南，见的人越来越多，经历的事儿越来越大，心中越来越明白：白云苍狗，世事难料。于是，我和先生时时自省：活在当下。

心经云：色即是空。人世繁华，百年不过一瞬。生命有限，必须学会舍弃，才能有精力做要紧的事。先生这一生，只为书法艺术而努力，我的当下，便是将他的理想和抱负，以及创作和探索，立此存照，留与后人去评说。

《读写经典 · 党禺艺术丛书》便由此而来。前后两年，不断取舍，不断重建，耗费大量心力物力，从构思到完成，终于在2018年年底收官。

以传统用笔书写经典诗词，是先生扎根传统50年的深情回望，如实呈现了他“从哪里来”的艺术渊源。下一部表达风格和个性的《自由自然》，将回答“到哪里去”的历史性思考，计划于2019年问世。

以一套书描绘一个人的艺术史，说实话，工作量是巨大的。我还奢望：真实记录先生的艺术脉络的同时，也能勾勒时代的背景。如此，两个岁数加起来超过120岁的人，全心投入，日复一日，每有进展，拊掌共庆。

最后，也是最重要的，是我们的感恩。

这些年，先生之所以还能够做出取舍，并且，以一种几乎是任性的方式完成自我，全赖你们的支持！假如，没有亲人、朋友的理解和包容，没有各位知音、至交的支持和帮助，先生的艺术理想，便是空中楼阁，有心无力。

感谢诸位亲人！感谢所有的朋友！谢谢你们一路加持！

2018年9月9日

读写经典

党禺艺术丛书

唐宋词·行书卷

党禺 著

嶺南美術出版社

中国·广州

图书在版编目（CIP）数据

读写经典·党禺艺术丛书. 唐宋词·行书卷 / 党禺著. 一 广州 ：岭南美术出版社，2019.5
ISBN 978-7-5362-6758-9

Ⅰ.①读… Ⅱ.①党… Ⅲ.①唐宋词—选集②行书—法书—作品集—中国—现代 Ⅳ.①I222②J292.28

中国版本图书馆CIP数据核字(2019)第058448号

责任编辑：刘向上　彭辉
责任技编：罗文轩
丛书策划/执行：雨秋
图片摄影：党亿安
书籍设计：腾云文化

读写经典·党禺艺术丛书. 唐宋词·行书卷
DUXIE JINGDIAN DANG YU YISHU CONGSHU TANG SONG CI XINGSHU JUAN

出版、总发行：岭南美术出版社　（网址：www.lnysw.net）
（广州市文德北路170号3楼　邮编：510045）
经　　销：全国新华书店
印　　刷：雅昌文化(集团)有限公司
版　　次：2019年5月第1版
2019年5月第1次印刷
开　　本：889mm×1194mm　1/16
印　　张：5.375
印　　数：1—2000册
字　　数：53.2千字
ISBN 978-7-5362-6758-9

定　　价：299.00元（一套4册）

总序

党禺从予游艺，历有岁时。潜心治碑版水墨画，日有进境。含碑帖之金英，漱丹青之芳流，积稿成帙。乘其出版问世之际，期其有大成焉。

丙子将至

黾翁王学仲

注：此序文为恩师王学仲先生1996年为我所题，先生斯人已去，但其教诲铭刻在心，不敢懈怠，故再以此文为序，怀念先生，致敬传统。党禺合十。

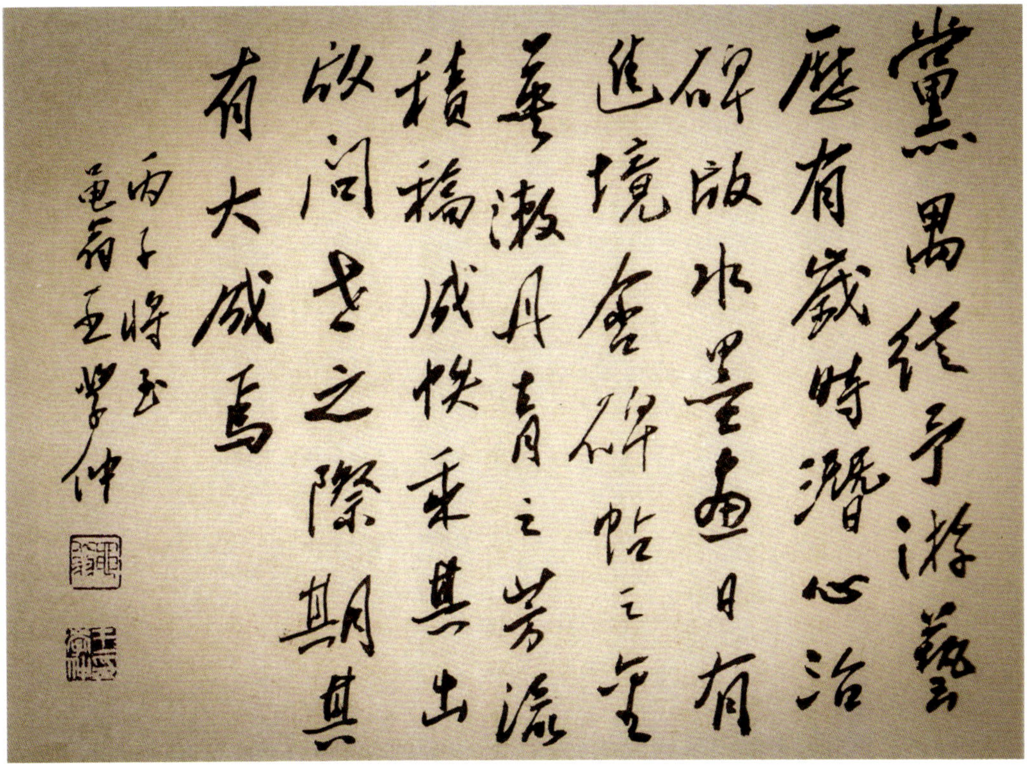

前 言

致敬传统

党禺

一辈子与书法为伍，不觉间，年逾古稀。

每当被人问起“书法的意义”，不觉犯难——书法于我，原是证悟此生的修行方式；于大众，该如何叙说？很多时候，我便想起蔡元培先生，作为中国提出美育的第一人，蔡先生早在1912年就提出了“美感教育”，以美术教育提高国民素质。现在看来，信哉斯言。

儿时，我的卧床四周贴满了父亲写的书法，冥冥之中指向了我一生的选择。5岁启蒙，长辈为我准备了柳公权的墨迹拓本，写字时十指皆黑却乐此不疲。中学时，学校邻着南阳汉画像艺术馆，天天看，石板上的飞舞的线条带给我无穷想象，这些，构成我最初的美育。

1971年起，我外出访碑，第一站是西安碑林，背着挎包带着干粮，痴迷地在碑林间踯躅三日。第二站是龙门石窟，之后造访不下10次。1983年，当我亲手触摸到《郑文公碑》，那种震撼，用今天的词来形容：那就是灵魂出窍！至此，我的书学之路走上正途。

再后来，脚步越走越远，在泰山经石峪观摩过《金刚经》的雄浑，在敦煌石窟端详过经书体的端庄，在鸭绿江畔探访过《好大王碑》的厚重，在云南曲靖邂逅《二爨碑》的灵动，在北京故宫博物院领略了《兰亭序》的圆融洒脱，在台北“故宫博物院”膜拜了《散氏盘》的顾盼多姿。这一生，能够拜谒如此丰盛的国宝碑刻，幸甚至哉！

这些古迹斑驳的艺术经典，透过岁月的风尘，展现出勃勃的生命律动，让我直观地理解了，什么是博大精深，什么是千年不朽。

从甲骨文到魏碑石刻，从王羲之的美到怀素的狂，书法绵延千年，字迹里蕴含着民族的信仰，点画中饱含着书家的真诚，可谓一派端方，气象光明。

江山代有才人出，先贤高度纯熟的技法，令后人高山仰止，学习传统是书家一生的功课。但是，一味复古，或抄袭古人，或重复自己，单单注重技巧的精熟，让作品变成流水线上的工业品，失去了艺术鲜活的生命，更难觅见书家的真性情，这样的流行，恰恰是艺术的大敌。

更何况，时下的书法艺术还面临着历史的抉择：进入信息时代，书法摆脱了工具性的束缚，该如何走向更加纯粹的艺术性？

这些，是当代书家必须面对的考题。

这套作品集，可以说，是我对传统学习的一次检阅。为了保持专题创作的基本风格，我将个性表达暂且让位给了统一。但是，为了贴近古诗词的文义，即使同属魏碑、隶书，个别作品依然呈现不同的艺术风格。这，便是我所追求的艺术：书法的形与文本的意，都是美学上有意味的形式。

很多人习书，一味追求“像”原帖，对此，我却充满警觉：一旦发现临帖近似，面临程式化的状态，我会放下，回头，转临另一种帖，并且风格完全不同——以此，就是为了打开门户之见，博取众家所长。

传统并不是某种固化的形式，而是百川汇集的一条大河，因认知僵化而将自己囚禁，无法领略传统的厚重与博大。

《金刚经》有云：若以色见我，以音声求我，是人行邪道，不能见如来。

谨以此，向伟大的传统致敬！

最后，借此新书出版，向一直以来给予我大力支持和帮助的杜泽桦先生、董书通先生，致以诚挚的感谢！

2017年11月21日

《读写经典》出版说明

一、 出版背景

目前，书法学习已经被列入中小学课程，同时，各地老年大学设有书法课程，加之社会上的书法爱好者众多，书法审美的社会需求，可以说是极为广泛。

书法审美的学习，一般从楷书、行书入手，目前市面上所见魏碑、隶书类教材，多为古碑拓本，内容古奥，适合于一般人群书法认知的相对少见。为此，作者特地创作一套面向社会大众、具有广泛适用性的楷书、行书、草书作品。

书法是一项美育工程，讲究对技法的审美和学习，也是对传统文化的认知和理解。本套书集以经典诗词为创作内容，以经典书体书写经典诗词，所以命名为《读写经典》。

二、 丛书特色

1. 本套书共四种书体：魏碑、隶书、行书、草书，基本概括了一般意义上认知的书体面貌。丛书分为四册：《古歌谣 · 魏碑卷》《诗经 · 隶书卷》《唐宋词 · 行书卷》《唐诗 · 草书卷》。

2. 每册选取诗词及选句大约 30 篇，提取古典诗词中的精华内容，文辞优美，内容浅近，便于读者理解和诵读，在欣赏书法之美的同时，加深对传统文化的理解和进行美育教育。

3. 本套书集每册大约有 90 页，广泛适用于技法学习、书法欣赏或者诗词诵读。整套购买，可领略不同书体的艺术特色。

4. 丛书由资深书法家党禺先生精心制作。党禺先生一向倡导书法的艺术审美，其书法研究从美学入手，曾在大学教授书法 20 多年，著有多部《书法教程》；其书法功底深厚，青年时期以“魏隶体”闻名并屡获大奖；中年后专注于草书，形成了以魏碑笔势入草的“方草” 艺术。

三、 分册说明

1.《古歌谣 · 魏碑卷》

古歌谣是中国最早的文学样式，词句简洁，节奏流畅。为展现古歌谣的高古和质朴，选用魏碑书体创作。整体艺术风格脱胎于《郑文公碑》，书风大气而厚重。

《郑文公碑》是魏碑中的典范，作者郑道昭被后世称为“北圣”，与南朝王羲之相对，其字体方圆兼备，雍容大度。党禺先生魏碑功底深厚，1983 年实地考察《郑文公碑》时，就亲手双钩《郑道昭刻石拓本》40 余通，并著有美学论文《云峰石刻美源略探》。之后 20 年的教学生涯中，又以颜柳法帖为法本，从而将颜体的宽博大度、柳体的斩截修长融入魏碑笔法，形成了独特的魏碑风格。

2.《诗经 · 隶书卷》

《诗经》是我国第一部诗歌总集，文辞优美，抒情热烈，充满音乐的节奏感。为展现这种风格，本册选用隶书书体，整体审美风格偏于《曹全碑》，以优美柔和的形式展现《诗经》的美感。

《曹全碑》是汉代隶书的代表作，风格秀逸，结体匀整，历来被书家所推崇。党禺先生青年时期练就了魏碑和隶书的功底，他对《张迁碑》《礼器碑》《石门颂》都深有心得，对《曹全碑》尤其下过苦功。此次创作，为避免曹体隶书的飘逸过多，从而损耗《诗经》的淳朴气质，部分作品中，根据文字意境，有意加入了《张迁碑》的朴拙厚重，或者《好大王碑》的宽博雄浑，使得这本《诗经 · 隶书卷》既有深厚的传统功底，又有丰富的审美情趣。

3.《唐宋词 · 行书卷》

唐宋词是国人千余年来的精神食粮，词源于唐代的曲子词，句子有长有短，和乐曲紧密结合在一起，节奏灵活便于歌唱；“以雅相尚”是宋词重要的审美追求，艺术风格争奇斗艳，豪放与婉约并存，读来余香满口，韵味深长。为展示唐宋词的韵律美和意境，本册以介于楷书与草书之间的行书体创作。

党禺先生1979年起在大学教授书法，并多次为大学编著《书法教程》，完成了实践中的“碑帖双修”。他的行、草书功底，源于孙过庭的《书谱》、颜真卿的《祭侄稿》和王羲之的《十七帖》。在多年的艺术实践中，党禺先生将帖学功夫融入由隶书发展而来的魏碑名帖《石门铭》《瘗鹤铭》之中，形成了独具一格的行书风格：潇洒宏逸中，透着浓郁的金石气息。

4.《唐诗 · 草书卷》

中国被称为“诗的国度”，唐诗是中国古典诗发展的全盛时期，标志着中国古典诗歌的高峰。唐诗的艺术美，让文字的美丽达到了一个极致的境界，影响深远且流传广泛，后人称“熟读唐诗三百首，不会作诗也会吟”。同时，唐诗的形式多样，题材广泛，体制齐备，成就辉煌。为了展示唐诗的丰盛，本卷书体采用了书法艺术的最高形态——草书。

党禺先生早年研习张旭、怀素、黄庭坚、王铎的草书，尤其对怀素下功夫最深，中年时期形成了将魏碑的方正融于草书的方草艺术，风格鲜明地表达了他的儒家思想和审美追求。60岁后，人书俱老，党禺先生认为，艺术家的使命是表达人类社会的多样性和复杂性，所以他跳出方草的个人风格，以更加多样的技法表达文字的意境。本卷草书创作，既可以看到怀素的笔法脉络，还可以看到王羲之《十七帖》的影子，以及更加高古的《平复帖》的神韵。

目录

评论文章

独山自有达人赏

——党禺书法艺术厓略

西中文

改革开放以来，书法进入复兴期，至今已有30多年的历史，回顾这30多年的发展，总的来说还处于恢复期。由于此前有较长时期的发展断层，在技法的传承、书风的延续等方面，都存在太多的薄弱点。因而艺术创新缺乏底气。20世纪80年代曾经有过一股“现代书法”的风潮，在书界有较大的影响。然而终于没有形成气候，而渐趋销声匿迹。

究其原因，从大的方面来说，主要是书界在艺术创新方面尚缺乏足够的传统根基和技法储备。同时，国人的审美心理仍然以怀旧为主要诉求，对大胆的艺术创新尚缺少接受的心理准备。因此30多年前的那一次变革的尝试，可以说是欲变而不知变。其失败的结局是可以想见的。

然而那一次短暂的创新实践却并非一无是处。别的不说，其敢于创新探索的精神对后人的启迪就是极其可贵的。从20世纪80年代以来，中国书坛基本上以回归传统、膜拜经典为主，书家争相以追摹古人为能事，艺术上少有创新。21世纪初首届青年展设立“创新奖”，希望在思想活跃的年轻人作品中发现石破天惊的创新之作，最后却使评委们大失所望。时至今日，纵观书坛，仍然是保守之风笼盖四野，而缺乏创新活力。

80年代的那次“现代书法”风潮虽然已为陈迹，然而仍然有人把其中的创新精神坚持下来，在艺术创新的道路上探索前行，并不断取得新的成就，其中一位突出的代表就是党禺先生。

党禺先生是一位思想非常活跃、不甘保守自封的艺术家。在20世纪80年代的“现代书法”风潮中，他深受启迪，并积极参与创新探索的实践和理论研究。那时候他写的论文《狂怪和美》在《书法研究》上刊发，在全国书界引起较大的反响。

党禺先生在艺术上有一股“独特偏见，一意孤行”的劲头。这些年来，他不是跟着书法时尚走，不是流行什么就写什么，而始终在追寻自己心中的艺术之梦。他以汉字和传统文化为素材，以笔、墨、纸、水为工具，游走在意、象、形、神之间，编织其独具特色的艺术世界。为此，他不惜疏离于主流书风之外，与名利双收的书法盛筵绝缘，踽踽独行于荆棘丛生、寂寞荒凉的创新探索之路上。在当下喧嚣浮躁、物欲横流的社会氛围之下，做到这一点极其不易。

党禺先生对书法艺术有独特的理解。他认为书法绝不仅仅是对传统经典风格的描摹和再现。“真正的艺术创作，是源自艺术家内心深处一瞬间的情感迸发——心理力”。“灵感一旦被激活，艺术家瞬间出现的‘心手相应’是既单纯又复杂的，也是不可能完全重复的”。“这样创作出来的作品就成了唯一的，不可能完全重复的，具有独特品质和灵魂的艺术品”。其实古人在这方面早有精辟的论述。杨雄提出：“书，心画也。”赵构说：“甚矣字法之微妙，功钧造化，迹出窈冥，未易以点画工，便为至极。”朱长文说：“书之至者，妙与道参，技艺云乎哉！”这些论述都是超越了技法层面，而从心灵的层面来看待书法。

党禺先生的书法虽然仍以汉字为形式，然而汉字在这里，只是意象的依托而已。按照传统的美学理论，形象只是“筌”，而其中蕴含的神采和意涵才是作者所竭力追寻和捕捉的“鱼”。他极力引导读者“得鱼忘筌”“得意忘象”，和作者一起去体验“精骛八极，心游万仞”的心灵之旅，而不是仅仅停留在点画、结体、章法等形而下的层面。为此，他尽可能简化书法作品的形式语言，仅仅用一两个字或一句禅偈式的句子作为引导读者思索探寻的路标。而且我们从他所选的字中也能深深感受到作者不同常人的生命关怀和终极思考。如“迷”“醉”“通”“驰”“心无挂碍”“云在青天水在瓶”等。当然，他也在一些多字的作品中表达了自己的审美诉求。但若论作品的空灵、超越和意境深远，我认为还是以少字作品为最佳。

其实，党禺先生有着非常扎实的传统功底。他从20世纪70年代后期即开始习书，临习过大量的古代书法经典，同时从事书法理论研究，曾参与编写《书法知识千题》《书法教程》等著作，他早在1990年就编写了《书家必携》，在同类书中是最早的，至今对书法界有广泛影响。由于生在中原，他深受中原书风和北方人审美习惯的影响，一开始习书便从魏碑入手，对《龙门二十品》《张猛龙》《郑文公》《张黑女》等十分熟悉，并下过很深的功夫。在此基础上他上溯秦汉，下览隋唐，在汉隶、唐楷方面也下了不少苦功，从而打下了扎实的传统技法功底，同时奠定了雄健、浑厚、端严、方正的书风基调。他屡次以“汉唐雄风”命名其个人书法展，说明他有着尊崇书法汉唐正大气象的深深情结。

我们知道，书法艺术经历数千年的发展，其传统已经形成一条包罗万象的滚滚洪流，就大的方面而言，有帖派文人书的传统，也有碑派民间书法的传统；有庙堂书法的传统，也有浪漫主义书法的传统；有主流派的传统，也有非主流派的传统。因此，要正确全面地理解书法传统，就不应该仅仅盯住某一个方面，更不应该只承认某种书法风格是书法传统，而把其他风格排斥在外。一个立志于创新探索的书家往往不会在已被多数人认可和熟悉的风格中讨生活，而要到相对冷僻、非主流的风格中去挖掘创新资源。有鉴于此，党禺先生从碑派传统入手去寻求书法的真谛就是顺理成章的了。

党禺先生毕竟是创新意识极强的书家，尽管他的传统技法功底深厚而扎实，但他很少以中规中矩的步趋某家某帖的面目示人，也极少见他有临帖的作品入展入集。也就是说，尽管他在技法上尽量从古人那里汲取营养，然而表现出来的仍然是个人的面目。党禺先生生性豪放，大笔濡染，大处落墨，重按猛提，如苍鹰攫兔，虎跃狮搏，淋漓痛快，气象峥嵘，绝无拖泥带水。因此其作品多有方笔，甚至其草书中，方笔也随处可见。孙过庭云："真以点画为形质，使转为情性；草以使转为形质，点画为情性。"也就是说，草书以使转为主，不以塑造点画为重点，为了使转的畅达，一般来说草书以圆笔为主，而不重方笔。然而党禺先生则与众不同，他偏偏以方笔写草书，于厚重磅礴之中求流动使转，故其草书之势如奔雷坠石，排山倒海。其实草书亦并非不重点画，故《书谱》又云："伯英不真，而点画狼藉。"专工草书的张伯英，其实是"点画狼藉"，也就是说在点画上下了很大的功夫。可以说党禺先生对草书的理解，达到了一个常人不及的高度。

结体的险绝嵚奇，时有逸出常规，出人意表，是党禺先生常用的造型手段。以党禺先生不守故常的艺术秉性，让他中规中矩、按部就班地写字是不可想象的，故其字体造型常逸出常规之外，超乎意料之中。或畸长畸短，或忽高忽低，或收放异趣，或纵敛殊形，从而使其字形总是充满动感和势能，引之能走，破壁欲飞。即使是他笔下的汉隶和魏楷，也并无静态的感觉。古人云："楷如立，行如行，草如走。"而在党禺先生笔下，不论任何书体，永远是如行如走。

值得一提的是，党禺先生曾拜王学仲先生（晚号黾翁）为师，得到黾翁先生真传。黾翁先生书法也是从魏碑入手，化裁墓志、简帛、写经，充满厚朴稚拙之气，而且黾翁先生20世纪80年代也曾积极参与现代书法的创新探索实践。这一切，与党禺先生的性格和艺术主张正相吻合。可以说党禺先生的书风，深受黾翁先生的影响，尤其其行书的疏淡简放、朴厚稚拙，深得黾翁先生神韵。

改革开放以来兴起的书法热，虽已有30多年，但总的来说仍处于恢复期，书坛仍然热衷于重温经典，而无暇顾及艺术的开拓创新，因此，以探索创新为主要旨趣的“现代书法”至今在中国书协三大展中尚无一席之地。幸赖有党禺先生这样执着的探索者，不计得失，义无反顾，在探索的道路上留下“踽踽独行”的可贵身影。然而，党禺先生也并非孤军奋战。这些年来，党禺先生得到了许多朋友的帮助、支持、赞赏和鼓励。他在北京、广州、武汉、海南、日本和澳大利亚等地相继举办展览，所到之处，受到观众和书界同仁的热烈欢迎和充分肯定。党禺先生的艺术探索之路并不寂寞。

2014年4月，“汉唐雄风”党禺书法展在广州开幕，笔者有幸获邀参加。在穗盘桓数日，在枫丹白露酒店与党禺先生及学者沈景春先生谈书论艺，对党禺先生又有了更进一步的了解。临行赋诗一首《白云机场留别党禺先生》，诗曰：

银箭喧呼破雨帘，九霄喜见艳阳天。
枫丹白露留高士，汉魏雄风入散仙。
愧我愁心嗟日月，羡君椽笔走云烟。
独山自有达人赏，何必争辉国展前。

党禺先生书展虽名为“汉唐雄风”，然其书法实自汉隶魏碑植基，故谓为“汉魏雄风”。独山属河南南阳，产玉，为党禺家乡，故以独山喻之。

甲午仲夏于中州王衡

（西中文：中国书法家协会学术委员会委员）

作品

《蝶恋花》句

晏殊

昨夜西风凋碧树。独上高楼，望尽天涯路。

68cm × 68cm

2017 年作

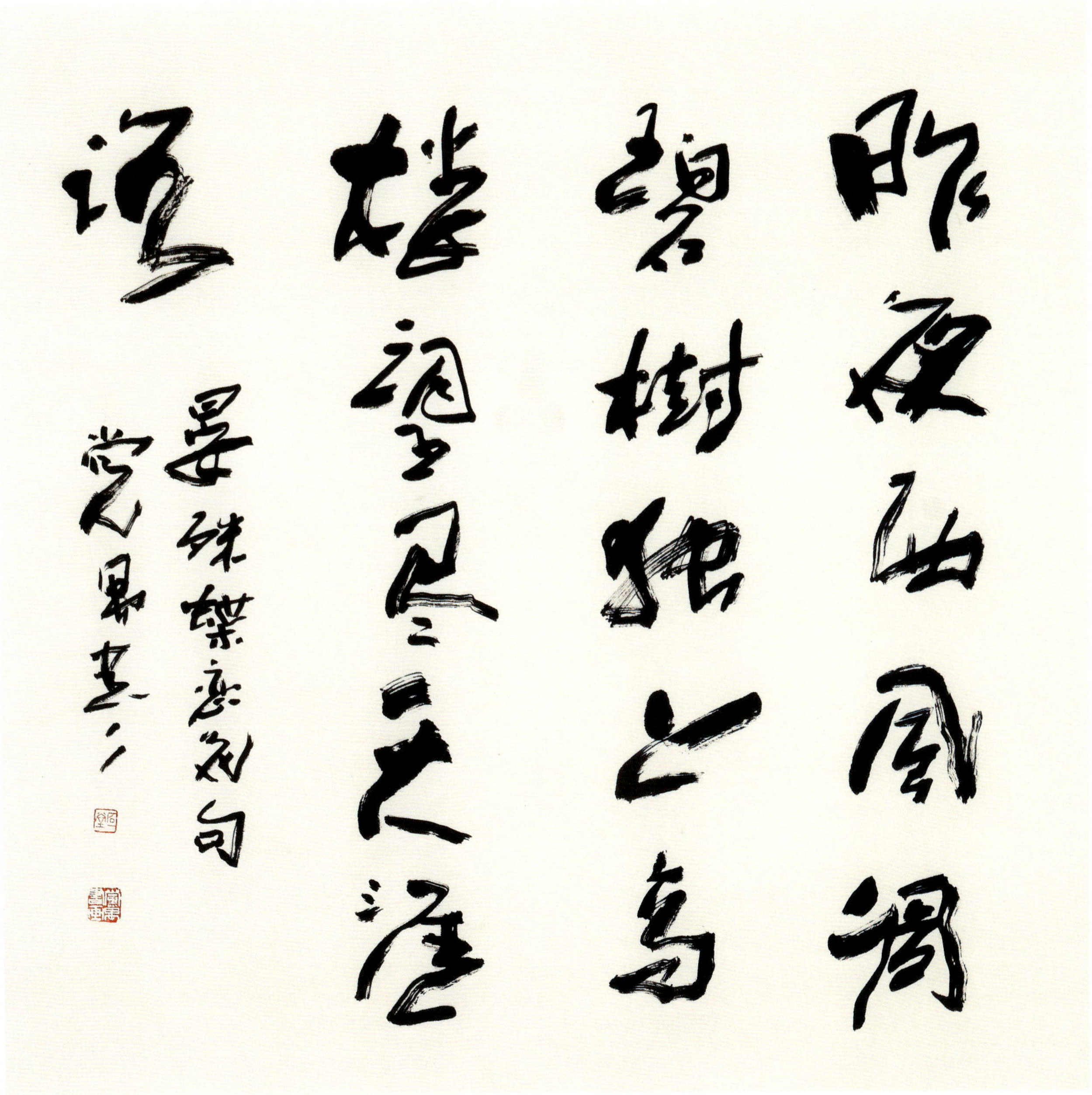
昨夜西風凋碧樹獨上高樓望盡天涯路
晏殊蝶戀花句

《蝶恋花》句

柳永

衣带渐宽终不悔，为伊消得人憔悴。

138cm×50cm

2017年作

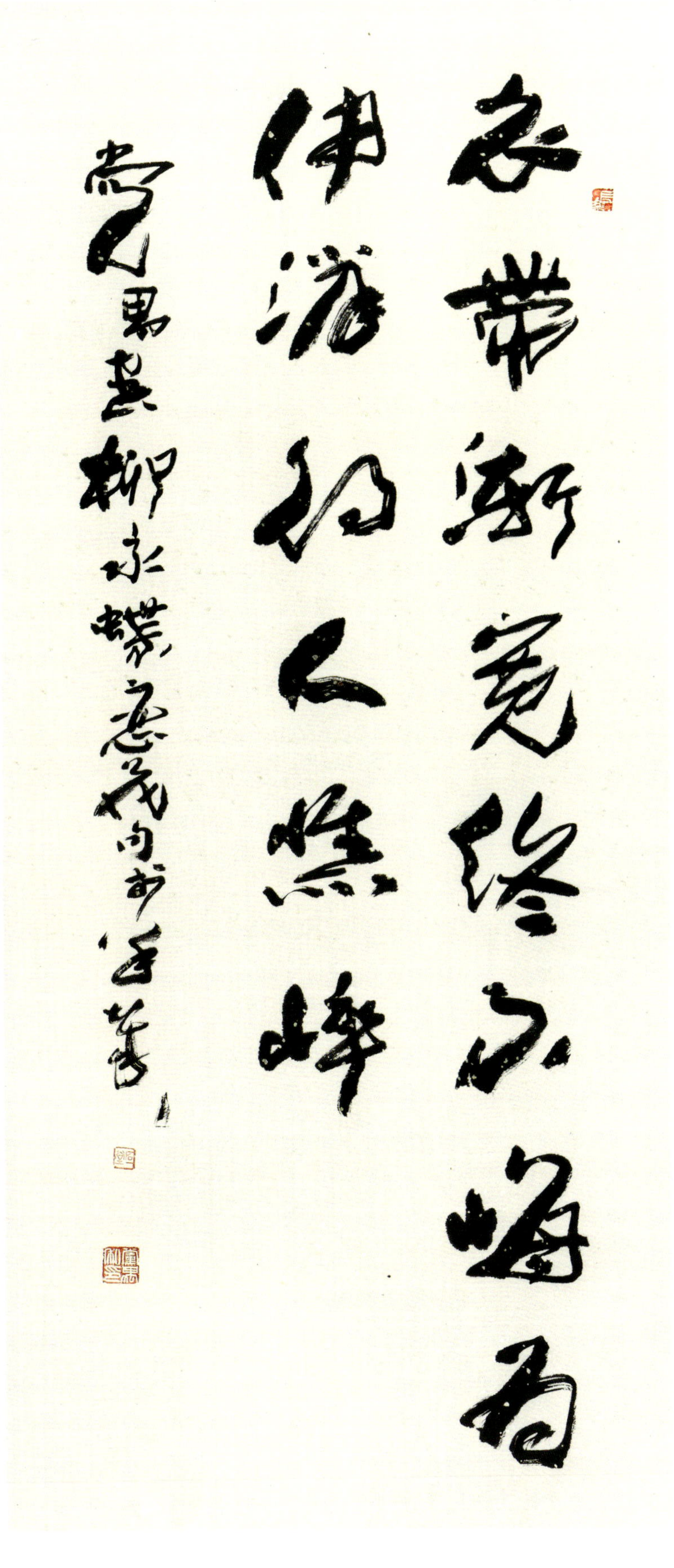
衣带渐宽终不悔为
伊消得人憔悴

《青玉案》句

辛弃疾

众里寻他千百度。蓦然回首，那人却在灯火阑珊处。

138cm × 69cm

2017年作

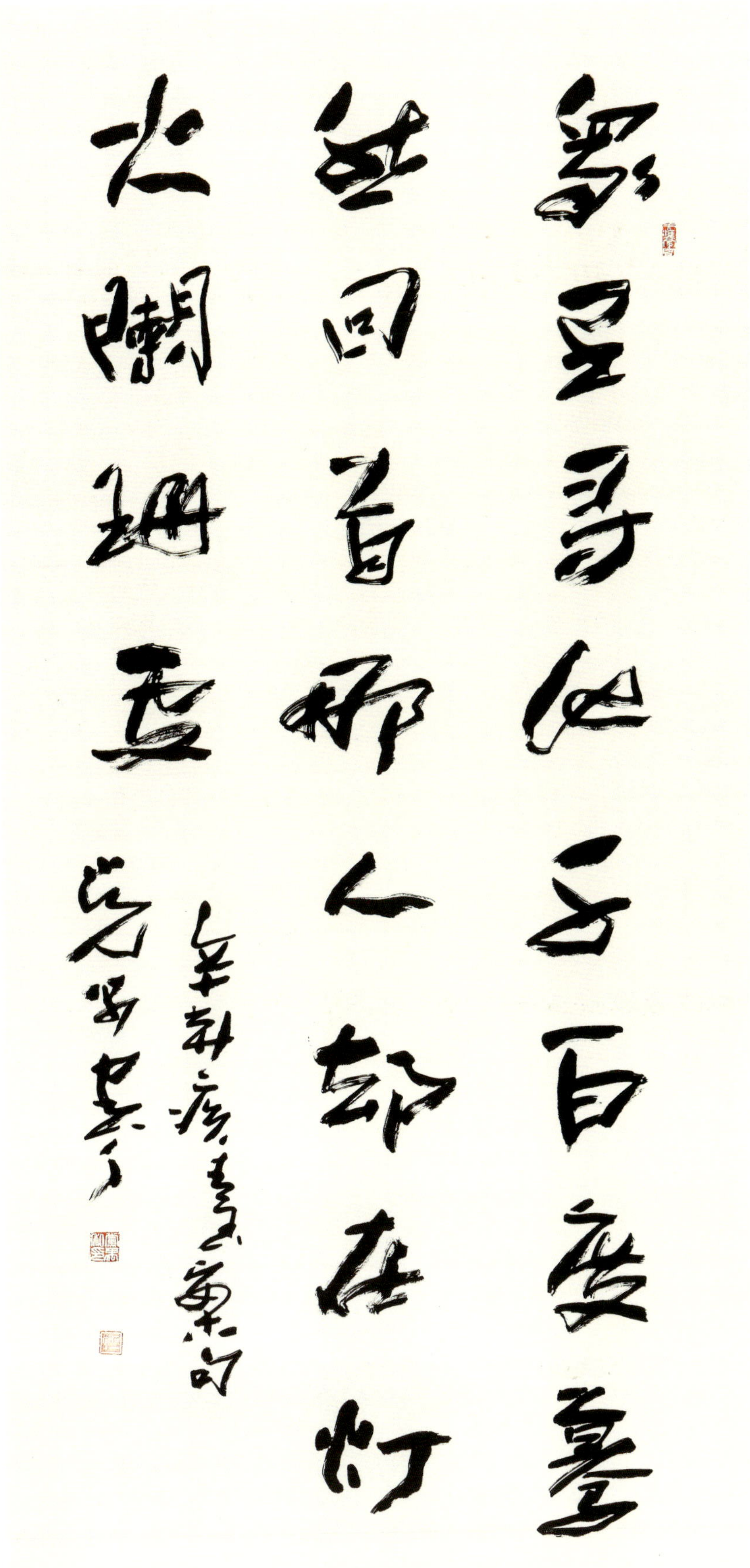
众里寻他千百度
蓦然回首那人却在灯
火阑珊处

《人间词话》句

王国维

古今之成大事业、大学问者，必经过三种之境界：
『昨夜西风凋碧树。独上高楼，望尽天涯路。』
（此第一境也。）『衣带渐宽终不悔，为伊消得人憔悴。』
（此第二境也。）『众里寻他千百度，蓦然回首，
那人却在灯火阑珊处。』（此第三境也。）

184cm×81cm
2017年作

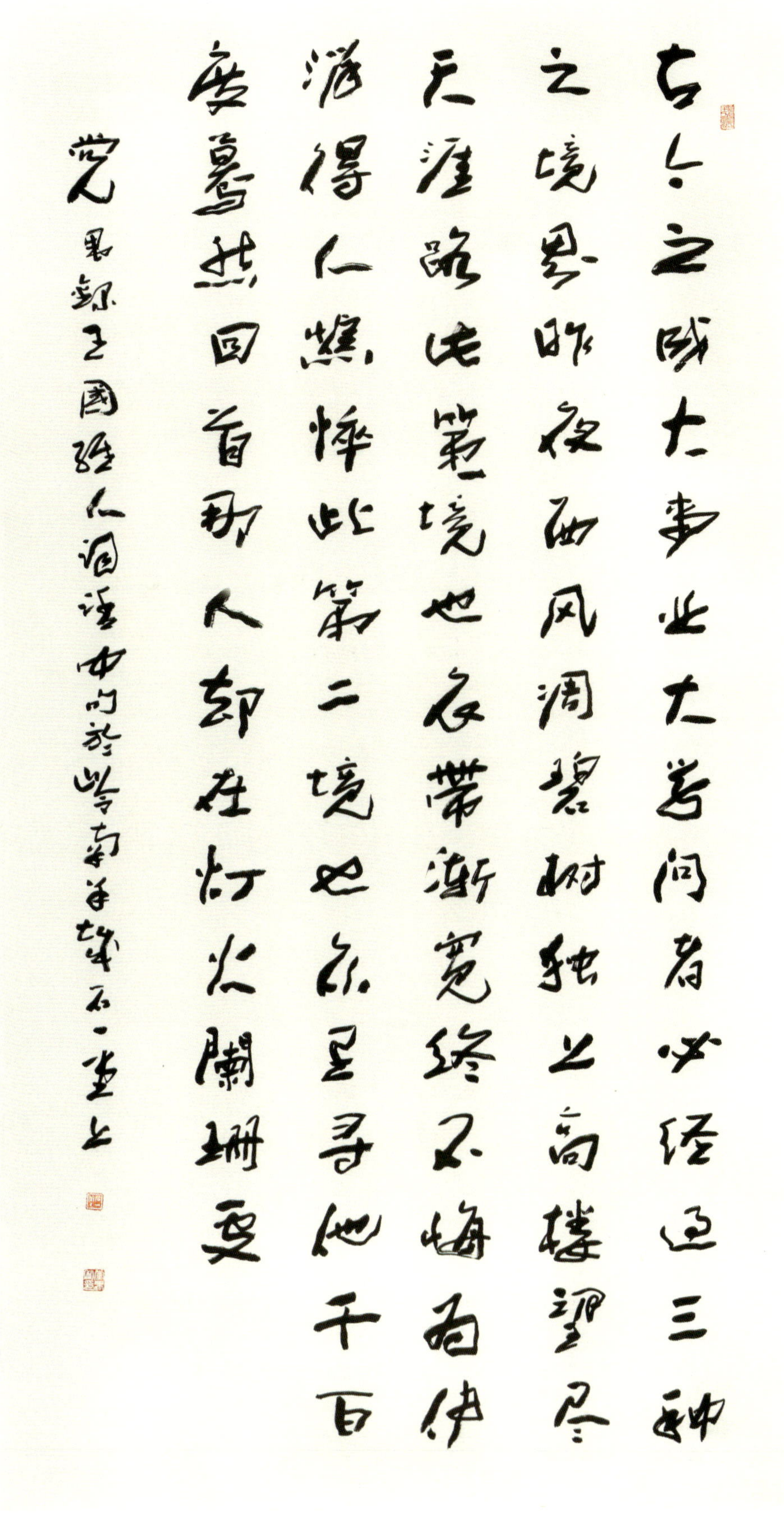
古今之成大事业大学问者必经过三种
之境界昨夜西风凋碧树独上高楼望尽
天涯路此第一境也衣带渐宽终不悔为伊
消得人憔悴此第二境也众里寻他千百
度蓦然回首那人却在灯火阑珊处

《忆江南》

白居易

江南好，风景旧曾谙。
日出江花红胜火，春来江水绿如蓝。
能不忆江南？

138cm×69cm
2017年作

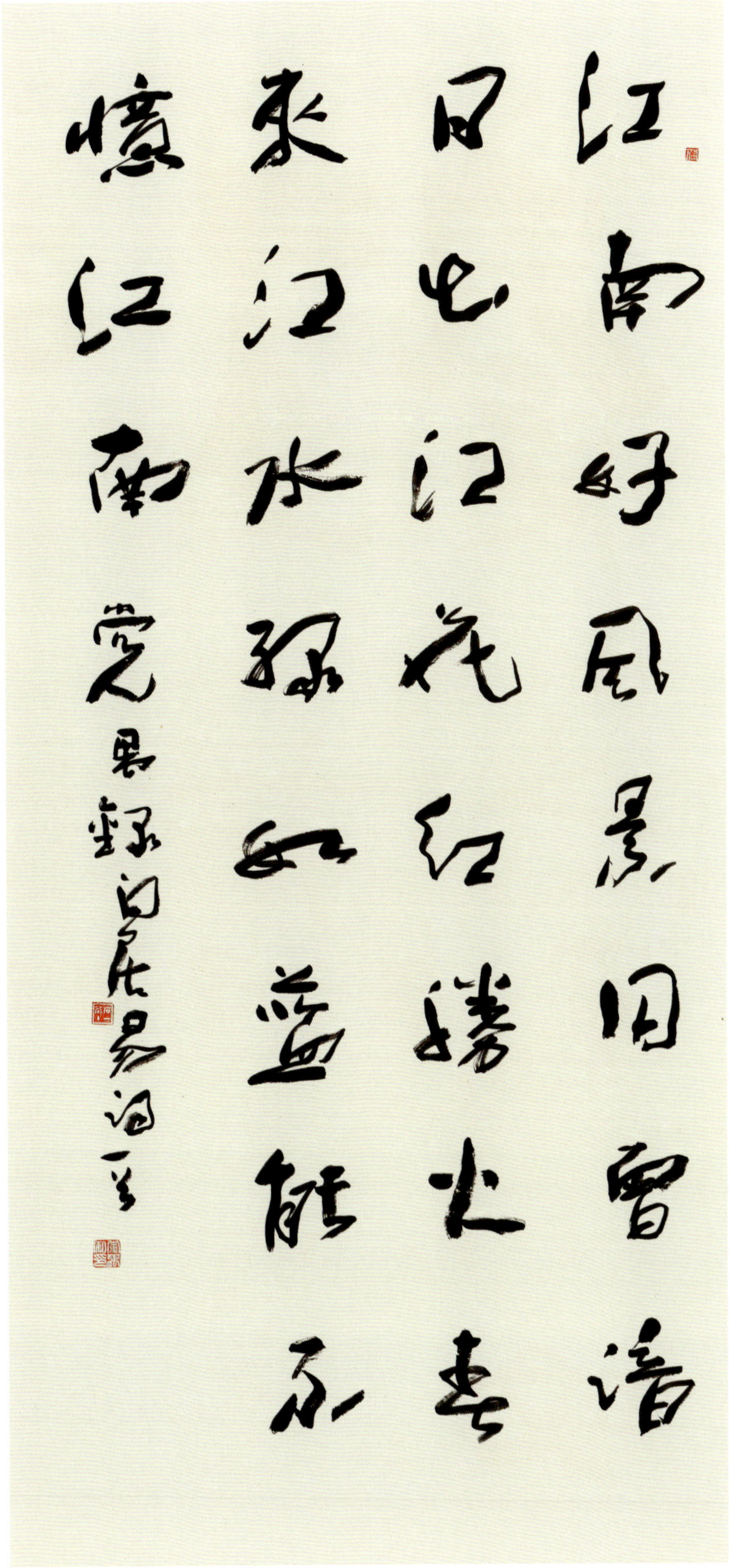
江南好风景旧曾谙
日出江花红胜火
春来江水绿如蓝能不
忆江南

《竹枝词》

刘禹锡

山桃红花满上头，蜀江春水拍山流。
花红易衰似郎意，水流无限似侬愁。

138cm × 70cm

2017 年作

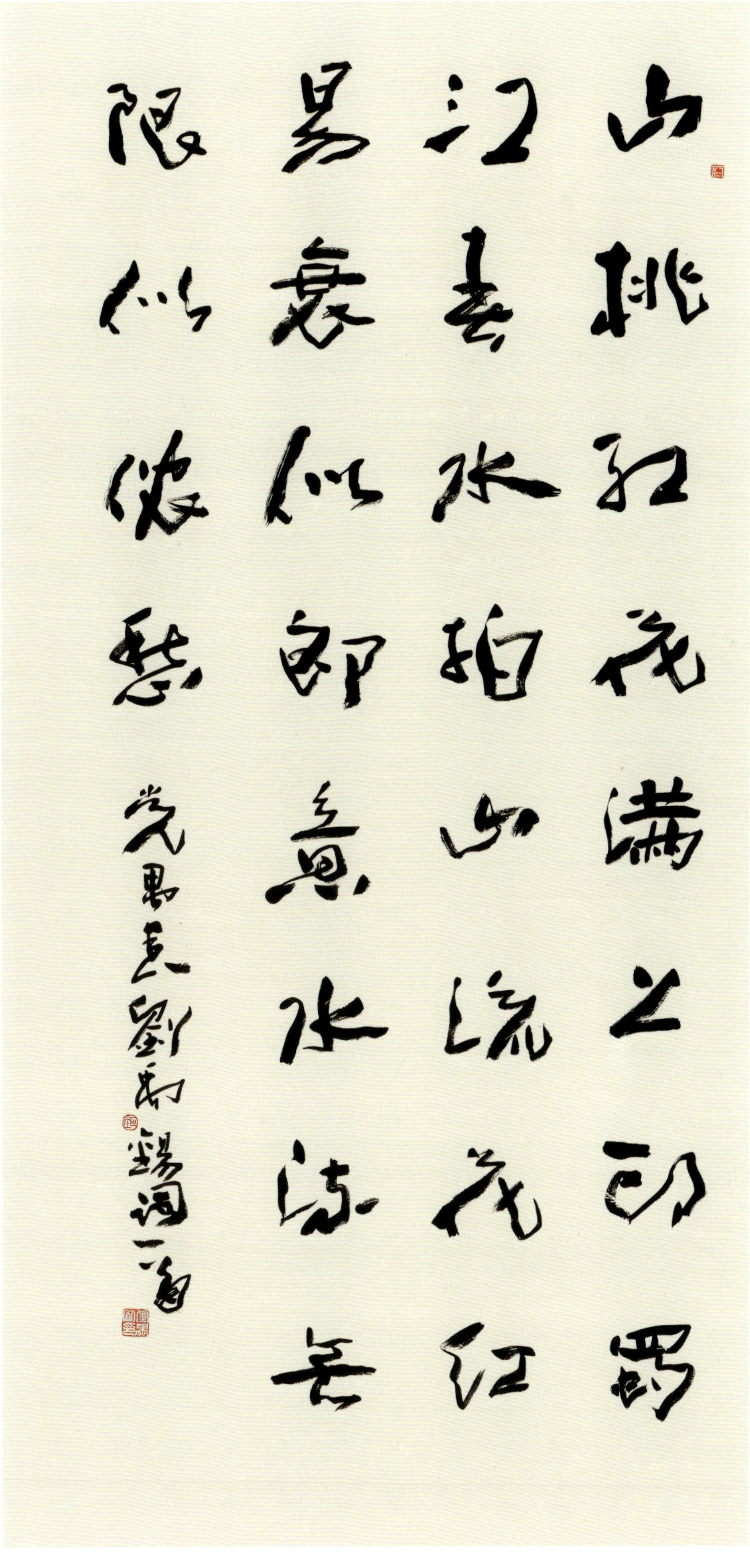
山桃红花满上头
蜀江春水拍山流
花红易衰似郎意
水流无限似侬愁

《长相思》

林逋

吴山青，越山青。
两岸青山相送迎。谁知别离情？
君泪盈，妾泪盈。
罗带同心结未成。江头潮已平。

138cm × 70cm
2017 年作

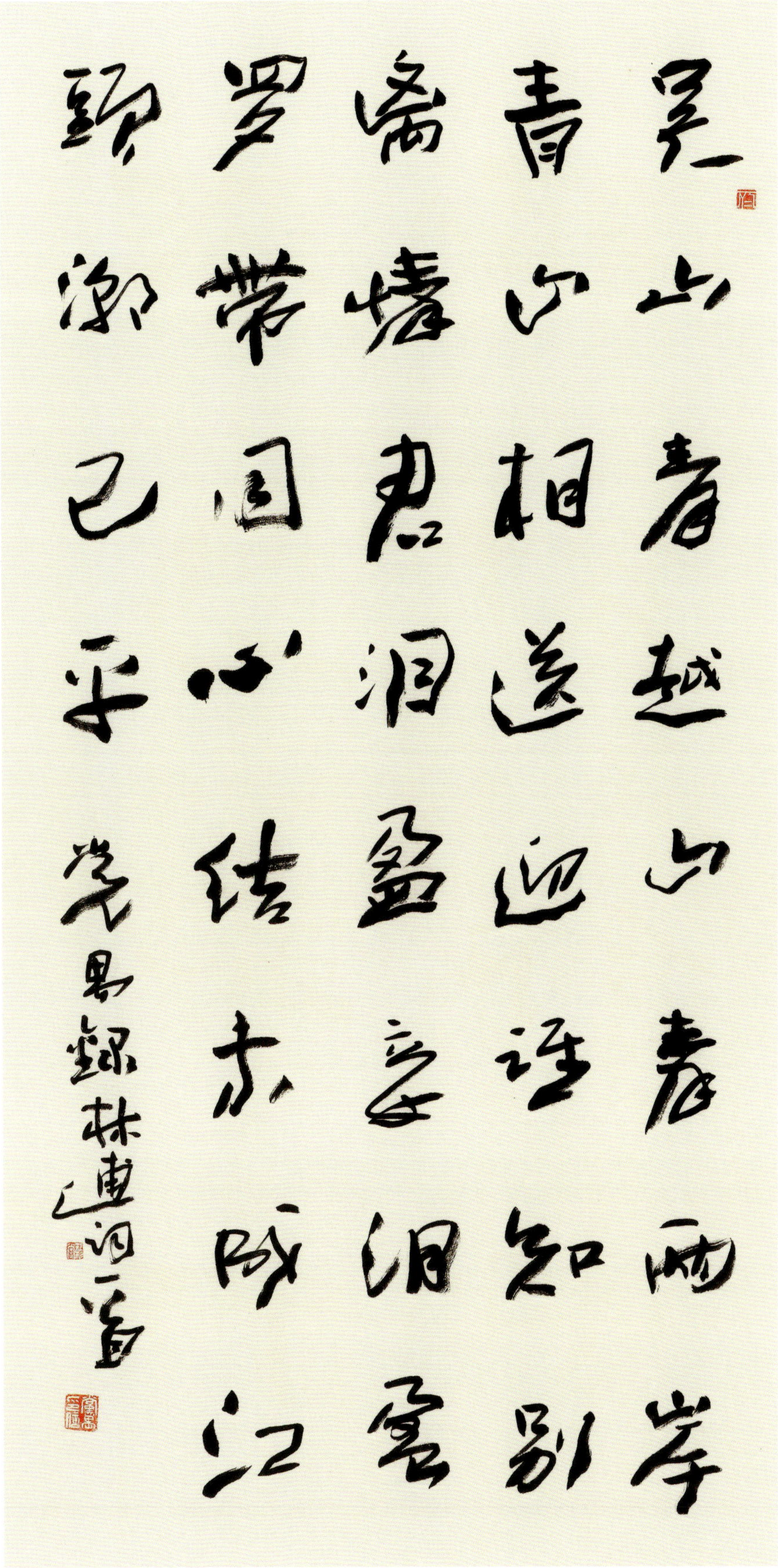
吴山青越山青两岸
青山相送迎谁知别
离情君泪盈妾泪盈
罗带同心结未成江
头潮已平
晓光书录林逋词一首

《相见欢》

李煜

无言独上西楼，月如钩，寂寞梧桐深院锁清秋。
剪不断，理还乱，是离愁，别是一番滋味在心头。

138cm×66cm

2017年作

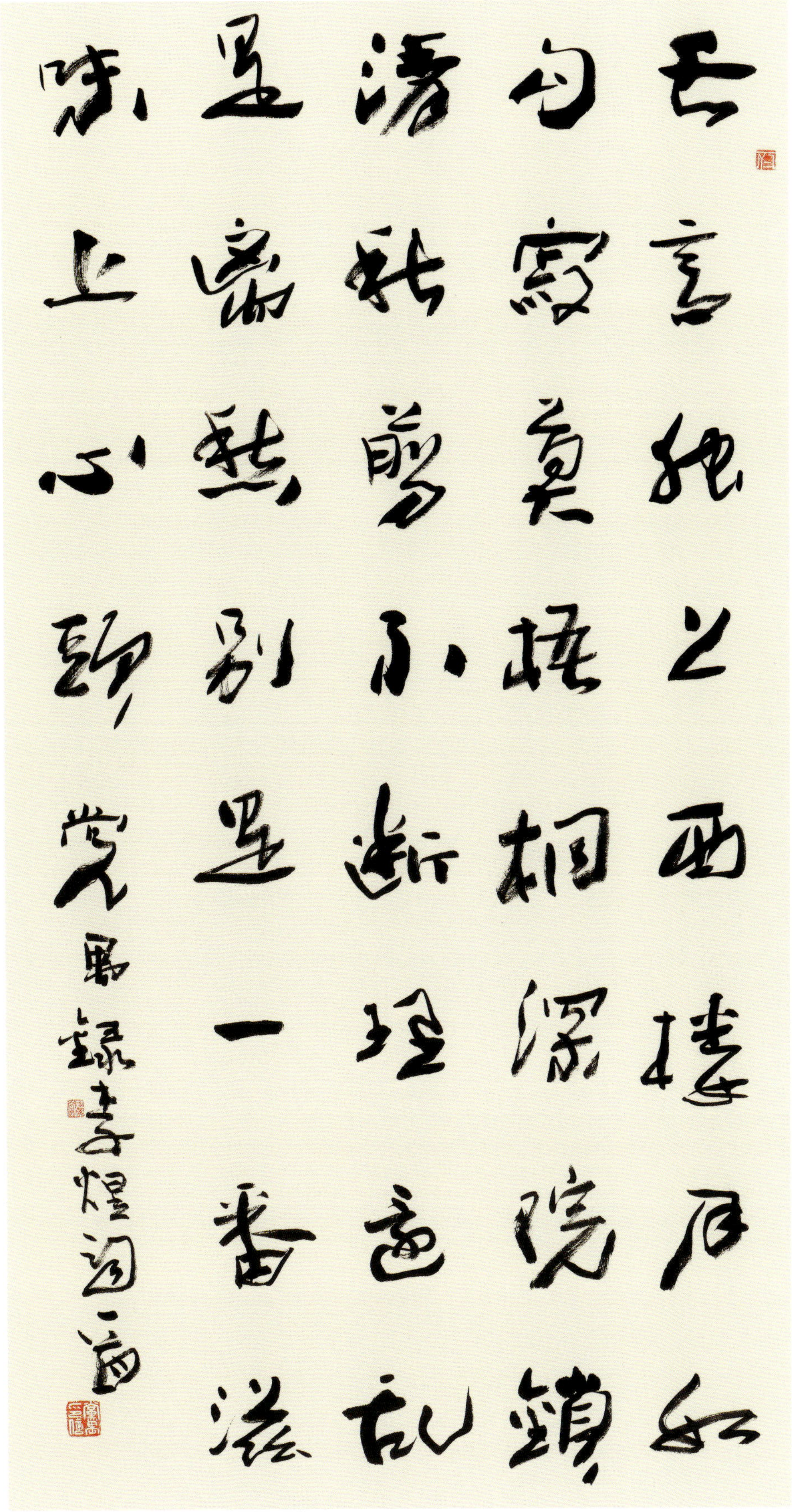
无言独上西楼月如
钩寂寞梧桐深院锁
清秋剪不断理还乱
是离愁别是一番滋
味在心头
录李煜词一首

《卜算子·送鲍浩然之浙东》

王观

水是眼波横，山是眉峰聚。
欲问行人去那边？眉眼盈盈处。
才始送春归，又送君归去。
若到江南赶上春，千万和春住。

138cm × 70cm
2017 年作

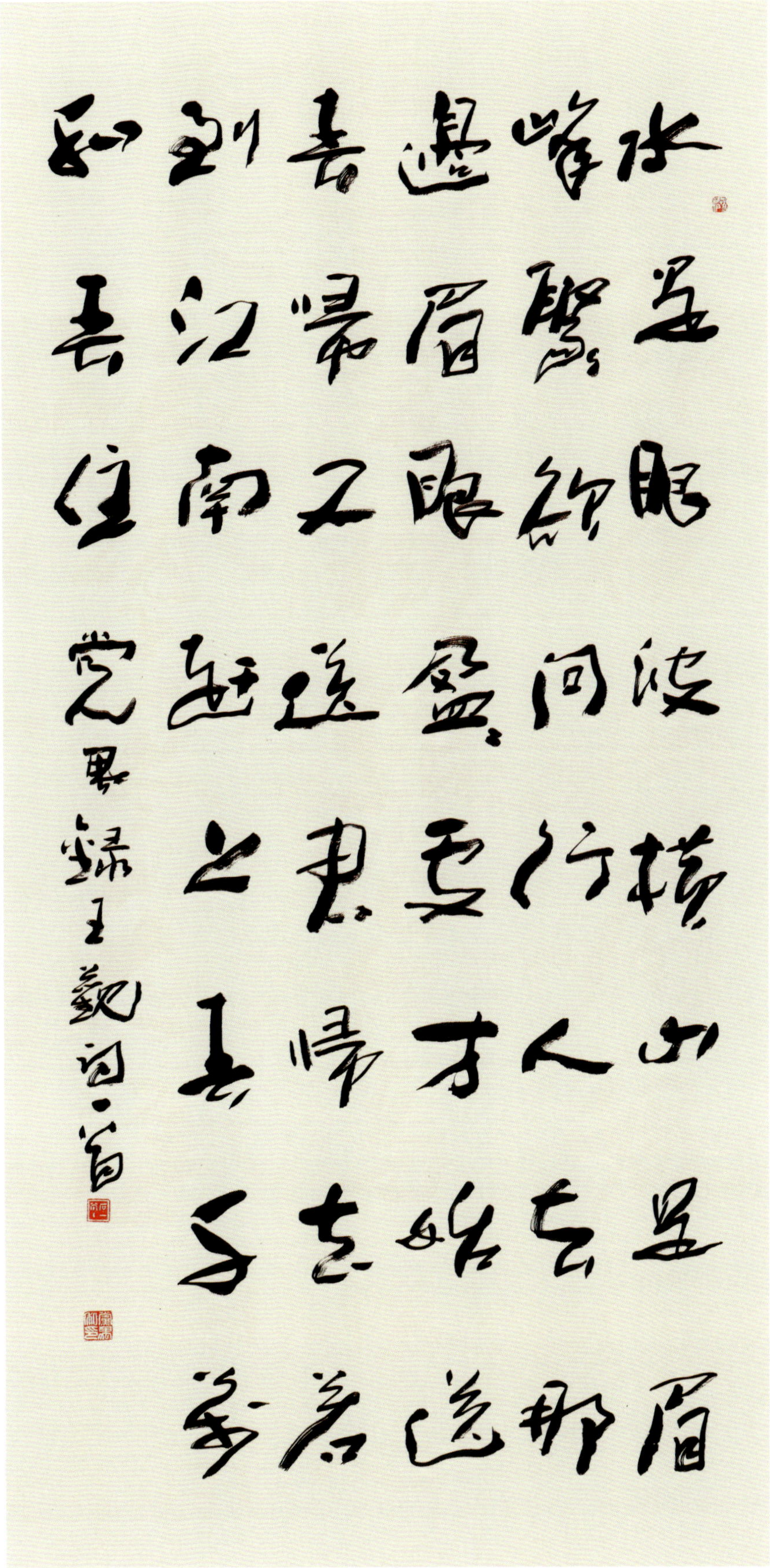
水是眼波横山是眉峰聚欲问行人去那边眉眼盈盈处才始送春归又送君归去若到江南赶上春千万和春住
党思录王观词一首

《谒金门·风乍起》

冯延巳

风乍起，吹皱一池春水。
闲引鸳鸯香径里，手挼红杏蕊。
斗鸭阑干独依，碧玉搔头斜坠。
终日望君君不至，举头闻鹊喜。

138cm × 70cm
2017 年作

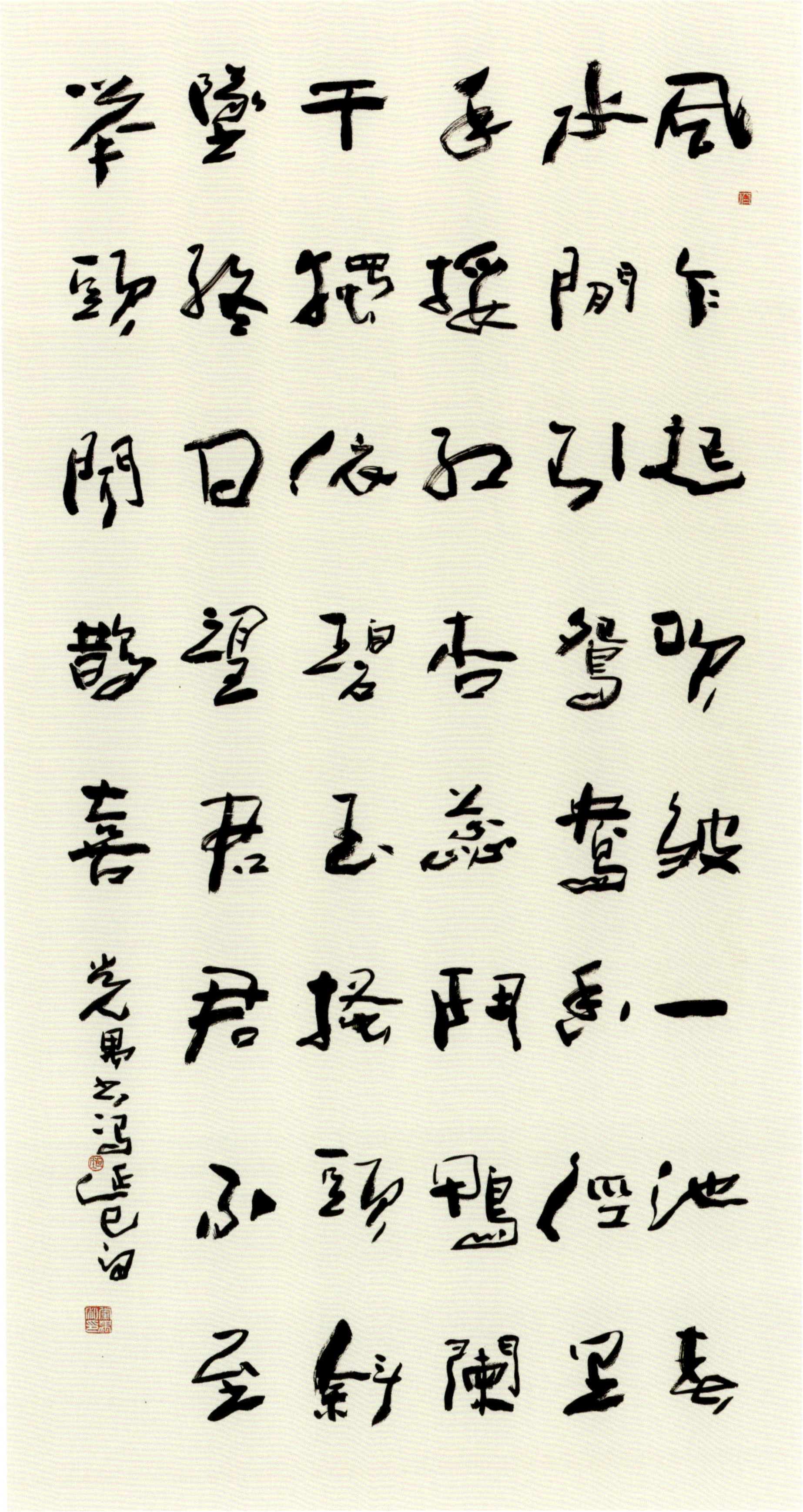

作品

《虞美人·春花秋月何时了》

李煜

春花秋月何时了？往事知多少？
小楼昨夜又东风，故国不堪回首月明中。
雕栏玉砌应犹在，只是朱颜改。
问君能有几多愁？恰似一江春水向东流。

140cm×70cm
2017年作

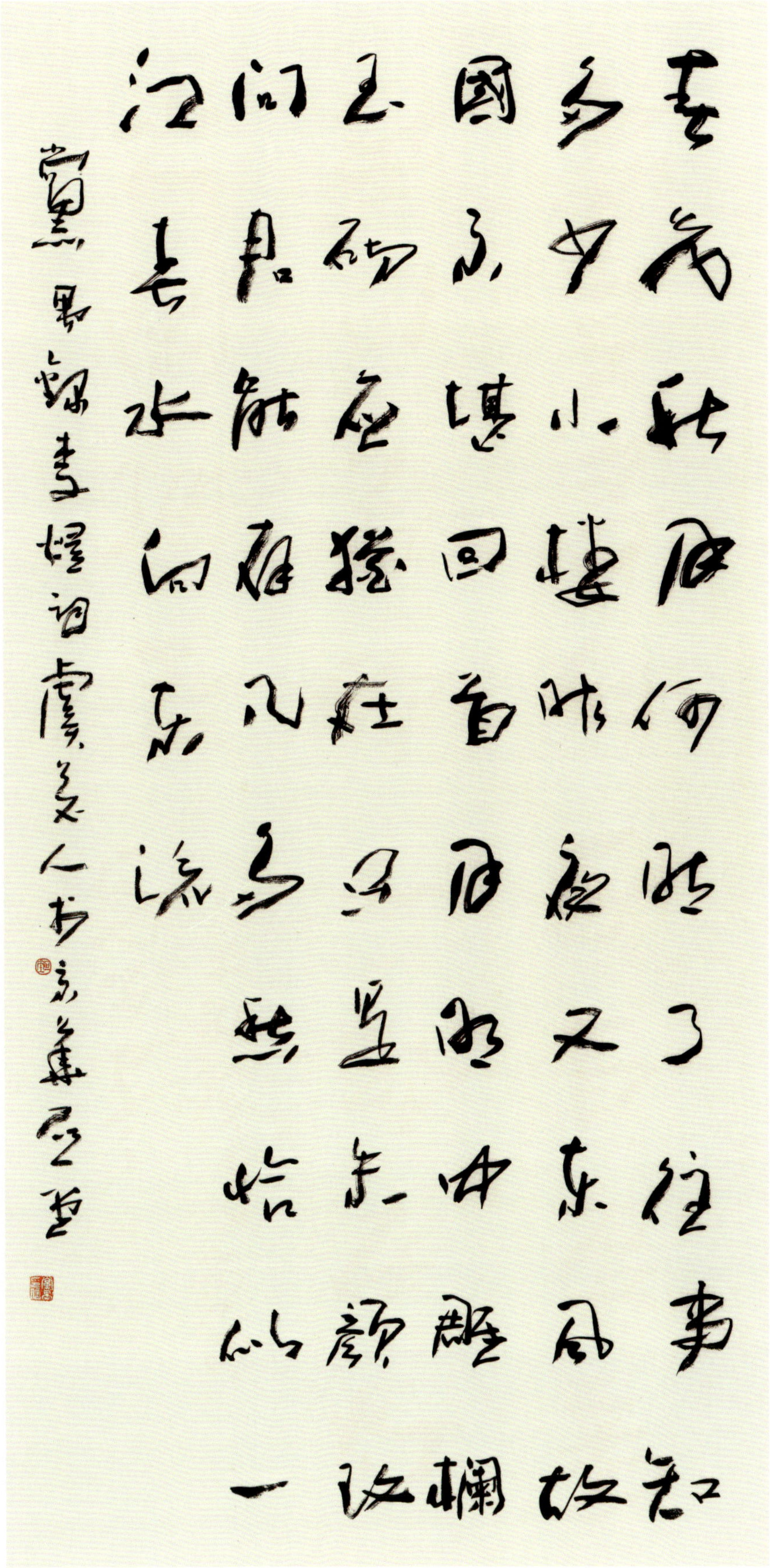
春花秋月何时了往事知
多少小楼昨夜又东风故
国不堪回首月明中雕栏
玉砌应犹在只是朱颜改
问君能有几多愁恰似一
江春水向东流

《北风行》

李白

西塞山前白鹭飞，
桃花流水鳜鱼肥。
青箬笠，绿蓑衣，
斜风细雨不须归。

138cm×70cm
2017年作

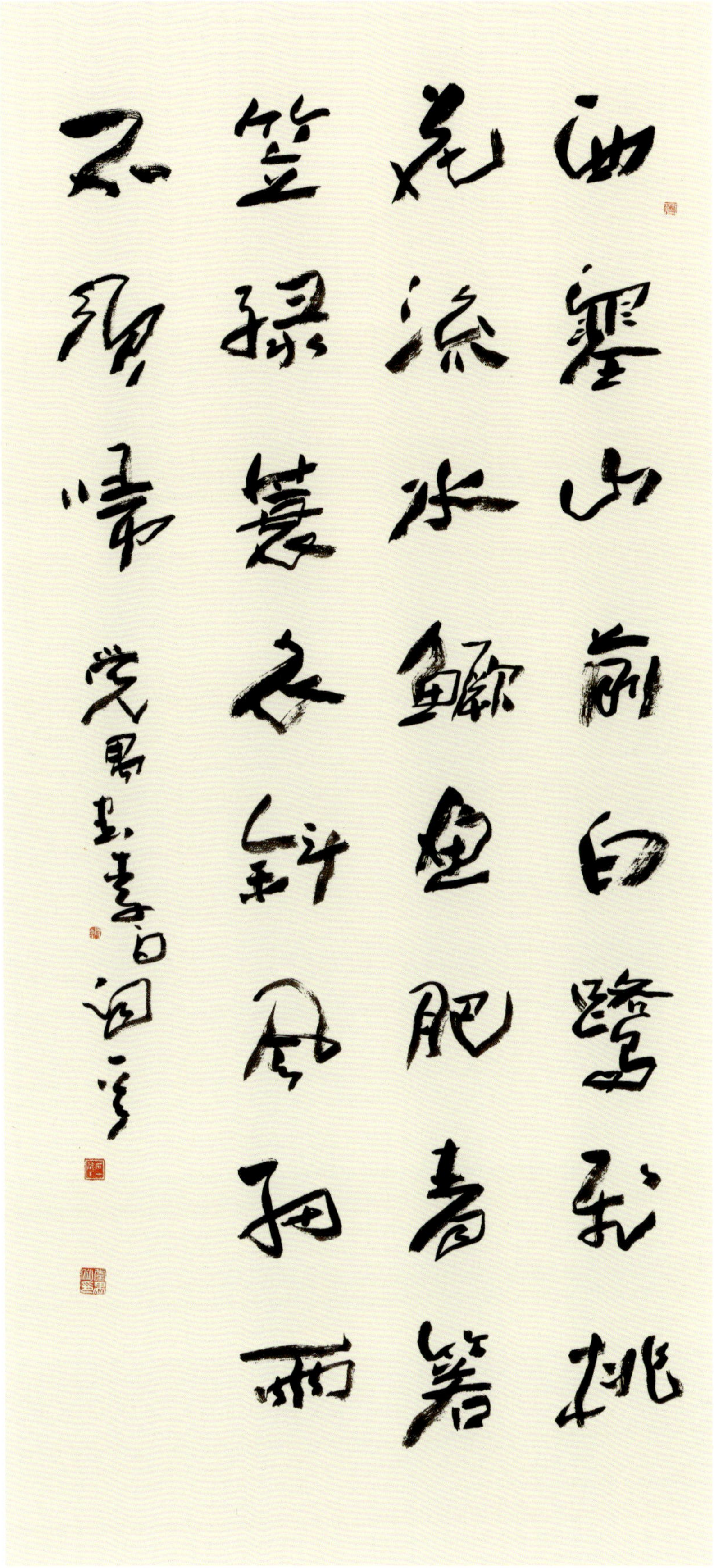
西塞山前白鹭飞桃
花流水鳜鱼肥青箬
笠绿蓑衣斜风细雨
不须归

《秋风词》句

李白

秋风清，秋月明，
落叶聚还散，寒鸦栖复惊。
相思相见知何日？此时此夜难为情！

138cm×40cm
2017年作

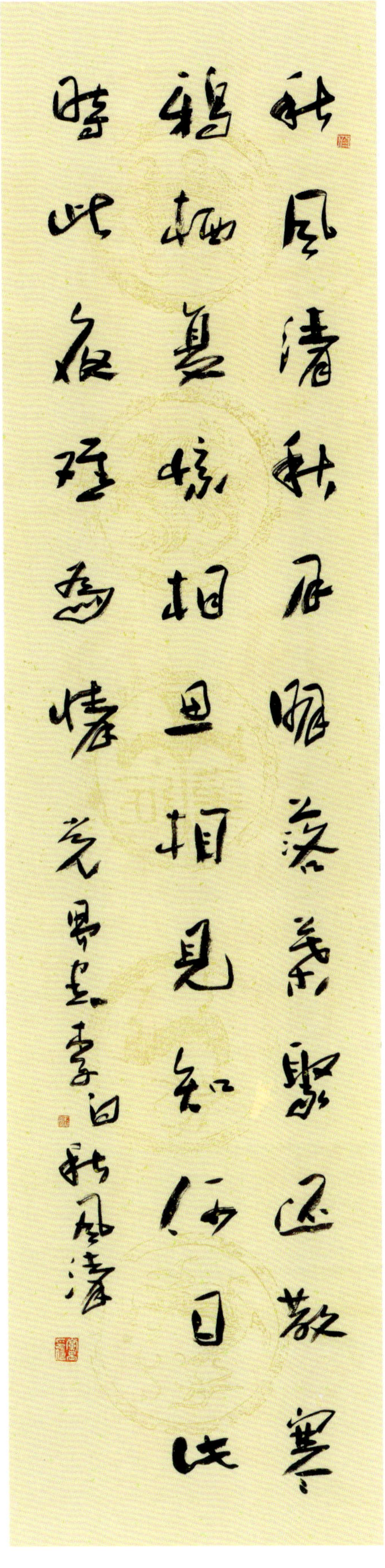
秋风清秋月明落叶聚还散寒
鸦栖复惊相思相见知何日此
时此夜难为情

《菩萨蛮·平林漠漠烟如织》

李白

平林漠漠烟如织，寒山一带伤心碧。
暝色入高楼，有人楼上愁。
玉阶空伫立，宿鸟归飞急。
何处是归程？长亭连短亭。

138cm × 45cm
2017年作

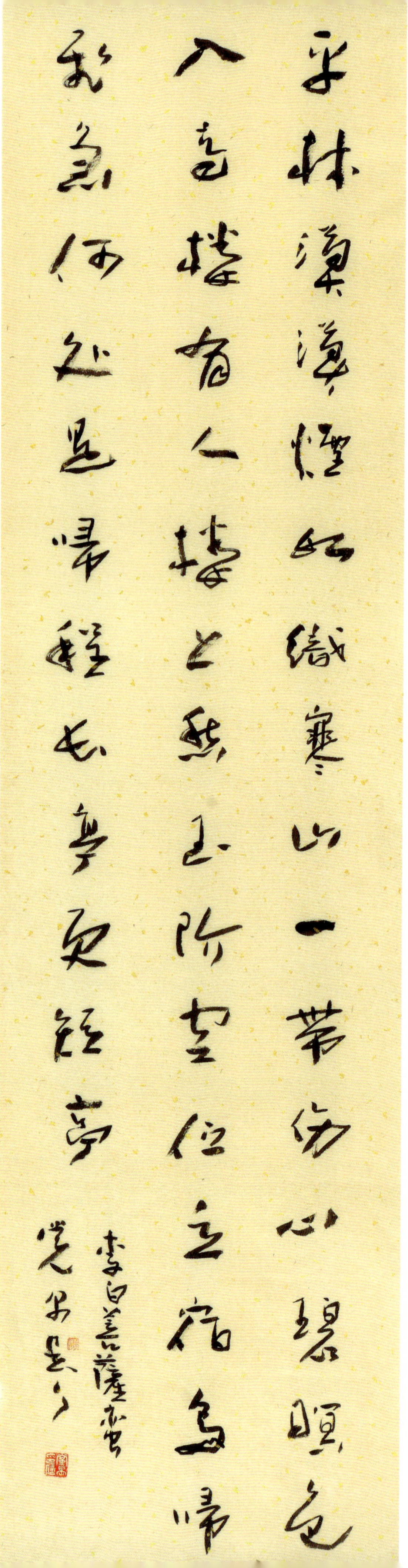

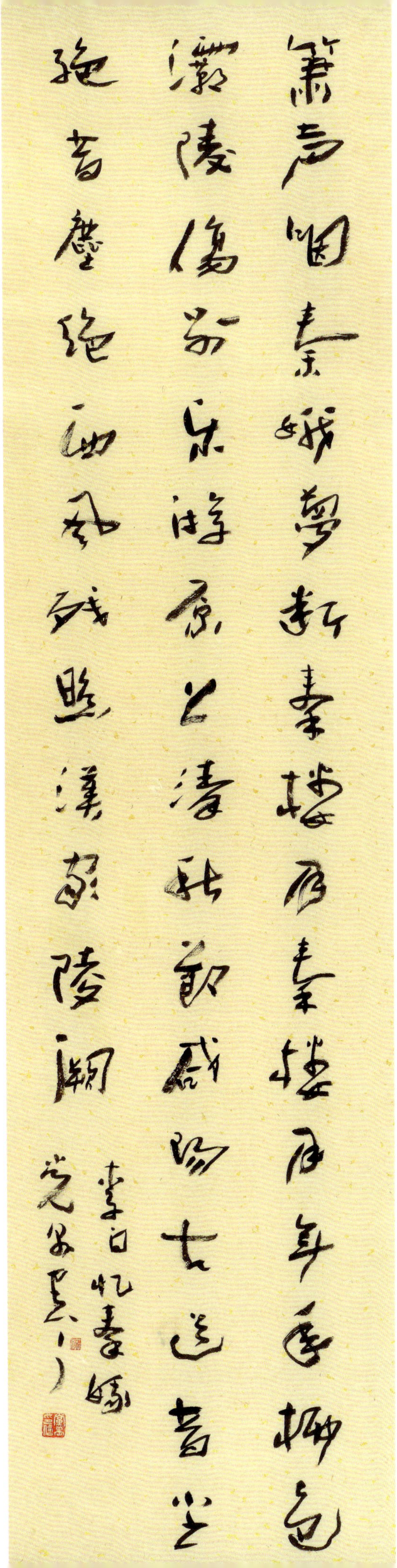

《忆秦娥·箫声咽》

李白

箫声咽，秦娥梦断秦楼月。
秦楼月，年年柳色，灞陵伤别。
乐游原上清秋节，咸阳古道音尘绝。
音尘绝，西风残照，汉家陵阙。

138cm×45cm
2017年作

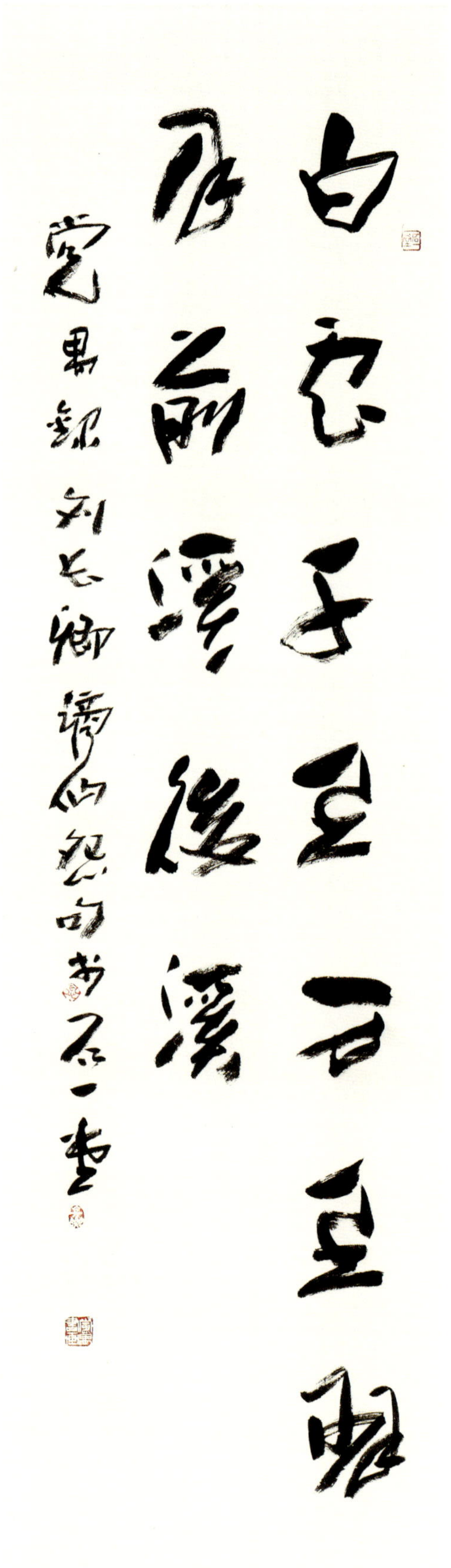

《谪仙怨·晴川落日初低》句

刘长卿

白云千里万里，明月前溪后溪。

120cm × 35cm

2017年作

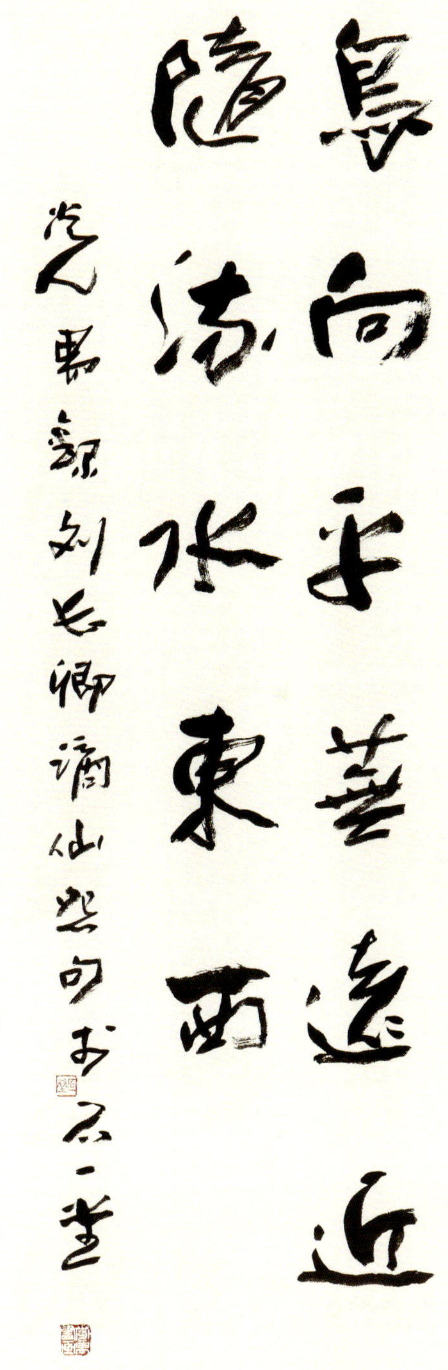

《谪仙怨·晴川落日初低》句

刘长卿

鸟向平芜远近，人随流水东西。

122cm×35cm

2017年作

《西江月·夜行黄沙道中》句

辛弃疾

七八个星天外，两三点雨山前。

138cm × 50cm

2017年作

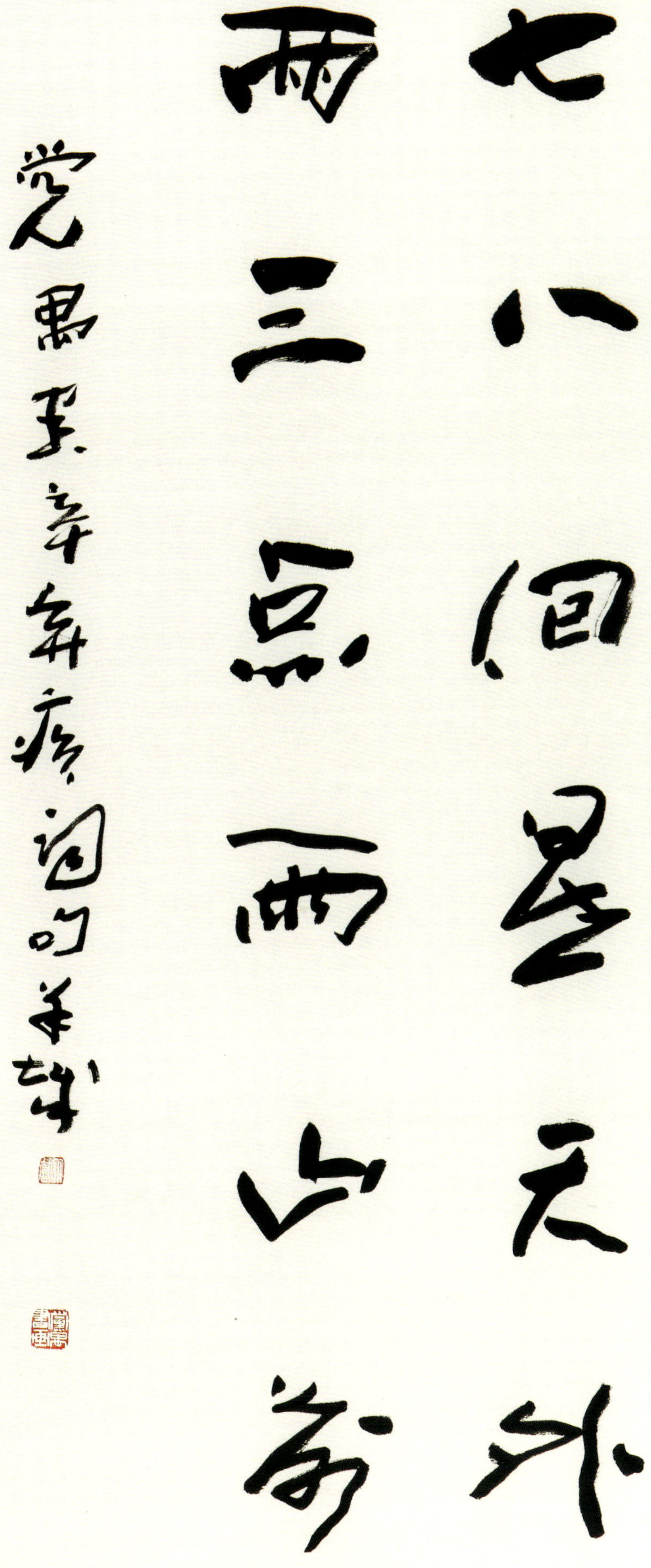
七八個星天外
兩三點雨山前

《生查子·元夕》句

欧阳修

月上柳梢头，人约黄昏后。

138cm×50cm

2017年作

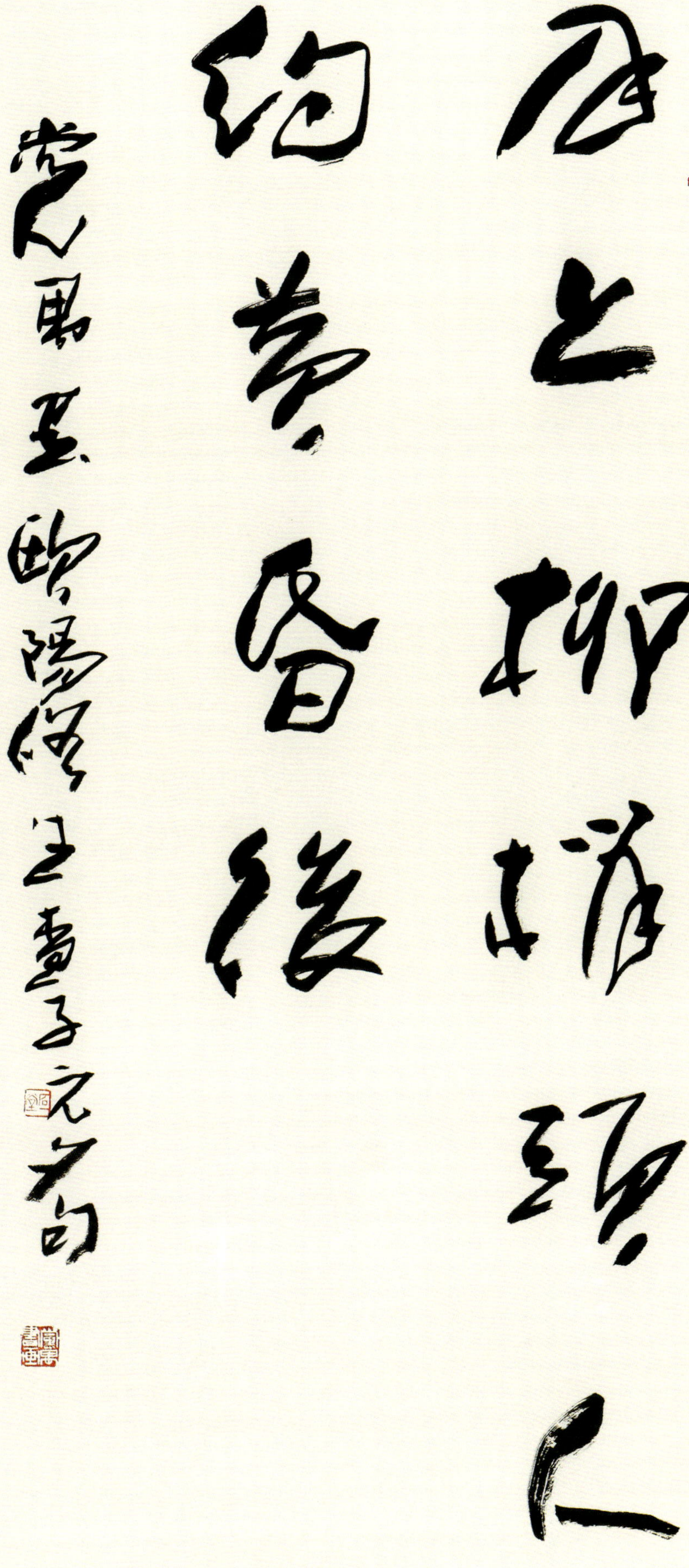
月上柳梢頭人
約黃昏後
歐陽修生查子元夕句

《浣溪沙·一曲新词酒一杯》句

晏殊

无可奈何花落去，似曾相识燕归来。

138cm × 35cm

2017年作

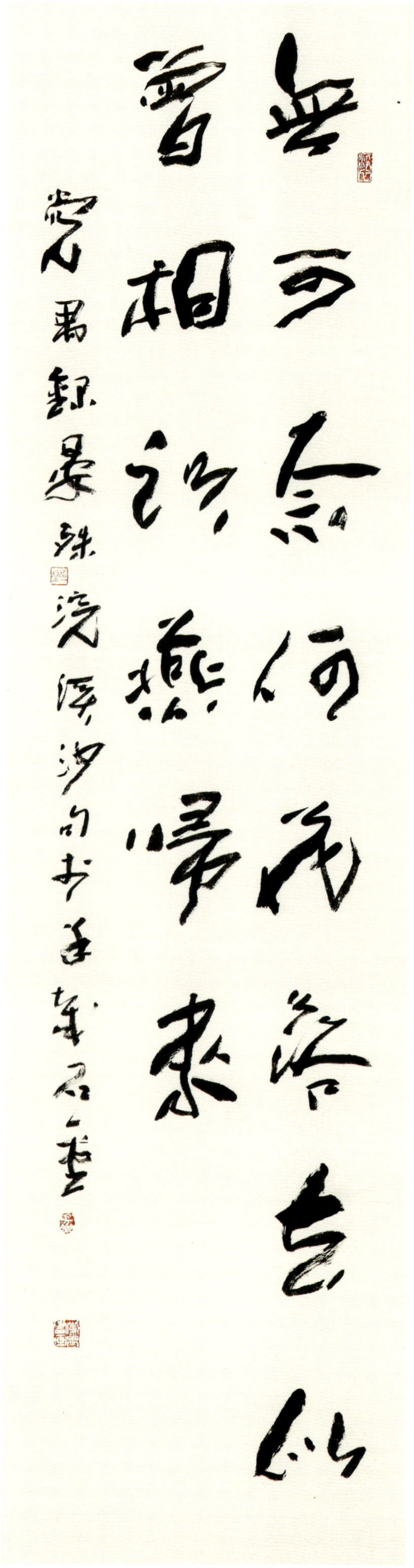

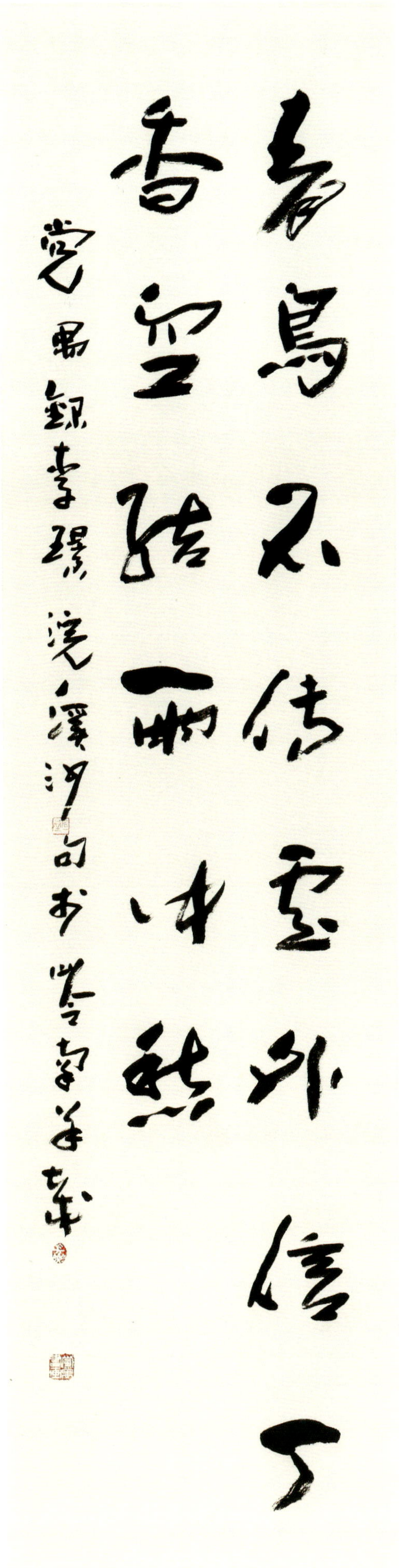

《摊破浣溪沙·手卷真珠上玉钩》句

李璟

青鸟不传云外信，丁香空结雨中愁。

138cm × 35cm

2017 年作

《浣溪沙·蓼岸风多橘柚香》

孙光宪

蓼岸风多橘柚香，江边一望楚天长。
片帆烟际闪孤光，目送征鸿飞杳杳。
思随流水去茫茫，兰红波碧忆潇湘。

138cm×45cm

2017年作

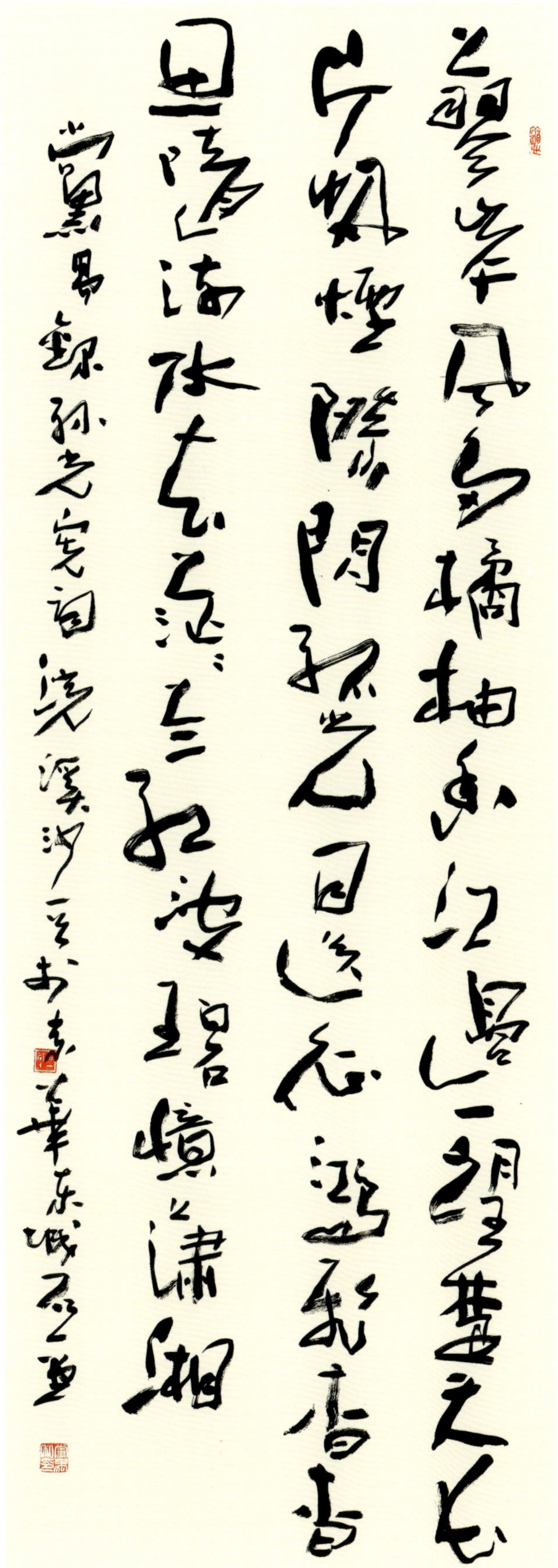
蓼岸风多橘柚香
江边一望楚天长
片帆烟际闪孤光
目送征鸿飞杳杳
思随流水去茫茫
兰红波碧忆潇湘
录孙光宪词浣溪沙一首

作品

《望海潮·东南形胜》

柳永

东南形胜，三吴都会，钱塘自古繁华。烟柳画桥，风帘翠幕，参差十万人家。云树绕堤沙，怒涛卷霜雪，天堑无涯。市列珠玑，户盈罗绮，竞豪奢。重湖叠巘清嘉，有三秋桂子，十里荷花。羌管弄晴，菱歌泛夜，嬉嬉钓叟莲娃。千骑拥高牙，乘醉听箫（鼓），吟赏烟霞。异日图将好景，归去凤池夸。

145cm×25cm×6

2017年作

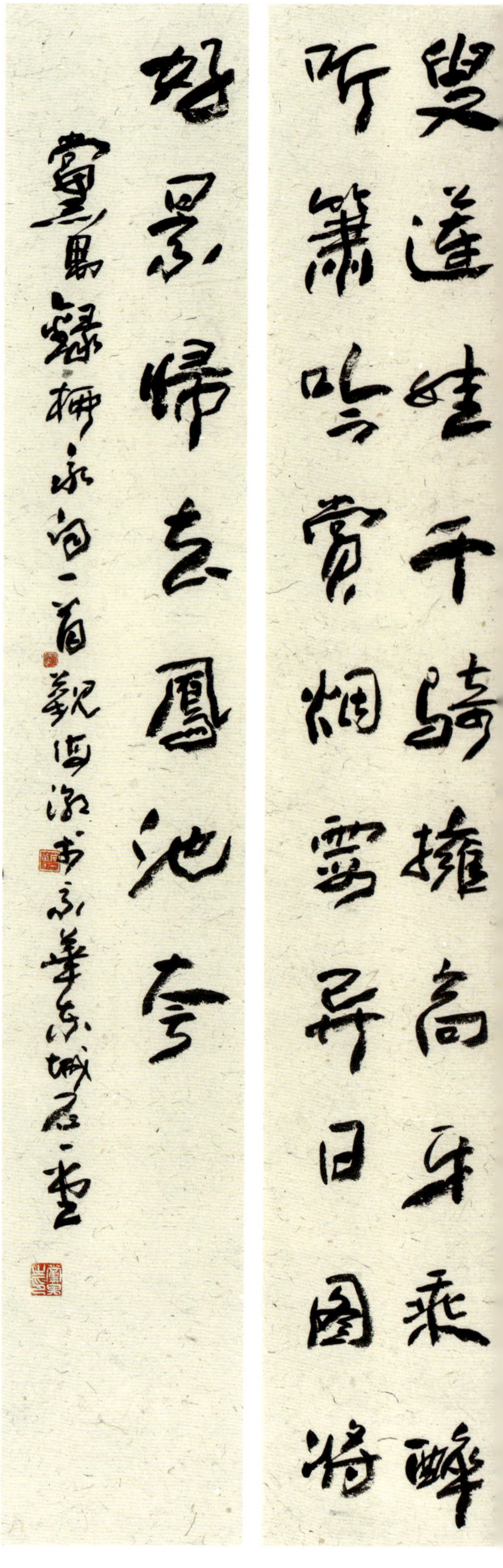

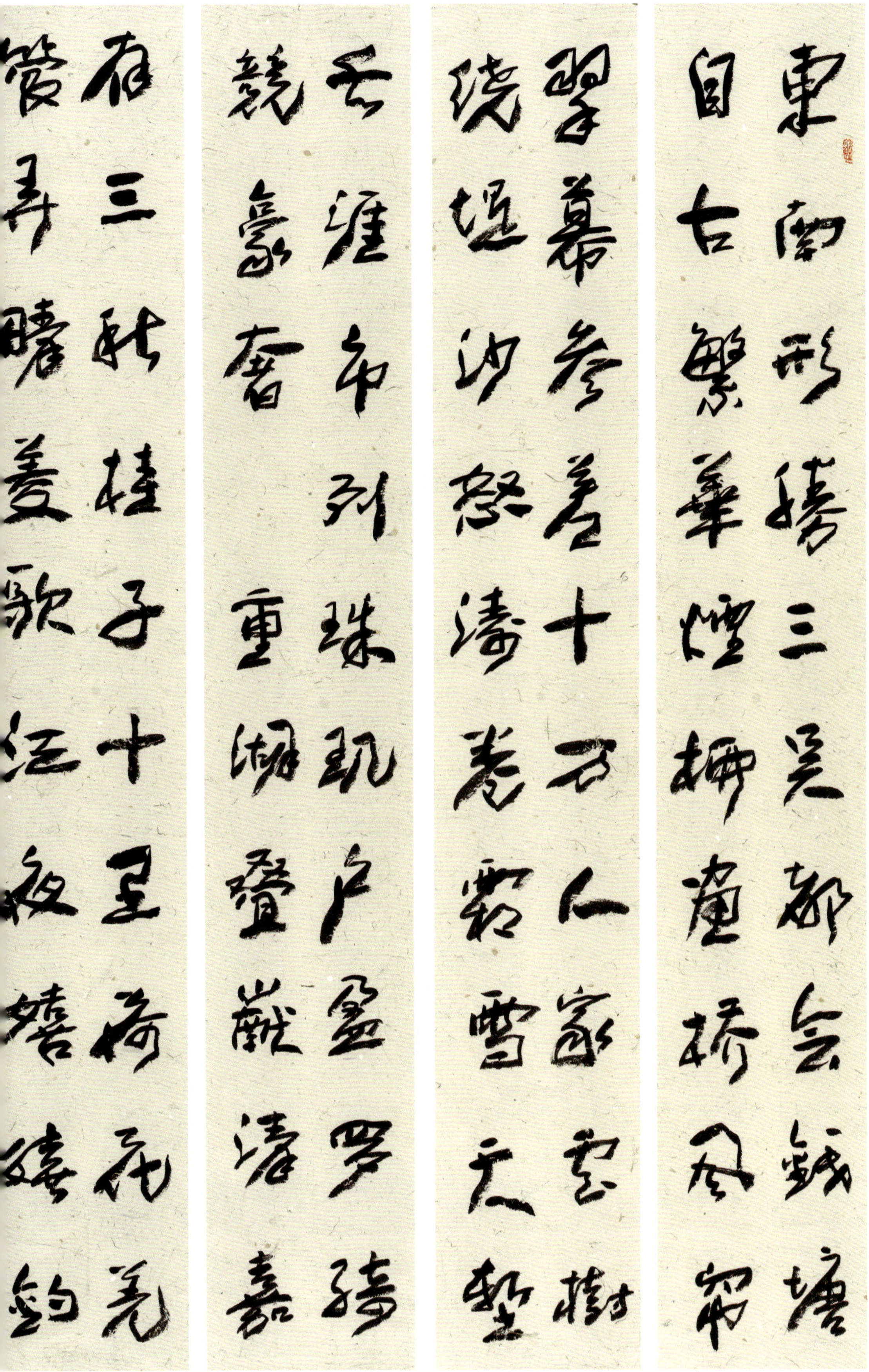
東南形勝三吳都會錢塘
自古繁華煙柳畫橋風簾
翠幕參差十萬人家雲樹
繞堤沙怒濤卷霜雪天塹
無涯市列珠璣戶盈羅綺
競豪奢重湖疊巘清嘉
有三秋桂子十里荷花羌
管弄晴菱歌泛夜嬉嬉釣

《水调歌头·明月几时有》

苏轼

明月几时有？把酒问青天。不知天上宫阙，今夕是何年。
我欲乘风归去，又恐琼楼玉宇，高处不胜寒。起舞弄清影，何似在人间。
转朱阁，低绮户，照无眠。不应有恨，何事长向别时圆？
人有悲欢离合，月有阴晴圆缺，此事古难全。但愿人长久，千里共婵娟。

138cm×62cm×2
2017年作

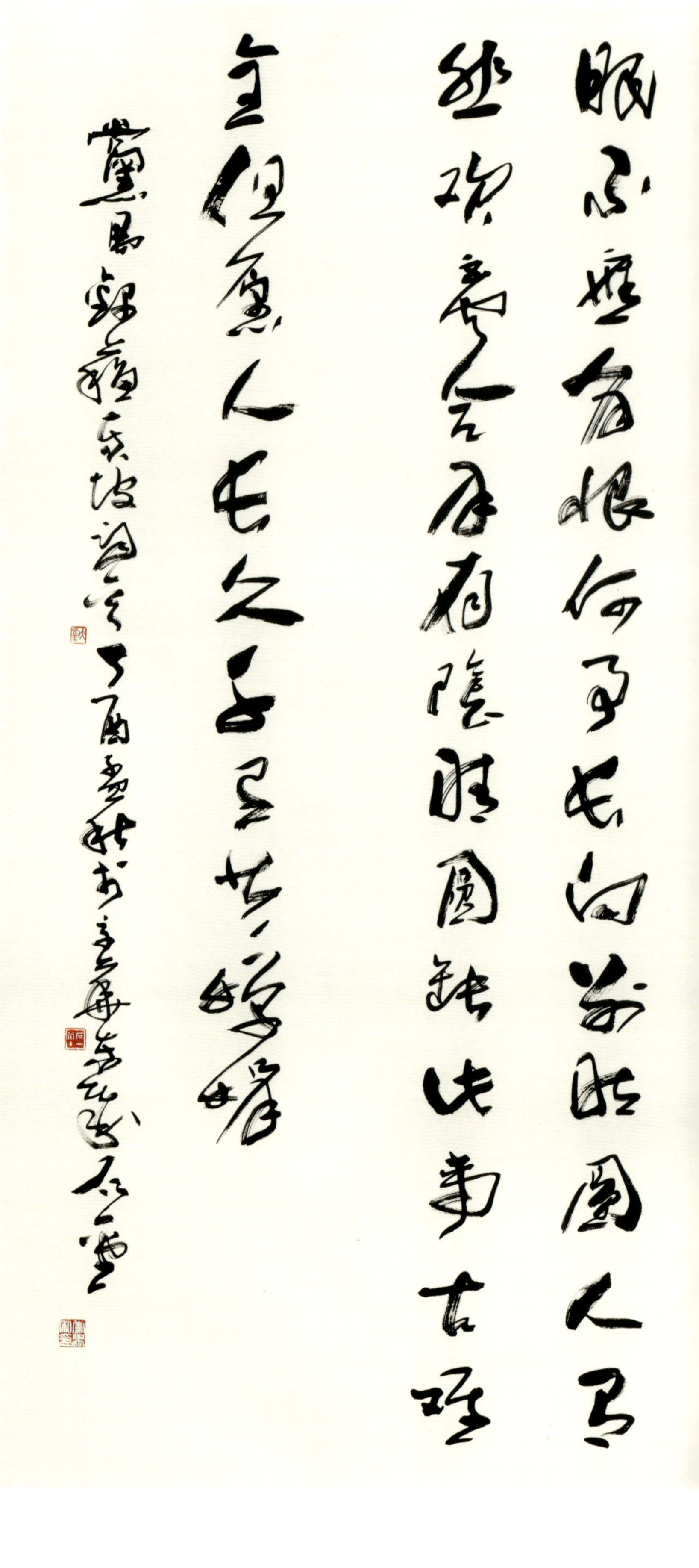

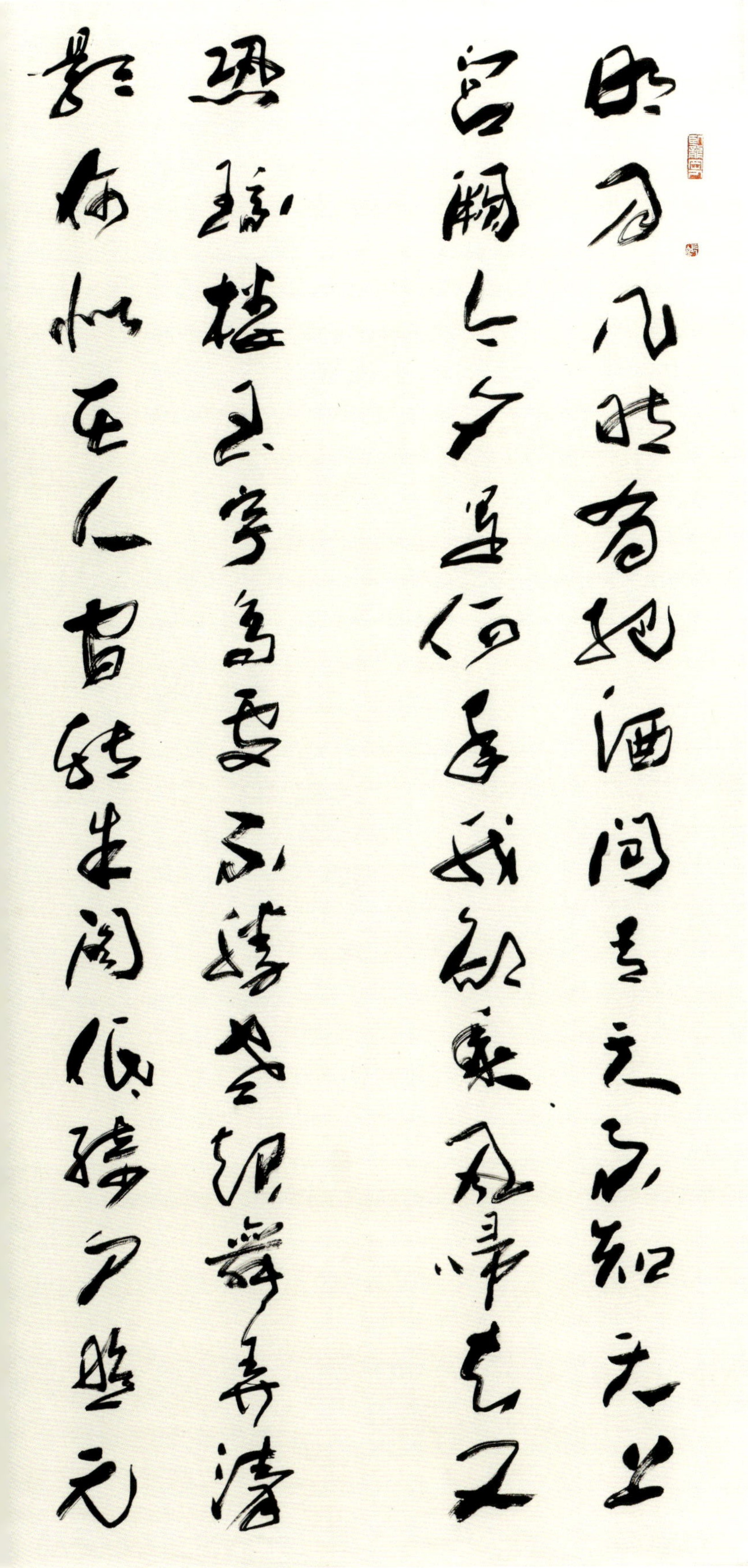
明月几时有把酒问青天不知天上
宫阙今夕是何年我欲乘风归去又
恐琼楼玉宇高处不胜寒起舞弄清
影何似在人间转朱阁低绮户照无

《如梦令·常记溪亭日暮》

李清照

常记溪亭日暮，沉醉不知归路。
兴尽晚回舟，误入藕花深处。
争渡，争渡，惊起一滩鸥鹭。

68cm×68cm
2017年作

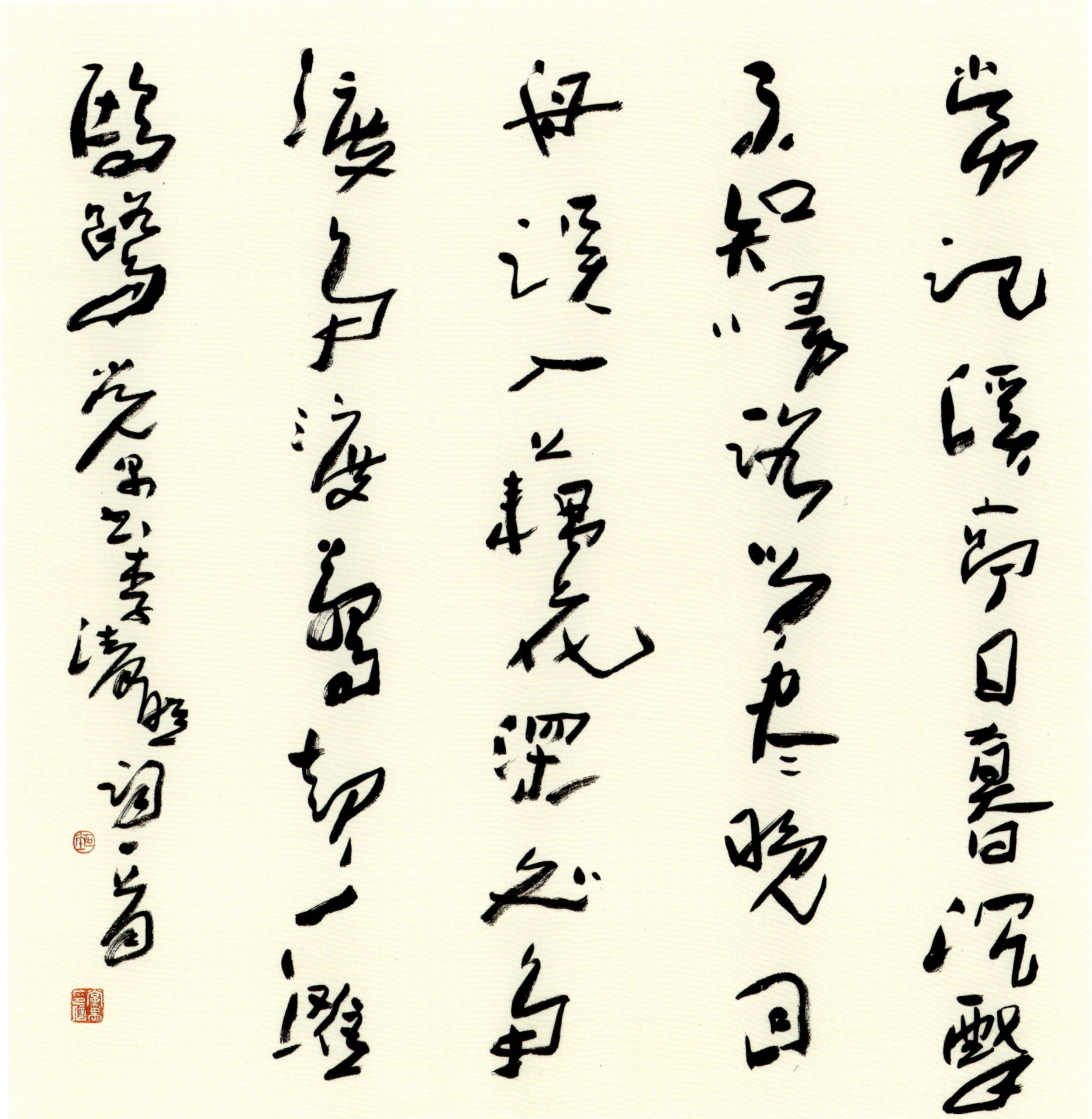
常记溪亭日暮沉醉
不知归路兴尽晚回
舟误入藕花深处争
渡争渡惊起一滩
鸥鹭
录宋李清照词一首

《定风波·莫听穿林打叶声》句

苏轼

莫听穿林打叶声，何妨吟啸且徐行。
竹杖芒鞋轻胜马，谁怕？一蓑烟雨任平生。

68cm×68cm
2017年作

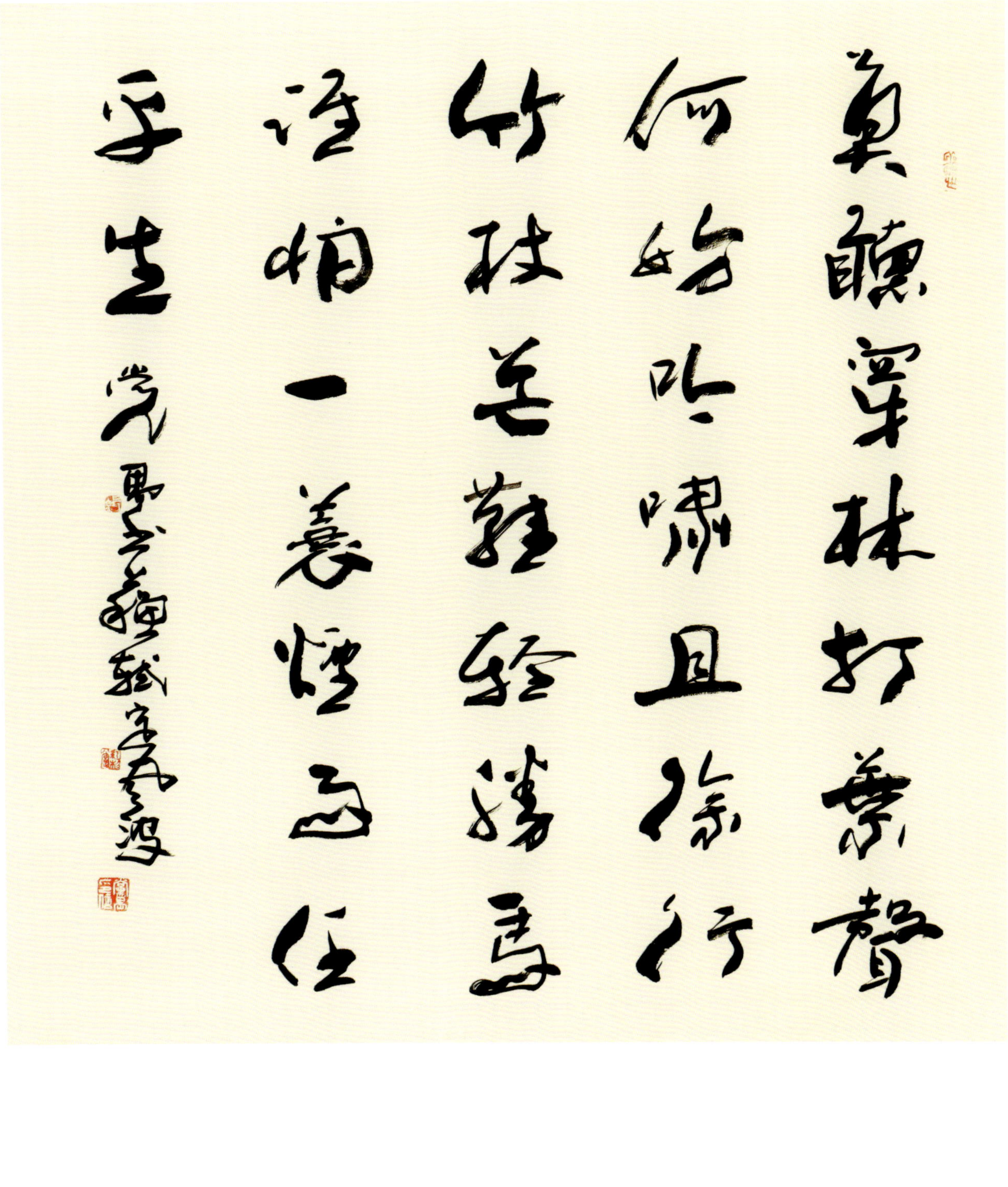
莫聽穿林打葉聲
何妨吟嘯且徐行
竹杖芒鞋輕勝馬
誰怕一蓑煙雨任
平生

《如梦令·昨夜雨疏风骤》

李清照

昨夜雨疏风骤，浓睡不消残酒。
试问卷帘人，却道海棠依旧。
知否，知否？应是绿肥红瘦。

68cm×68cm
2017年作

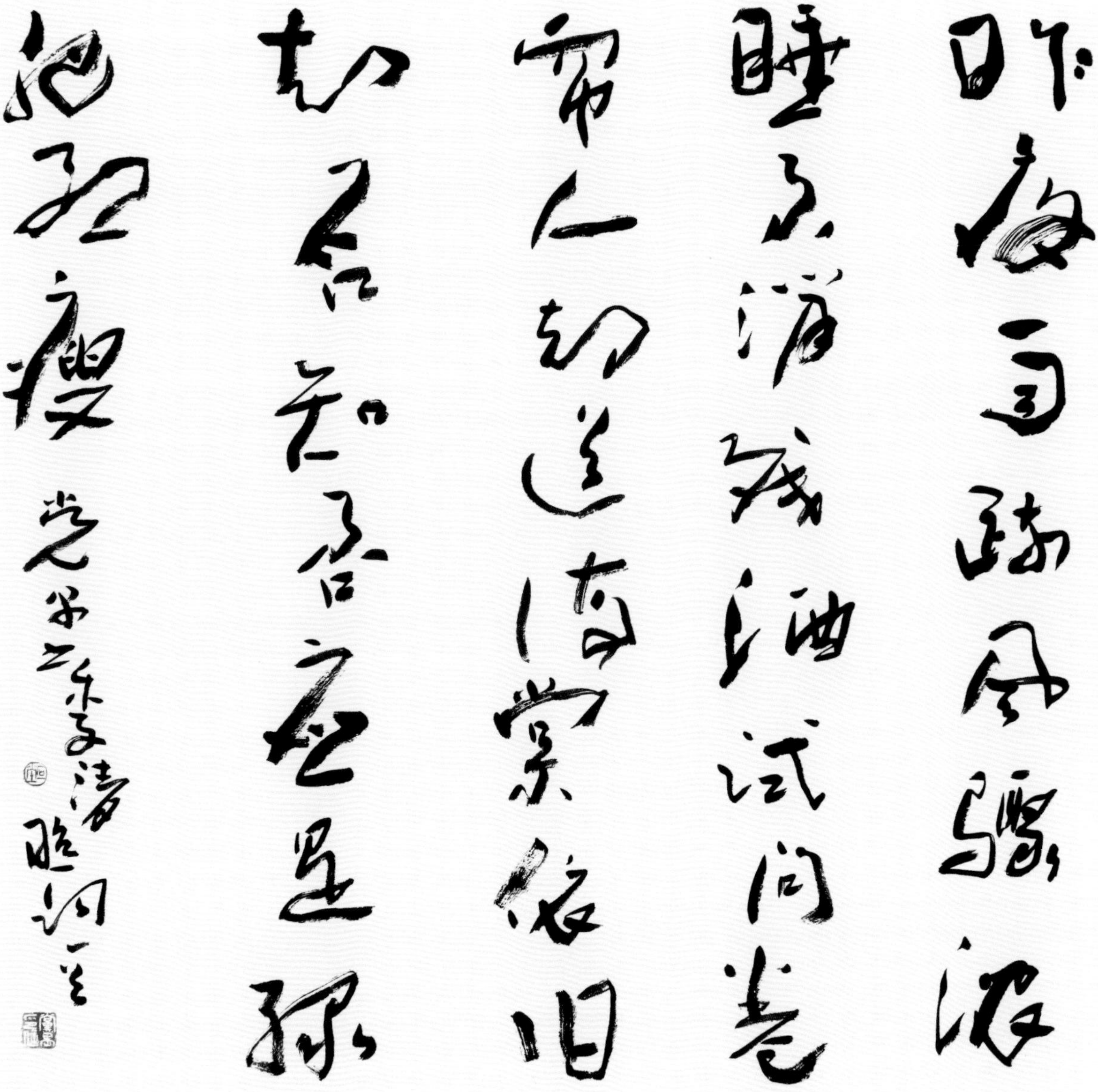

作品

《念奴娇·过洞庭》句

张孝祥

素月分辉，明河共影，表里俱澄澈。

68cm×68cm

2017年作

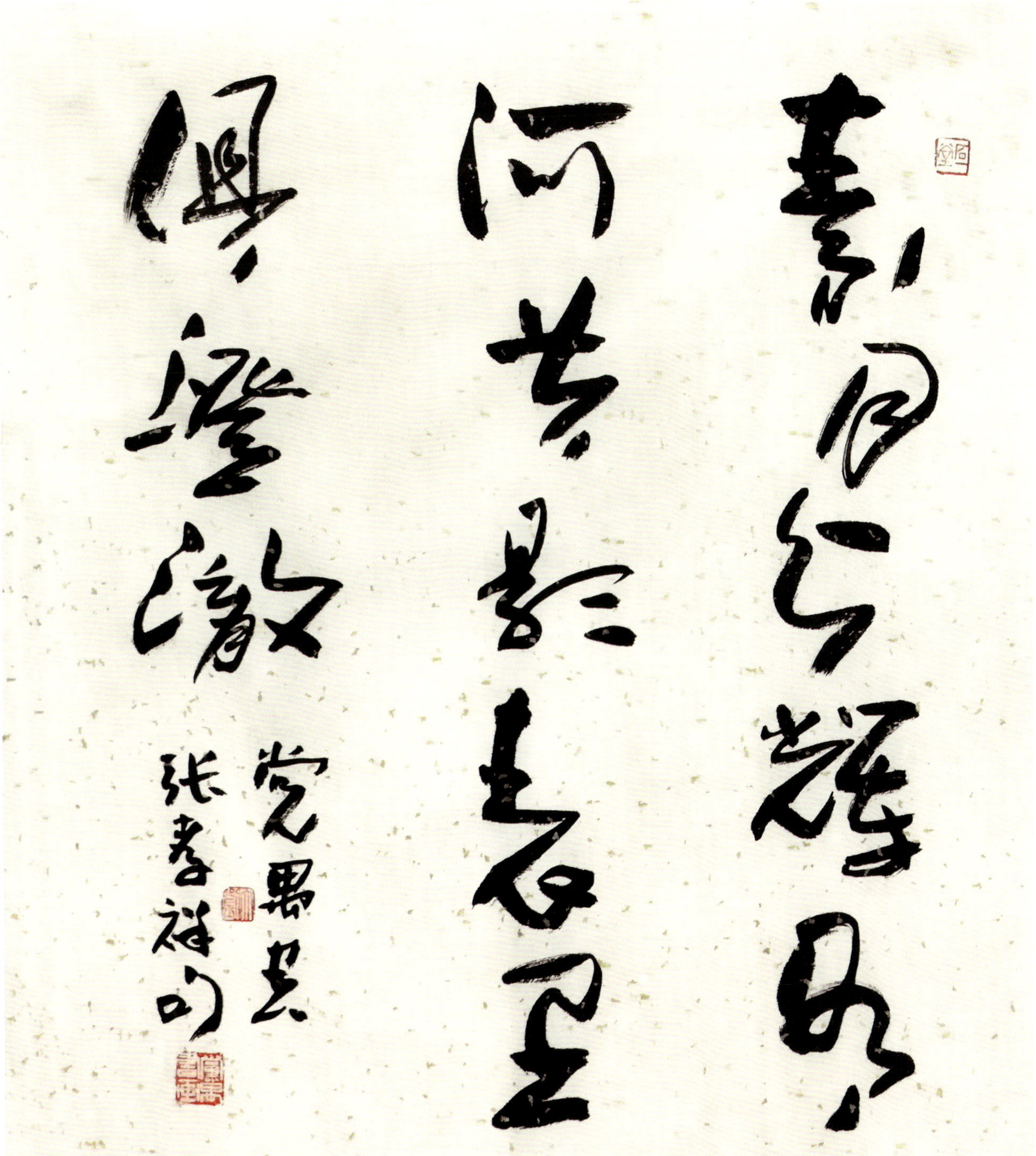

《定风波·南海归赠王定国侍人寓娘》句

苏轼

笑时犹带岭梅香

50cm×50cm

2017年作

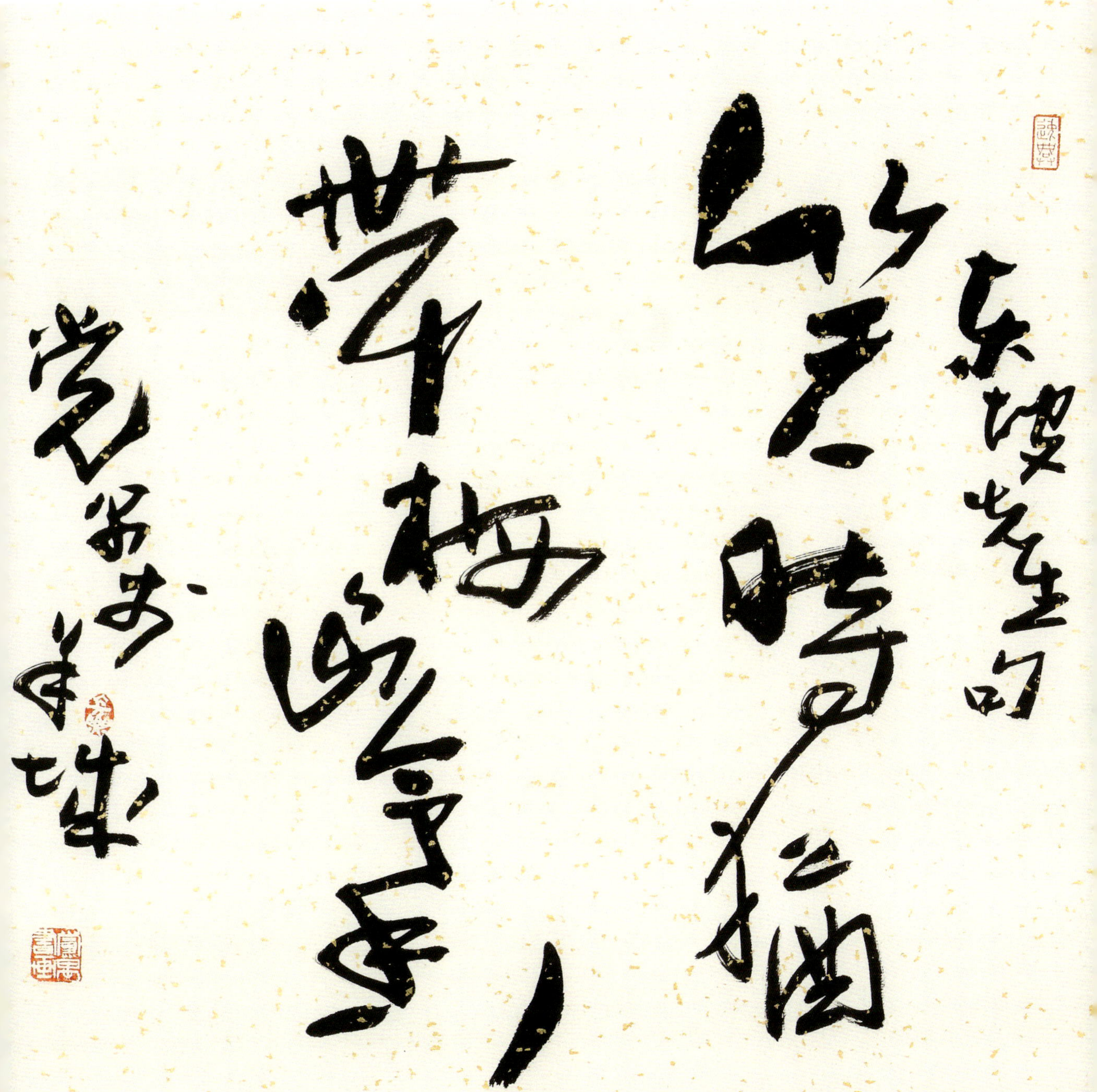

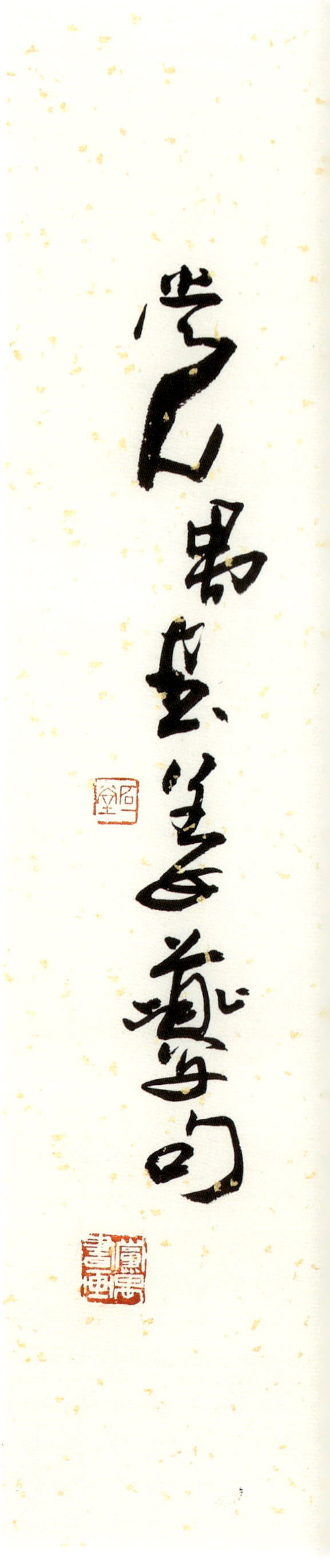

《点绛唇·丁未冬过吴松作》句

姜夔

燕雁无心，太湖西畔随云去。

50cm×50cm

2017年作

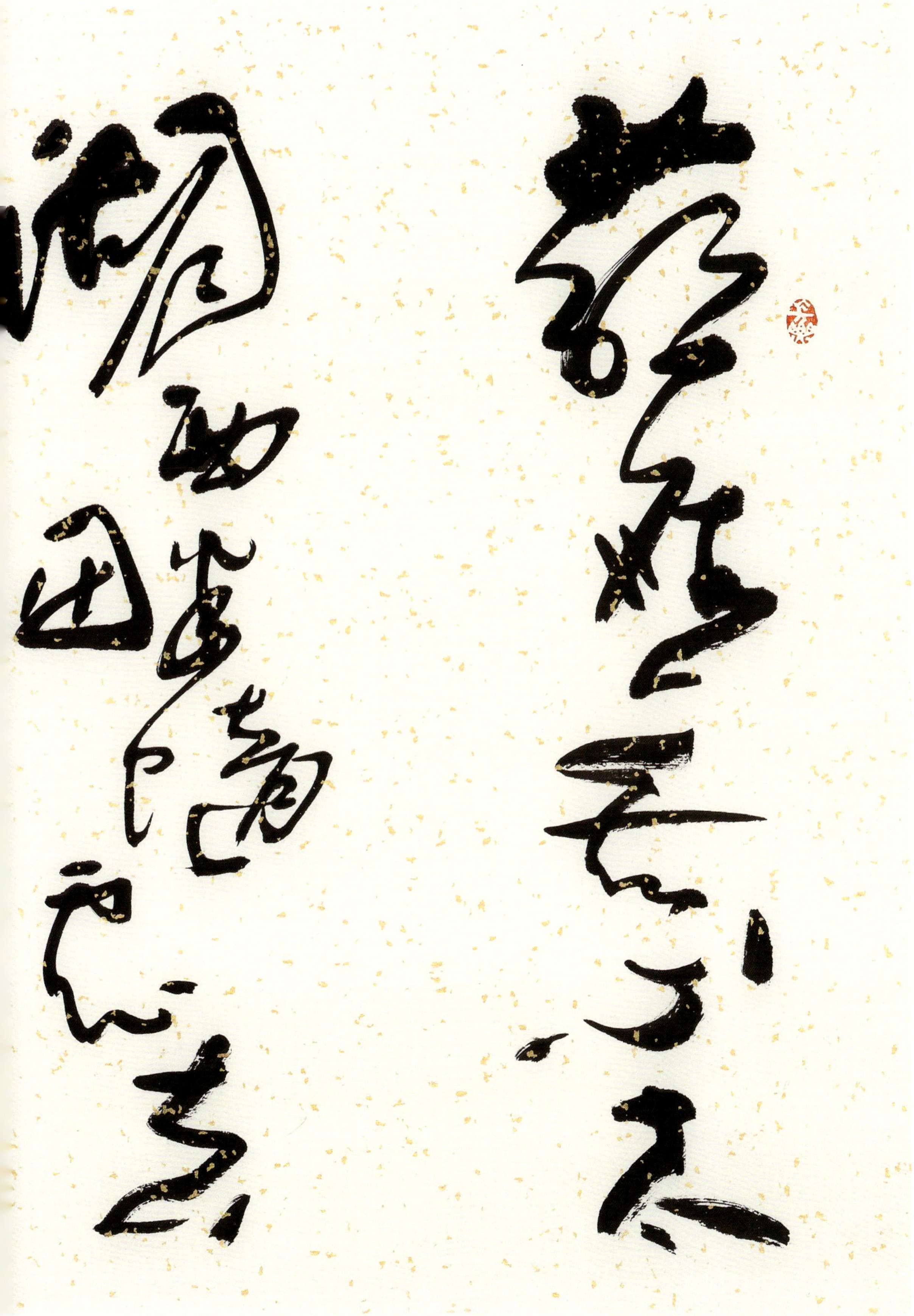

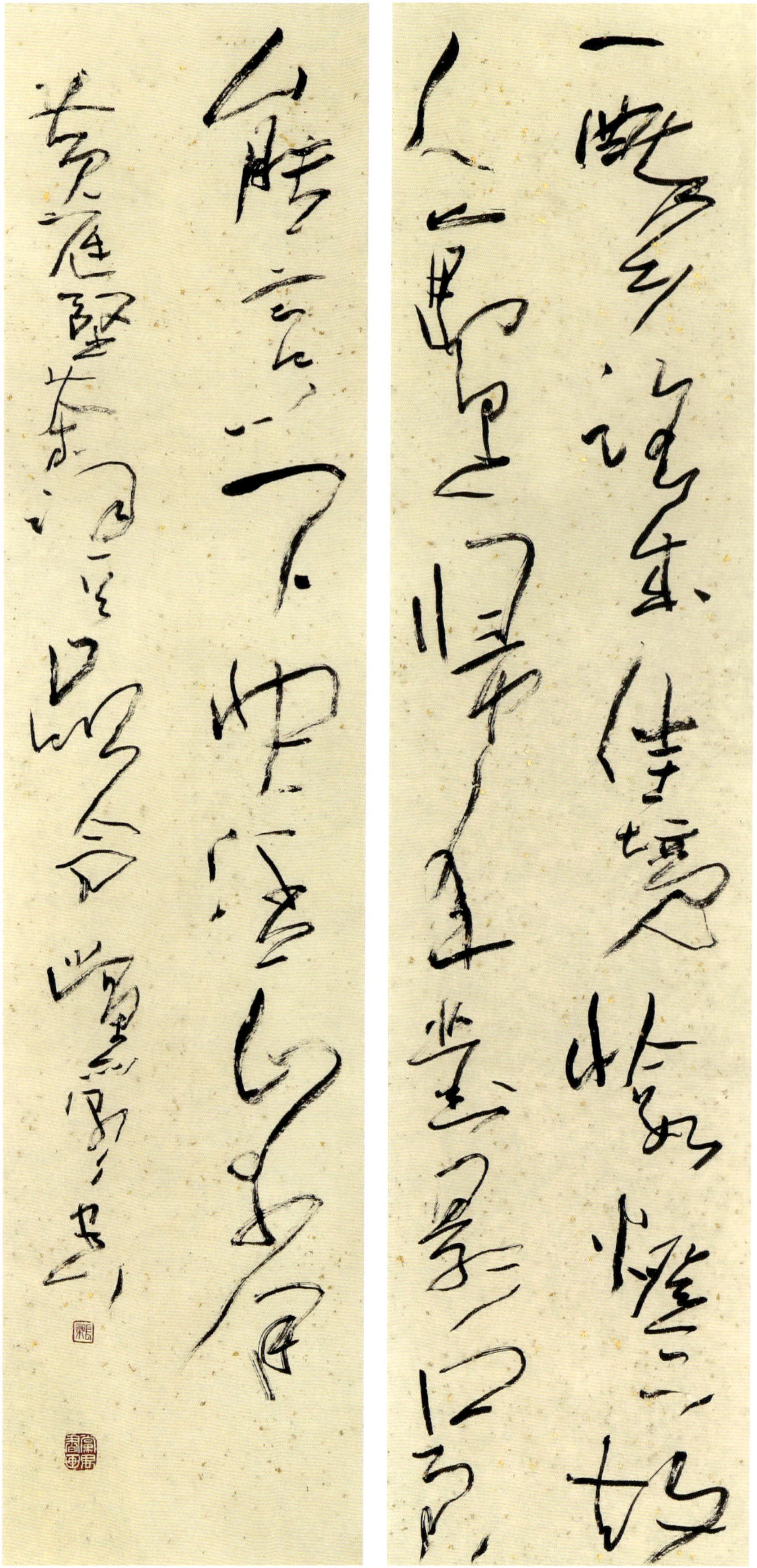

《品令·茶词》

黄庭坚

凤舞团团饼，恨分破，教孤令。金渠体净，只轮慢碾，玉尘光莹。汤响松风，早减了二分酒病。味浓香永。醉乡路，成佳境。恰如灯下，故人万里，归来对影。口不能言，心下快活自省。

180cm×33cm×4

2017年作

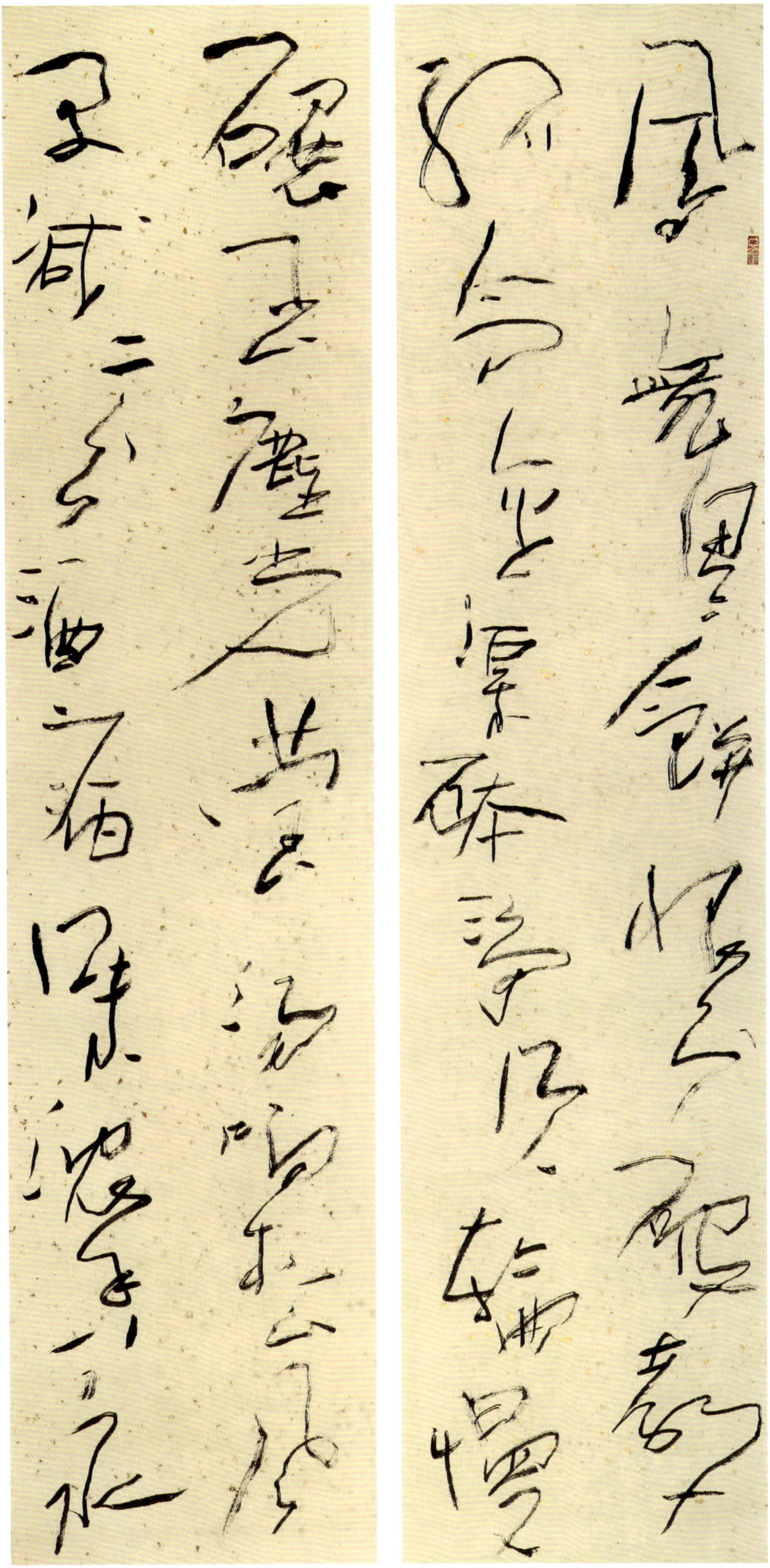

艺术谈

谈谈中锋用笔

——书法传统的精髓

党禺

书法是一门抽象艺术，学习有一定难度，因此王羲之在其《书论(传)》中有这样一句话："夫书者，玄妙之伎也，若非通人志士，学无及之。"

但是，作为一门博大精深的传统文化，古人总结的学习经验也言之谆谆："结字因时相传，用笔千古不易。"赵孟頫的这个结论，准确地概括了书法传统的精深要义。

关于"用笔千古不易"，各有不同理解，我以为：这句话是讲书法的用笔法则，"以中为骨，以侧为变"是一千多年来书法用笔精髓。也就是说，所有书写方法和书写形式中，中锋用笔以得厚重，侧锋用笔以求风采，这种笔法是书法传统最根本的核心。

关于中锋执笔，清代书家王澍在《论书剩语》中说得清清楚楚："世人多以捻笔端正为中锋，此柳诚悬所谓'笔正'，非中锋也。所谓中锋者，谓运笔在笔画之中，端若引绳，笔锋不倚上下，不偏左右，乃能八面出锋。笔至八面出锋，斯施无不当矣。"

这段话，值得书家好好推敲。

春秋、战国之前的文字，如殷商、甲骨和石鼓文，是以骨石、青铜的锐锋，直接刻在龟甲、兽骨和石头上，痕迹之"中"自不必论，金文、大篆刻范之后，以青铜熔铸成形的文字，点画中凸、立体圆厚，增加了文字的雄浑之象，刻铸铭文如《毛公鼎》《石鼓文》，其中锋用笔清晰可辨。

东汉隶书、碑刻大盛，隶书书写是在"万毫齐力""笔笔中锋"的同时，于起笔之始、收笔之末，略将笔锋倾侧，使点画的形、势、姿、态，有了方向性映带的意象，从而产生了寓侧为中的"侧锋"。

魏晋时期，人性觉醒，书法家在创作中有意无意地注入个性，"以中为骨，以侧为变"的笔法，逐渐成为书家们的常法，"永"字的侧、勒、努、趯等笔画，虽然皆有侧锋参与其间，但始终不离"以中为骨"的原则。

对此一段，明代丰坊在《书诀》中有过清楚记述："古人作篆、分、真、行、草书，用笔无二，必以正锋为主，间用侧锋取妍。分书以下，正锋居八，侧锋居二。"

卫夫人《笔阵图》云："下笔点画波撇屈曲，皆须尽一身之力而送之。"这里的"尽一身之力"，并不是使用蛮力，而是运笔时必须力贯笔尖，以达到"万毫齐力"，其实就是中锋用笔。"以中为骨"要求书写者在书写过程中，必须巧妙而准确地调整运笔时提、按、顿、挫的笔法，以及笔锋的角度和方向，以保证中锋用笔，从而达到"永字八法"中对点画书写的基本要求。

包世臣书论强调的"中实""锥划沙""屋漏痕"都是对中锋运笔的形象描述。这些技巧技法，难度极高，非得经过长期不懈的努力才有可能掌握，所以深厚的功底成为

书法家必备的基础。史上书法大家，无不是以“中锋为骨”达到创作高峰的。

但是，凡事有度，不可矫枉过正。

“中锋为骨”并不是“笔笔中锋”。苏轼在《论书》中说：“书必有神、气、骨、血、肉，五者缺一，不为成书也。”若要有骨有肉，仅仅凭借“笔笔中锋”是做不到的。清代书法家汪澐认为“作字之理，不过‘中锋’二字尽之”，这话颇有代表性，结果，清代书法出现了广为后世诟病的“圆光齐亮”的“馆阁体”，就是因为“笔笔中锋”缺少变化，呈现出来的书法作品笔画整齐划一，缺少了精、气、神。

所以，我说：“以中为骨，以侧为变。”这才是一千多年来书法用笔的精髓要义。

对于中锋与侧锋的不同作用，明末书法家宋曹在其《书法约言》中这样记述：“有藏锋有露锋，藏锋以包其气，露锋以纵其神。”

这句话非常精辟，学书者不可不知。

书法艺术因其中国文化的属性，无论其用笔特征，还是间架结构，审美要求与传统文化高度一致。“以中为骨”是以饱满的中锋用笔，表达中国文化圆融厚重的审美倾向；“以侧为变”则是以带有方向和动态的侧锋，表达汉字栩栩如生的生命形态。

全用中锋，点画则圆，浑厚圆劲；掺以侧锋，点画则方，有棱有角，坚实刚健。当中锋、侧锋交互使用，才能展示出点画的相互映带、章法的顾盼照应，共同营造出书法艺术的生动气韵。

再说“结字因时相传”，这是讲书法的结构形式。

书法传统生生不息，但其结构样式、法度一直在变，每个书法家所处的时代背景不同，对万事万物的感受不同，艺术表达也各不相同，因此其书法的形式随着书家表情达意的需要，也在不断地变化。

从历史时代看：唐人尚法，宋人尚意，清人尚趣，现代人尚情，每个时代各有特征。从书家个体看：柳公权是结体修长，黄庭坚是长枪大戟，王铎是勾连缠绕，金农是横粗竖细，每个人都有鲜明的个性特征。结体和章法上的不同风格，形成了书家既独具面目，又带有时代特征的书法艺术。

千百年来，书法审美的点画、文字以及章法“三要素”，其样式千变万化，但是“以中为骨，以侧为变”的审美核心始终不变，中锋用笔的基本功，也成为检验书家艺术功底的试金石。

2015年6月5日

艺术年表

1947年

出生于豫西南阳。

1979年

当选为平顶山市书法研究会副会长。

1980年

作品入选河南省首届书法展览。

1982年

论文《试沦狂怪》入选“河南省首届书学理论会”。

作品入选上海《书法》杂志。

1983年

加入河南省书法家协会。

到山东云峰山考碑，遍览云峰石刻。

作品入选《中国书法》杂志。

1984年

论文《云峰石刻探美》入选“云峰诸山北朝刻石学术讨论会”。

书法作品参加首届“中原书法大赛”并获三等奖。

1985年

论文《狂怪和创新》在《书法研究》发表，后被中国人民大学报刊资料《造型艺术研究》1986年第1期全文转载。

作品入选“国际书法展览”，在会上拜中国书法家协会副主席黄绮为师。

参与创办《青少年书法》杂志。

1986年

调入河南省政法干部学院专职教授书法。

参与撰写河南书法研究院出版的《书法教程》之“书法史”部分。

1987年

论文《狂怪和美》入选“中国新十年书法论辩会”，到会宣读后引起激烈辩论。

1988年

加入中国书法家协会。同年，加入中国现代书画学会。

到天津大学王学仲艺术研究所进修，成为王学仲先生的入室弟子。

论文《云峰石刻探美》在《郑州大学学报》第3期发表，并获优秀论文奖。

书法作品参加“第二届中原书法大赛”并获二等奖。

任“国际新书法大展”评审委员，并到桂林参加评选。

1989年

论文《论王学仲先生的书法艺术空象观》在《青少年书法报》上发表。

论文《传统的核心精神就是创新》收录于1990年出版的《书法新论》一书。

1990年

合著《书法教程》在河南美术出版社出版。

书法作品参加中国对外交流协会主办的“中国现代书画大赛”，获一等奖，其副本《狂风》成为水墨代表作。

论文《狂怪和创新》被收入《中国书法论著辞典》。

1991年

著作《书家必携》在河南美术出版社出版发行，多年来畅销不衰。

参与编写《书法知识千题》，1991年在河南美术出版社出版。

受司法部教育司委托，主持编写《书法与司法笔录训练》（中国政法大学出版社出版）。

参加“中国当代书法家作品邀请展”并当选为组委会副主任。

1992年

应聘到海南师范学院（现为海南师范大学）教学。

创作现代派书法作品《迷》。

应聘为《现代书法》杂志编委。

1993年

在《现代书法》杂志发表现代派书法作品5幅。

论文《明、清书法家群体比较》参加“海南省首届书学理论会”。

1994年

《读党禺的现代派书法》一文被收入四川美术出版社出版的《中国现代派书法赏析》一书。

1995年

作品获“海南省第四届书法、篆刻作品展”金奖。

主编《书法教程》并由海南省南海出版公司出版发行。

参加在江苏省美术馆举办的“中国现代派书法十周年纪念大展暨学术研讨会”。

创作《自由自然》《废纸三千》等一批现代派书法代表作。

1996年

《党禺书画集》由广西美术出版社出版。

1997年

1月20日—26日，中国书法家协会、中国艺术研究院主办的“党禺书画展览”在北京中国美术馆举办，同期举办“党禺艺术研讨会”。

1998年

赴日本进行学术访问，在秋田县立美术馆举办展览和美学讲座。

1999年

4月，参加海南省文联主办的“中国党禺·日本长沼雅彦书法联展”。

6月，参加在成都举办的“巴蜀点兵·99成都20世纪末中国现代书法回顾展”。

7月，在广东省博物馆举办“党禺书法展”。

2000年

游学北京及江南，访兰亭旧址、青藤书屋和黄宾虹故居。

2001年

定居广州，专注怀素《自叙帖》学习，草书风格逐步形成。

2002年

为白云山风景名胜区能仁寺题写《即心是佛》并刻碑。

2003年

举办“汉唐雄风·中国书法名家邀请展”，首倡“汉唐雄风”艺术精神。

12月月底，《党禺书法艺术·行草卷》出版。

2004年

到北京参与“华夏（北京）艺术学院”的筹办，受聘为美术系主任。

2005年

创作《苏东坡·念奴娇·赤壁怀古》等一批巨幅作品。

在广东东莞和河南省南阳美术馆举办“党禺书法艺术展”。

8月，赴甘南采风，回来后创作《九寨飞瀑》等一批国画。

2006年

3月，“大风·党禺书法艺术展”在广州艺术博物院举办，出版作品集《大风·党禺书法作品集》。

8月，赴新疆采风，历时一个月，行程近万里，后创作《吞吐大荒图》等国画。

12月，中国书协学术委员会委员西中文先生《党禺的书法艺术》一文在《书法导报》刊发，提出“党禺的书法是真正的艺术创作”。

2007年

7月，佛山市委宣传部主办“党禺书法艺术展览”。

12月，《解读党禺》出版，对党禺40年的艺术之路进行了完整的总结。

2008年

5月，广州皇阿玛拍卖公司举办“党禺书法艺术展”。

7月，“党禺书法艺术展”在江门美术馆开展。

9月，《增广书画家必携》一书由岭南美术出版社出版发行。

2009年

7月，广东省收藏家协会主席陈少湘先生主编的《收藏党禺》出版。

9月，“党禺书法·传统与创新”在广州越秀区图书馆举办。

12月，广州市越秀区宣传部主办“党禺艺术展”，并出版《党禺书法艺术·毛泽东诗词卷》。

2010年

在广东省文联艺术馆举办“心象·党禺书法展”，出版《党禺书法艺术·综合卷》。

2011年

6月，在澳大利亚墨尔本澳华历史博物馆举办“天涯万里游·党禺书画展”。

10月，湖北武汉市委宣传部主办的“心象·党禺艺术展”在武汉美术馆举办。

12月，在北京西城区文化艺术中心举办“天高云淡·一首词的展览”。

2012年

4月，当选为广州市荔湾区政协委员。

2013年

9月，出版《党禺书法艺术·心象卷》，标志着方草艺术的建立。

11月，出版《党禺书法艺术·心画卷》，书画交融的心象艺术基本成形。

2014年

1月，受聘为广东省文史馆馆员。

3月，参加国家画院主办的"汉书形意——中国汉字水墨艺术展"。

3月，在日本大阪举办"禅茶一味艺术展"。

4月，广州市委宣传部主办的"汉唐雄风·党禺艺术展"在广州艺术博物院举办。

6月，方草作品《不到长城非好汉》被中央档案馆收藏。

7月，巨幅方草作品《大江东去》被广州国家档案馆收藏。

10月，方草作品《毛泽东诗词·清平乐·六盘山》被人民大会堂管理局收藏。

12月，由湖北美术馆和广东省文史馆主办的"大江东去·党禺书法艺术"在湖北美术馆举办，并同期举行了研讨会。

2015年

1月，草书作品《行云经天》《杏花流雪》被湖北美术馆收藏。

1月，《信息时报》推出专版《当代书法的边界在哪里》之后，党禺做出了书面回应——《坚守书法的边界》。

2月，第二次当选为广州市荔湾区政府特殊津贴专家。

6月，在广州广粤会举办沙龙"书情时代·党禺艺术谈"。

10月，在北京恭王府艺术中心举办"我心光明·党禺书法艺术展"。

2016年

4月，长卷《小草千字文》创作完成。

6月，创作《古歌谣·魏碑卷》和《诗经·隶书卷》。

7月，赴太行山写生，创作素描作品60余幅。

2017年

4月，在广州举办"满庭芳·党禺师徒书画展"。

5月，在江苏扬州八怪纪念馆举办"月满扬州·党禺七十艺术展"。

7月，创作《唐宋词·行书卷》。

10月，参加广东省文史馆的洛阳考碑行，第十次参观洛阳龙门石窟。

11月，在广州雅趣艺术馆举办"山居秋暝——党禺书画展"。

2018年

3月，整理国画旧稿。

5月，完成《唐诗·草书卷》的创作。

6月，完成《方草千字文》第三稿。

8月，整理《读写经典·党禺艺术丛书》四卷作品，不断筛选并补充创作。

12月，《读写经典·党禺艺术丛书》四卷书的样稿基本编撰完成。

重要个展

1997 年 1 月……北京中国美术馆
1998 年 1 月……日本秋田县立美术馆
1999 年 6 月……海南省群众艺术馆
1999 年 7 月……广东省博物馆
2006 年 3 月……广州艺术博物院
2007 年至 2008 年……广东巡回展
2009 年 12 月……广州市越秀区文化艺术中心
2010 年 1 月……广东省文联艺术馆
2011 年 6 月……澳大利亚墨尔本澳华历史博物馆
2011 年 9 月……武汉美术馆
2011 年 12 月……北京西城区文化艺术中心
2014 年 3 月……日本大阪堺市文化会馆
2014 年 4 月……广州艺术博物院
2014 年 6 月……北京航空航天大学
2014 年 12 月……湖北美术馆
2015 年 10 月……北京恭王府艺术中心
2017 年 5 月……扬州八怪纪念馆
2017 年 11 月……广州雅趣艺术馆

東南大学現代書画研究所客員研究員
黨禺先生

黨禺書法藝術展

热烈庆祝月满扬州—党禺七十艺术展在我馆
揚州八怪紀念館

作品集

《党禺书画集》 1996年广西美术出版社

《党禺书法艺术·行草卷》 2004年河南美术出版社

《大风·党禺书法作品集》 2006年书艺出版社

《解读党禺·党禺书法艺术》 2007年书艺出版社出版

《收藏党禺》 2009年中国评论学术出版社

《党禺书法艺术·毛泽东诗词卷》 2009年书艺出版社

《党禺书法艺术·综合卷》 2010年中国美术家出版社

《党禺书法艺术·心象卷》 2013年书元文化出版社

《党禺艺术书法·心画卷》 2013年中国美术家出版社

《读写经典·党禺艺术丛书》 2019年岭南美术出版社

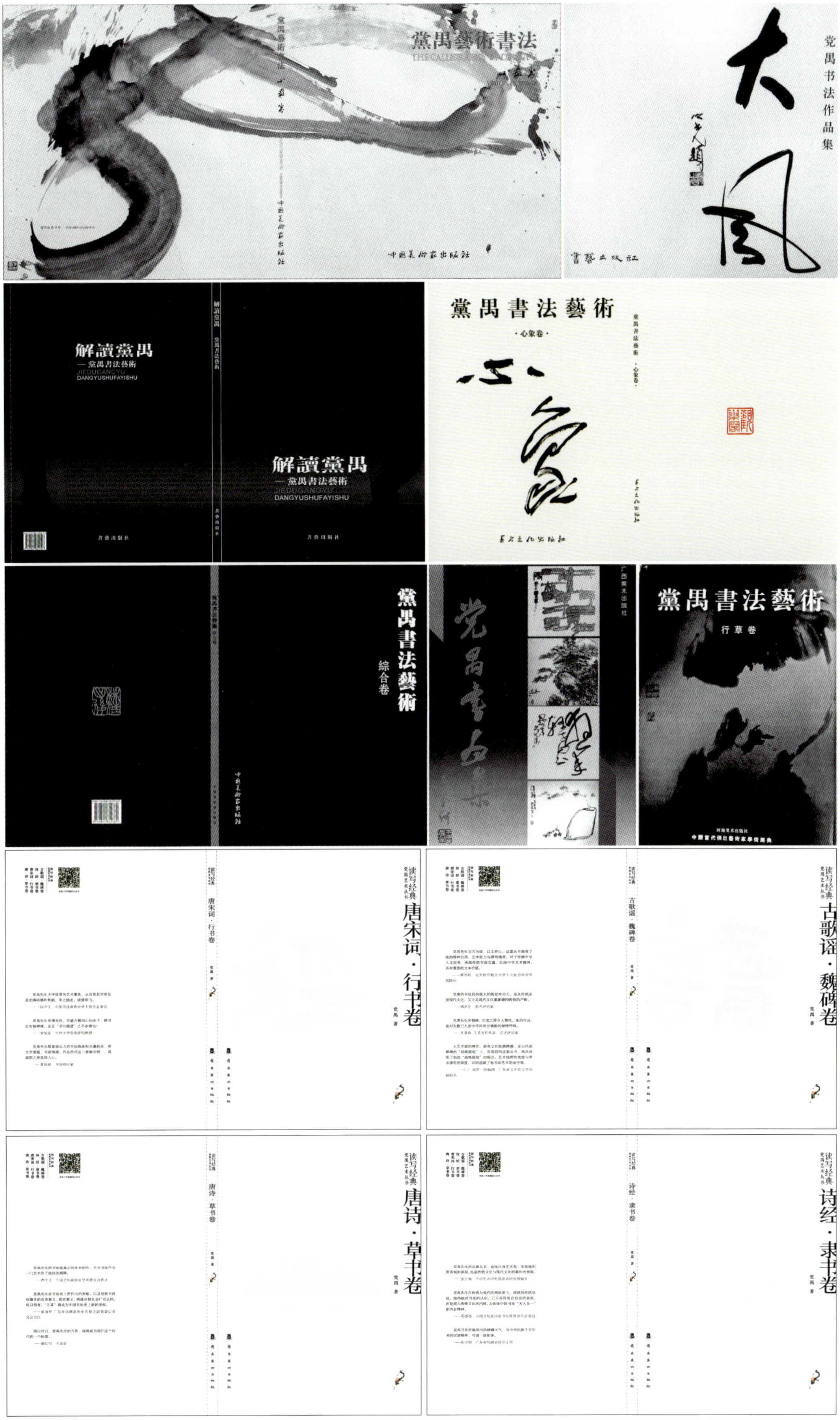
黨禺藝術書法
中國美術家出版社
党禺书法作品集
解讀黨禺
—黨禺書法藝術
JIEDUDANGYU
DANGYUSHUFAYISHU
青島出版社
黨禺書法藝術
·心象卷·
黨禺書法藝術
綜合卷
广西美术出版社
黨禺書法藝術
行草卷
河南美术出版社
读写经典
唐宋词·行书卷
古歌谣·魏碑卷
唐诗·草书卷
诗经·隶书卷

后 记(一)

狂生原来是儒生

周俊杰

我与党禺相识于40年前，从1978年到1992年，15年间，我们共同参与了当代书法界早期的大部分活动，编书，参展，开会，由相识到相知，惺惺相惜。

很多人以为，以“狂怪”理论著称的党禺，一定是个狂狷之人，只写狂怪之书。其实，了解他的朋友都知道：狂生原来是儒生。

20世纪80年代，正是改革开放之初，国门刚刚打开，西方美学著作进入视野，而传统文化在拨乱反正后，方兴未艾，传统与未来，两股力量在碰撞融合，文艺界萌生了美学大讨论，书法界也是如此。这段历史，我和党禺是亲历者，也是见证人。

彼时党禺入道不久，血气方刚，好学上进。他一边四处考碑，拜师，临习传统楷书，一边深入研究书法美学。面对浩瀚星河的书法传统，他着力于探究“书法创新”这一美学观点。1982年他的第一篇论文《试论狂怪》入选河南省首届书学理论会，1987年论文《狂怪和美》参加了“中国新十年书法论辩会”，提出“传统的核心就是创新”，两度引起学界激辩。

不过，秉持“创新”观点的党禺，在艺术实践上，却又是力主“集古终能自立家”（清，王文治）的融合派。1988年，党禺加入中国书法家协会，同年，在老师王学仲先生引介下，又加入了中国现代派书画学会。对此，他坦陈：“一手拉着传统，一手挽着创新，这是我几十年来，始终左顾右盼的艺术之路。”

所以，党禺对于传统文化的研习，对碑帖、书画、诗词，无不用心。早年，他在颇有影响的“中原书法大赛”“国际书法大

展”“国际临书大展”中屡次获奖，凭借的就是过硬的魏碑、隶书功底。那时，他给自己立了个规矩“50岁前不写草”。

2014年12月，我参加了党禺在湖北美术馆的个人大展，看到了他近年来的艺术创作，更体会到他一直以来对中国文化的坚守和努力。数十年间，这个曾经以研究书法“创新”著称的人，却一直踏踏实实地守着传统的功夫，精进、努力，从未懈怠。这套读经典、写经典的作品，如实记录了他对传统的理解和实践，是他在倡导艺术“创新”40多年后，对艺术传统的深情回望。

前些年，党禺远走他乡，浪迹天涯，种种艰辛，不言而喻。如今，我们天各一方，年愈古稀，但是，透过这套丛书，我依然感受得到，他对书法艺术的忠诚，所谓历经波折，不忘初心，这是我们这代人的坚守与担当。

谨以此文，祝愿老弟党禺，艺术之树长青！

2019年3月28日

（周俊杰：河南省书协名誉主席，历任中国书法家协会理事、学术委员会副主任）

后 记（二）

千江有水千江月

雨秋

2018 年，是我和先生相识的 30 周年，也是我的天命之年。

一日，走进电梯，明亮的灯光下，巨大的镜子里，头顶隐约有银丝闪烁，凑近细看，我大声惊叫："哇！白头发！我有白头发啦。"先生在一旁笑出泪来："哈哈，小姑娘变大妈啦，哈哈哈……"

这一刻，我与先生 20 岁的年龄差，鸿沟瞬间坍塌，变成了五十步笑百步。

30 年的打磨足以改变许多，我的意气用事逐渐变成心平气和，先生则"从心所欲不逾矩"，愈发做回自己。两人习惯了遇事内求，渐渐避开外界喧嚷，很有些"躲进小楼成一统"的意思。

晨起，先生写字，面有得色，拿来一看："一生负气成今日，四海无人对夕阳。"陈寅恪先生的诗句，我心中一动，起身泡茶，茶香袅袅，熨平心中的波澜，我和先生相视而笑：路是自己选的，因为愿意，所以不悔。

几年前，整理先生的诗集和文集，阅读大量的历史，愈发理解了先生的过往。成年人，谁都有过浩气冲天的青春，碰壁多了，不得不一步步妥协，理想渐渐成灰。但是，先生却是例外，抱定自己的方向，不曾退却，在这点上，他活得比我更纯粹。

2013 年年底，先生的恩师王学仲老仙逝，先生夜不能寐，写下悼诗，看到那句"誓立东土厚万丈，敢铸方草随师魂"，我当时泪下，也终于心安——每个女孩都是紫霞，希望自己的意中人是一位盖世的英雄。身边这个倔强又沉闷的人，到底没有让我失望！

在全民性焦虑的时代，又身处名利场，到处是圈子，人愈多愈好，声音愈大愈好，先生喜欢朋友，却恐于应酬，不免寂寞冷清。其实，他是有过辉煌过往的，不过，是他自己主动退出了舞台。

艺术像一面玻璃，将他和时代的狂欢隔开，彻骨的孤独中，他时有叹息，更多时是自得其乐，"偶尔人前走走，到底还是独行"，说到底，艺术表达的是自家那颗心。

令人惊讶的是，文化自有强大的生命力，书法传统里也从来不乏创新的基因——先生 36 岁提出艺术创新，72 岁完成"心象"艺术，他以自己的实践印证了自己的艺术理论，做到了"我手写我心"。

数十年的艺术探索，书法就是先生的佛经，他持戒，精进，禅定，如同一棵大树，根基牢牢地抓住大地，枝丫却奋力地向上伸展，漫长的浸淫后，他的创造力越来越丰盛，传统和创新，在他笔下互相渗透，最终水乳交融。

近来，跟着先生游走江湖，从南到北，

从北到南，见的人越来越多，经历的事儿越来越大，心中越来越明白：白云苍狗，世事难料。于是，我和先生时时自省：活在当下。

心经云：色即是空。人世繁华，百年不过一瞬。生命有限，必须学会舍弃，才能有精力做要紧的事。先生这一生，只为书法艺术而努力，我的当下，便是将他的理想和抱负，以及创作和探索，立此存照，留与后人去评说。

《读写经典 · 党禺艺术丛书》便由此而来。前后两年，不断取舍，不断重建，耗费大量心力物力，从构思到完成，终于在2018年年底收官。

以传统用笔书写经典诗词，是先生扎根传统50年的深情回望，如实呈现了他“从哪里来”的艺术渊源。下一部表达风格和个性的《自由自然》，将回答“到哪里去”的历史性思考，计划于2019年问世。

以一套书描绘一个人的艺术史，说实话，工作量是巨大的。我还奢望：真实记录先生的艺术脉络的同时，也能勾勒时代的背景。如此，两个岁数加起来超过120岁的人，全心投入，日复一日，每有进展，拊掌共庆。

最后，也是最重要的，是我们的感恩。

这些年，先生之所以还能够做出取舍，并且，以一种几乎是任性的方式完成自我，全赖你们的支持！假如，没有亲人、朋友的理解和包容，没有各位知音、至交的支持和帮助，先生的艺术理想，便是空中楼阁，有心无力。

感谢诸位亲人！感谢所有的朋友！谢谢你们一路加持！

2018年9月9日

读写经典

党禺艺术丛书

诗经·隶书卷

党禺 著

嶺南美術出版社

中国·广州

图书在版编目（CIP）数据

读写经典·党禺艺术丛书. 诗经·隶书卷 / 党禺著. — 广州 ：岭南美术出版社，2019.5
ISBN 978-7-5362-6758-9

Ⅰ.①读… Ⅱ.①党… Ⅲ.①古体诗—诗集—中国—春秋时代②隶书—法书—作品集—中国—现代 Ⅳ.①I22 ②J292.28

中国版本图书馆CIP数据核字(2019)第058446号

责任编辑：刘向上　彭辉
责任技编：罗文轩
丛书策划/执行：雨秋
图片摄影：党亿安
书籍设计：腾云文化

读写经典·党禺艺术丛书. 诗经·隶书卷
DUXIE JINGDIAN DANG YU YISHU CONGSHU SHIJING LISHU JUAN

出版、总发行：岭南美术出版社　（网址：www.lnysw.net）
（广州市文德北路170号3楼　邮编：510045）
经　　销：全国新华书店
印　　刷：雅昌文化(集团)有限公司
版　　次：2019年5月第1版
2019年5月第1次印刷
开　　本：889mm×1194mm　1/16
印　　张：5.125
印　　数：1—2000册
字　　数：53千字
ISBN 978-7-5362-6758-9

定　　价：299.00元（一套4册）

总序

党禺从予游艺，历有岁时。
潜心治碑版水墨画，日有进境。
含碑帖之金英，漱丹青之芳流，积稿成帙。
乘其出版问世之际，期其有大成焉。

丙子将至
黾翁王学仲

注：此序文为恩师王学仲先生1996年为我所题，先生斯人已去，但其教诲铭刻在心，不敢懈怠，故再以此文为序，怀念先生，致敬传统。党禺合十。

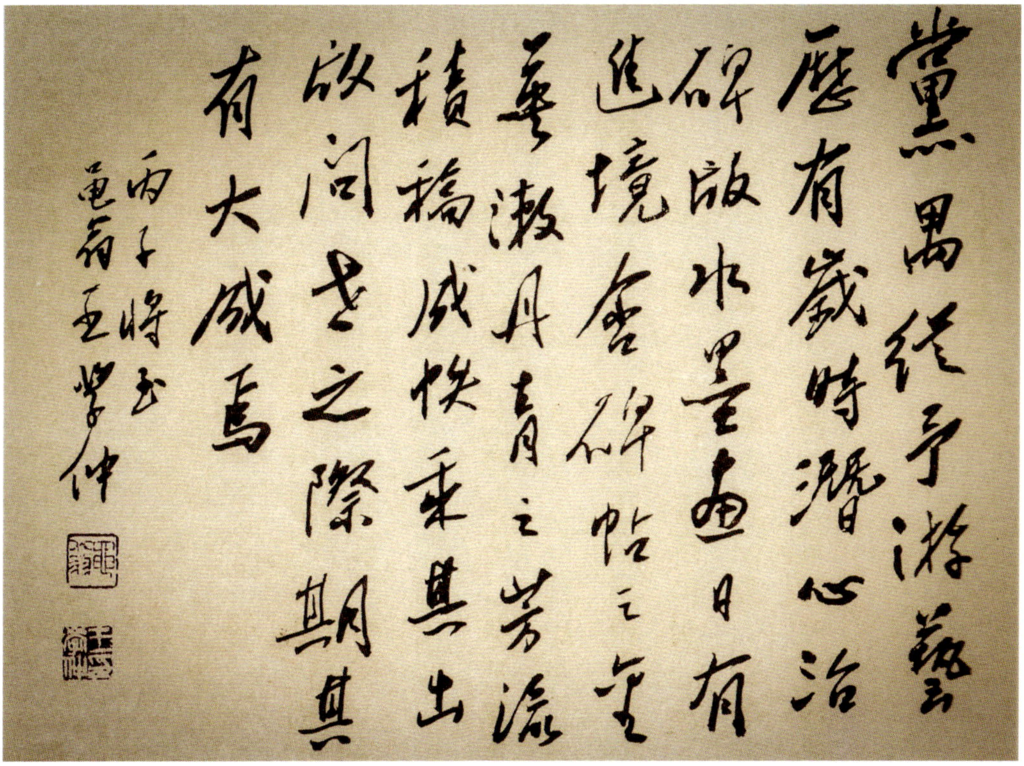

前 言

致敬传统

党禺

一辈子与书法为伍，不觉间，年逾古稀。

每当被人问起“书法的意义”，不觉犯难——书法于我，原是证悟此生的修行方式；于大众，该如何叙说？很多时候，我便想起蔡元培先生，作为中国提出美育的第一人，蔡先生早在 1912 年就提出了“美感教育”，以美术教育提高国民素质。现在看来，信哉斯言。

儿时，我的卧床四周贴满了父亲写的书法，冥冥之中指向了我一生的选择。5 岁启蒙，长辈为我准备了柳公权的墨迹拓本，写字时十指皆黑却乐此不疲。中学时，学校邻着南阳汉画像艺术馆，天天看，石板上的飞舞的线条带给我无穷想象，这些，构成我最初的美育。

1971 年起，我外出访碑，第一站是西安碑林，背着挎包带着干粮，痴迷地在碑林间踯躅三日。第二站是龙门石窟，之后造访不下 10 次。1983 年，当我亲手触摸到《郑文公碑》，那种震撼，用今天的词来形容：那就是灵魂出窍！至此，我的书学之路走上正途。

再后来，脚步越走越远，在泰山经石峪观摩过《金刚经》的雄浑，在敦煌石窟端详过经书体的端庄，在鸭绿江畔探访过《好大王碑》的厚重，在云南曲靖邂逅《二爨碑》的灵动，在北京故宫博物院领略了《兰亭序》的圆融洒脱，在台北“故宫博物院”膜拜了《散氏盘》的顾盼多姿。这一生，能够拜谒如此丰盛的国宝碑刻，幸甚至哉！

这些古迹斑驳的艺术经典，透过岁月的风尘，展现出勃勃的生命律动，让我直观地理解了，什么是博大精深，什么是千年不朽。

从甲骨文到魏碑石刻，从王羲之的美到怀素的狂，书法绵延千年，字迹里蕴含着民族的信仰，点画中饱含着书家的真诚，可谓一派端方，气象光明。

江山代有才人出，先贤高度纯熟的技法，令后人高山仰止，学习传统是书家一生的功课。但是，一味复古，或抄袭古人，或重复自己，单单注重技巧的精熟，让作品变成流水线上的工业品，失去了艺术鲜活的生命，更难觅见书家的真性情，这样的流行，恰恰是艺术的大敌。

更何况，时下的书法艺术还面临着历史的抉择：进入信息时代，书法摆脱了工具性的束缚，该如何走向更加纯粹的艺术性？

这些，是当代书家必须面对的考题。

这套作品集，可以说，是我对传统学习的一次检阅。为了保持专题创作的基本风格，我将个性表达暂且让位给了统一。但是，为了贴近古诗词的文义，即使同属魏碑、隶书，个别作品依然呈现不同的艺术风格。这，便是我所追求的艺术：书法的形与文本的意，都是美学上有意味的形式。

很多人习书，一味追求“像”原帖，对此，我却充满警觉：一旦发现临帖近似，面临程式化的状态，我会放下，回头，转临另一种帖，并且风格完全不同——以此，就是为了打开门户之见，博取众家所长。

传统并不是某种固化的形式，而是百川汇集的一条大河，因认知僵化而将自己囚禁，无法领略传统的厚重与博大。

《金刚经》有云：若以色见我，以音声求我，是人行邪道，不能见如来。

谨以此，向伟大的传统致敬！

最后，借此新书出版，向一直以来给予我大力支持和帮助的杜泽桦先生、董书通先生，致以诚挚的感谢！

2017 年 11 月 21 日

《读写经典》出版说明

一、 出版背景

目前，书法学习已经被列入中小学课程，同时，各地老年大学设有书法课程，加之社会上的书法爱好者众多，书法审美的社会需求，可以说是极为广泛。

书法审美的学习，一般从楷书、行书入手，目前市面上所见魏碑、隶书类教材，多为古碑拓本，内容古奥，适合于一般人群书法认知的相对少见。为此，作者特地创作一套面向社会大众、具有广泛适用性的楷书、行书、草书作品。

书法是一项美育工程，讲究对技法的审美和学习，也是对传统文化的认知和理解。本套书集以经典诗词为创作内容，以经典书体书写经典诗词，所以命名为《读写经典》。

二、 丛书特色

1. 本套书共四种书体：魏碑、隶书、行书、草书，基本概括了一般意义上认知的书体面貌。丛书分为四册：《古歌谣 · 魏碑卷》《诗经 · 隶书卷》《唐宋词 · 行书卷》《唐诗 · 草书卷》。

2. 每册选取诗词及选句大约30篇，提取古典诗词中的精华内容，文辞优美，内容浅近，便于读者理解和诵读，在欣赏书法之美的同时，加深对传统文化的理解和进行美育教育。

3. 本套书集每册大约有90页，广泛适用于技法学习、书法欣赏或者诗词诵读。整套购买，可领略不同书体的艺术特色。

4. 丛书由资深书法家党禺先生精心制作。党禺先生一向倡导书法的艺术审美，其书法研究从美学入手，曾在大学教授书法20多年，著有多部《书法教程》；其书法功底深厚，青年时期以“魏隶体”闻名并屡获大奖；中年后专注于草书，形成了以魏碑笔势入草的“方草”艺术。

三、 分册说明

1.《古歌谣 · 魏碑卷》

古歌谣是中国最早的文学样式，词句简洁，节奏流畅。为展现古歌谣的高古和质朴，选用魏碑书体创作。整体艺术风格脱胎于《郑文公碑》，书风大气而厚重。

《郑文公碑》是魏碑中的典范，作者郑道昭被后世称为“北圣”，与南朝王羲之相对，其字体方圆兼备，雍容大度。党禺先生魏碑功底深厚，1983年实地考察《郑文公碑》时，就亲手双钩《郑道昭刻石拓本》40余通，并著有美学论文《云峰石刻美源略探》。之后20年的教学生涯中，又以颜柳法帖为法本，从而将颜体的宽博大度、柳体的斩截修长融入魏碑笔法，形成了独特的魏碑风格。

2.《诗经 · 隶书卷》

《诗经》是我国第一部诗歌总集，文辞优美，抒情热烈，充满音乐的节奏感。为展现这种风格，本册选用隶书书体，整体审美风格偏于《曹全碑》，以优美柔和的形式展现《诗经》的美感。

《曹全碑》是汉代隶书的代表作，风格秀逸，结体匀整，历来被书家所推崇。党禺先生青年时期练就了魏碑和隶书的功底，他对《张迁碑》《礼器碑》《石门颂》都深有心得，对《曹全碑》尤其下过苦功。此次创作，为避免曹体隶书的飘逸过多，从而损耗《诗经》的淳朴气质，部分作品中，根据文字意境，有意加入了《张迁碑》的朴拙厚重，或者《好大王碑》的宽博雄浑，使得这本《诗经 · 隶书卷》既有深厚的传统功底，又有丰富的审美情趣。

3.《唐宋词 · 行书卷》

唐宋词是国人千余年来的精神食粮，词源于唐代的曲子词，句子有长有短，和乐曲紧密结合在一起，节奏灵活便于歌唱；"以雅相尚"是宋词重要的审美追求，艺术风格争奇斗艳，豪放与婉约并存，读来余香满口，韵味深长。为展示唐宋词的韵律美和意境，本册以介于楷书与草书之间的行书体创作。

党禺先生 1979 年起在大学教授书法，并多次为大学编著《书法教程》，完成了实践中的"碑帖双修"。他的行、草书功底，源于孙过庭的《书谱》、颜真卿的《祭侄稿》和王羲之的《十七帖》。在多年的艺术实践中，党禺先生将帖学功夫融入由隶书发展而来的魏碑名帖《石门铭》《瘗鹤铭》之中，形成了独具一格的行书风格：潇洒宏逸中，透着浓郁的金石气息。

4.《唐诗 · 草书卷》

中国被称为"诗的国度"，唐诗是中国古典诗发展的全盛时期，标志着中国古典诗歌的高峰。唐诗的艺术美，让文字的美丽达到了一个极致的境界，影响深远且流传广泛，后人称"熟读唐诗三百首，不会作诗也会吟"。同时，唐诗的形式多样，题材广泛，体制齐备，成就辉煌。为了展示唐诗的丰盛，本卷书体采用了书法艺术的最高形态——草书。

党禺先生早年研习张旭、怀素、黄庭坚、王铎的草书，尤其对怀素下功夫最深，中年时期形成了将魏碑的方正融于草书的方草艺术，风格鲜明地表达了他的儒家思想和审美追求。60 岁后，人书俱老，党禺先生认为，艺术家的使命是表达人类社会的多样性和复杂性，所以他跳出方草的个人风格，以更加多样的技法表达文字的意境。本卷草书创作，既可以看到怀素的笔法脉络，还可以看到王羲之《十七帖》的影子，以及更加高古的《平复帖》的神韵。

目 录

评论文章

自由奔放的笔势

长沼雅彦

自在奔放な筆勢

—党禹書画展を終えて—

長沼雅彦

1998年元月，中国的著名书画家党禺先生访问我们日本秋田，举行书画展览和学术演讲，借此机会，就中国书法艺术的现状和党禺先生的艺术，做一些简单的介绍。

党禺先生是中国河南省南阳卧龙岗人。他自幼热爱书画，并努力钻研至今，已取得了很多的成就。他是中国书法家协会会员，也是我在天津大学研究生院研习书画时的同学。

党禺先生的创作和研究，是在中国“文革”结束之后开花结果的。在“文革”结束已20多年的今天，中国的书法艺术创作和研究已呈百花齐放之势。自1984年以来，中国书法家协会已连续举办了多次全国性的书法篆刻展览和书法理论研讨会，艺术水平和理论研究的深度、广度都有了很大的提高，各种专业的书法报刊、杂志发行也越来越多。党禺就是在这种氛围中成长起来的创作骨干和理论研究专家的。

去年，党禺先生成功地在北京中国美术馆举办了他个人的书画展览。清华大学教授、著名书画家王乃壮先生这样评价他：党禺的书法雄强、壮阔、潇洒、飘逸，充满了激情，却又不滥情，还能自由自然地把书法的形式意味与其所表达的语言文字内容结合起来，使之达到完美的统一。我们的老师王学仲教授也称赞他的书画是“含碑贴之金英，漱丹青之芳流”。

我觉得，党禺先生的书法笔势，就像天马行空一样，自由奔放，无拘无束，有的作品大开大阖，一往无前，有的作品如绵中裹铁，挺拔婉转，既有力士开山般的豪气，又有流风飘雪般的妙境。另外，在研究和创作时，他精力旺盛，胆识过人，勇于探索，并在书写的技巧中融入中国画的笔墨技法，就好像在优雅绵长的二胡音韵中加入高昂清冽的和弦一样，使他的现代派书法创作也熠熠生辉。党禺先生的现代派书法和日本的前卫派、少字数书法，在形式上有不少相似之处。

我们日本的书法家，多数只是专门写书法，而且还分汉字派、假名派、调和体、少字数派、墨象派等，倾向于单一、纯粹。在现代艺术千差万别的世界潮流中，日本书法界的这种倾向，是否意味着要否定、破坏战后的艺术传统，再创造一个新的天地呢？

但是，中国的书法家却不一样，大部分书法家都比较重视诗词、书画、篆刻、音乐等方面的综合素养修炼。党禺先生在这方面的成就特别突出。在他的艺术创作中，这种特征随处可见。我想，在有着三千年优秀书法传统的国度里，十分重视传统并强调书法创新的党禺先生一定会创造出更多更好的作品。

（注：长沼雅彦先生是日本秋田大学教育文化学部教授，本文原载日本1998年2月9日的《秋田魁新报》，涂明虎先生翻译）

作品

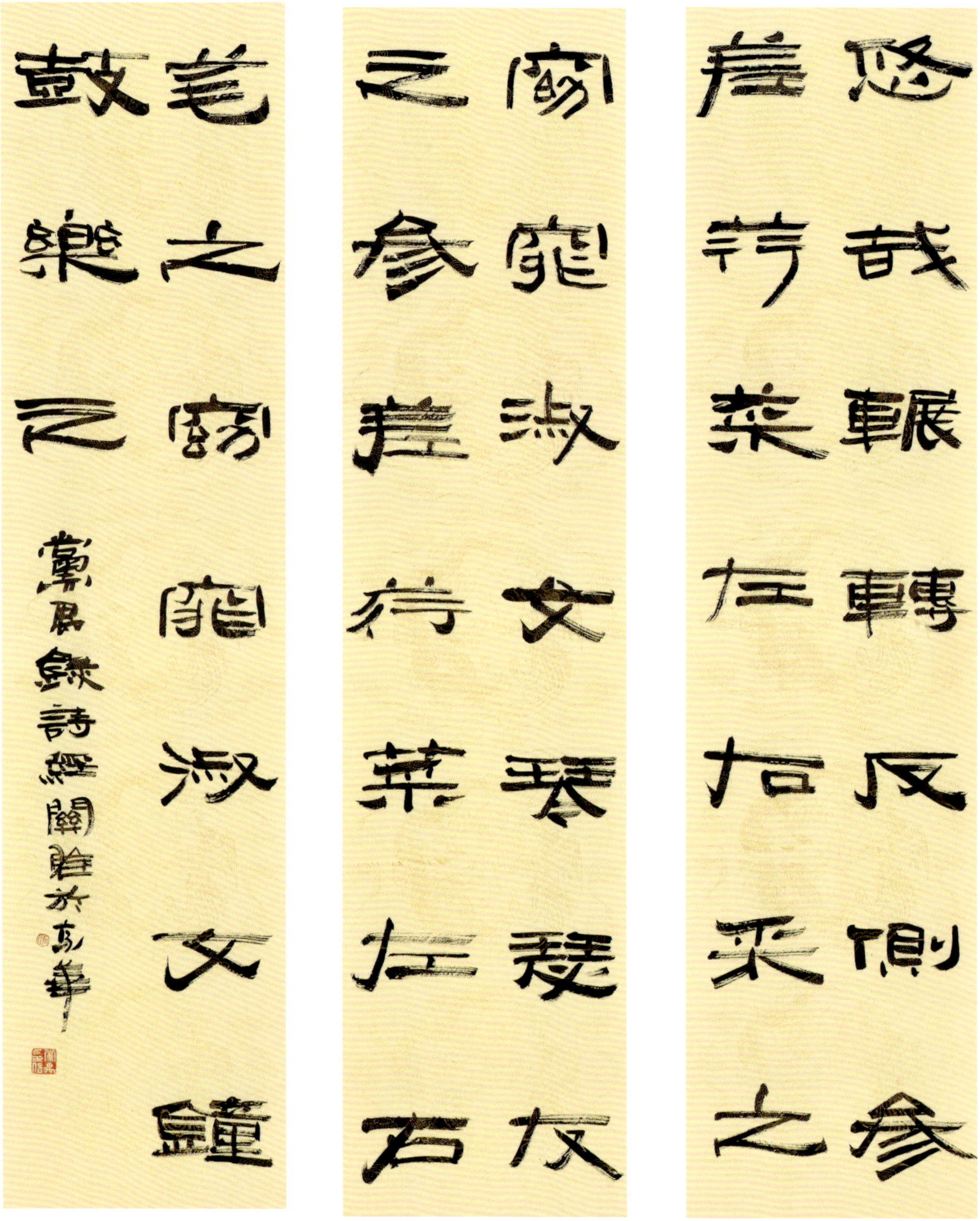

《诗经·国风·周南·关雎》

关关雎鸠，在河之洲。
窈窕淑女，君子好逑。
参差荇菜，左右流之。
窈窕淑女，寤寐求之。
求之不得，寤寐思服。
悠哉悠哉，辗转反侧。
参差荇菜，左右采之。
窈窕淑女，琴瑟友之。
参差荇菜，左右芼之。
窈窕淑女，钟鼓乐之。

139cm×35cm×6
2016年作

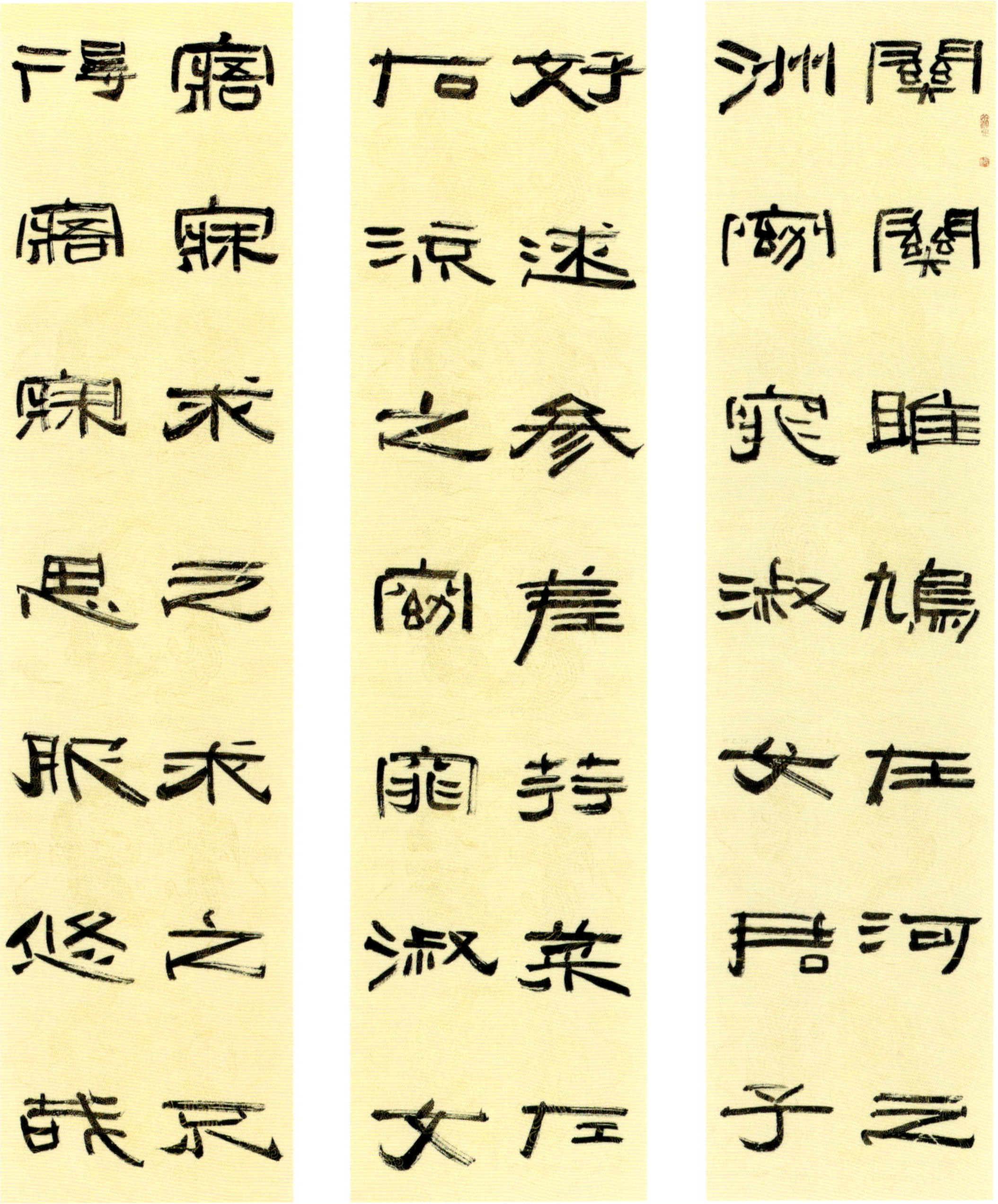
關關雎鳩在河之
洲窈窕淑女君子
好逑參差荇菜左
右流之窈窕淑女
寤寐求之求之不
得寤寐思服悠哉

《诗经·国风·魏风·十亩之间》

十亩之间兮，桑者闲闲兮，行与子还兮。
十亩之外兮，桑者泄泄兮，行与子逝兮。

138cm×49cm
2016年作

十畝之間兮桑者閑閑
兮行與子還兮十畝之
外兮桑者泄泄兮行與
子逝兮

黨禺書詩經齊風十畝之間

《诗经·国风·郑风·出其东门》

出其东门，有女如云。
虽则如云，匪我思存。
缟衣綦巾，聊乐我员。
出其闉阇，有女如荼。
虽则如荼，匪我思且。
缟衣茹藘，聊可与娱。

138cm×70cm
2016年作

出其東門有女如雲雖則
如雲匪我思存縞衣綦巾
聊樂我員出其闉闍有女
如荼雖則如荼匪我思且
縞衣茹藘聊可與娛

寔思書詩經鄭風出其東門於京華東石一莊寓所

《诗经·国风·王风·采葛》

彼采葛兮，一日不见，如三月兮。
彼采萧兮，一日不见，如三秋兮。
彼采艾兮，一日不见，如三岁兮。

138cm × 69cm
2016年作

彼采葛兮一日不見
如三月兮彼采蕭兮
一日不見如三秋兮
彼采艾兮一日不見
如三歲兮

薰思書詩經采葛

《诗经·国风·郑风·风雨》句

风雨如晦，鸡鸣不已。
既见君子，云胡不喜？

90cm×65cm
2016年作

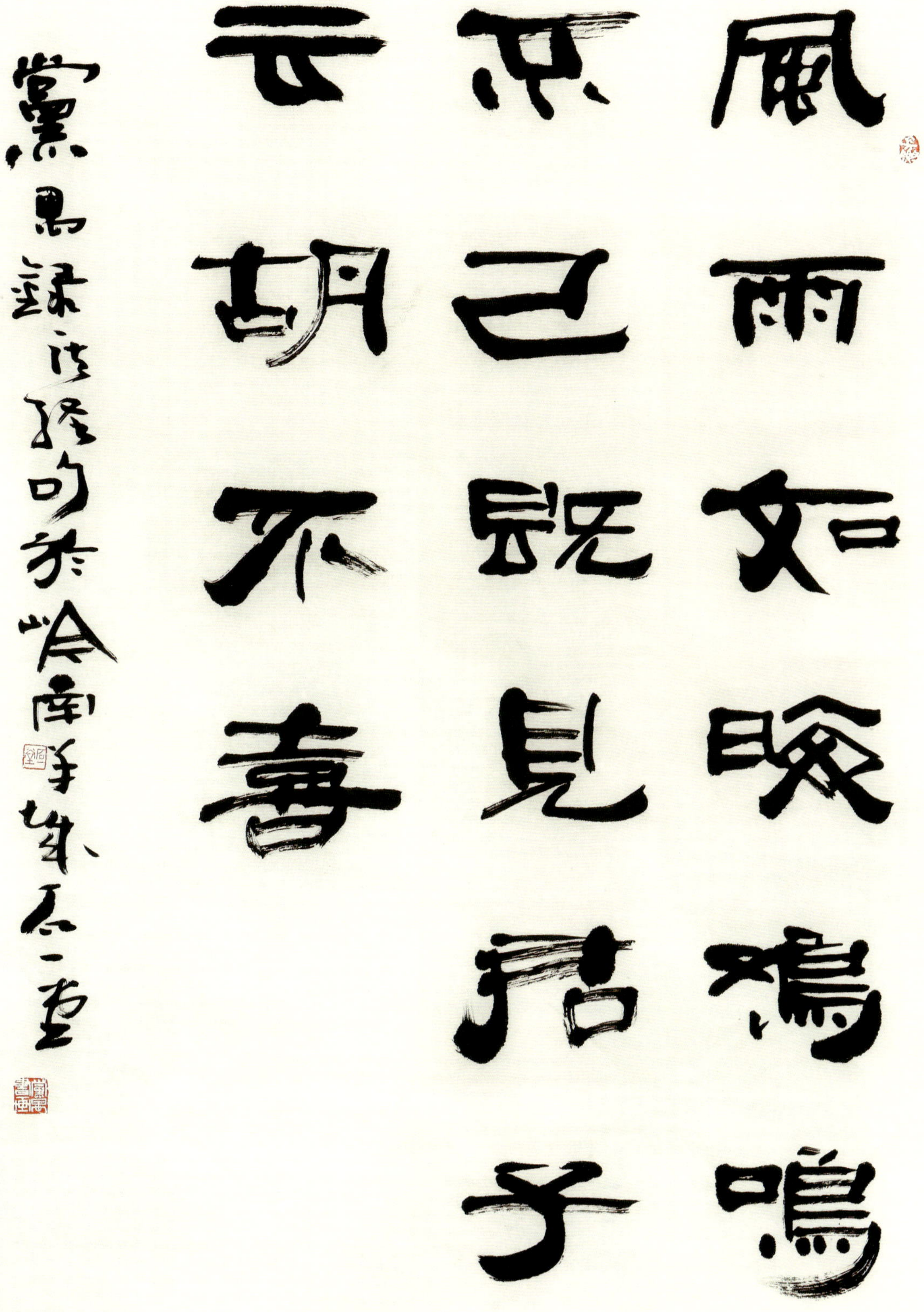
風雨如晦鷄鳴
不已既見君子
云胡不喜
黨愚錄詩經句於嶺南羊城石一堂

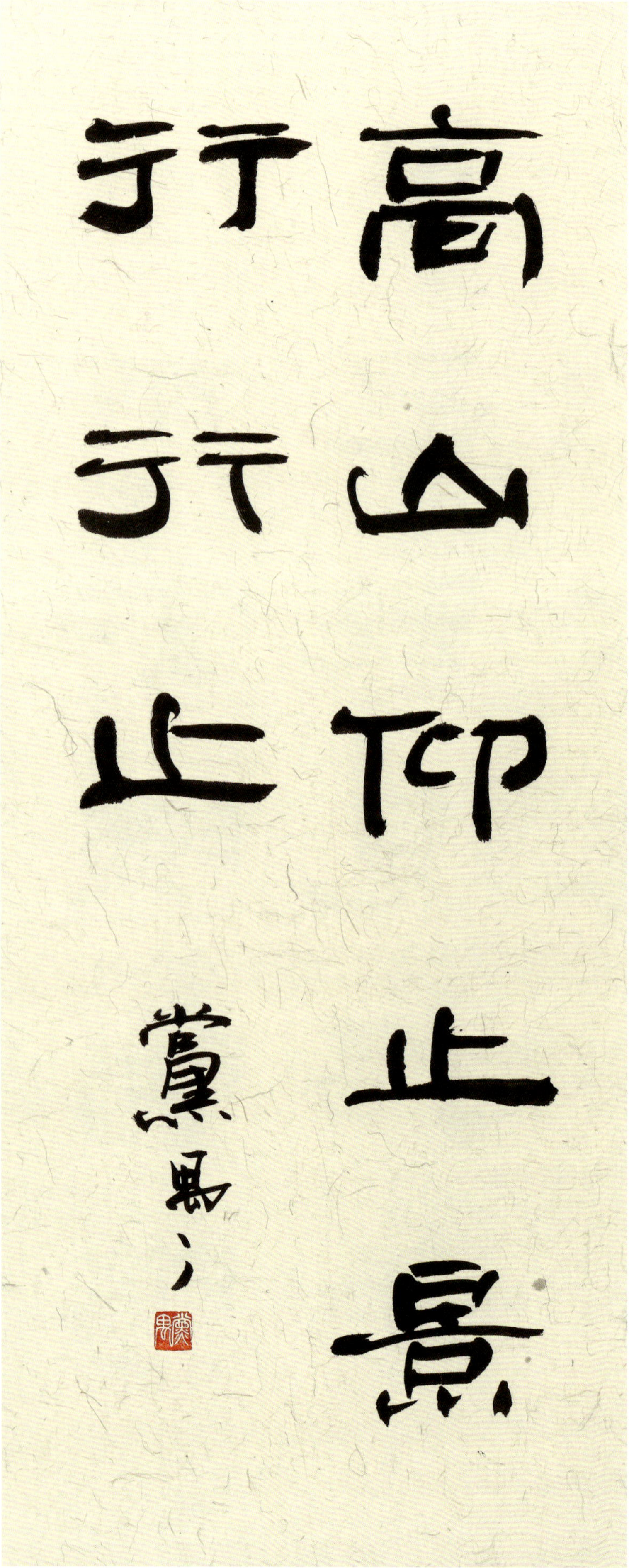

《诗经·小雅·车辖》句

高山仰止，景行行止。

80cm×33cm

2016年作

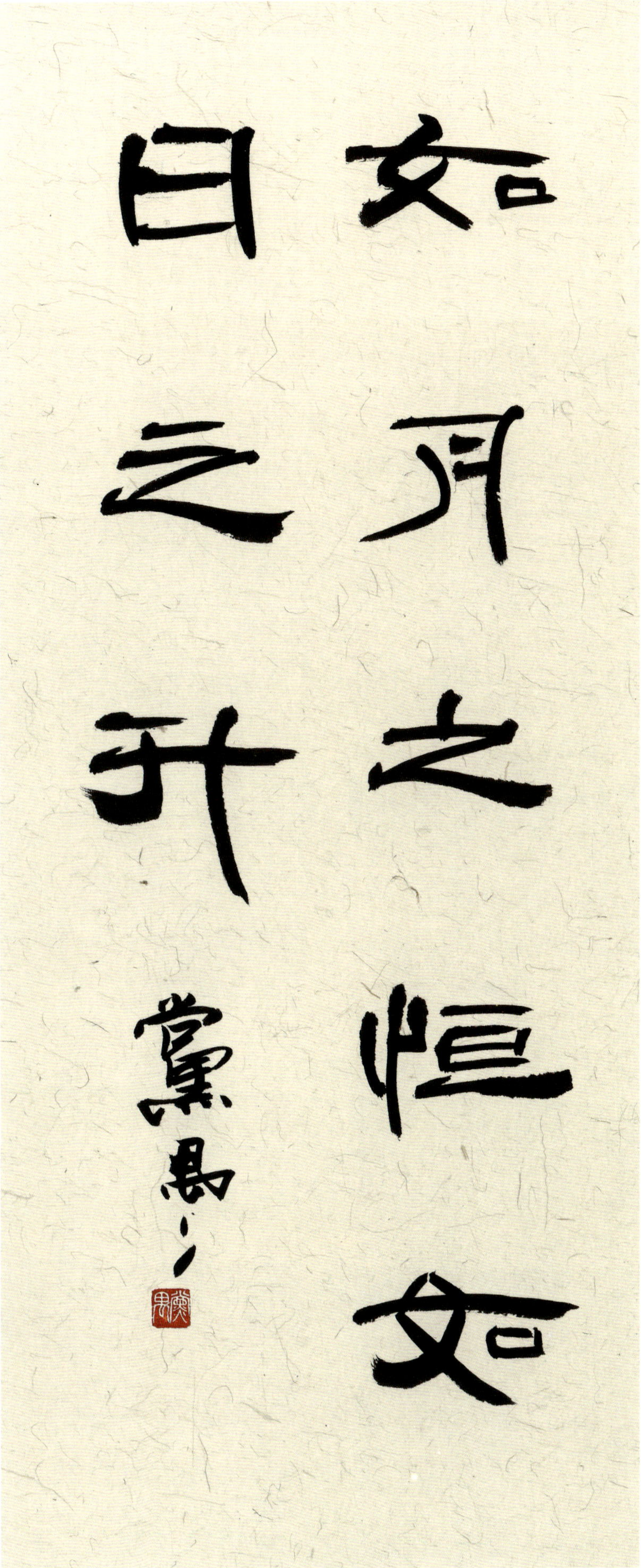

《诗经·小雅·天保》句

如月之恒，如日之升。

80cm×33cm

2016年作

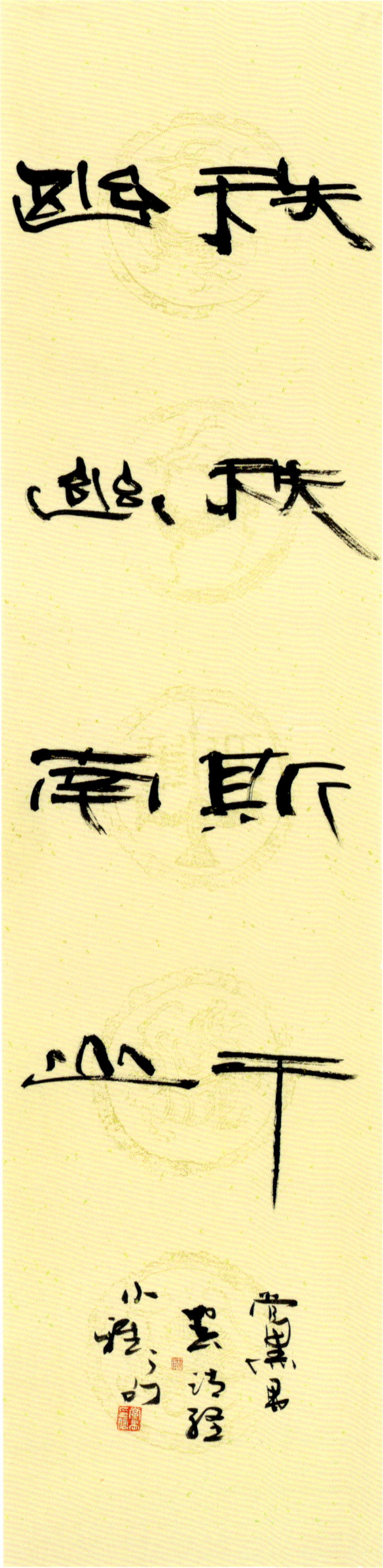

《诗经·小雅·斯干》句

秩秩斯干，幽幽南山。

139cm×36cm

2016年作

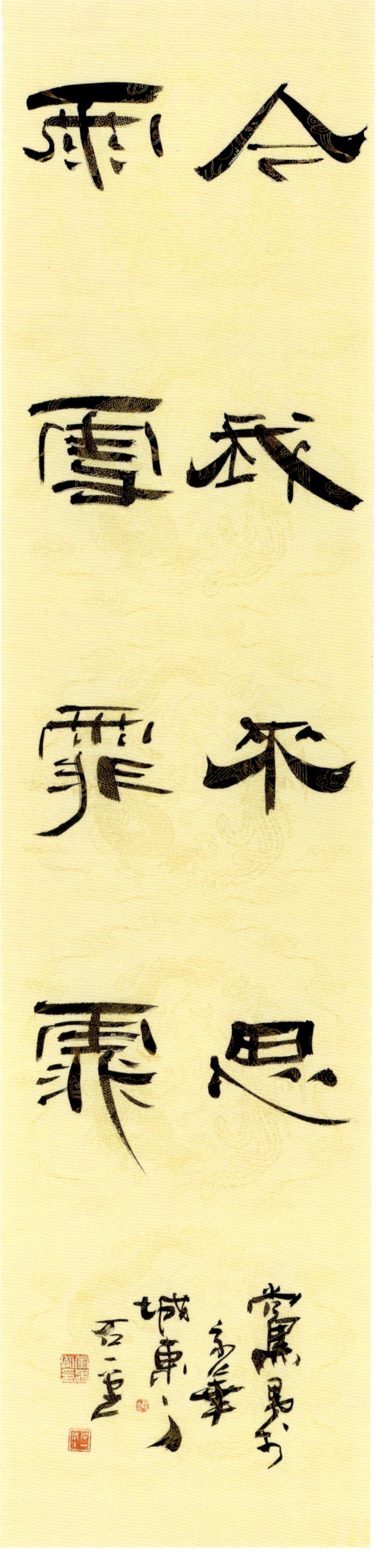

《诗经·小雅·采薇》句

今我来思，雨雪霏霏。

138cm×50cm

2016年作

《诗经·郑风·子衿》句

悠悠我心

139cm × 35cm

2016 年作

《诗经·郑风·子衿》句

青青子衿

139cm × 35cm

2016年作

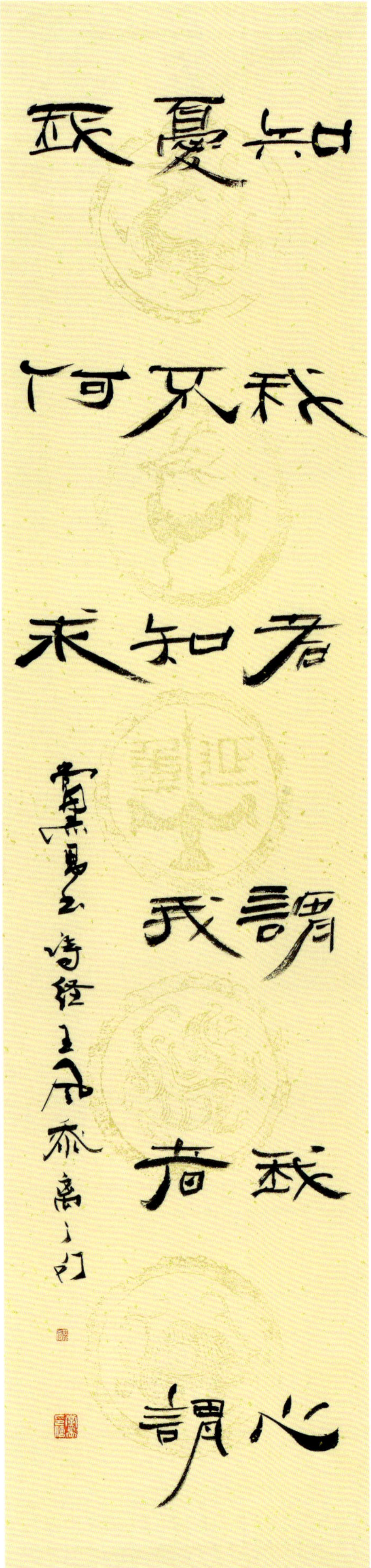

《诗经·王风·黍离》句

知我者，谓我心忧；
不知我者，谓我何求。

139cm × 35cm
2016 年作

《诗经·小雅·鹿鸣》句

呦呦鹿鸣，食野之苹。

我有嘉宾，鼓瑟吹笙。

139cm×36cm

2016年作

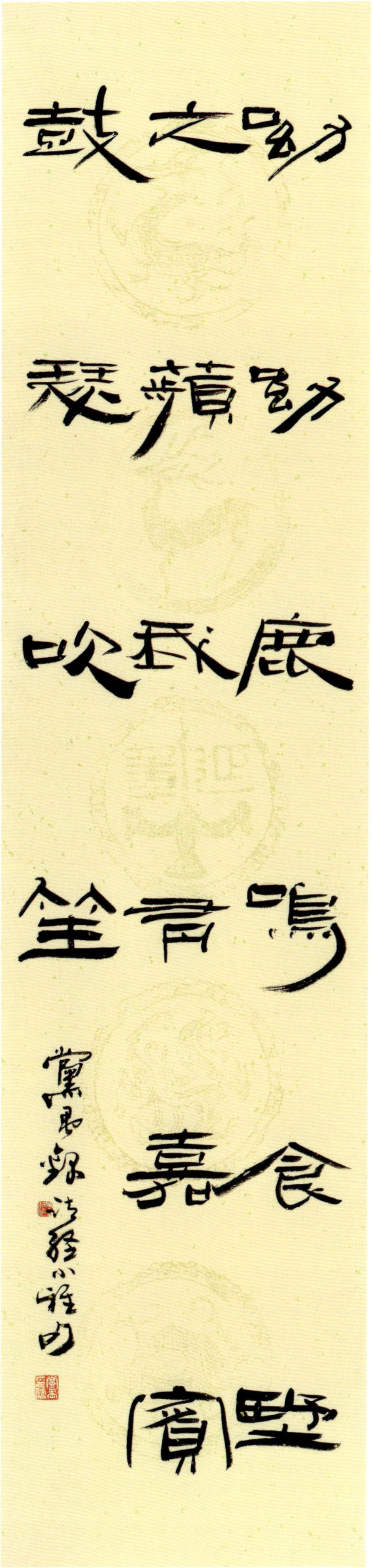

《诗经·国风·邶风·凯风》

凯风自南，吹彼棘心。棘心天天，母氏劬劳。凯风自南，吹彼棘薪。母氏圣善，我无令人。
爰有寒泉？在浚之下。有子七人，母氏劳苦。睍睆黄鸟，载好其音。有子七人，莫慰母心。

138cm×69cm×4
2016年作

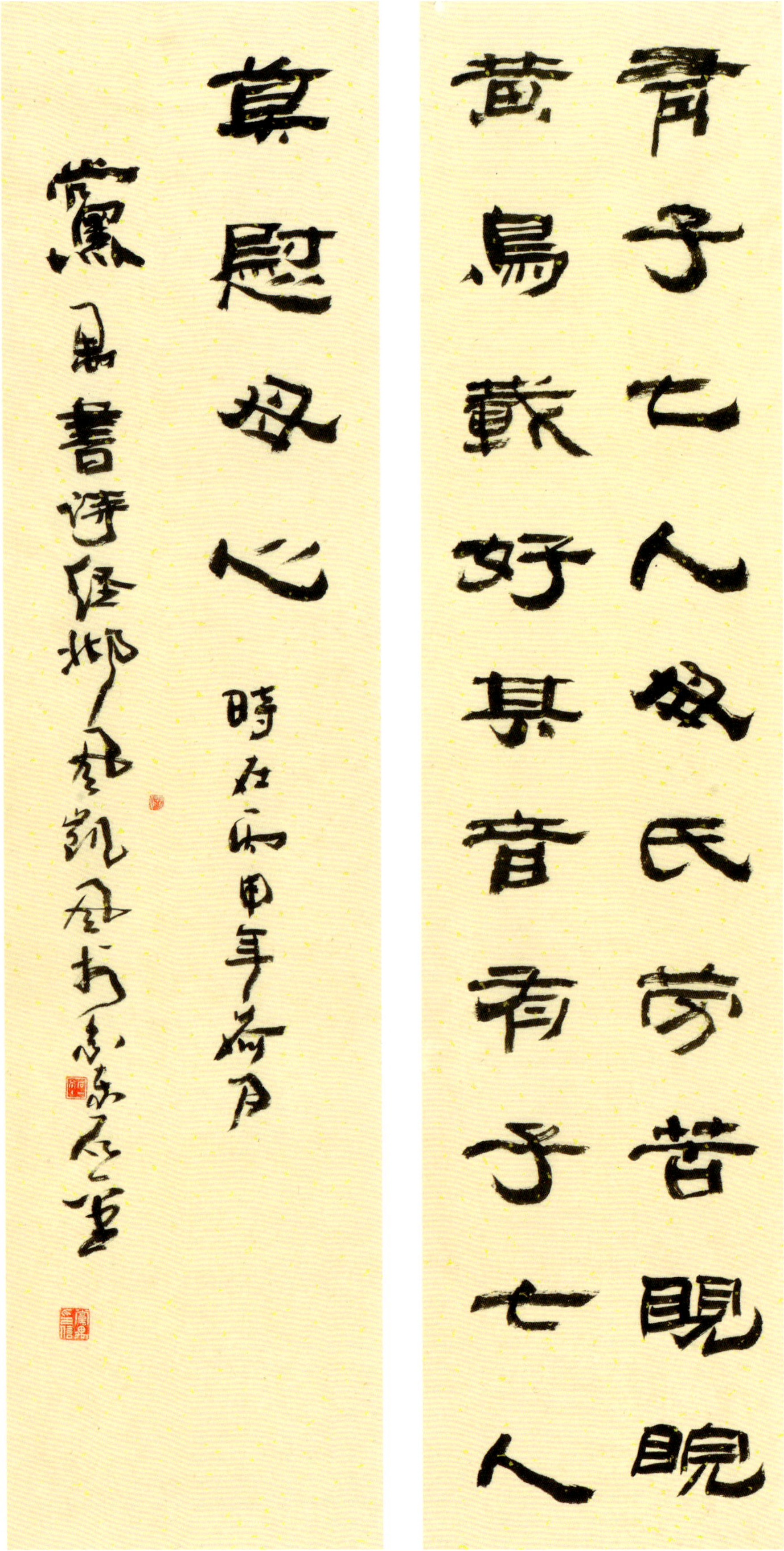

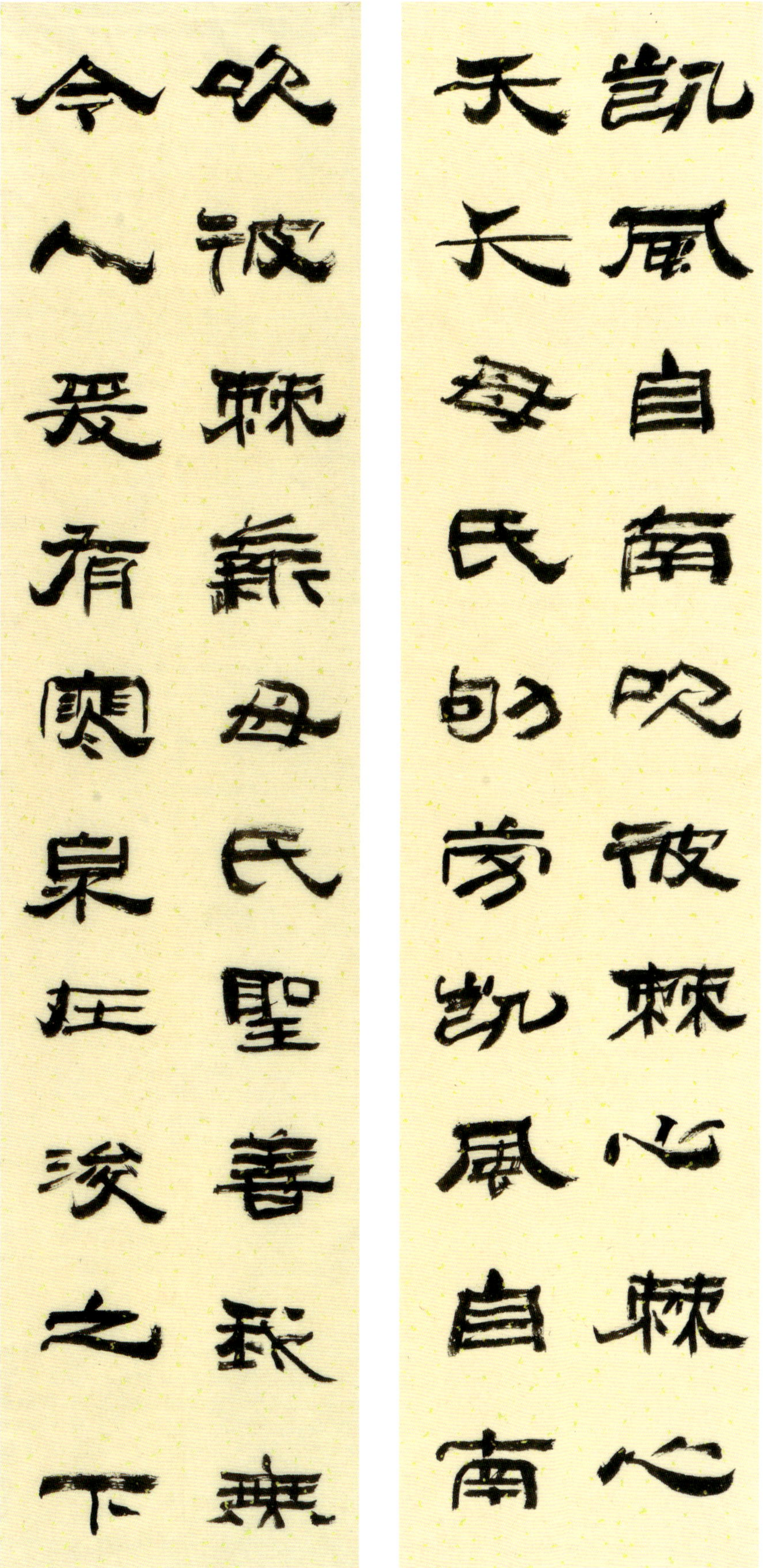
凱風自南吹彼棘心棘心夭夭母氏劬勞凱風自南
吹彼棘薪母氏聖善我無令人爰有寒泉在浚之下

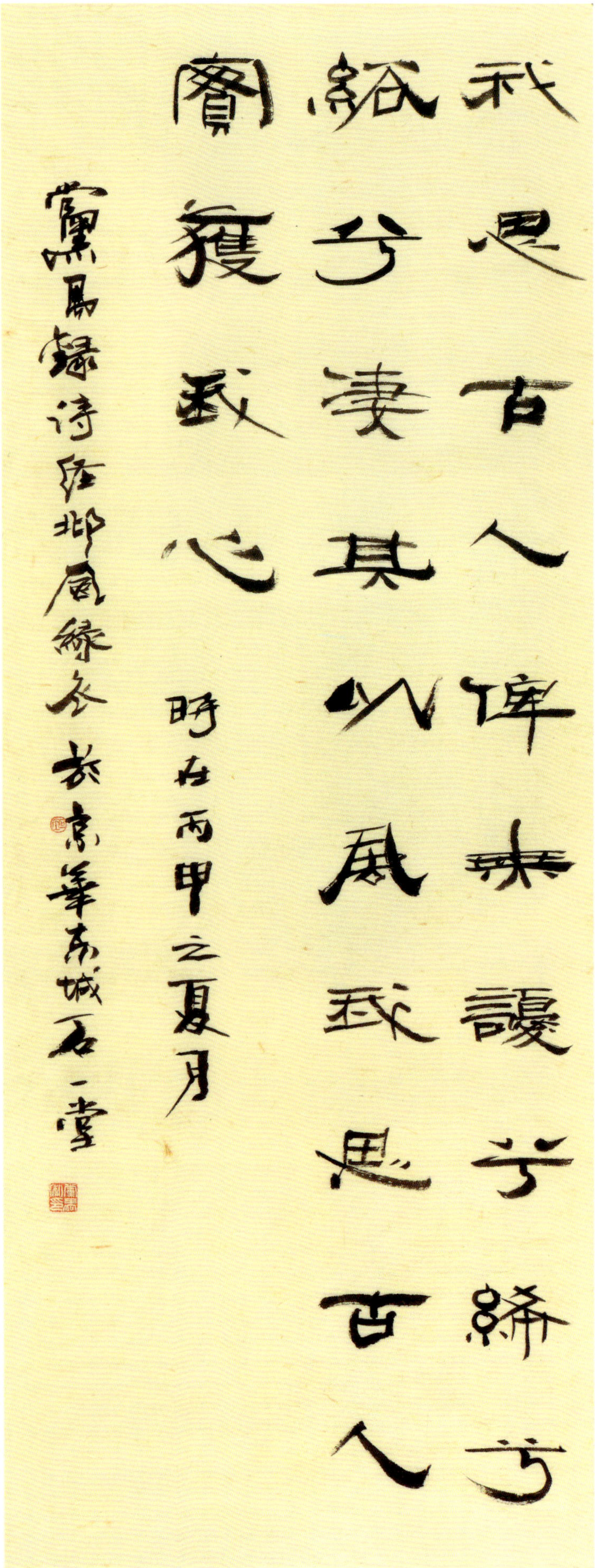

《诗经·国风·邶风·绿衣》

绿兮衣兮，绿衣黄里。心之忧矣，曷维其已！

绿兮衣兮，绿衣黄裳。心之忧兮，曷维其亡！

绿兮丝兮，女所治兮。我思古人，俾无訧兮！

絺兮绤兮，凄其以风。我思古人，实获我心！

141cm×56cm×2

2016年作

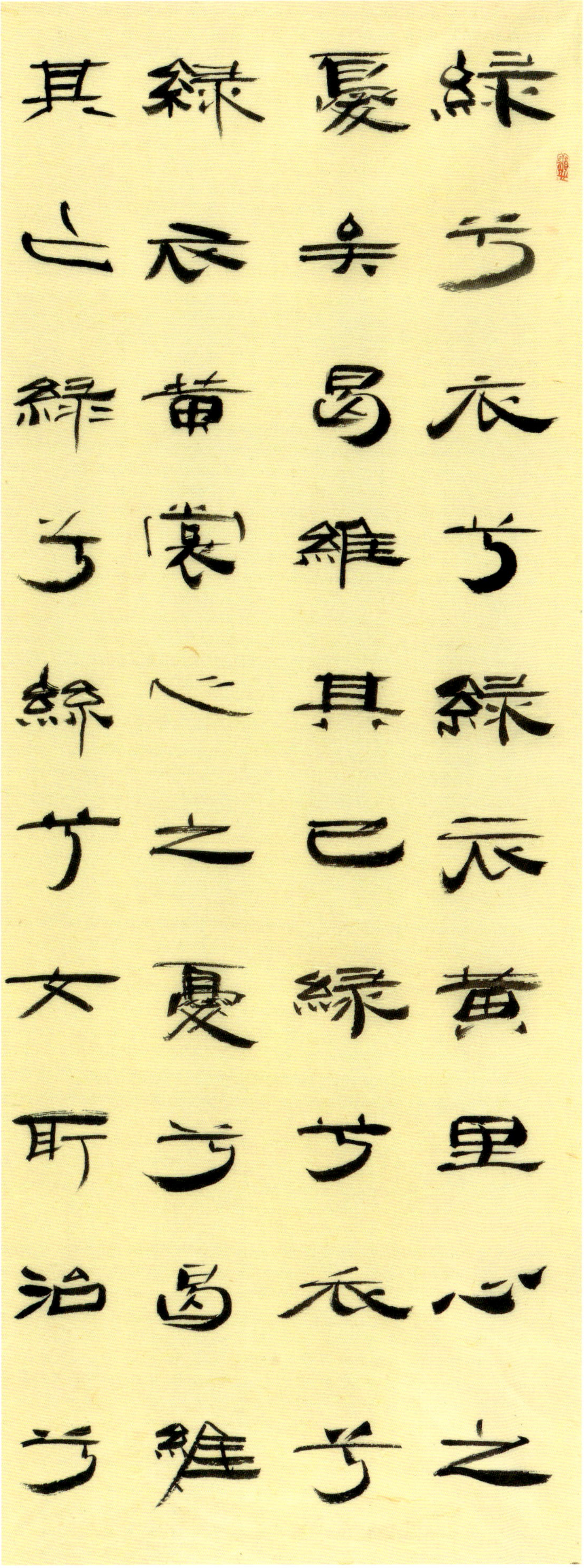

作品

《诗经·国风·桃夭》

桃之夭夭，灼灼其华。
之子于归，宜其室家。
桃之夭夭，有蕡其实。
之子于归，宜其家室。
桃之夭夭，其叶蓁蓁。
之子于归，宜其家人。

140cm × 69cm
2016年作

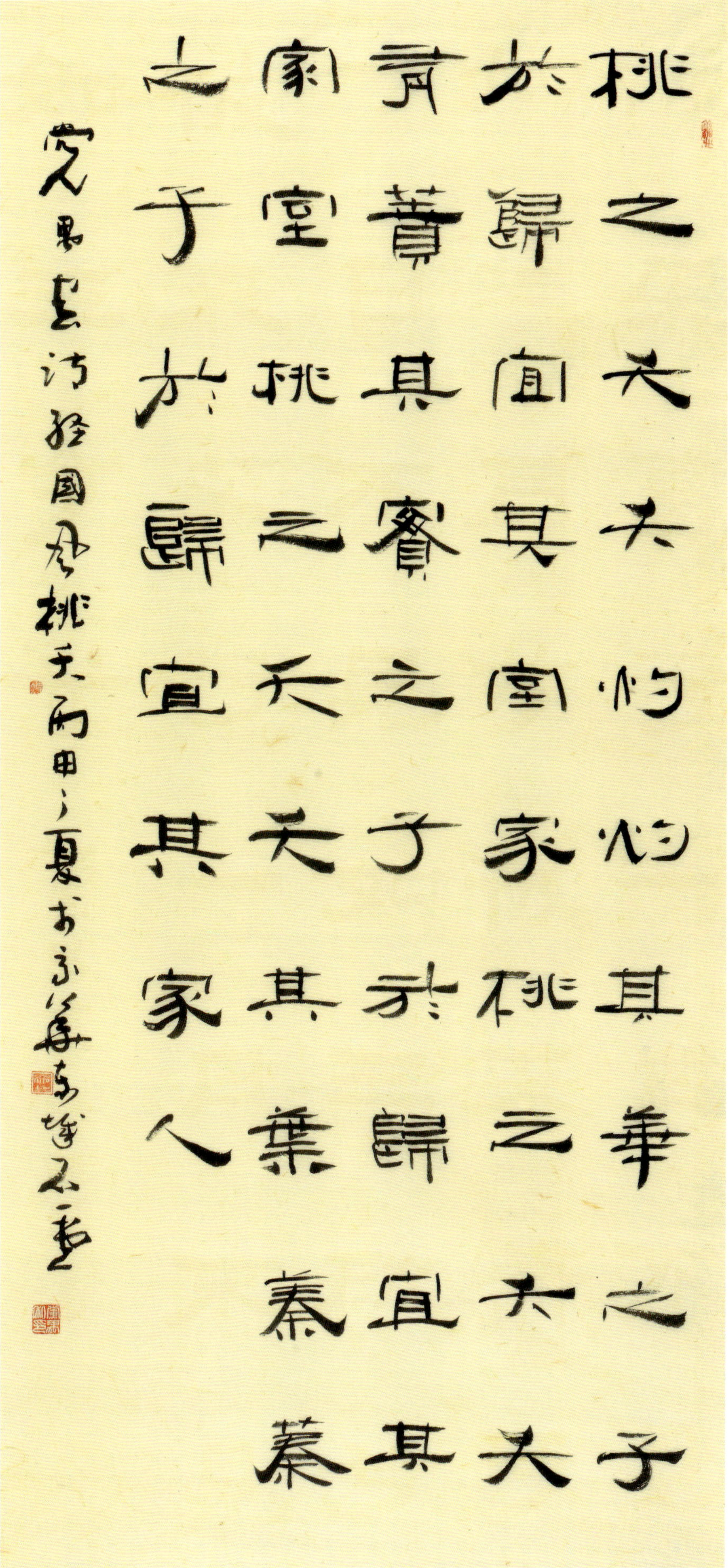

作品

《诗经·国风·召南·摽有梅》

摽有梅，其实七兮。
求我庶士，迨其吉兮。
摽有梅，其实三兮。
求我庶士，迨其今兮。
摽有梅，顷筐塈之。
求我庶士，迨其谓之。

140cm×69cm
2016年作

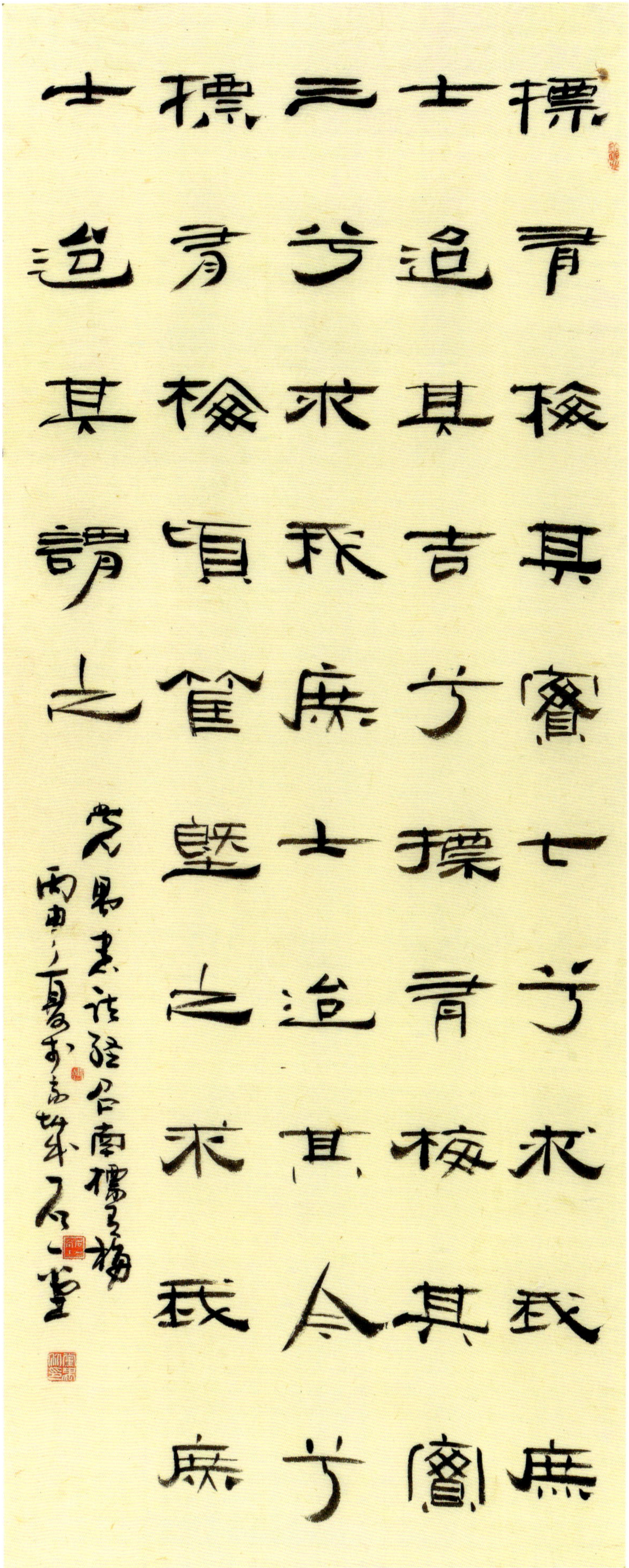

作品

《诗经·大雅·烝民》句

穆如清风

68cm×135cm

2019年作

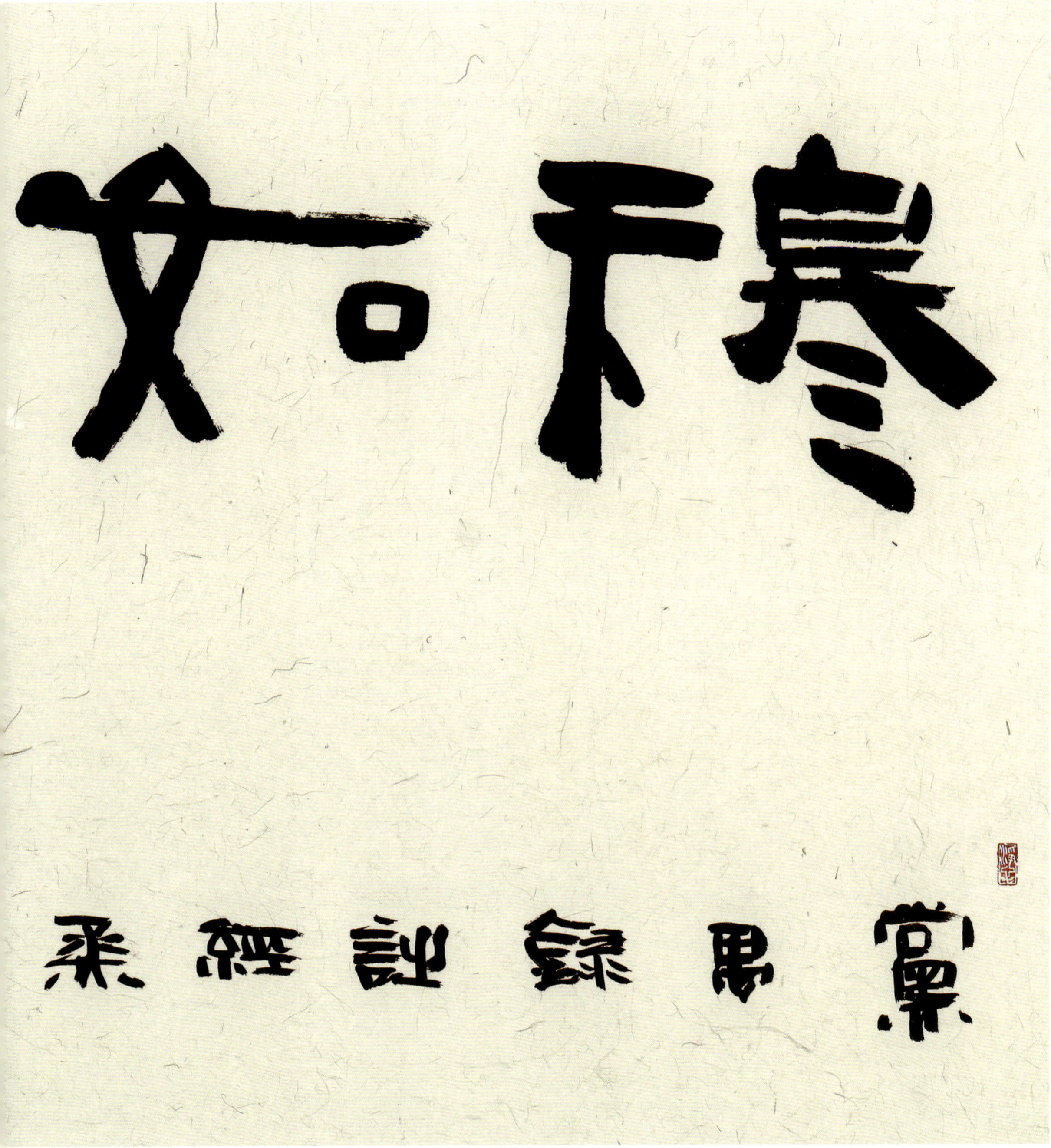

《诗经·国风·桃夭》句

桃之夭夭，灼灼其华。

68cm×44cm

2016年作

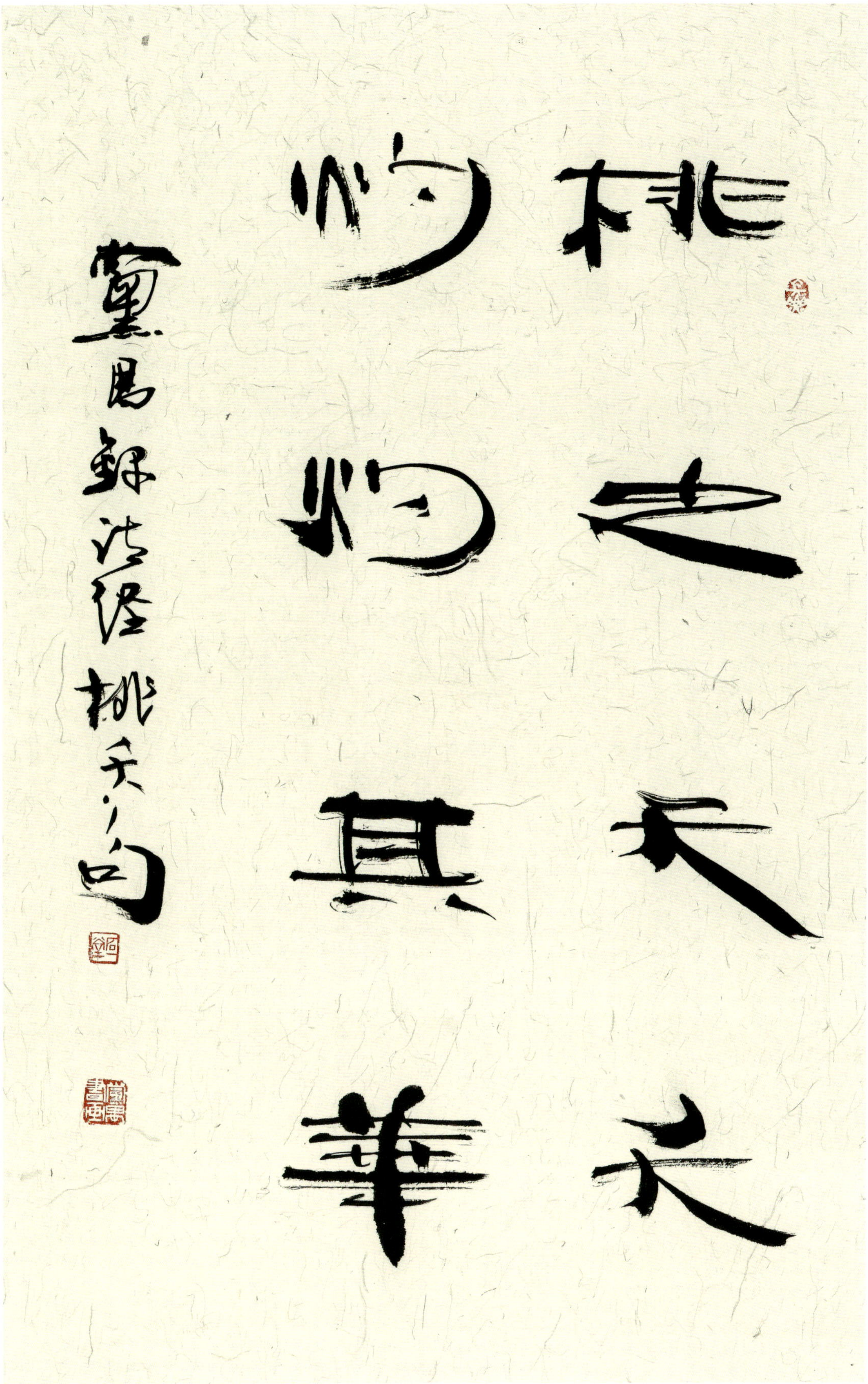
桃之夭夭
灼灼其華
寬愚錄詩經桃夭句

《诗经·大雅·烝民》句

不侮矜寡，不畏强御。

135cm×68cm

2016年作

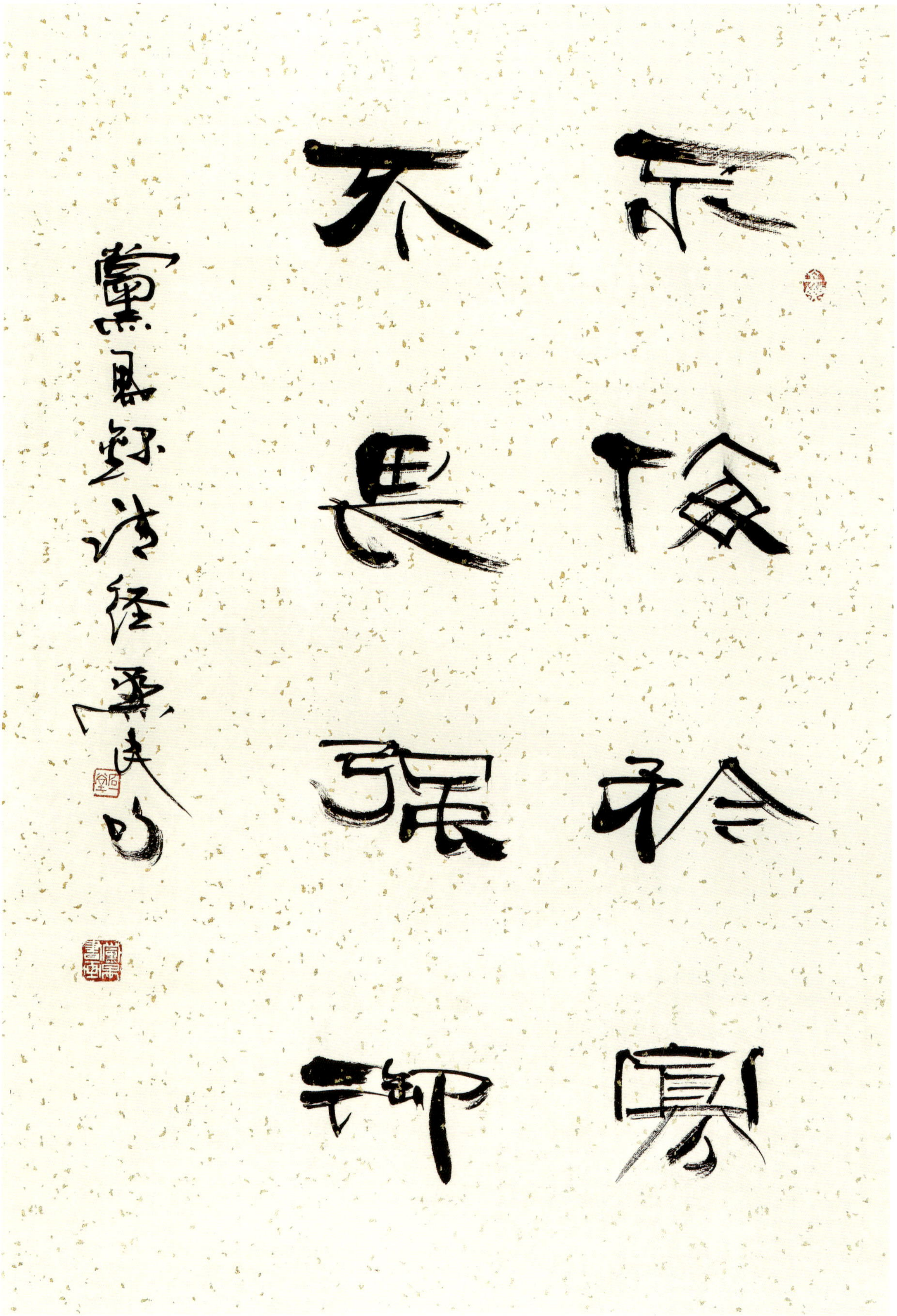

作品

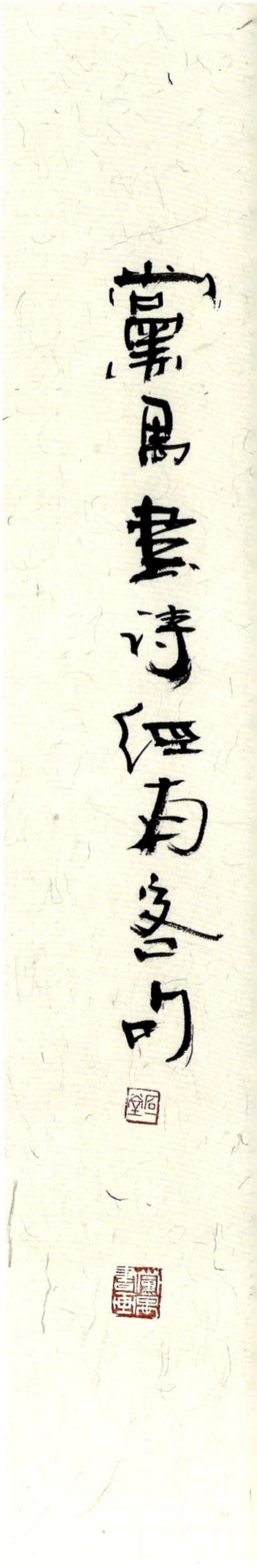

《诗经·周颂·有客》句

有客有客，亦白其马。

有萋有且，敦琢其旅。

68cm×68cm

2016年作

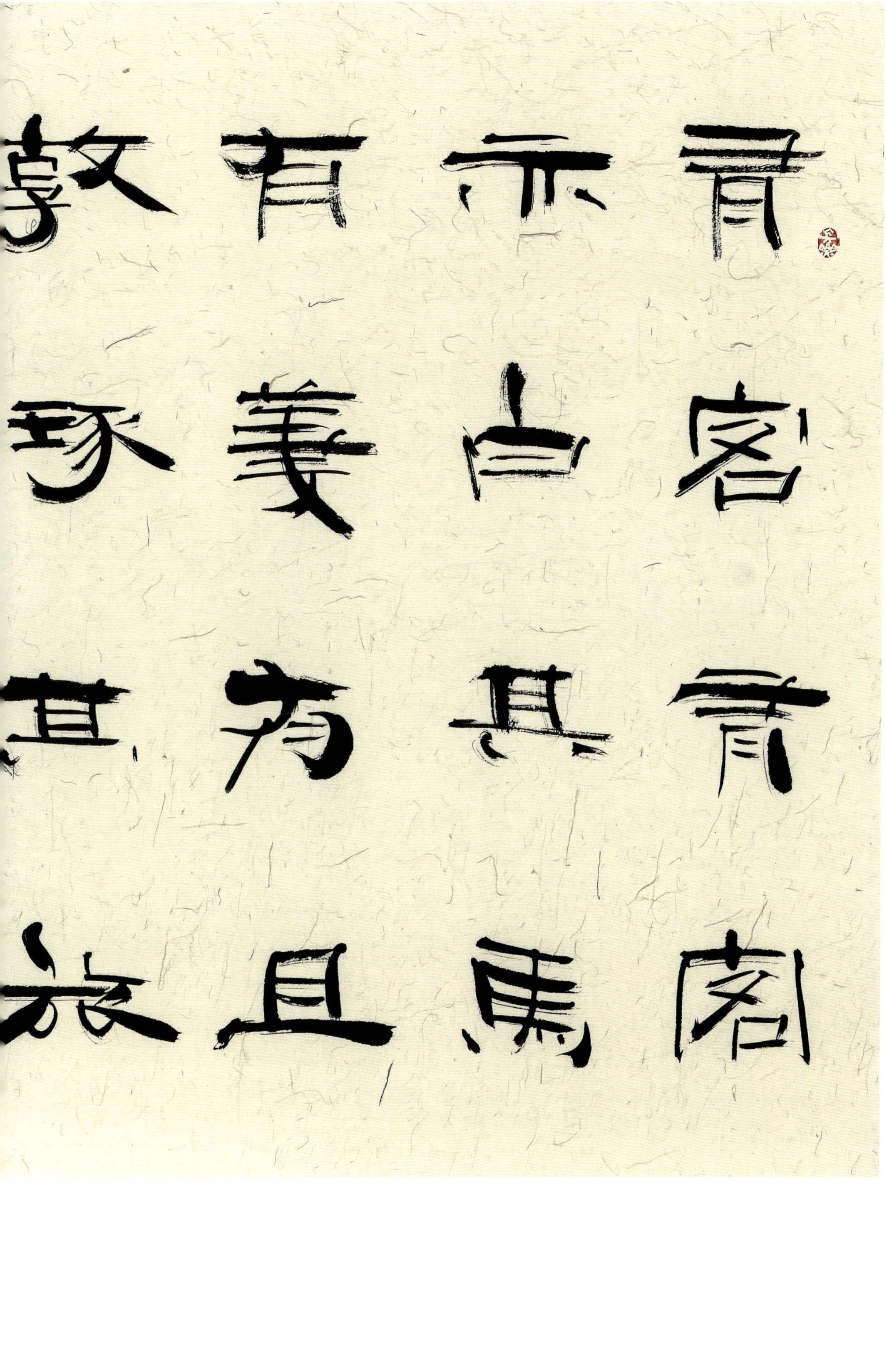

《诗经·国风·鄘风·桑中》句

云谁之思？美孟姜矣。
期我乎桑中，要我乎上宫，送我乎淇之上矣。
69cm×69cm
2016年作

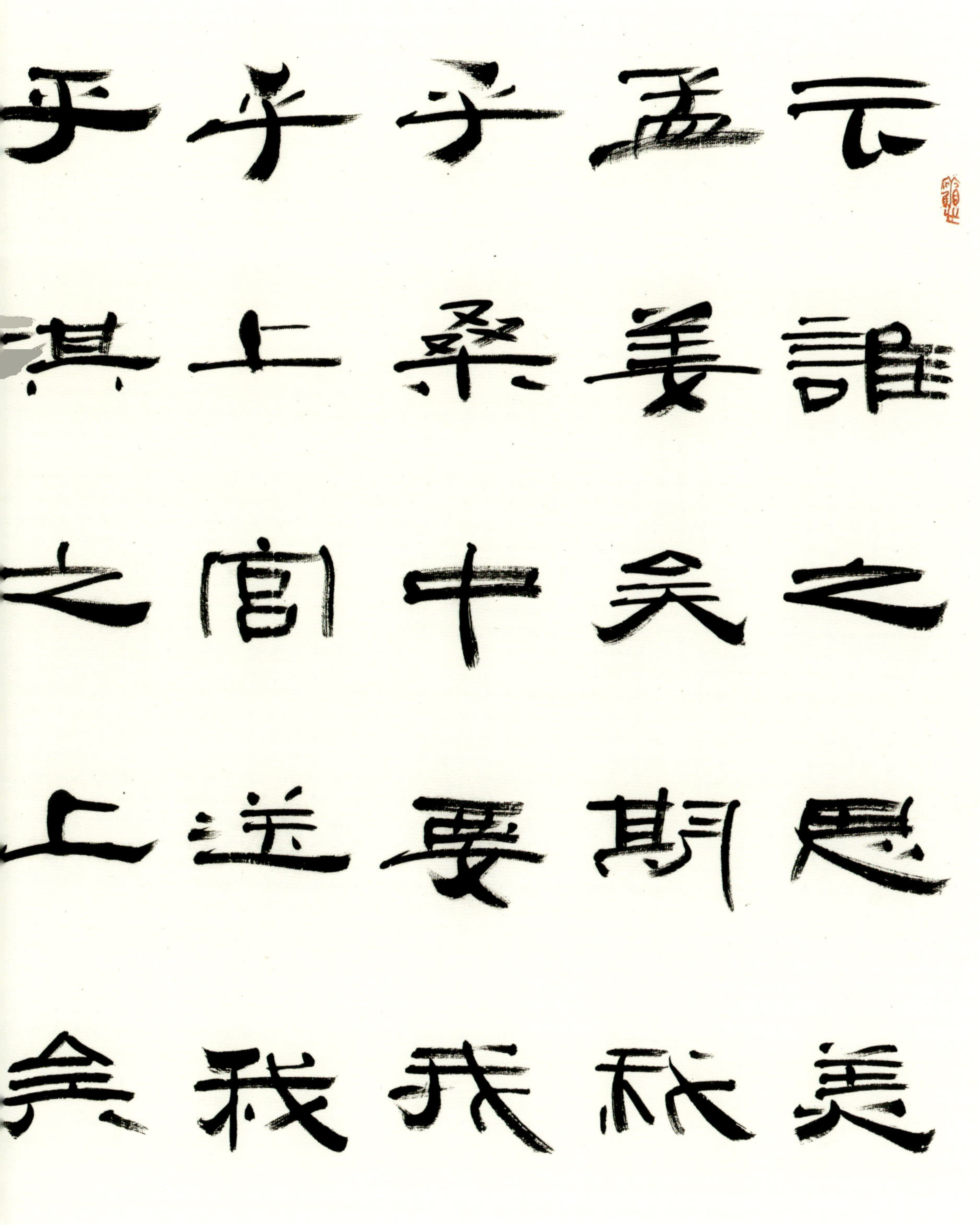
云誰之思美
孟姜矣期我
乎桑中要我
乎上宮送我
乎淇之上矣

《诗经·国风·卫风·淇奥》句

瞻彼淇奥，绿竹猗猗。

有匪君子，如切如磋，如琢如磨。

69cm×69cm

2016年作

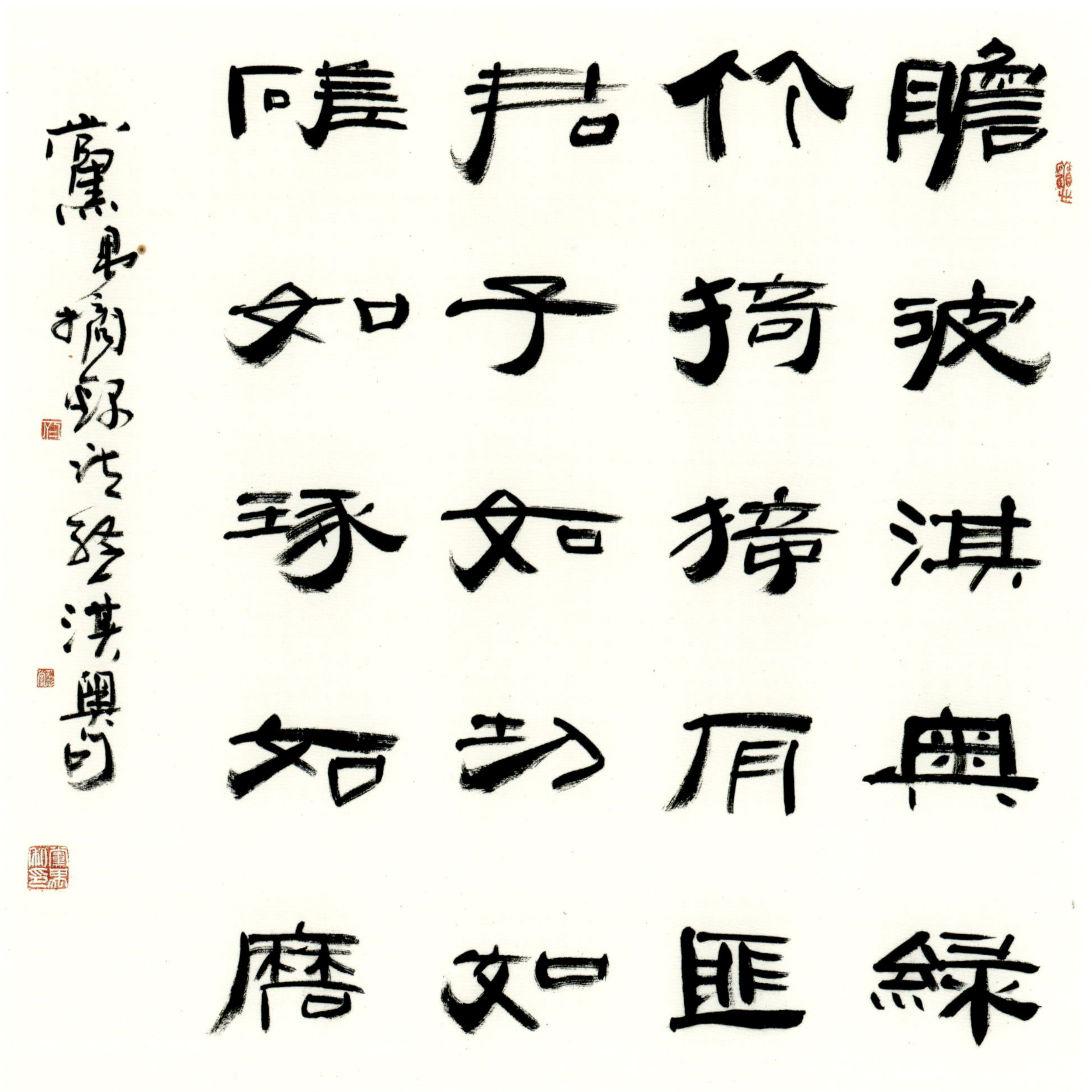

作品

《诗经·国风·邶风·燕燕》句

温惠淑慎

68cm×68cm

2016年作

温惠
淑慎

《诗经·国风·郑风·野有蔓草》句

婉如清扬

68cm×68cm

2016年作

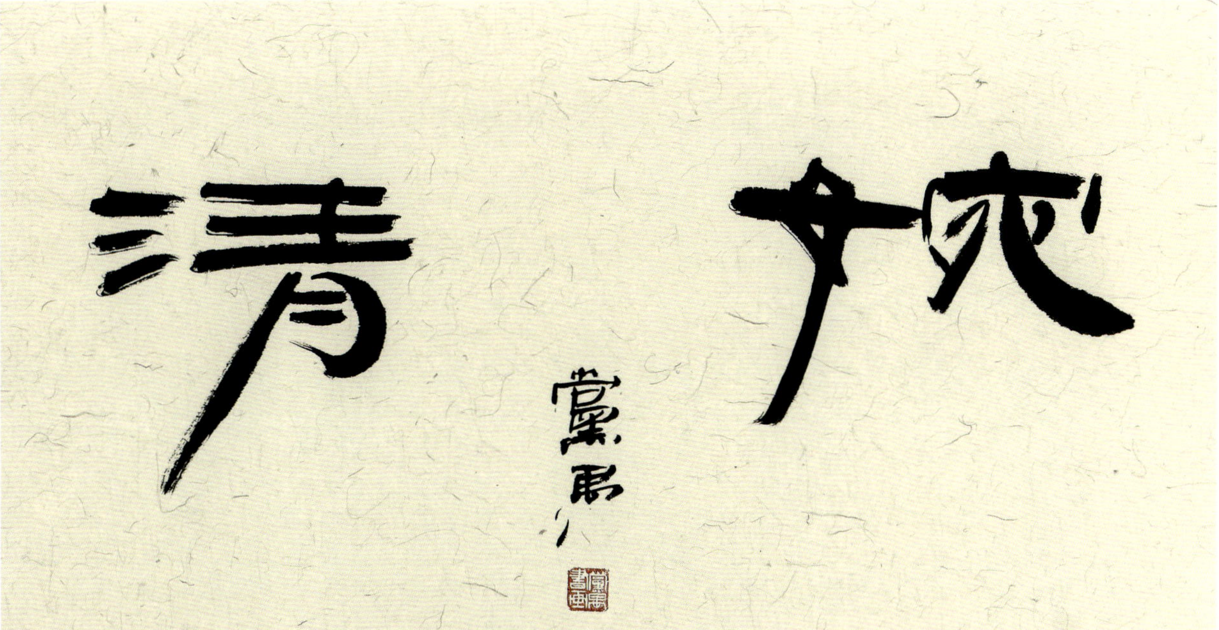

《诗经·小雅·鹿鸣》句

德音孔昭

52cm×68cm

2018年作

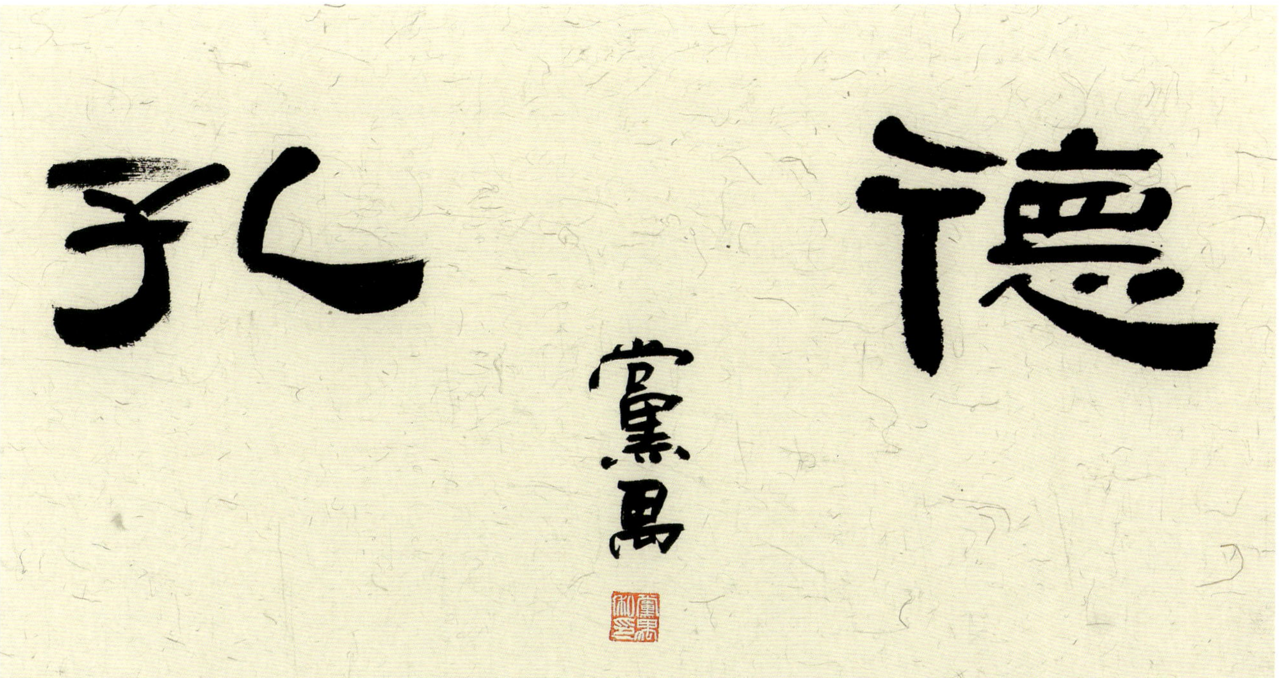
德音
孔昭

《诗经·国风·秦风·蒹葭》句

蒹葭苍苍，白露为霜。
所谓伊人，在水一方。

138cm×58cm
2016年作

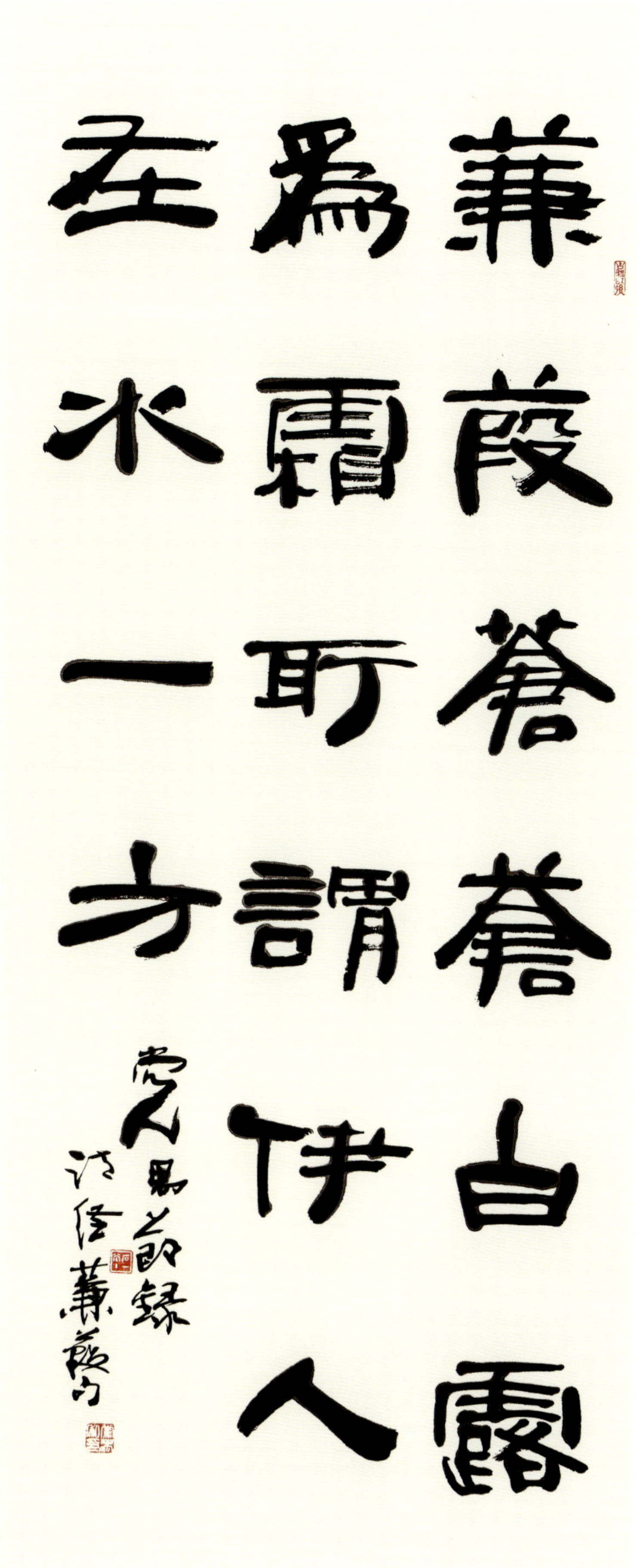

作品

《诗经·小雅·鹤鸣》句

鹤鸣于九皋，声闻于天。

138cm×68cm

2016年作

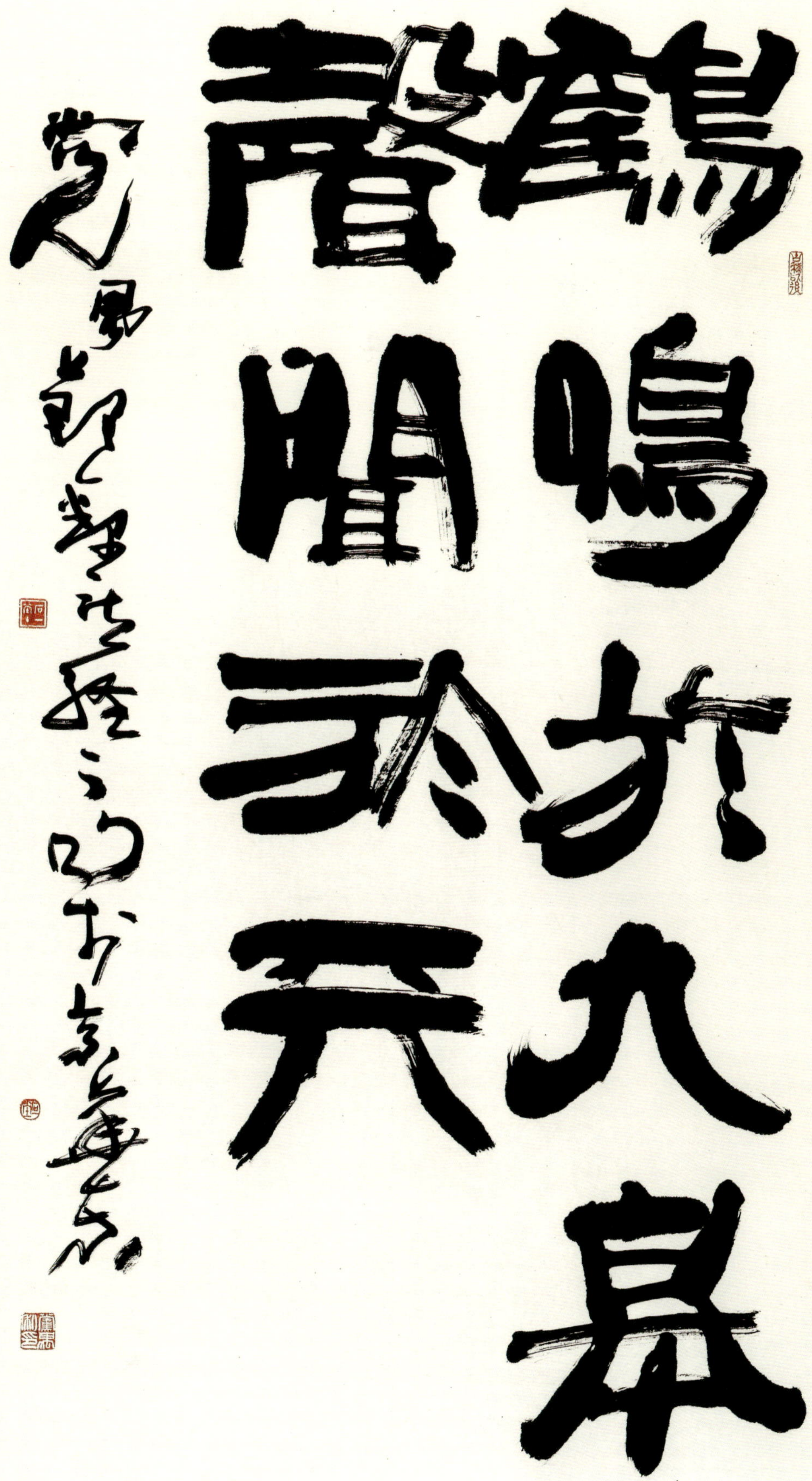
鶴鳴於九皋
聲聞於天

《诗经·国风·邶风·北风》

北风其凉，雨雪其雱。
惠而好我，携手同行。

138cm×69cm
2016年作

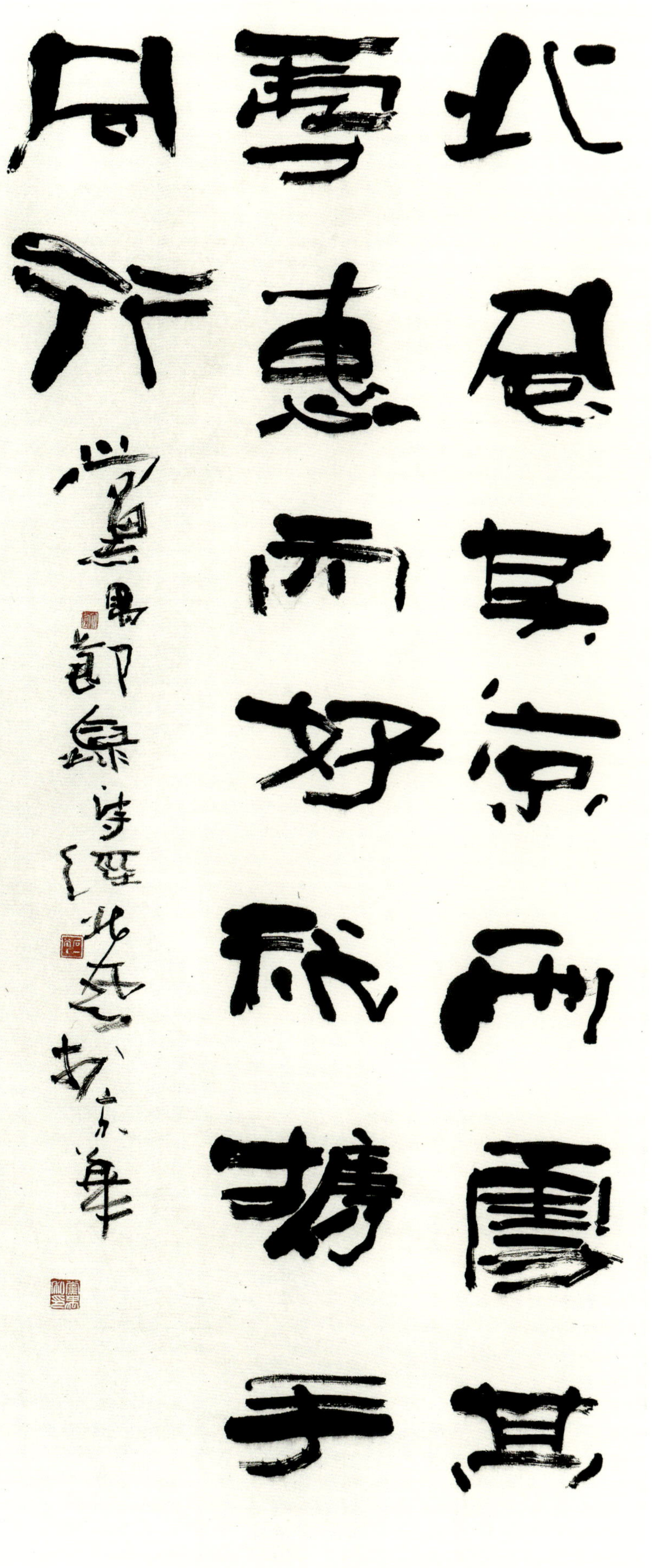

作品

《诗经·国风·汉广》句

南有乔木，不可休思。
汉有游女，不可求思。
汉之广矣，不可泳思。
江之永矣，不可方思。

138cm×66cm
2017年作

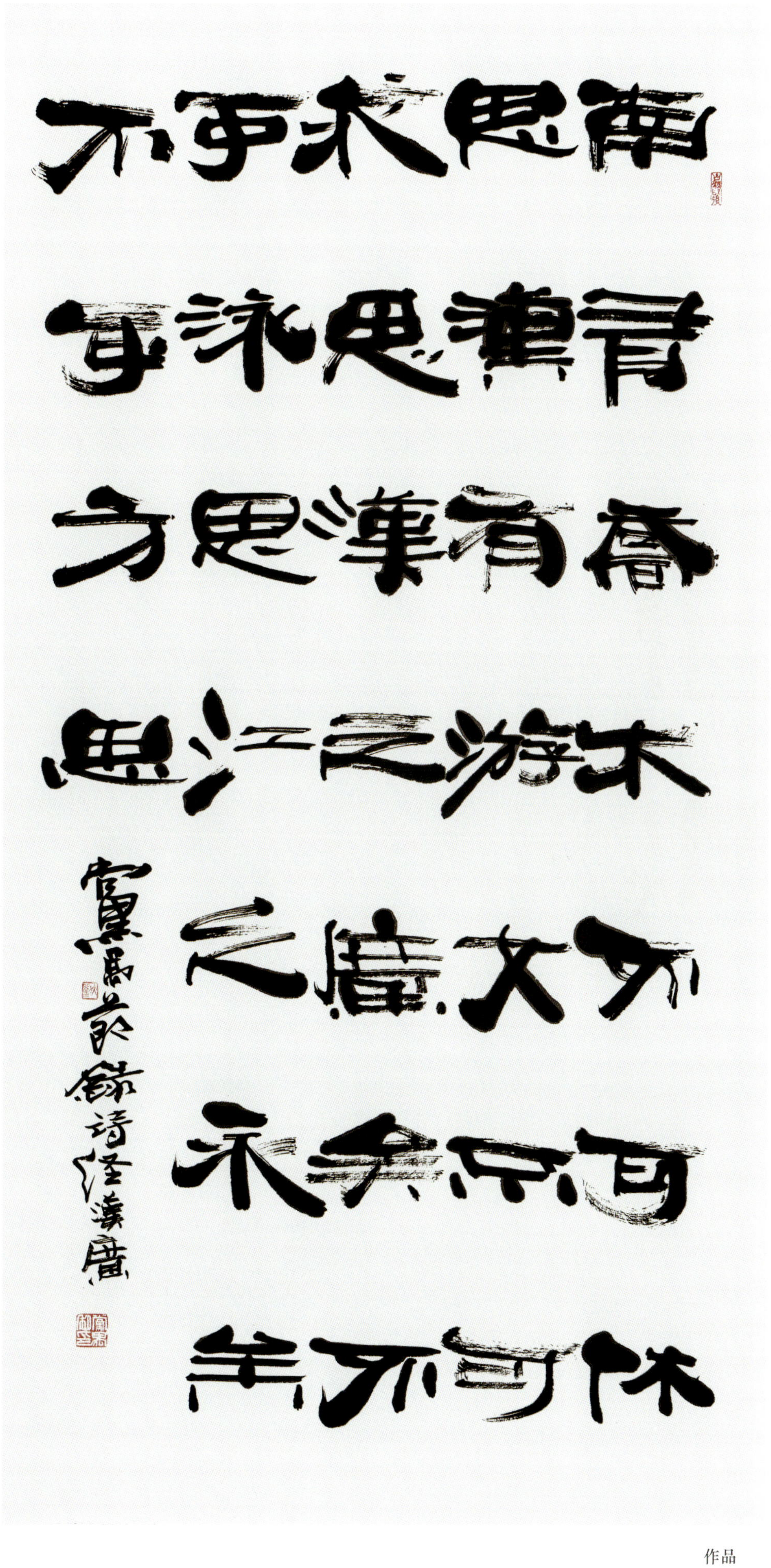
南有乔木不可休
思汉有游女不可
求思汉之广矣不
可泳思江之永矣
不可方思

《诗经·国风·魏风·硕鼠》句

硕鼠硕鼠，无食我黍！三岁贯汝（汝通女），莫我肯顾。

145cm×38cm

2017年作

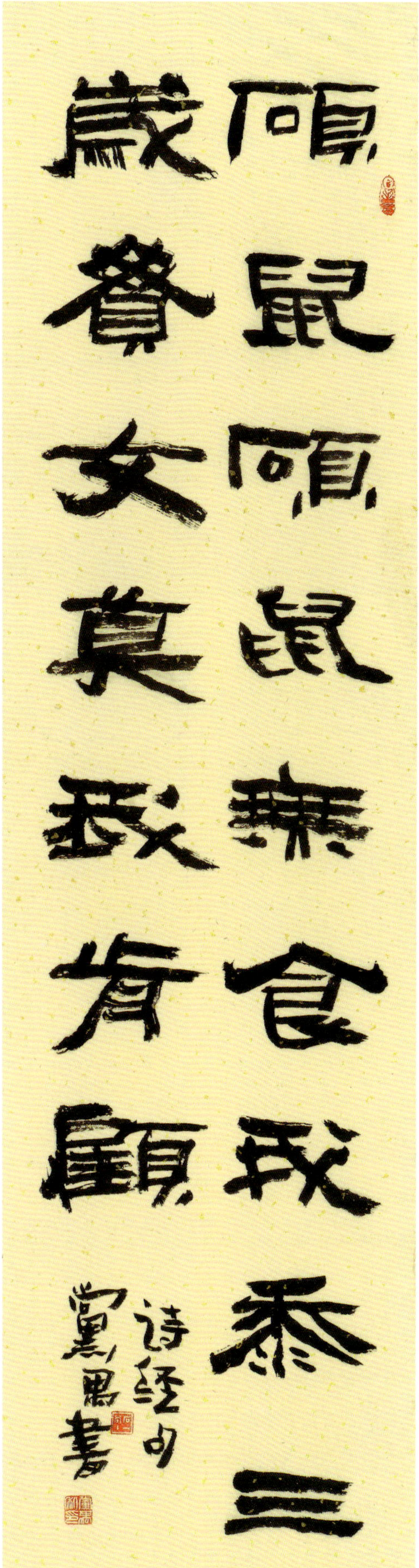

作品

1983年，著名书法家魏启后先生向党禺教授书法

艺术谈

我的师承

党禺

书法艺术源远流长，且法度森严、流传有序，是以，评价一个艺术家，“师承”是其中的重要指标。明人杨慎在《墨池琐录》说：“今之笑学书者 曰：君学羲献，羲献当年又学谁？予诘之曰：为此言者非惟不知书，亦不知古今矣。羲献学钟、索，钟、索学章草……递相祖述，岂谓无师耶？”

问道书法50年，我的“师承”有两种，一是曾经给过我指导的老师，二是我在精神上孜孜以求的书法先圣。

先谈谈我的书法老师。

儿时，我的床头一圈贴满了父亲手书的柳体大楷，父亲就是我的启蒙老师。小学阶段描红，初中遭遇“三年自然灾害”，高中时父亲从图书馆借来《魏碑三种》《桐柏庙碑》督促我练习书法。高中毕业赶上“文革”，父亲带我拜见南阳地区最著名的书法家王学睿先生，王先生给我写了魏碑条幅，我反复临摹，不久就成了学校大字报写得最好的“红人”。

下乡3年，每日农活之后，对着高粱秆和泥巴搭就的桌子，墨水瓶做的煤油灯，夜夜练习书法，每至鸡鸣。后来做了煤矿工人，6年时间我都在地下数百米挖巷道采煤，工余，借着集体宿舍里报纸做成的灯罩，习书不辍。

现在的年轻人可能不理解，其实，一旦全身心投入在写字中，那种忘我的快乐是一种难得的享受，别人觉得我在自讨苦吃，我却是乐在其中，这就是美的力量——那种不肯放弃的志气，将我从艰难中拉出来，让我对理想依然存有渴望。

从这个意义上讲，是书法救赎了我。

1972年我的书法作品参加展览并得奖。1978年我调入工会，名正言顺地以书法为业了，我开始外出游历以拜访名师。

我遇见的第一位引路人是安徽省博物馆馆长、书法名家葛介屏先生。他根据我的情况，推荐我临写《郑文公碑》，奠定了我的碑学方向。

第二位老师是中国书法家协会副主席、河北省社会科学院副院长黄绮先生。黄老1982年发表在《书法》杂志上的《结构与破体》，关于书法传统与创新的论述令我钦佩之至，1985年“国际书法大展”举办期间，我如愿拜黄老为师。他不拘一格、敢破敢立的精神，对我后来研究书法美学并发表创新论文，有着莫大的启迪。

第三位是我的授业恩师王学仲先生。王老的艺术成就蔚为大观，我对他十分敬仰，1984年与他初识，

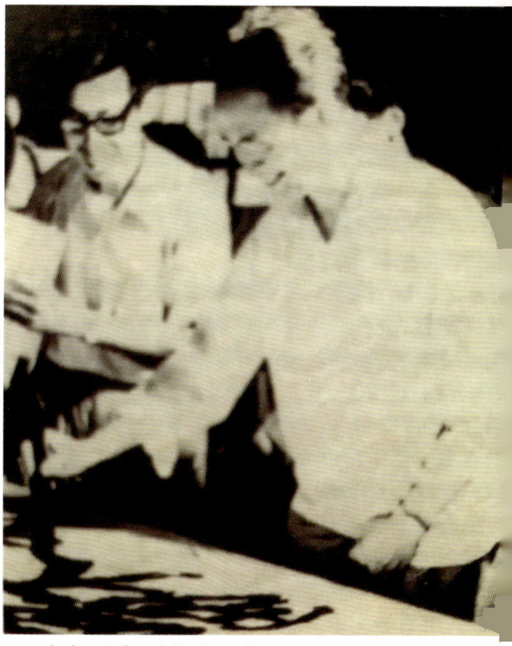

1985年党禺拜中国书协副主席黄绮先生为师

1996年党禺陪同山水画老师——金陵画派四大家之一的魏紫熙先生（右一）游览万泉河

1988 年党禺随恩师王学仲在天津大学学习

1988 年进入天津大学研究生院亲聆教诲，王老亲自教授书法、国画、诗词，是我一生莫大的幸运。由于性格相似，我对王老的艺术以及理论十分敬仰，他的书法“空象观”打破了书写本身的平面视觉，启发我后来进入现代水墨艺术的探索。

著名书法理论家西中文先生在《独山自有达人赏》一文中提道：“党禺先生曾拜王学仲先生为师，得到黾翁真传。黾翁先生书法也是从魏碑入手，化裁墓志、简帛、写经，充满厚朴稚拙之气，而且王老于 20 世纪 80 年代也曾积极参与现代书法的创新探索实践。这一切，与党禺先生的性格和艺术主张正相吻合。可以说党禺先生的书风，深受黾翁的影响，尤其其行书的疏淡简放，朴厚稚拙，深得王学仲先生的神韵。”这个总结非常准确，我的书法有所成就，与恩师王学仲先生的教诲以及他对我的巨大影响是分不开的。

再谈谈我的精神导师——“北圣郑道昭”与“草圣怀素”。

古人的名帖尽可为师，但是，选择却不可不慎。我经常告诫学生：选帖如选爱人，第一是要“对上眼”，第二是要符合自己的气质和追求。第三，学书切忌甜媚，不可一味贪“好看”。

傅山有过一个总结：“余弱冠学晋唐人楷法，皆不能肖。及获赵松雪墨迹，爱其圆转流利，稍临之，遂能乱真。……又感三十年来为松雪所误，俗气尚未尽除，然医之者，颜鲁公《仙坛记》而已。”

这段话，是一个书家灵魂的坦白。一般人只求笔法相近，能写到与古人“乱真”岂不要飞上天！但是，伟大的书家追求的是写出自我，对“甜”“俗”避之不及。傅山“愧于心”的，是笔底染上了“俗气”，为此，他只好以颜鲁公的《麻姑仙坛记》“医之”。

我很幸运，进入专业后首先入手的就是《郑文公碑》，雍容典雅的儒将之风，与我的艺术追求契合一致。通过实地考察，我逐渐了解到：郑道昭刻石被发现以来，一直以魏碑闻名天下，但我从云峰山摩崖石刻考察中发现，先师郑道昭早期的隶书、中期的魏隶相间，同样精美；他成熟时期的《郑文公上（下）碑》，更是法度森严而直开楷书之先河——一代大师对各种书体圆通无碍的艺术成就，也是我对艺术的最高追求。

我以《郑文公碑》入手学习魏碑，掌握的并不仅仅是一个碑帖，而是一个时代的风貌。1984 年，我收集到 40 余种郑道昭的刻

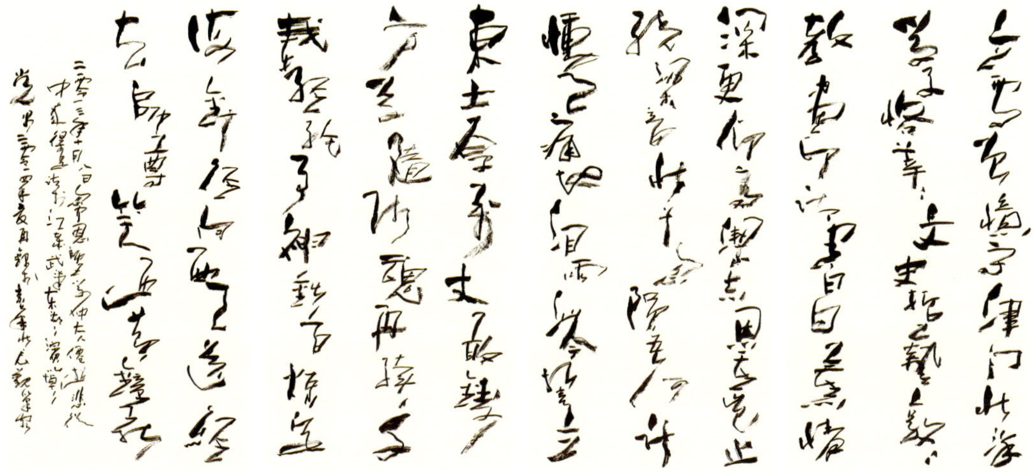

2015 年党禺自作诗《悼恩师》
立雪曾忆守津门，北洋学子恪莘莘。文史哲艺敦敦教，画印诗书日日薰。情深更仰高洁志，恩重岂止绕梁音。北斗忽陨吾何计，恸天痛地泪雨涔。誓立东土厚万丈，敢铸方草随师魂。再续千载经纶事，神铁百炼定海针。径向西天送经去，师尊笑迎黄钟新。

石拓本，自己制作了透明的硫酸纸本子，将所有碑刻一个字、一个字以双钩形式描摹下来，反复揣摩和临习，直到烂熟于心、纯熟于手。

1997 年党禺在中国美术馆举办个人书法展，王学仲先生参加开幕式

由《郑文公碑》始，开启了我对各种魏碑隶书的探索和学习，“不能满足于一家一体”不再是一个艺术理念。持续 20 多年的学习后，《郑文公碑》《张猛龙碑》《广武将军碑》《张迁碑》《石门颂》成为我得心应手的体式，形成了我所特有的体扁如隶、劲健如魏的“魏隶体”，并成为我当年在各种书法大赛中获奖的独门绝技。

进入知天命之年，我渴望新的艺术表达，怀素的《自叙帖》自动进入我的视野，“左盘右蹙如惊电”的线条，“笔锋杀尽中山兔”的气魄，“古来万事贵天生”的潇洒，令我赞叹倾倒，再次进入忘我学习，冷板凳一坐又是 10 年。

当我沉浸在草书的境界中，飞舞的线条起起落落，放下已经学到的一切，拿起笔，跟着感觉走，不再刻意控制。渐渐地，我的笔下呈现出越来越奇妙的形式；而我的人生观也在悄悄发生变化，内在与外形渐渐融合，原来，书法就是一场人生的修行啊！

回头看去，半个多世纪的求索，一步步打通了魏碑—隶书—行草—狂草的通道，最后，将功夫最深的魏碑与最钟爱的狂草融和，形成了我自己的方草，一路上，恩师的扶持，书圣的感召，始终在加持我、成就我。

感谢恩师！感谢先哲！感谢所有成就我的众生！

艺术年表

1947年

出生于豫西南阳。

1979年

当选为平顶山市书法研究会副会长。

1980年

作品入选河南省首届书法展览。

1982年

论文《试沦狂怪》入选“河南省首届书学理论会”。

作品入选上海《书法》杂志。

1983年

加入河南省书法家协会。

到山东云峰山考碑，遍览云峰石刻。

作品入选《中国书法》杂志。

1984年

论文《云峰石刻探美》入选“云峰诸山北朝刻石学术讨论会”。

书法作品参加首届“中原书法大赛”并获三等奖。

1985年

论文《狂怪和创新》在《书法研究》发表，后被中国人民大学报刊资料《造型艺术研究》1986年第1期全文转载。

作品入选“国际书法展览”，在会上拜中国书法家协会副主席黄绮为师。

参与创办《青少年书法》杂志。

1986年

调入河南省政法干部学院专职教授书法。

参与撰写河南书法研究院出版的《书法教程》之“书法史”部分。

1987年

论文《狂怪和美》入选“中国新十年书法论辩会”，到会宣读后引起激烈辩论。

1988年

加入中国书法家协会。同年，加入中国现代书画学会。

到天津大学王学仲艺术研究所进修，成为王学仲先生的入室弟子。

论文《云峰石刻探美》在《郑州大学学报》第3期发表，并获优秀论文奖。

书法作品参加“第二届中原书法大赛”并获二等奖。

任“国际新书法大展”评审委员，并到桂林参加评选。

1989年

论文《论王学仲先生的书法艺术空象观》在《青少年书法报》上发表。

论文《传统的核心精神就是创新》收录于1990年出版的《书法新论》一书。

1990年

合著《书法教程》在河南美术出版社出版。

书法作品参加中国对外交流协会主办的“中国现代书画大赛”，获一等奖，其副本《狂风》成为水墨代表作。

论文《狂怪和创新》被收入《中国书法论著辞典》。

1991年

著作《书家必携》在河南美术出版社出版发行，多年来畅销不衰。

参与编写《书法知识千题》，1991年在河南美术出版社出版。

受司法部教育司委托，主持编写《书法与司法笔录训练》（中国政法大学出版社出版）。

参加“中国当代书法家作品邀请展”并当选为组委会副主任。

1992年

应聘到海南师范学院（现为海南师范大学）教学。

创作现代派书法作品《迷》。

应聘为《现代书法》杂志编委。

1993年

在《现代书法》杂志发表现代派书法作品5幅。

论文《明、清书法家群体比较》参加“海南省首届书学理论会”。

1994年

《读党禺的现代派书法》一文被收入四川美术出版社出版的《中国现代派书法赏析》一书。

1995年

作品获“海南省第四届书法、篆刻作品展”金奖。

主编《书法教程》并由海南省南海出版公司出版发行。

参加在江苏省美术馆举办的“中国现代派书法十周年纪念大展暨学术研讨会”。

创作《自由自然》《废纸三千》等一批现代派书法代表作。

1996年

《党禺书画集》由广西美术出版社出版。

1997年

1月20日—26日，中国书法家协会、中国艺术研究院主办的“党禺书画展览”在北京中国美术馆举办，同期举办“党禺艺术研讨会”。

1998年

赴日本进行学术访问，在秋田县立美术馆举办展览和美学讲座。

1999年

4月，参加海南省文联主办的“中国党禺・日本长沼雅彦书法联展”。

6月，参加在成都举办的“巴蜀点兵・99成都20世纪末中国现代书法回顾展”。

7月，在广东省博物馆举办“党禺书法展”。

2000年

游学北京及江南，访兰亭旧址、青藤书屋和黄宾虹故居。

2001年

定居广州，专注怀素《自叙帖》学习，草书风格逐步形成。

2002年

为白云山风景名胜区能仁寺题写《即心是佛》并刻碑。

2003年

举办“汉唐雄风·中国书法名家邀请展”，首倡“汉唐雄风”艺术精神。

12月月底，《党禺书法艺术·行草卷》出版。

2004年

到北京参与“华夏（北京）艺术学院”的筹办，受聘为美术系主任。

2005年

创作《苏东坡·念奴娇·赤壁怀古》等一批巨幅作品。

在广东东莞和河南省南阳美术馆举办“党禺书法艺术展”。

8月，赴甘南采风，回来后创作《九寨飞瀑》等一批国画。

2006年

3月，“大风·党禺书法艺术展”在广州艺术博物院举办，出版作品集《大风·党禺书法作品集》。

8月，赴新疆采风，历时一个月，行程近万里，后创作《吞吐大荒图》等国画。

12月，中国书协学术委员会委员西中文先生《党禺的书法艺术》一文在《书法导报》刊发，提出“党禺的书法是真正的艺术创作”。

2007年

7月，佛山市委宣传部主办“党禺书法艺术展览”。

12月，《解读党禺》出版，对党禺40年的艺术之路进行了完整的总结。

2008年

5月，广州皇阿玛拍卖公司举办“党禺书法艺术展”。

7月，“党禺书法艺术展”在江门美术馆开展。

9月，《增广书画家必携》一书由岭南美术出版社出版发行。

2009年

7月，广东省收藏家协会主席陈少湘先生主编的《收藏党禺》出版。

9月，“党禺书法·传统与创新”在广州越秀区图书馆举办。

12月，广州市越秀区宣传部主办“党禺艺术展”，并出版《党禺书法艺术·毛泽东诗词卷》。

2010年

在广东省文联艺术馆举办“心象·党禺书法展”，出版《党禺书法艺术·综合卷》。

2011年

6月，在澳大利亚墨尔本澳华历史博物馆举办“天涯万里游·党禺书画展”。

10月，湖北武汉市委宣传部主办的“心象·党禺艺术展”在武汉美术馆举办。

12月，在北京西城区文化艺术中心举办“天高云淡·一首词的展览”。

2012年

4月，当选为广州市荔湾区政协委员。

2013年

9月，出版《党禺书法艺术·心象卷》，标志着方草艺术的建立。

11月，出版《党禺书法艺术·心画卷》，书画交融的心象艺术基本成形。

2014年

1月，受聘为广东省文史馆馆员。

3月，参加国家画院主办的“汉书形意——中国汉字水墨艺术展”。

3月，在日本大阪举办“禅茶一味艺术展”。

4月，广州市委宣传部主办的“汉唐雄风·党禺艺术展”在广州艺术博物院举办。

6月，方草作品《不到长城非好汉》被中央档案馆收藏。

7月，巨幅方草作品《大江东去》被广州国家档案馆收藏。

10月，方草作品《毛泽东诗词·清平乐·六盘山》被人民大会堂管理局收藏。

12月，由湖北美术馆和广东省文史馆主办的“大江东去·党禺书法艺术”在湖北美术馆举办，并同期举行了研讨会。

2015年

1月，草书作品《行云经天》《杏花流雪》被湖北美术馆收藏。

1月，《信息时报》推出专版《当代书法的边界在哪里》之后，党禺做出了书面回应——《坚守书法的边界》。

2月，第二次当选为广州市荔湾区政府特殊津贴专家。

6月，在广州广粤会举办沙龙“书情时代·党禺艺术谈”。

10月，在北京恭王府艺术中心举办“我心光明·党禺书法艺术展”。

2016年

4月，长卷《小草千字文》创作完成。

6月，创作《古歌谣·魏碑卷》和《诗经·隶书卷》。

7月，赴太行山写生，创作素描作品60余幅。

2017年

4月，在广州举办“满庭芳·党禺师徒书画展”。

5月，在江苏扬州八怪纪念馆举办“月满扬州·党禺七十艺术展”。

7月，创作《唐宋词·行书卷》。

10月，参加广东省文史馆的洛阳考碑行，第十次参观洛阳龙门石窟。

11月，在广州雅趣艺术馆举办“山居秋暝——党禺书画展”。

2018年

3月，整理国画旧稿。

5月，完成《唐诗·草书卷》的创作。

6月，完成《方草千字文》第三稿。

8月，整理《读写经典·党禺艺术丛书》四卷作品，不断筛选并补充创作。

12月，《读写经典·党禺艺术丛书》四卷书的样稿基本编撰完成。

重要个展

1997年1月 …… 北京中国美术馆
1998年1月 …… 日本秋田县立美术馆
1999年6月 …… 海南省群众艺术馆
1999年7月 …… 广东省博物馆
2006年3月 …… 广州艺术博物院
2007年至2008年 …… 广东巡回展
2009年12月 …… 广州市越秀区文化艺术中心
2010年1月 …… 广东省文联艺术馆
2011年6月 …… 澳大利亚墨尔本澳华历史博物馆
2011年9月 …… 武汉美术馆
2011年12月 …… 北京西城区文化艺术中心
2014年3月 …… 日本大阪堺市文化会馆
2014年4月 …… 广州艺术博物院
2014年6月 …… 北京航空航天大学
2014年12月 …… 湖北美术馆
2015年10月 …… 北京恭王府艺术中心
2017年5月 …… 扬州八怪纪念馆
2017年11月 …… 广州雅趣艺术馆

東南大学現代書画研究所客座研究員
黨禺先生

黨禺書法藝術展

扬州八怪纪念馆

作品集

- 《党禺书画集》 1996年广西美术出版社
- 《党禺书法艺术·行草卷》 2004年河南美术出版社
- 《大风·党禺书法作品集》 2006年书艺出版社
- 《解读党禺·党禺书法艺术》 2007年书艺出版社出版
- 《收藏党禺》 2009年中国评论学术出版社
- 《党禺书法艺术·毛泽东诗词卷》 2009年书艺出版社
- 《党禺书法艺术·综合卷》 2010年中国美术家出版社
- 《党禺书法艺术·心象卷》 2013年书元文化出版社
- 《党禺艺术书法·心画卷》 2013年中国美术家出版社
- 《读写经典·党禺艺术丛书》 2019年岭南美术出版社

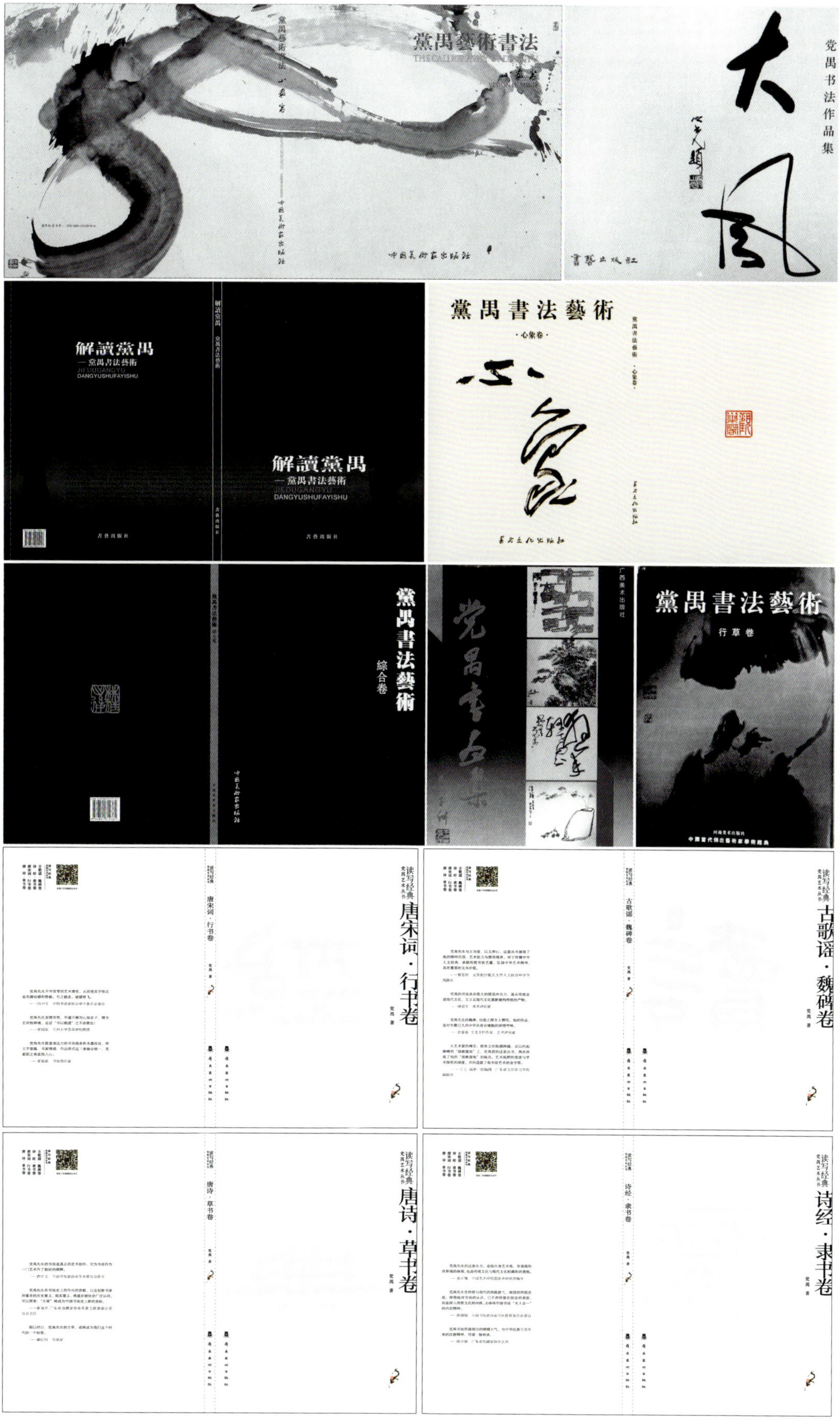
黨禺藝術書法
中國美術家出版社
大風
党禺书法作品集
解讀黨禺
—黨禺書法藝術
JIEDUDANGYU
DANGYUSHUFAYISHU
書藝出版社
黨禺書法藝術
·心象卷·
黨禺書法藝術
綜合卷
广西美术出版社
黨禺書法藝術
行草卷
河南美术出版社
读写经典
党禺艺术丛书
唐宋词·行书卷
古歌谣·魏碑卷
唐诗·草书卷
诗经·隶书卷

后 记（一）

狂生原来是儒生

周俊杰

我与党禺相识于40年前，从1978年到1992年，15年间，我们共同参与了当代书法界早期的大部分活动，编书，参展，开会，由相识到相知，惺惺相惜。

很多人以为，以“狂怪”理论著称的党禺，一定是个狂狷之人，只写狂怪之书。其实，了解他的朋友都知道：狂生原来是儒生。

20世纪80年代，正是改革开放之初，国门刚刚打开，西方美学著作进入视野，而传统文化在拨乱反正后，方兴未艾，传统与未来，两股力量在碰撞融合，文艺界萌生了美学大讨论，书法界也是如此。这段历史，我和党禺是亲历者，也是见证人。

彼时党禺入道不久，血气方刚，好学上进。他一边四处考碑，拜师，临习传统楷书，一边深入研究书法美学。面对浩瀚星河的书法传统，他着力于探究“书法创新”这一美学观点。1982年他的第一篇论文《试论狂怪》入选河南省首届书学理论会，1987年论文《狂怪和美》参加了“中国新十年书法论辩会”，提出“传统的核心就是创新”，两度引起学界激辩。

不过，秉持“创新”观点的党禺，在艺术实践上，却又是力主“集古终能自立家”（清，王文治）的融合派。1988年，党禺加入中国书法家协会，同年，在老师王学仲先生引介下，又加入了中国现代派书画学会。对此，他坦陈：“一手拉着传统，一手挽着创新，这是我几十年来，始终左顾右盼的艺术之路。”

所以，党禺对于传统文化的研习，对碑帖、书画、诗词，无不用心。早年，他在颇有影响的“中原书法大赛”“国际书法大

展”“国际临书大展”中屡次获奖，凭借的就是过硬的魏碑、隶书功底。那时，他给自己立了个规矩“50岁前不写草”。

2014年12月，我参加了党禺在湖北美术馆的个人大展，看到了他近年来的艺术创作，更体会到他一直以来对中国文化的坚守和努力。数十年间，这个曾经以研究书法“创新”著称的人，却一直踏踏实实地守着传统的功夫，精进、努力，从未懈怠。这套读经典、写经典的作品，如实记录了他对传统的理解和实践，是他在倡导艺术“创新”40多年后，对艺术传统的深情回望。

前些年，党禺远走他乡，浪迹天涯，种种艰辛，不言而喻。如今，我们天各一方，年愈古稀，但是，透过这套丛书，我依然感受得到，他对书法艺术的忠诚，所谓历经波折，不忘初心，这是我们这代人的坚守与担当。

谨以此文，祝愿老弟党禺，艺术之树长青！

2019年3月28日

（周俊杰：河南省书法家协会名誉主席，历任中国书法家协会理事、学术委员会副主任）

后 记（二）

千江有水千江月

雨秋

2018 年，是我和先生相识的 30 周年，也是我的天命之年。

一日，走进电梯，明亮的灯光下，巨大的镜子里，头顶隐约有银丝闪烁，凑近细看，我大声惊叫："哇！白头发！我有白头发啦。"先生在一旁笑出泪来："哈哈，小姑娘变大妈啦，哈哈哈……"

这一刻，我与先生 20 岁的年龄差，鸿沟瞬间坍塌，变成了五十步笑百步。

30 年的打磨足以改变许多，我的意气用事逐渐变成心平气和，先生则"从心所欲不逾矩"，愈发做回自己。两人习惯了遇事内求，渐渐避开外界喧嚷，很有些"躲进小楼成一统"的意思。

晨起，先生写字，面有得色，拿来一看："一生负气成今日，四海无人对夕阳。"陈寅恪先生的诗句，我心中一动，起身泡茶，茶香袅袅，熨平心中的波澜，我和先生相视而笑：路是自己选的，因为愿意，所以不悔。

几年前，整理先生的诗集和文集，阅读大量的历史，愈发理解了先生的过往。成年人，谁都有过浩气冲天的青春，碰壁多了，不得不一步步妥协，理想渐渐成灰。但是，先生却是例外，抱定自己的方向，不曾退却，在这点上，他活得比我更纯粹。

2013 年年底，先生的恩师王学仲老仙逝，先生夜不能寐，写下悼诗，看到那句"誓立东土厚万丈，敢铸方草随师魂"，我当时泪下，也终于心安——每个女孩都是紫霞，希望自己的意中人是一位盖世的英雄。身边这个倔强又沉闷的人，到底没有让我失望！

在全民性焦虑的时代，又身处名利场，到处是圈子，人愈多愈好，声音愈大愈好，先生喜欢朋友，却恐于应酬，不免寂寞冷清。其实，他是有过辉煌过往的，不过，是他自己主动退出了舞台。

艺术像一面玻璃，将他和时代的狂欢隔开，彻骨的孤独中，他时有叹息，更多时是自得其乐，"偶尔人前走走，到底还是独行"，说到底，艺术表达的是自家那颗心。

令人惊讶的是，文化自有强大的生命力，书法传统里也从来不乏创新的基因——先生 36 岁提出艺术创新，72 岁完成"心象"艺术，他以自己的实践印证了自己的艺术理论，做到了"我手写我心"。

数十年的艺术探索，书法就是先生的佛经，他持戒，精进，禅定，如同一棵大树，根基牢牢地抓住大地，枝丫却奋力地向上伸展，漫长的浸淫后，他的创造力越来越丰盛，传统和创新，在他笔下互相渗透，最终水乳交融。

近来，跟着先生游走江湖，从南到北，

从北到南，见的人越来越多，经历的事儿越来越大，心中越来越明白：白云苍狗，世事难料。于是，我和先生时时自省：活在当下。

心经云：色即是空。人世繁华，百年不过一瞬。生命有限，必须学会舍弃，才能有精力做要紧的事。先生这一生，只为书法艺术而努力，我的当下，便是将他的理想和抱负，以及创作和探索，立此存照，留与后人去评说。

《读写经典·党禺艺术丛书》便由此而来。前后两年，不断取舍，不断重建，耗费大量心力物力，从构思到完成，终于在2018年年底收官。

以传统用笔书写经典诗词，是先生扎根传统50年的深情回望，如实呈现了他“从哪里来”的艺术渊源。下一部表达风格和个性的《自由自然》，将回答“到哪里去”的历史性思考，计划于2019年问世。

以一套书描绘一个人的艺术史，说实话，工作量是巨大的。我还奢望：真实记录先生的艺术脉络的同时，也能勾勒时代的背景。如此，两个岁数加起来超过120岁的人，全心投入，日复一日，每有进展，拊掌共庆。

最后，也是最重要的，是我们的感恩。

这些年，先生之所以还能够做出取舍，并且，以一种几乎是任性的方式完成自我，全赖你们的支持！假如，没有亲人、朋友的理解和包容，没有各位知音、至交的支持和帮助，先生的艺术理想，便是空中楼阁，有心无力。

感谢诸位亲人！感谢所有的朋友！谢谢你们一路加持！

2018年9月9日

读写经典

党禺艺术丛书

古歌谣·魏碑卷

党禺 著

嶺南美術出版社

中国·广州

图书在版编目（CIP）数据

读写经典·党禺艺术丛书. 古歌谣·魏碑卷 / 党禺著. — 广州 ：岭南美术出版社，2019.5
ISBN 978-7-5362-6758-9

Ⅰ.①读…　Ⅱ.①党…　Ⅲ.①古典诗歌—诗集—中国—古代②楷书—法书—作品集—中国—现代　Ⅳ.①I22 ②J292.28

中国版本图书馆CIP数据核字(2019)第058445号

责任编辑：刘向上　彭辉
责任技编：罗文轩
丛书策划/执行：雨秋
图片摄影：党亿安
书籍设计：腾云文化

读写经典·党禺艺术丛书. 古歌谣·魏碑卷
DUXIE JINGDIAN DANG YU YISHU CONGSHU GU GEYAO WEIBEI JUAN

出版、总发行： 岭南美术出版社　（网址：www.lnysw.net）
（广州市文德北路170号3楼　邮编：510045）
经　　销： 全国新华书店
印　　刷： 雅昌文化(集团)有限公司
版　　次： 2019年5月第1版
2019年5月第1次印刷
开　　本： 889mm×1194mm　1/16
印　　张： 5.25
印　　数： 1—2000册
字　　数： 53.2千字
ISBN 978-7-5362-6758-9

定　　价： 299.00元（一套4册）

总序

党禺从予游艺，历有岁时。潜心治碑版水墨画，日有进境。含碑帖之金英，漱丹青之芳流，积稿成帙。乘其出版问世之际，期其有大成焉。

丙子将至

黾翁王学仲

注：此序文为恩师王学仲先生1996年为我所题，先生斯人已去，但其教诲铭刻在心，不敢懈怠，故再以此文为序，怀念先生，致敬传统。党禺合十。

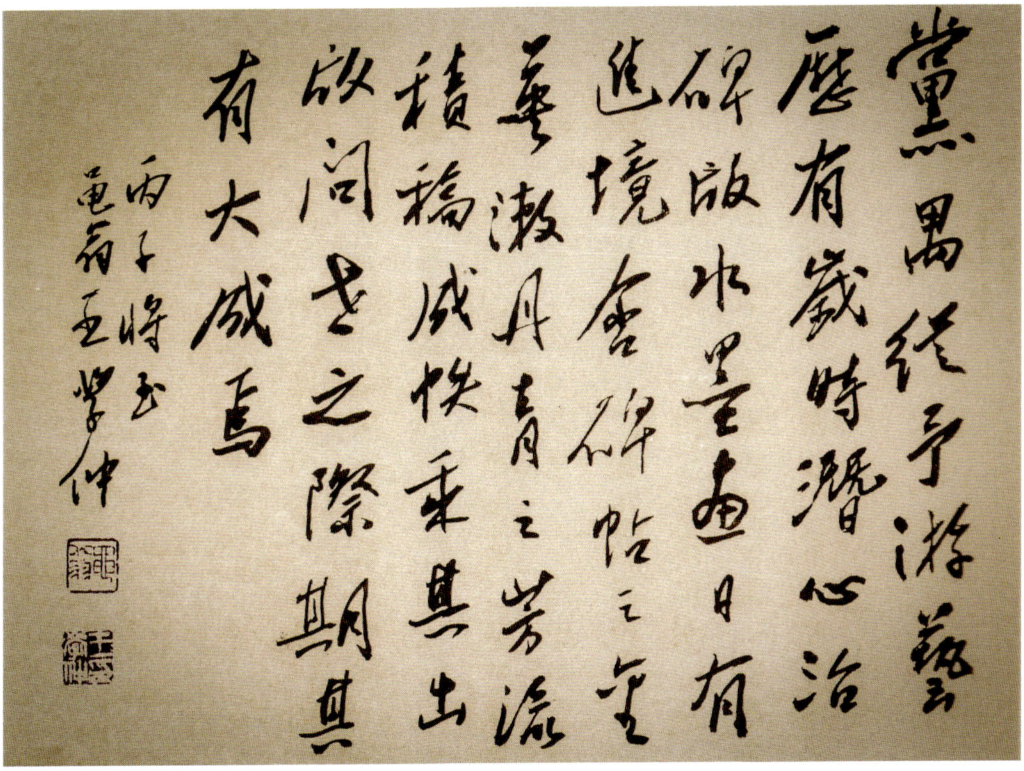

前 言

致敬传统

党禺

一辈子与书法为伍，不觉间，年逾古稀。

每当被人问起“书法的意义”，不觉犯难——书法于我，原是证悟此生的修行方式；于大众，该如何叙说？很多时候，我便想起蔡元培先生，作为中国提出美育的第一人，蔡先生早在 1912 年就提出了“美感教育”，以美术教育提高国民素质。现在看来，信哉斯言。

儿时，我的卧床四周贴满了父亲写的书法，冥冥之中指向了我一生的选择。5 岁启蒙，长辈为我准备了柳公权的墨迹拓本，写字时十指皆黑却乐此不疲。中学时，学校邻着南阳汉画像艺术馆，天天看，石板上的飞舞的线条带给我无穷想象，这些，构成我最初的美育。

1971 年起，我外出访碑，第一站是西安碑林，背着挎包带着干粮，痴迷地在碑林间踯躅三日。第二站是龙门石窟，之后造访不下 10 次。1983 年，当我亲手触摸到《郑文公碑》，那种震撼，用今天的词来形容：那就是灵魂出窍！至此，我的书学之路走上正途。

再后来，脚步越走越远，在泰山经石峪观摩过《金刚经》的雄浑，在敦煌石窟端详过经书体的端庄，在鸭绿江畔探访过《好大王碑》的厚重，在云南曲靖邂逅《二爨碑》的灵动，在北京故宫博物院领略了《兰亭序》的圆融洒脱，在台北“故宫博物院”膜拜了《散氏盘》的顾盼多姿。这一生，能够拜谒如此丰盛的国宝碑刻，幸甚至哉！

这些古迹斑驳的艺术经典，透过岁月的风尘，展现出勃勃的生命律动，让我直观地理解了，什么是博大精深，什么是千年不朽。

从甲骨文到魏碑石刻，从王羲之的美到怀素的狂，书法绵延千年，字迹里蕴含着民族的信仰，点画中饱含着书家的真诚，可谓一派端方，气象光明。

江山代有才人出，先贤高度纯熟的技法，令后人高山仰止，学习传统是书家一生的功课。但是，一味复古，或抄袭古人，或重复自己，单单注重技巧的精熟，让作品变成流水线上的工业品，失去了艺术鲜活的生命，更难觅见书家的真性情，这样的流行，恰恰是艺术的大敌。

更何况，时下的书法艺术还面临着历史的抉择：进入信息时代，书法摆脱了工具性的束缚，该如何走向更加纯粹的艺术性？

这些，是当代书家必须面对的考题。

这套作品集，可以说，是我对传统学习的一次检阅。为了保持专题创作的基本风格，我将个性表达暂且让位给了统一。但是，为了贴近古诗词的文义，即使同属魏碑、隶书，个别作品依然呈现不同的艺术风格。这，便是我所追求的艺术：书法的形与文本的意，都是美学上有意味的形式。

很多人习书，一味追求“像”原帖，对此，我却充满警觉：一旦发现临帖近似，面临程式化的状态，我会放下，回头，转临另一种帖，并且风格完全不同——以此，就是为了打开门户之见，博取众家所长。

传统并不是某种固化的形式，而是百川汇集的一条大河，因认知僵化而将自己囚禁，无法领略传统的厚重与博大。

《金刚经》有云：若以色见我，以音声求我，是人行邪道，不能见如来。

谨以此，向伟大的传统致敬！

最后，借此新书出版，向一直以来给予我大力支持和帮助的杜泽桦先生、董书通先生，致以诚挚的感谢！

2017 年 11 月 21 日

《读写经典》出版说明

一、 出版背景

目前，书法学习已经被列入中小学课程，同时，各地老年大学设有书法课程，加之社会上的书法爱好者众多，书法审美的社会需求，可以说是极为广泛。

书法审美的学习，一般从楷书、行书入手，目前市面上所见魏碑、隶书类教材，多为古碑拓本，内容古奥，适合于一般人群书法认知的相对少见。为此，作者特地创作一套面向社会大众、具有广泛适用性的楷书、行书、草书作品。

书法是一项美育工程，讲究对技法的审美和学习，也是对传统文化的认知和理解。本套书集以经典诗词为创作内容，以经典书体书写经典诗词，所以命名为《读写经典》。

二、 丛书特色

1. 本套书共四种书体：魏碑、隶书、行书、草书，基本概括了一般意义上认知的书体面貌。丛书分为四册：《古歌谣 · 魏碑卷》《诗经 · 隶书卷》《唐宋词 · 行书卷》《唐诗 · 草书卷》。

2. 每册选取诗词及选句大约30篇，提取古典诗词中的精华内容，文辞优美，内容浅近，便于读者理解和诵读，在欣赏书法之美的同时，加深对传统文化的理解和进行美育教育。

3. 本套书集每册大约有90页，广泛适用于技法学习、书法欣赏或者诗词诵读。整套购买，可领略不同书体的艺术特色。

4. 丛书由资深书法家党禺先生精心制作。党禺先生一向倡导书法的艺术审美，其书法研究从美学入手，曾在大学教授书法20多年，著有多部《书法教程》；其书法功底深厚，青年时期以“魏隶体”闻名并屡获大奖；中年后专注于草书，形成了以魏碑笔势入草的“方草”艺术。

三、 分册说明

1.《古歌谣 · 魏碑卷》

古歌谣是中国最早的文学样式，词句简洁，节奏流畅。为展现古歌谣的高古和质朴，选用魏碑书体创作。整体艺术风格脱胎于《郑文公碑》，书风大气而厚重。

《郑文公碑》是魏碑中的典范，作者郑道昭被后世称为“北圣”，与南朝王羲之相对，其字体方圆兼备，雍容大度。党禺先生魏碑功底深厚，1983年实地考察《郑文公碑》时，就亲手双钩《郑道昭刻石拓本》40余通，并著有美学论文《云峰石刻美源略探》。之后20年的教学生涯中，又以颜柳法帖为法本，从而将颜体的宽博大度、柳体的斩截修长融入魏碑笔法，形成了独特的魏碑风格。

2.《诗经 · 隶书卷》

《诗经》是我国第一部诗歌总集，文辞优美，抒情热烈，充满音乐的节奏感。为展现这种风格，本册选用隶书书体，整体审美风格偏于《曹全碑》，以优美柔和的形式展现《诗经》的美感。

《曹全碑》是汉代隶书的代表作，风格秀逸，结体匀整，历来被书家所推崇。党禺先生青年时期练就了魏碑和隶书的功底，他对《张迁碑》《礼器碑》《石门颂》都深有心得，对《曹全碑》尤其下过苦功。此次创作，为避免曹体隶书的飘逸过多，从而损耗《诗经》的淳朴气质，部分作品中，根据文字意境，有意加入了《张迁碑》的朴拙厚重，或者《好大王碑》的宽博雄浑，使得这本《诗经 · 隶书卷》既有深厚的传统功底，又有丰富的审美情趣。

3.《唐宋词 · 行书卷》

唐宋词是国人千余年来的精神食粮，词源于唐代的曲子词，句子有长有短，和乐曲紧密结合在一起，节奏灵活便于歌唱；“以雅相尚”是宋词重要的审美追求，艺术风格争奇斗艳，豪放与婉约并存，读来余香满口，韵味深长。为展示唐宋词的韵律美和意境，本册以介于楷书与草书之间的行书体创作。

党禺先生 1979 年起在大学教授书法，并多次为大学编著《书法教程》，完成了实践中的“碑帖双修”。他的行、草书功底，源于孙过庭的《书谱》、颜真卿的《祭侄稿》和王羲之的《十七帖》。在多年的艺术实践中，党禺先生将帖学功夫融入由隶书发展而来的魏碑名帖《石门铭》《瘗鹤铭》之中，形成了独具一格的行书风格：潇洒宏逸中，透着浓郁的金石气息。

4.《唐诗 · 草书卷》

中国被称为“诗的国度”，唐诗是中国古典诗发展的全盛时期，标志着中国古典诗歌的高峰。唐诗的艺术美，让文字的美丽达到了一个极致的境界，影响深远且流传广泛，后人称“熟读唐诗三百首，不会作诗也会吟”。同时，唐诗的形式多样，题材广泛，体制齐备，成就辉煌。为了展示唐诗的丰盛，本卷书体采用了书法艺术的最高形态——草书。

党禺先生早年研习张旭、怀素、黄庭坚、王铎的草书，尤其对怀素下功夫最深，中年时期形成了将魏碑的方正融于草书的方草艺术，风格鲜明地表达了他的儒家思想和审美追求。60 岁后，人书俱老，党禺先生认为，艺术家的使命是表达人类社会的多样性和复杂性，所以他跳出方草的个人风格，以更加多样的技法表达文字的意境。本卷草书创作，既可以看到怀素的笔法脉络，还可以看到王羲之《十七帖》的影子，以及更加高古的《平复帖》的神韵。

目录

评论文章

回看党禺 · 魏碑风骨

沈景春

书法史上的地标，历来都是由传统功力深厚的创新者所为，保守的亦步亦趋者永远与此无缘。面对浩如烟海的书法传统，善学者不是照猫画虎，而是学其精神，究其来源，探其本质。由此，才有通达、才有变法、才有流派纷呈。

在当今书坛上，党禺就是如此。如今说党禺，太多人的第一反应是，他是一位中国现代书法的探索者，著名的现代派书法家，而现代派书法家往往是忽视传统甚至是反传统的。这种线性的幼稚逻辑虽然经不住推敲，却有着非同寻常的社会影响。而党禺呈现给我们的这一批魏碑书法作品，就是对这种幼稚逻辑的最有力的回答。

魏碑，是南北朝时期北朝的碑碣、摩崖、造像、墓志铭等石刻文字的总称。北派书体，兴起于北方游牧、渔猎民族统治华夏的历史时期，虽然带有明显的汉隶遗韵，但深受民族剽悍性格的影响，笔法古拙苍劲，风格质朴刚健。与此形成鲜明对比的是，六朝烟雨孕育而生的南朝书法，则多表现为笔法空灵，飘逸蕴藉。可见南朝和北朝，因为地域差别、书家习性，更因民族性格的差异而书风迥异，直至清朝前期，南派帖学一直以主流书风的至尊之位主导书坛。直到清代中期，由于书风萎靡日久，金石考古成为显学，冲破“馆阁体”的呼声日盛，于是“尊碑抑帖”成为美学新潮，碑学由此兴起，千年书风从此为之一变。康有为在《广艺舟双楫》中赞誉魏碑有“十美”，近现代书法家，对魏碑书体更是推崇备至，临学者众多，名家辈出。其实，就书法史而言，南北书风应该是各臻其妙，是没有高低上下之分的。

党禺的书法，自 20 世纪 80 年代登上书坛之日起，就以雄强而灵动的魏碑风格令人瞩目，从整体上看，他的魏碑书法之妙，关键在于能食而化之，观其作品，既有《始平公碑》的雄强、《张猛龙碑》的方峻，又有《郑文公碑》的浑厚、《爨宝子碑》的奇异，多家风格无不在他的作品中时隐时现。正是由于这种融诸家之相于自心的胸怀和学养，才有了他熔铸自家独特风格的一系列作品。回看他发表于 20 世纪 90 年代初期的《书法》杂志上以及一系列获奖作品，就已经可见日后创新的端倪。在那个年代，他的魏碑书法即于凝重中含有灵动之气。原碑如骨，党禺赋予其血肉；原碑肃穆，党禺通过间架重塑令其妙趣横生。因此那时的作品，在结构上，统观，魏碑意味浓厚；细查，却在肃穆凝重之中有飘逸灵动之风扑面而来。何以如此？笔法创新，形散神聚之故也。这种别开生面的创新之举，均源自党禺对魏碑书法的深刻理解。远在20世纪90年代初期，党禺就在理论和创作两方面对魏碑书法进行了深入研究，其发表于全国权威论坛“云峰山石刻书学讨论会”“全国书法新十年学术论辩会”上的论文，至今都对魏碑书法美学具有启发意义。

关于对传统书法的继承，历来都有不同观点。许多人习惯于以古碑帖的标准攻击创新者，而他们所谓的标准则多是以形似和技法为准绳，最后的结果要么形成今日之“馆阁体”，要么成为毫无古人气质而徒具古人衣装的模特。笔者认为：临摹得像可以叫技术却难以称作功力，点画的惟妙惟肖可以叫有造型基础却难以成就艺术感悟！书道之难，远非黑白之辨那么直接，它恰如参禅，难以言说却以悟为上，正如《金刚经》所言“凡所有相，都是虚妄，若见诸相非相，即见如来”，又言“汝等比丘知我说法如筏喻者，法尚应舍，何况非法”。正因如此，我们才能从党禺的魏碑书法中感受到他“万法尽在自心”的悟性，感受到写出如此作品的书家才是顿见书法“真如本性”的得道者。反观许多自封为传统书法继承者的作品，只知道将功夫下在表面的间架和点画的技巧方面，而忽视了其深刻的思想内涵和广阔的文化背景，这样的继承是片面的，是舍本逐末的。书家的本质是什么？不是手艺也不是魔术，而是心灵境界的抒发。每根线条的收与放、顿与挫都是自我心性的率性表达。

30多年过去了，再读党禺的魏碑书法，我感到了岁月的磨砺与淘洗，从早期的技法圆熟到近期的内敛厚重，透出的是历尽沧桑的达观。不错，党禺是经历过繁华与落寞的，可贵的是他始终以执着的心态坚守着对书法艺术的虔诚，以对功名利禄的无为之心追求艺术生命的极致表达，以广博的学识和执着的定力坚守着他心中的圣地，从而挥洒出独具风格的艺术作品。

因此，在形式上，同是魏碑风格，今日党禺更注重意境和气韵的有机统一。我们知道，魏碑书法，本以凝重见称，党禺却用富有时代气息的书法语言，让其灵动起来。走进他的近期作品，有一种迎着古风感受现代节奏的时尚感，他对魏碑书法的力度之美有了新的诠释，除了对时代精神的精准把握之外，在技法上，完全是以力出、以神运的，而这力是气力，这神是神驰，有气力方能厚重，有神驰方有跃动之势。

苏东坡曾说：“书有神、气、骨、血、肉，五者缺一，不成书法。”写碑最忌平滑、呆板。党禺书法的线条质感，无不血肉丰满，风骨铮铮，有厚度、有虚实、有气息，真正体现出汉魏精神的浩大气势。看他挥毫过程中的每根线条，运笔中的粗细、轻重、转折等无不姿态各异，节奏明显，飞动而不浮滑，流畅而不单薄。这种对线条形态的自然化审美，体现出老庄哲学的深刻内涵。而字体的忽大忽小，用墨的或浓或淡，章法上的上下呼应、气脉贯通、跌宕起伏，又使整幅作品大气浑厚，气贯长虹。

钟太傅曾言：“多骨丰筋者胜，无骨无筋者病。”党禺深悟此理，他的用笔，完全以气行之，重气势却绝无荒率之笔，点、画之间气脉相通，疾中有徐，行中有留，提、按之间虚实相生，一气呵成。点的运用，常有点睛之效，或如坠石，或如鼓点，既具力压群雄之效，又有催人奋进之气，神采和韵味就这样在尺幅之间充分地表现出来。正因如此，他的字里行间才有情韵的流动和生命元气的充盈。

刘熙载在《艺概》中曾说：“凡书，笔画要坚而浑，体势要奇而稳，章法要变而贯。”党禺呈现给我们的作品就是如此，他的字有的很“巧”，但“巧”得浑然天成，有的很“拙”，但“拙”得妙趣横生。所有的巧拙，都出自章法的需要。面对党禺今日的魏碑书法，我们感受最深的是“现代派的党禺”仍能用最传统的面貌，直接调动人们的主观感受与心灵意境的结合，在法度森严的古碑残字中，在深达千年的魏碑根脉上，再次塑造出“象外之象”和“意外之境”。

总之，他的笔，因几十年对书法的虔诚而与自己的灵魂融为一体，他的功力早已超出区区点画技法之巧，已臻随心所欲而不逾矩的人书俱老境界。

书法艺术是定义不了的，作为赏读者，我深知所有的艺术都是体悟的结果，但看似简单的“体悟”二字，却需要调动全方位的多年修养，今观党禺，信然！

（沈景春：文史专栏作家，艺术评论家）

作品

《沧浪歌》

沧浪之水清兮，可以濯我缨，
沧浪之水浊兮，可以濯我足。

145cm × 73cm
2016年作

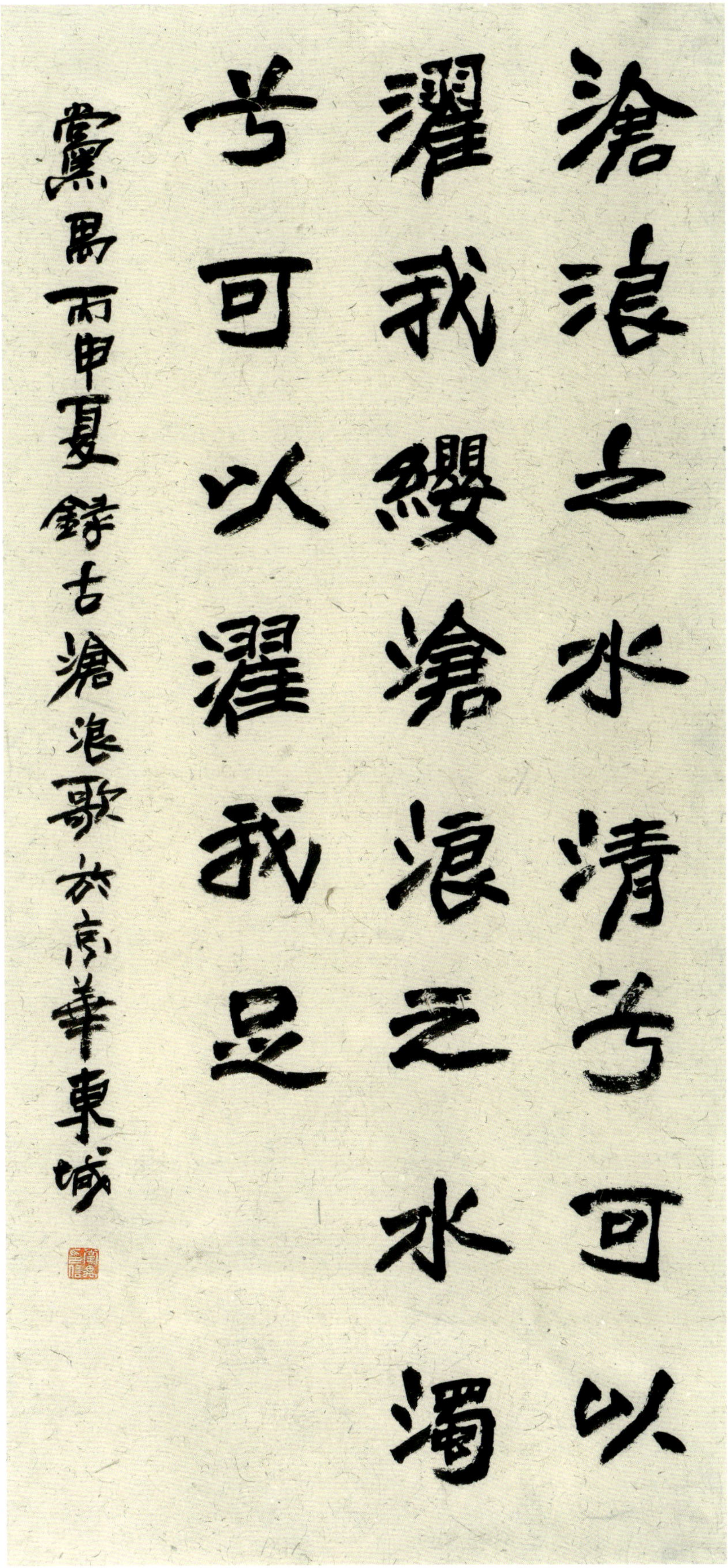
滄浪之水清兮可以濯我纓滄浪之水濁兮可以濯我足
歲屬丙申夏錄古滄浪歌於京華東城

《获麟歌》

唐虞世兮麟凤游。今非其时来何求。

麟兮麟兮我心忧。

145cm×60cm

2016年作

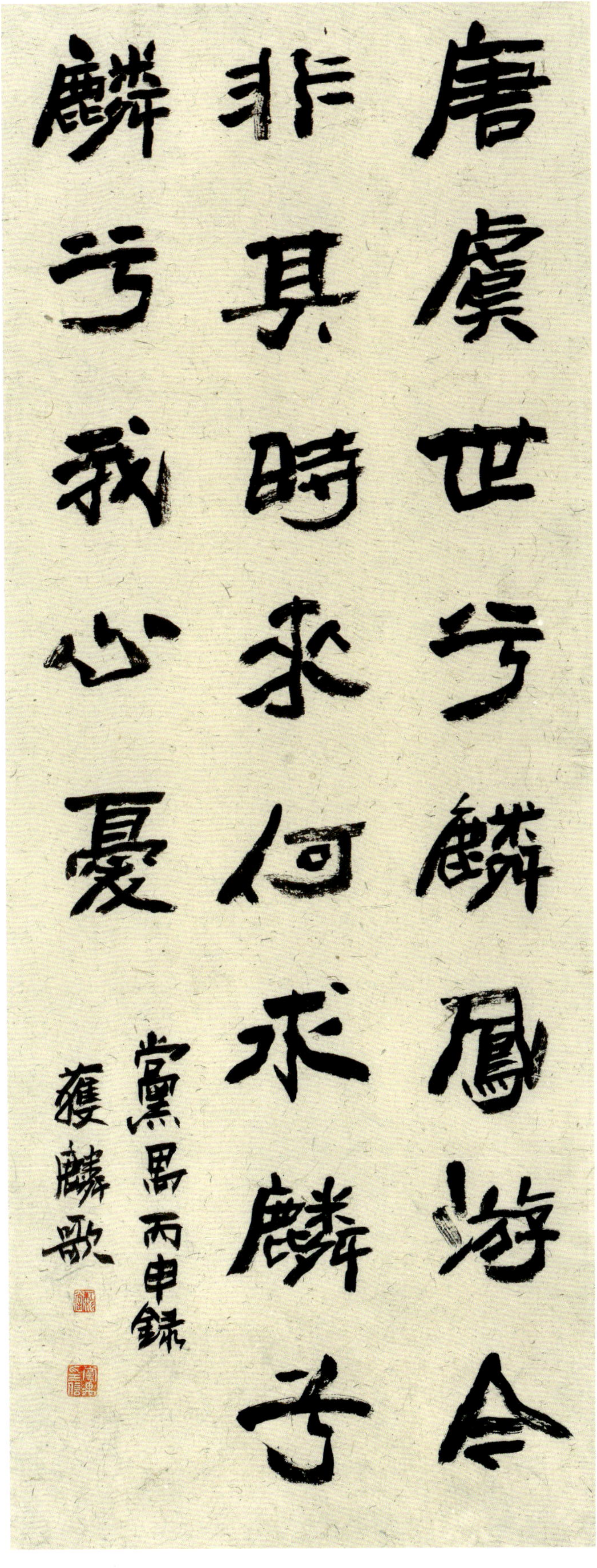
唐虞世兮麟鳳游今
非其時來何求麟兮
麟兮我心憂
獲麟歌

《楚狂歌》句

凤兮凤兮，何德之衰！

往者不可谏，来者犹可追。

145cm×60cm

2016年作

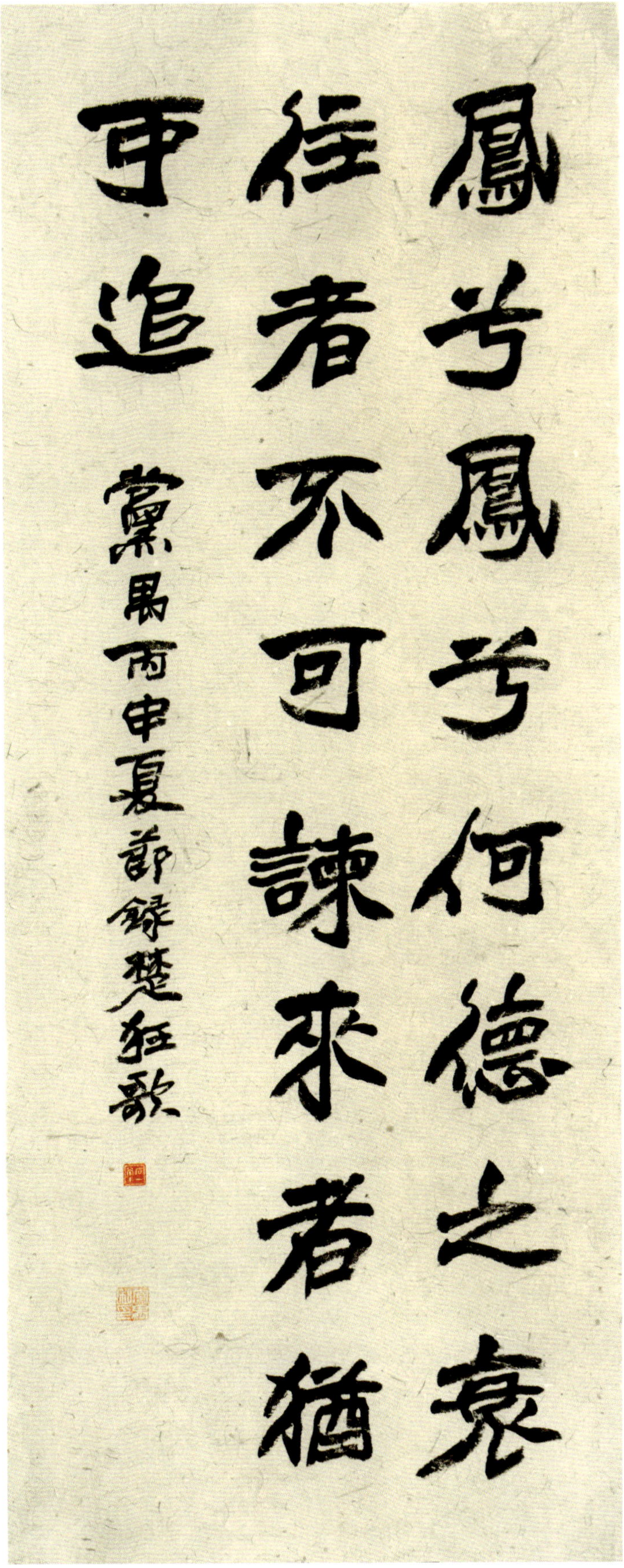
鳳兮鳳兮何德之衰
往者不可諫來者猶
可追
丙申夏節錄楚狂歌

《忼慷歌》句

贪吏常苦富，廉吏常苦贫。

独不见楚相孙叔敖，廉洁不受钱。

145cm×76cm

2016年作

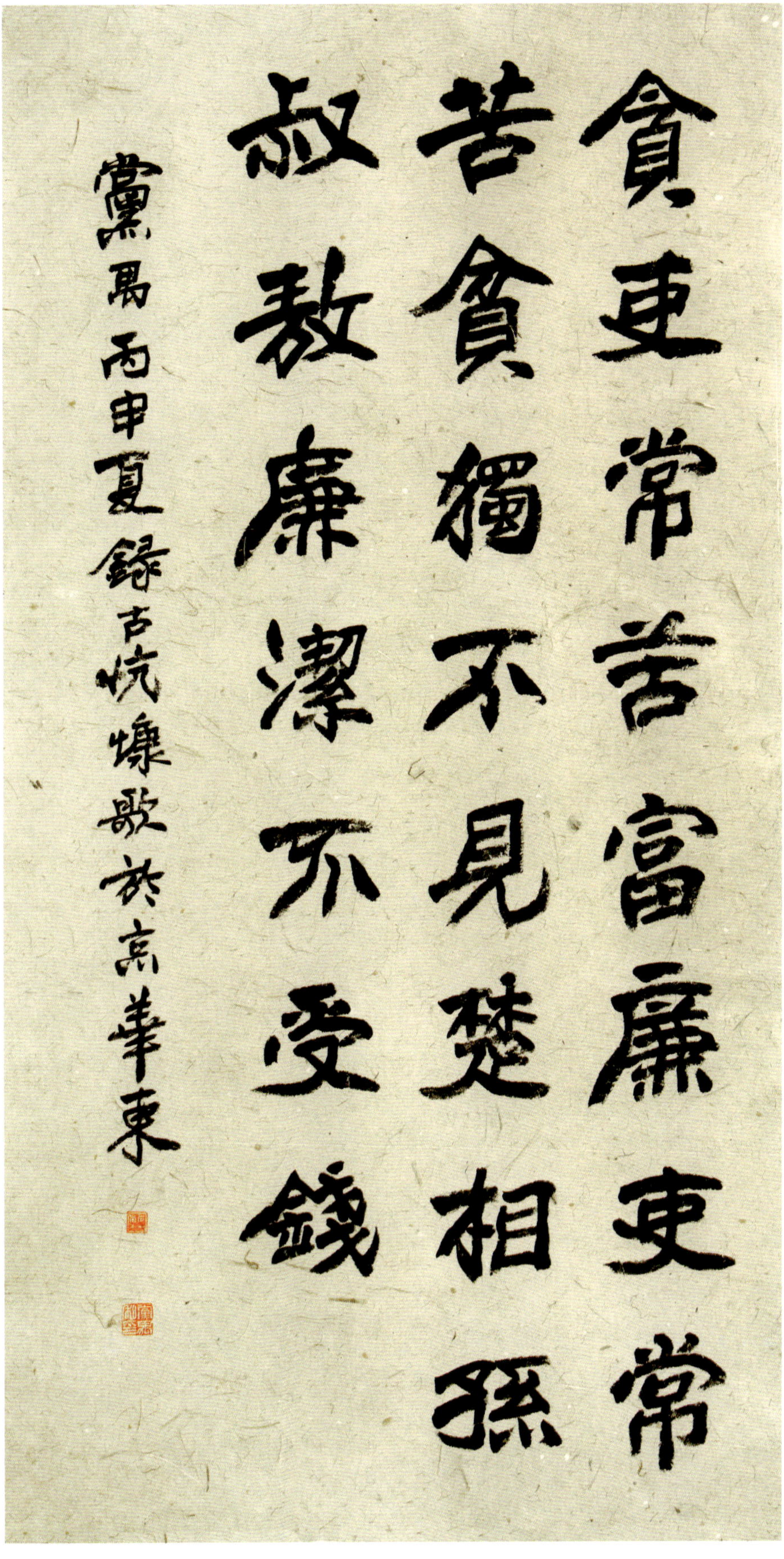
貪吏常苦富廉吏常
苦貧獨不見楚相孫
叔敖廉潔不受錢
黨愚丙申夏錄古忼慷歌於京華東

《击壤歌》

吾日出而作。日入而息。凿井而饮。
耕田而食。帝力何有于我哉！

145cm×76cm
2016 年作

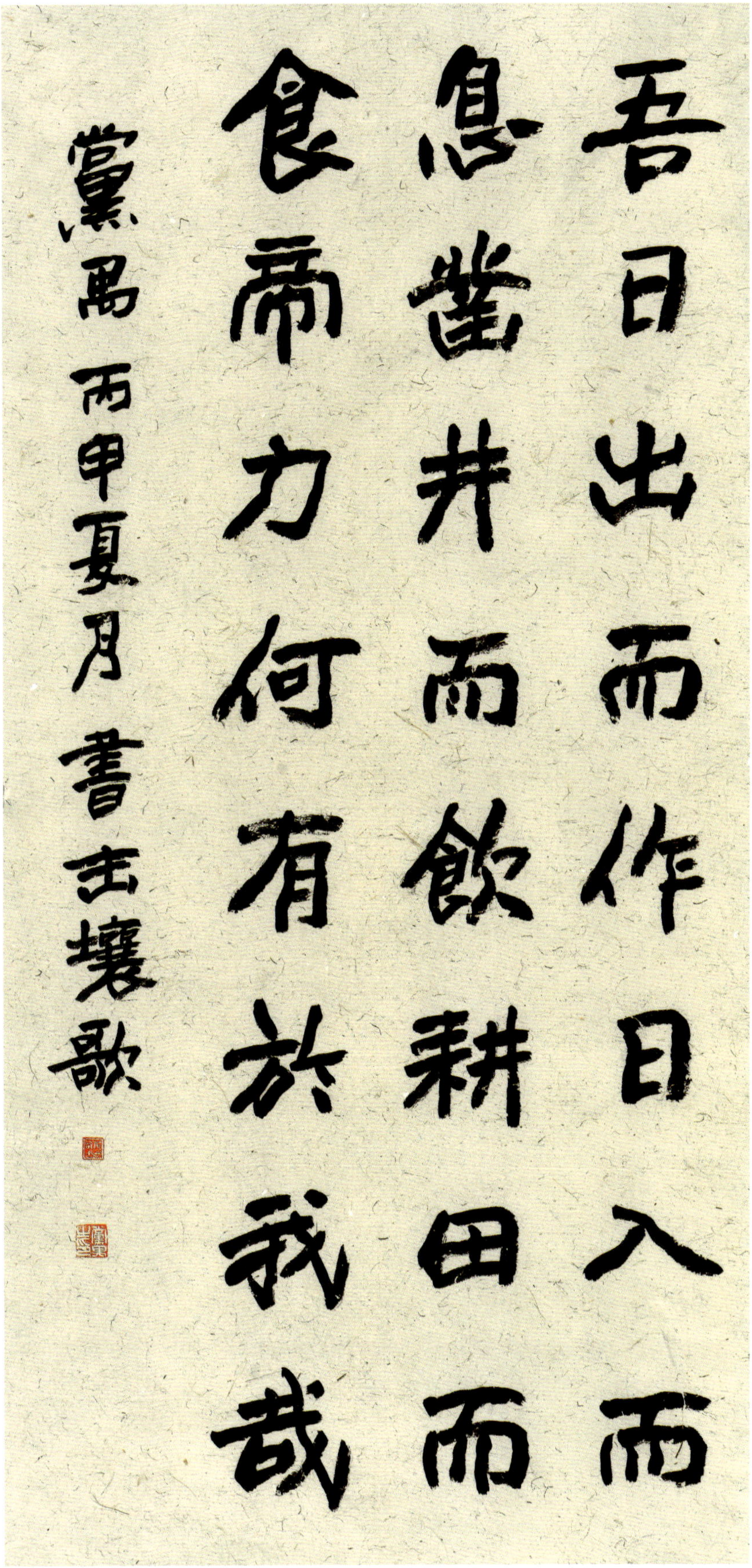
吾日出而作日入而息鑿井而飲耕田而食帝力何有於我哉
丙申夏月書擊壤歌

《古诗源》句

将飞者翼伏，将奋者足踊，

将噬者爪缩，将文者且朴。

145cm × 76cm

2016 年作

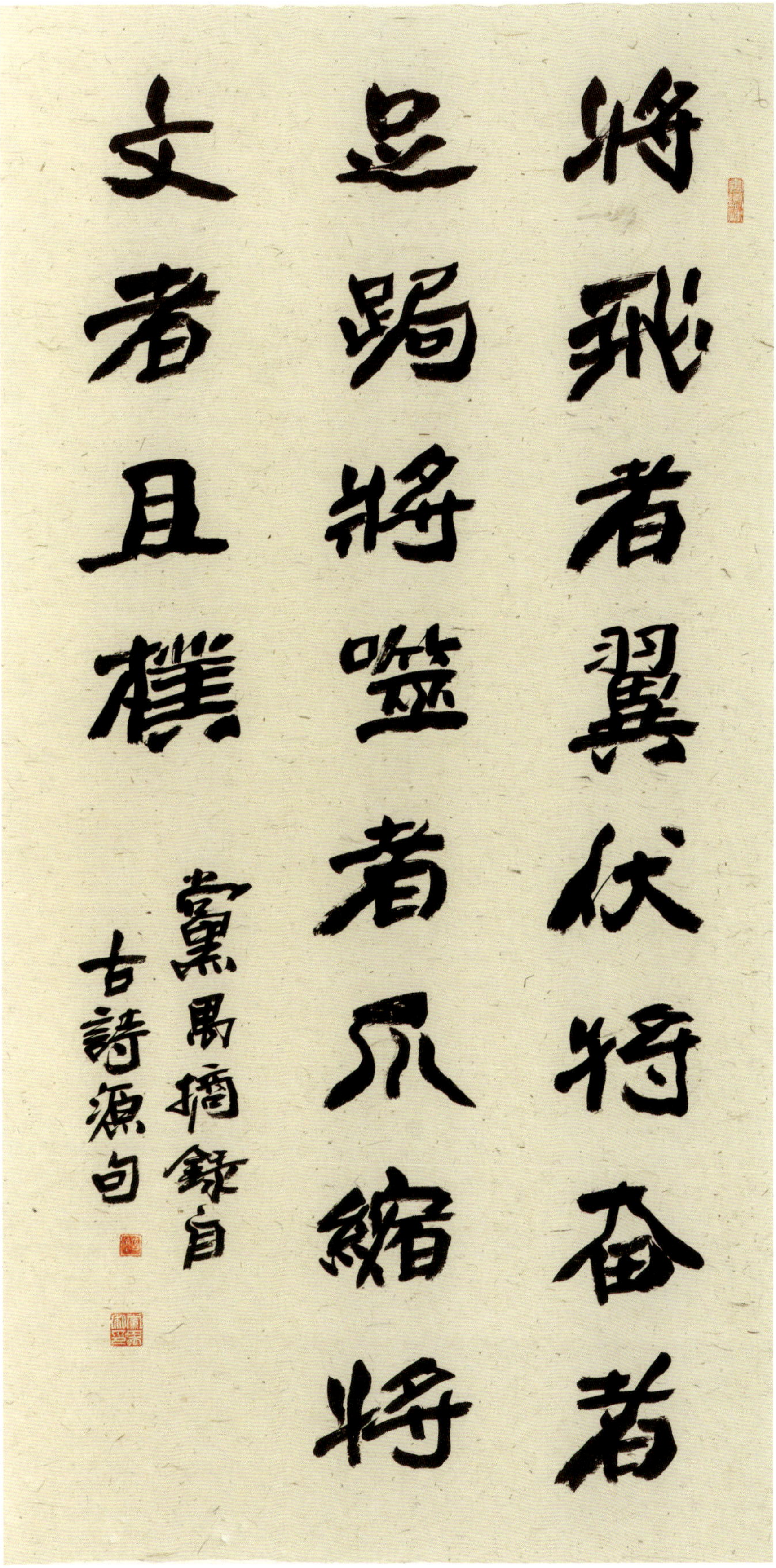
將飛者翼伏將奮着
足跼將噬着爪縮將
文者且樸
黨禺摘録自
古詩源句

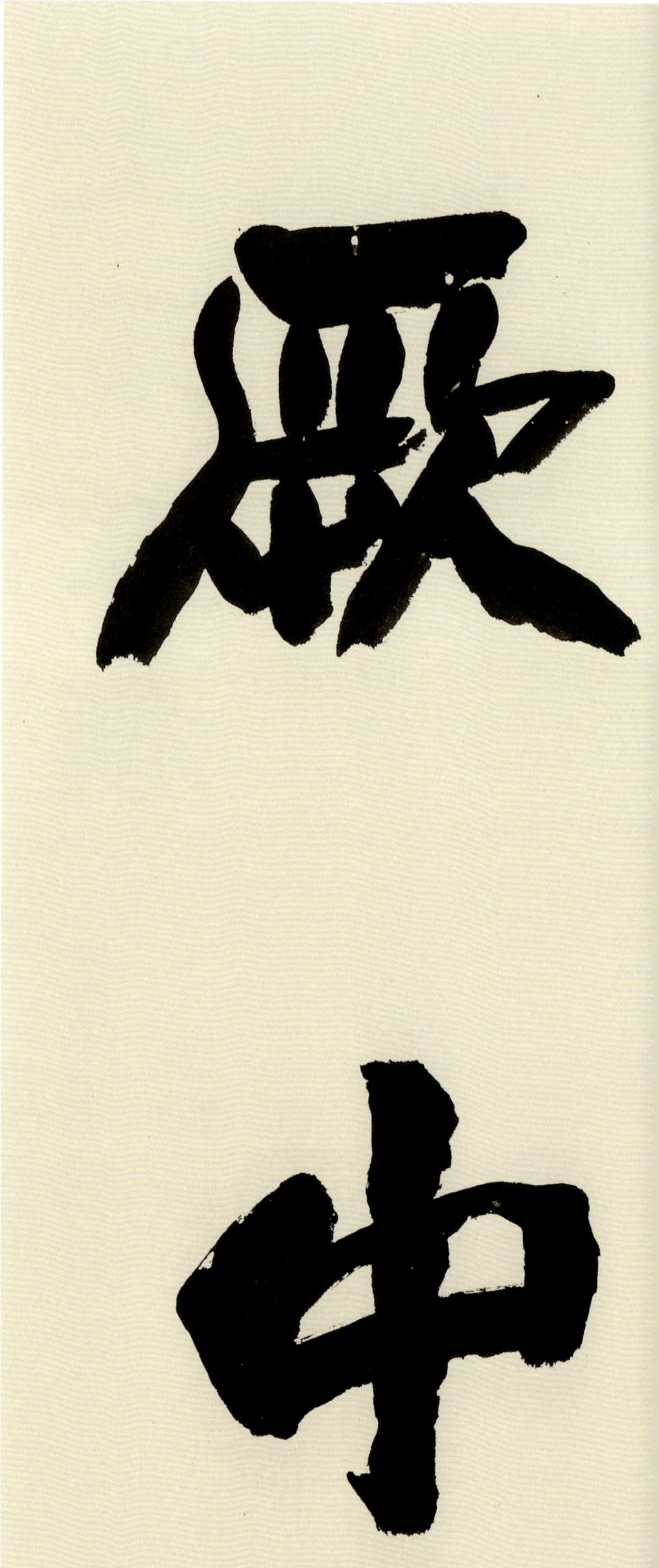

《尚书·大禹谟》句

允执厥中

73cm×73cm

2019年作

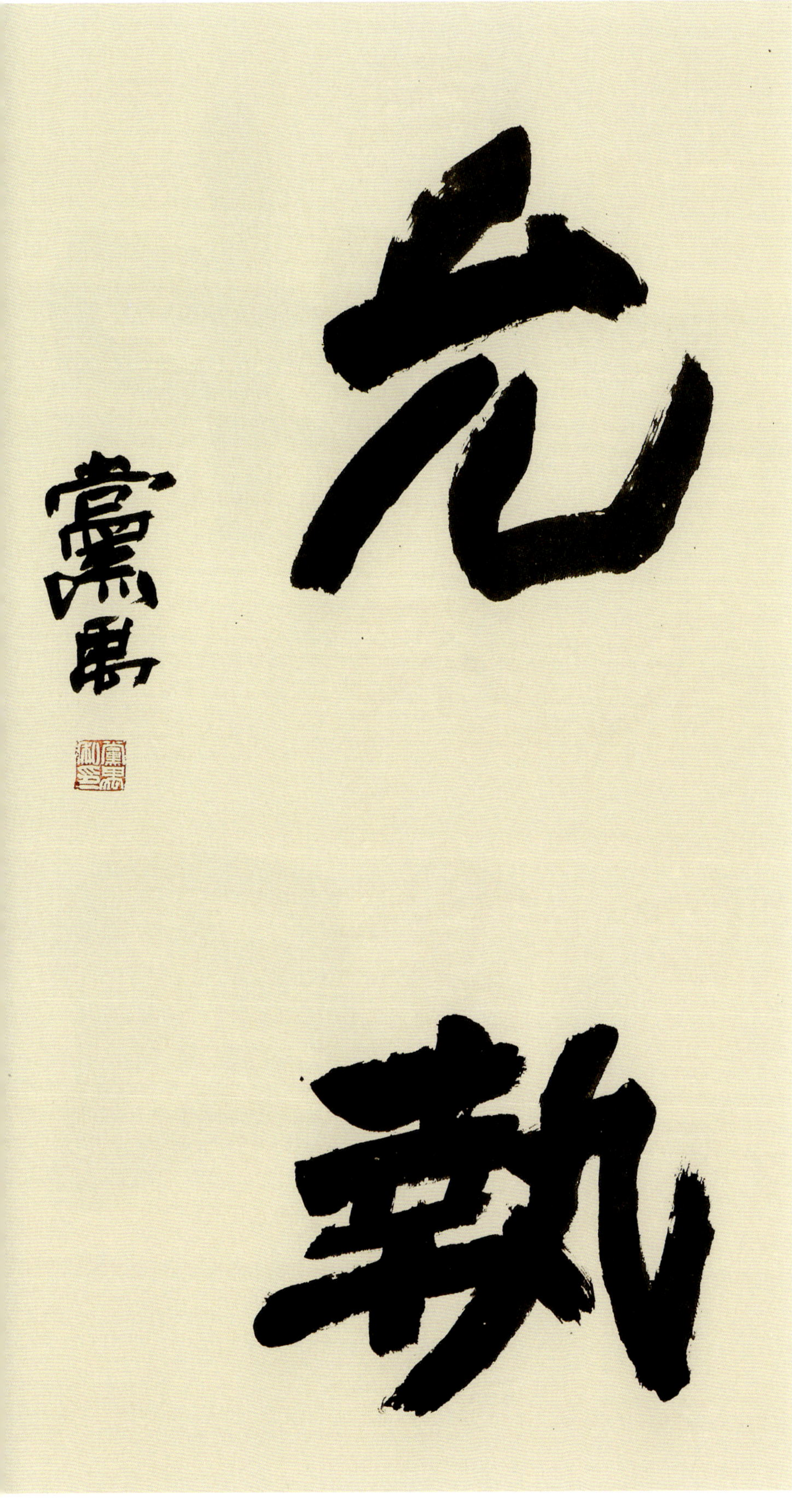
允執

《西周何尊铭文》句

宅兹中国

76cm×70cm

2019年作

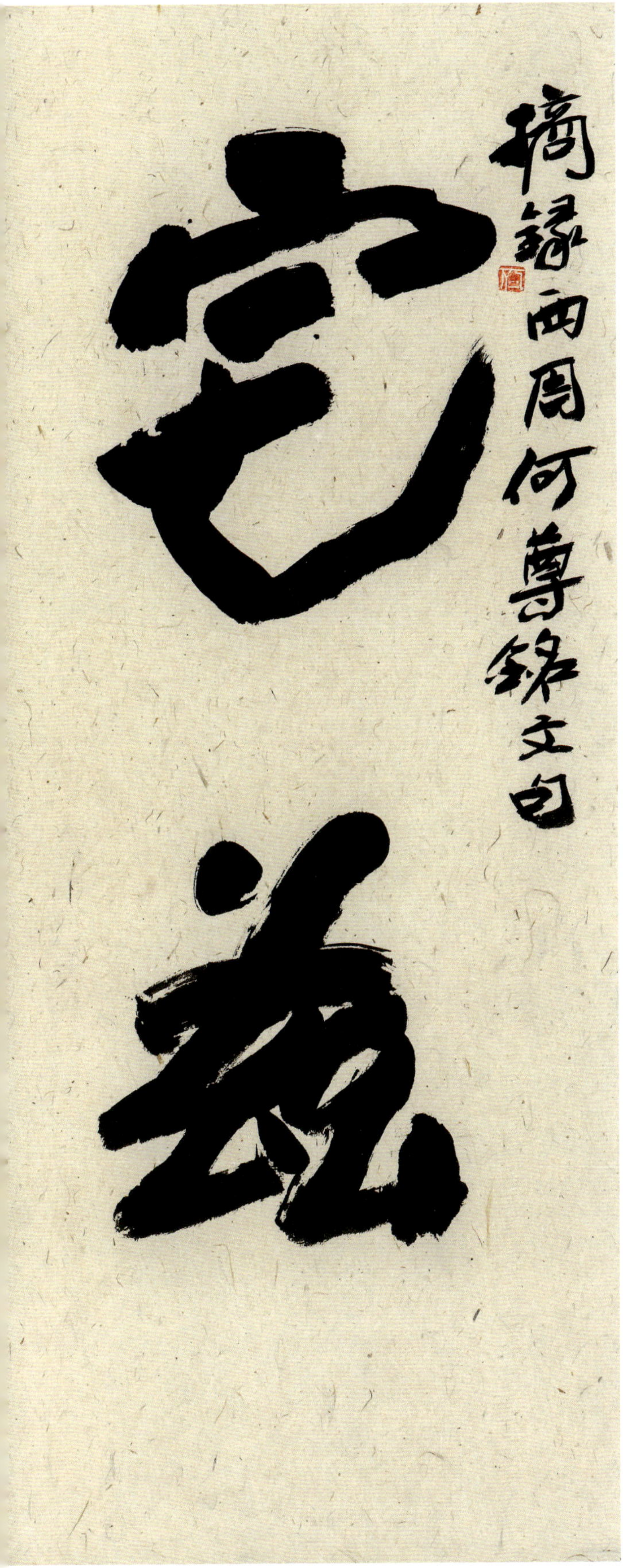
宅兹
摘録西周何尊銘文句

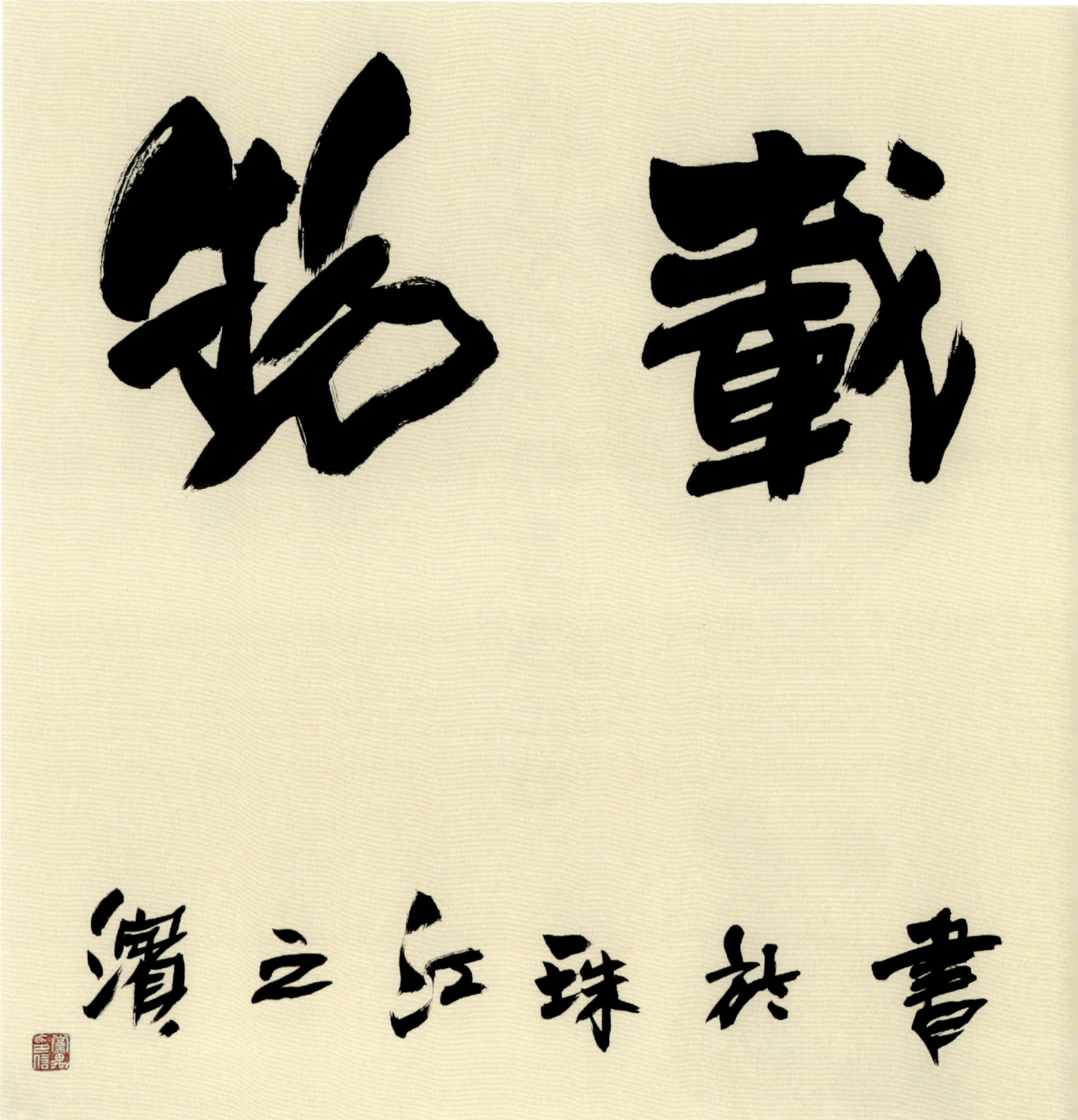

《周易·坤》句

厚德载物

68cm×138cm

2012年作

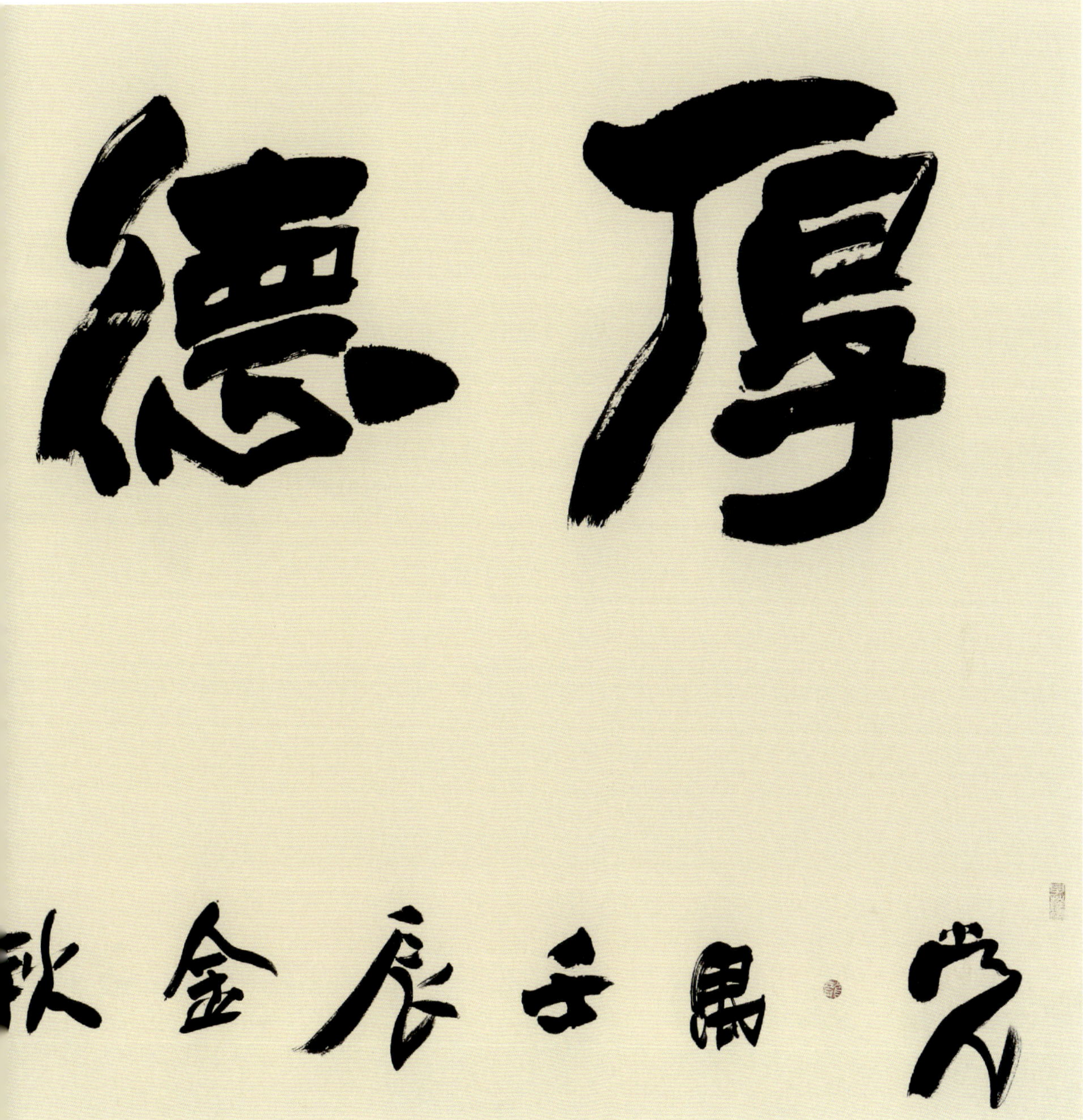

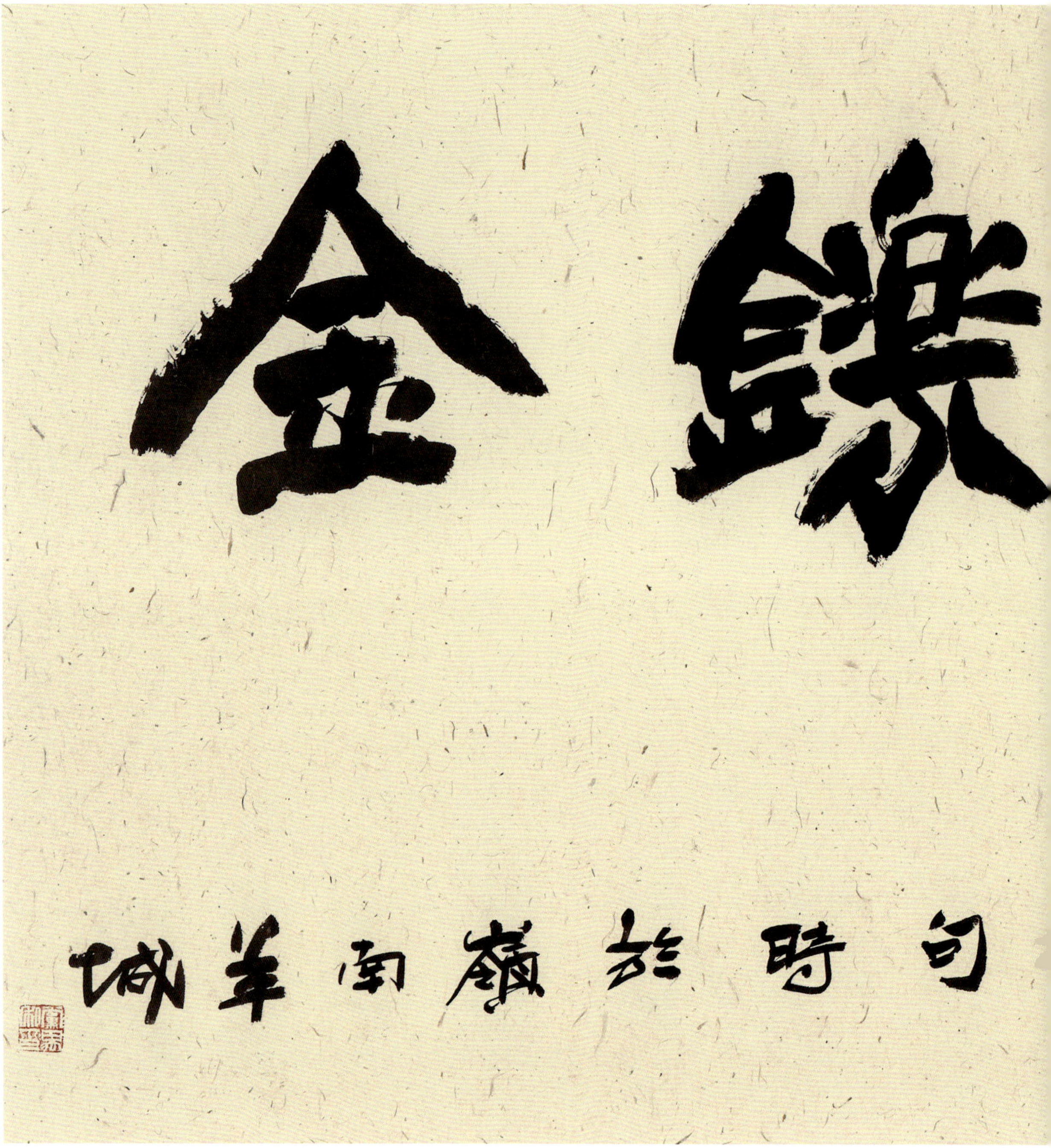

《国语·周语下》句

众口铄金

76cm×145cm

2019年作

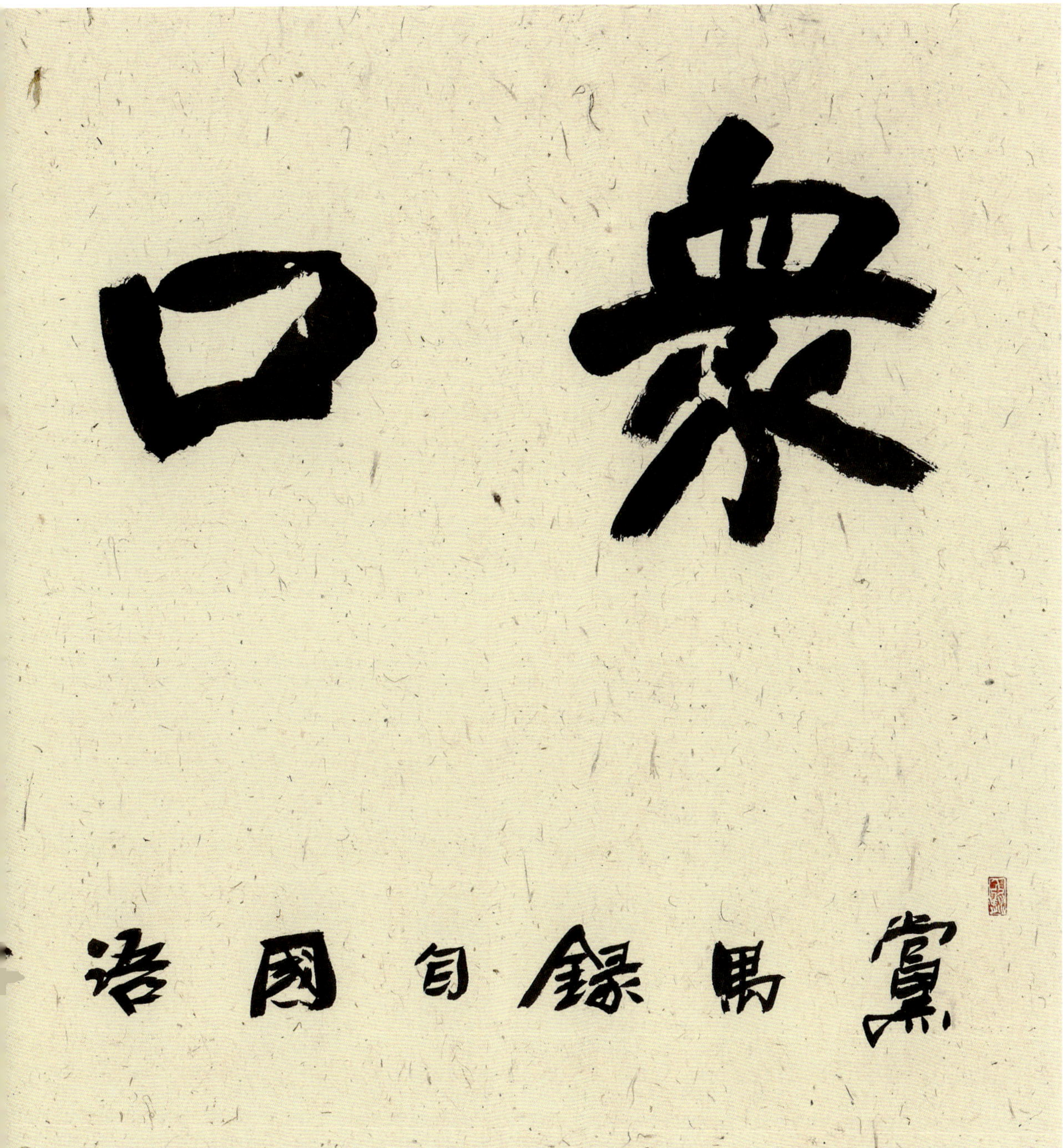
衆口

《禹玉牒辞》句

沐日浴月百宝生

73cm×44cm

2019年作

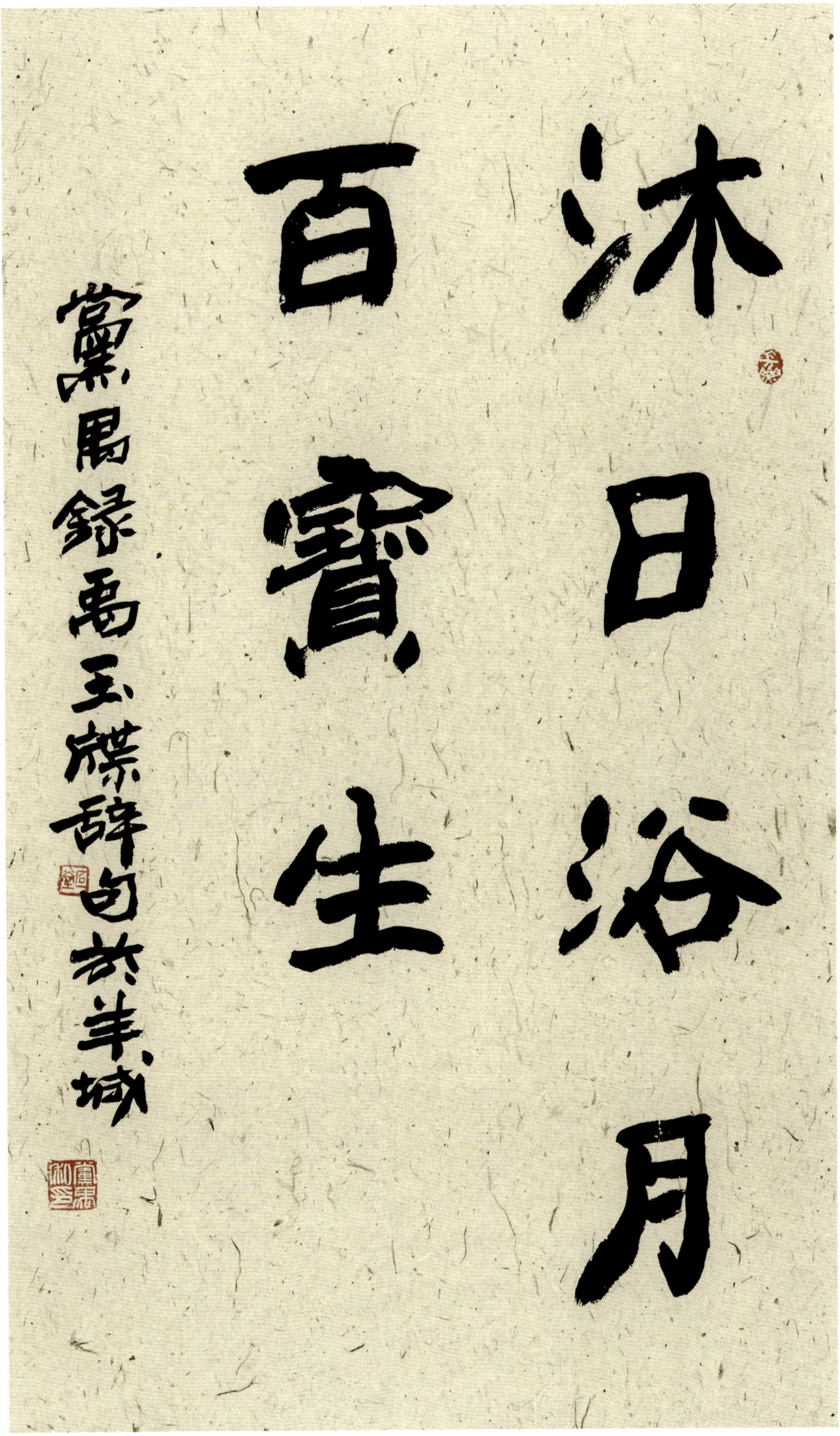
沐日浴月
百寶生

《乌鹊歌》

南山有乌，北山张罗。
乌自高飞，罗当奈何。

73cm×69cm
2016年作

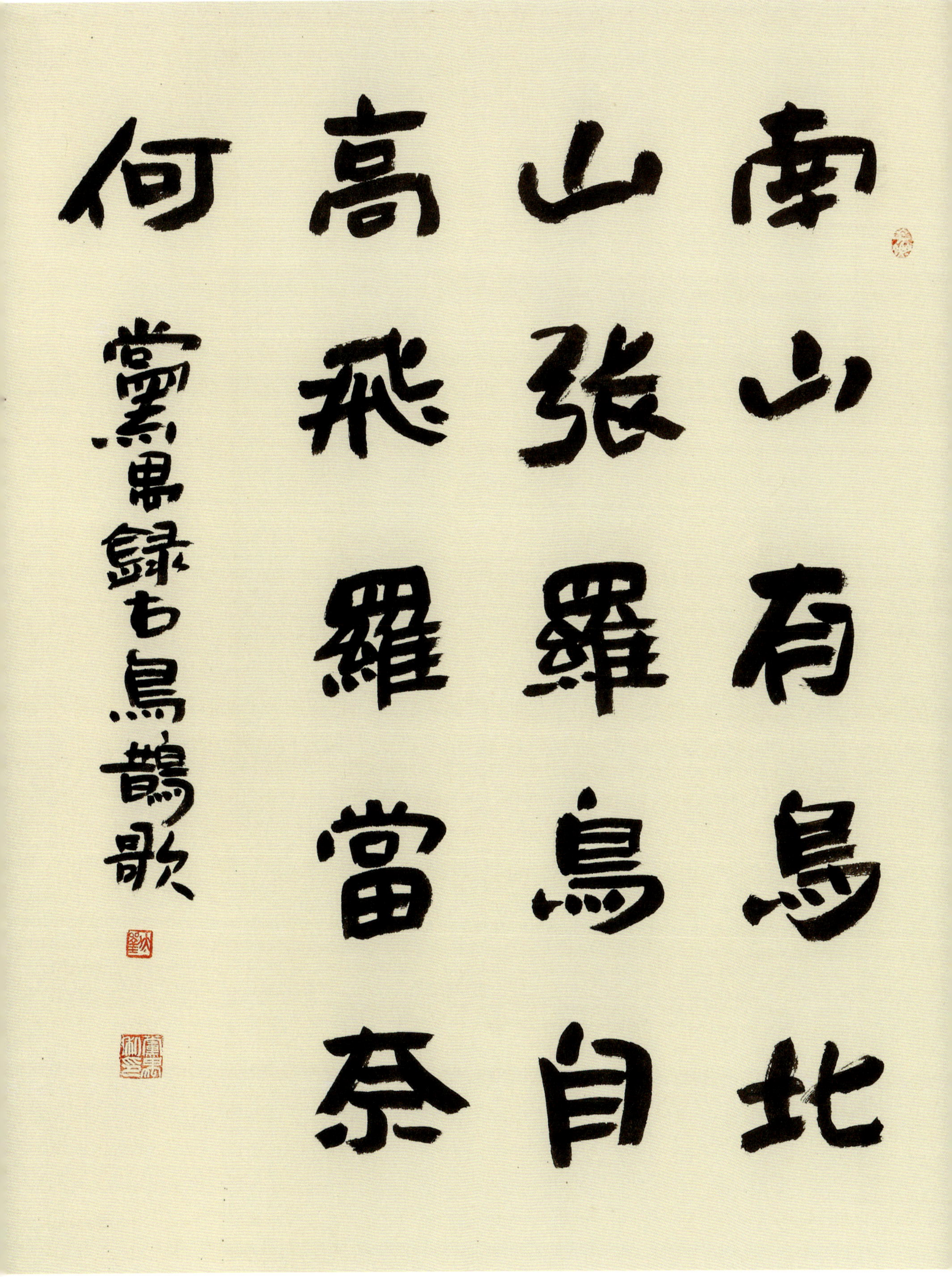
南山有鳥北山張羅
鳥自高飛羅當奈何

《南风歌》

南风之薰兮，可以解吾民之愠兮。
南风之时兮，可以阜吾民之财兮。

146cm×76cm
2016年作

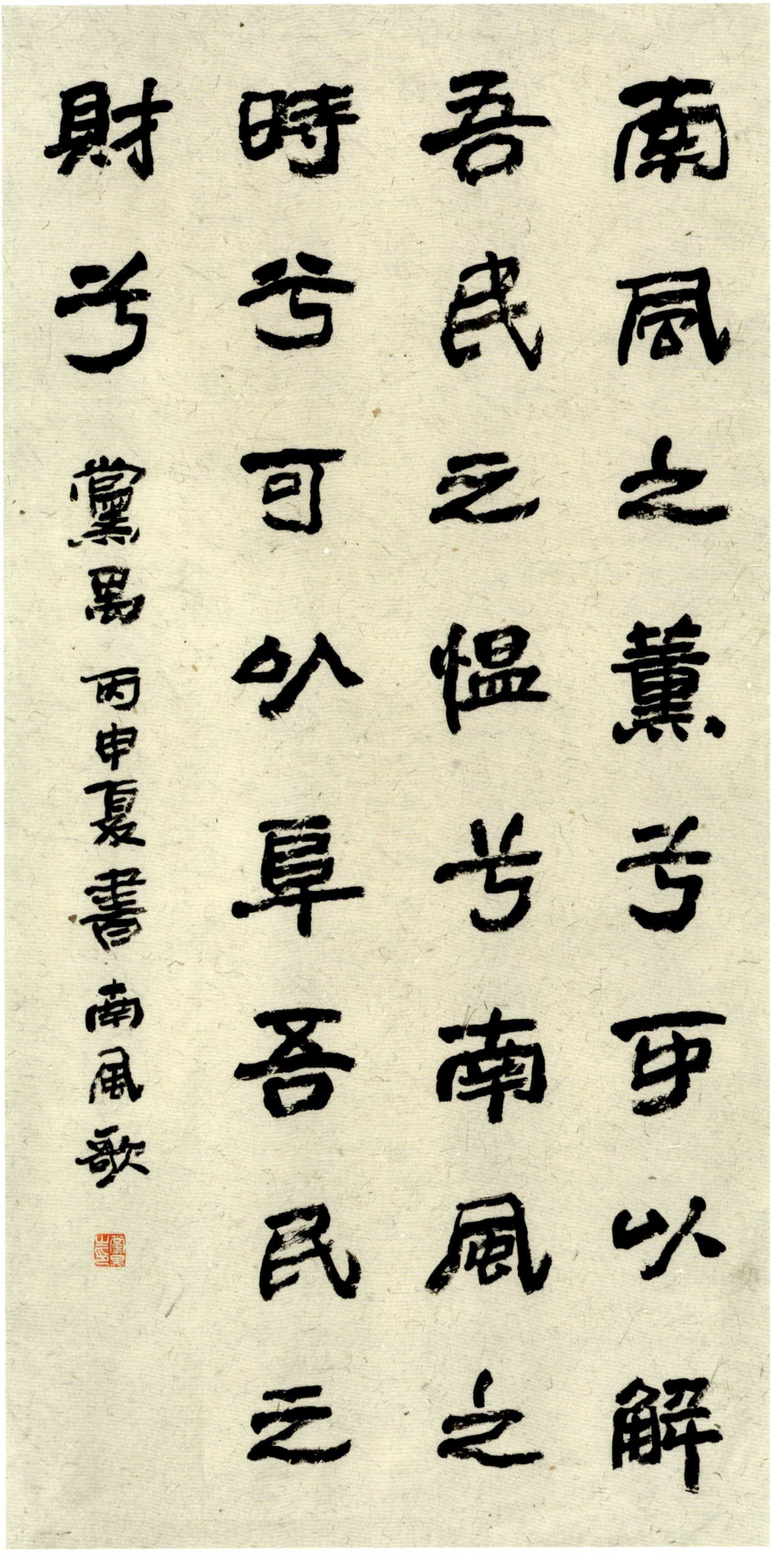
南風之薰兮可以解
吾民之慍兮南風之
時兮可以阜吾民之
財兮
棠墨 丙申夏書南風歌

《麦秀歌》

麦秀渐渐兮，禾黍油油。
彼狡童兮，不与我好兮。

145cm×60cm
2016年作

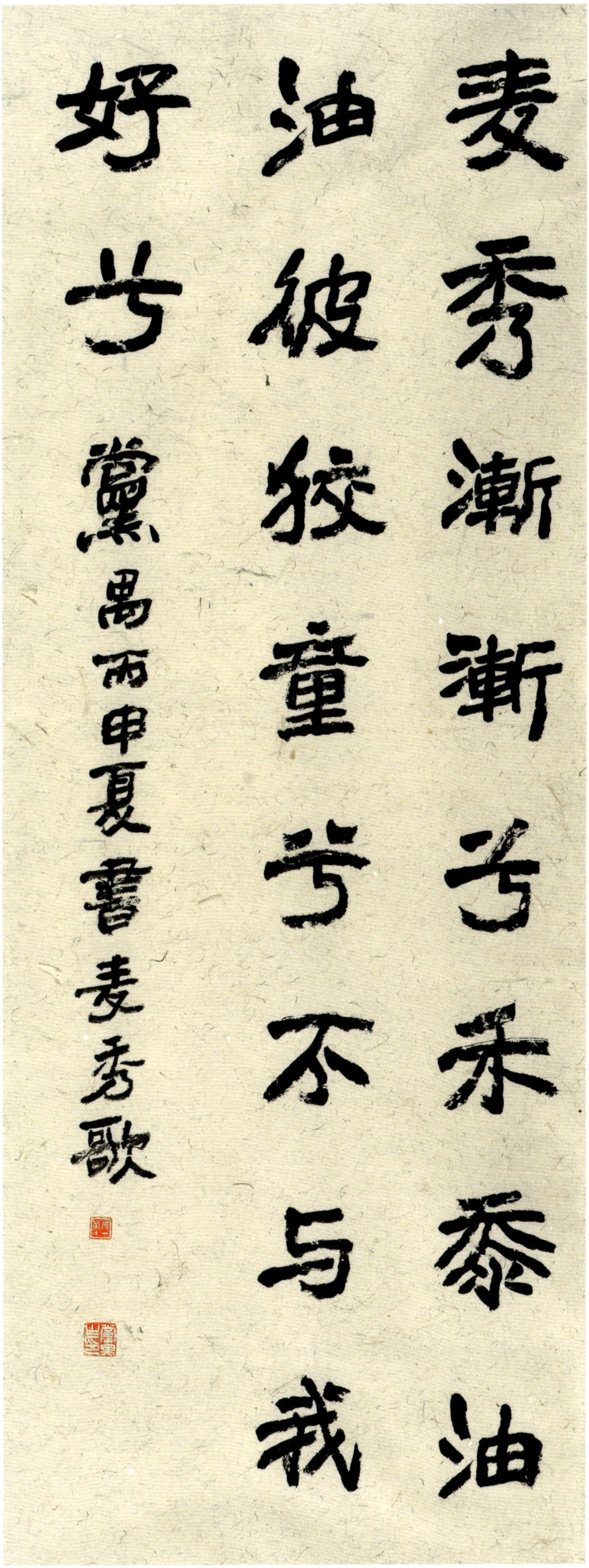
麦秀漸漸兮禾黍油
油彼狡童兮不与我
好兮
黨禺丙申夏書麦秀歌

《尧戒》

战战栗栗，日谨一日，

人莫踬于山，而踬于垤。

145cm×60cm

2016年作

戰戰栗栗日謹一日人莫躓於山而躓於垤

黨禹錄古歌謠堯戒

《采薇歌》

登彼西山兮，采其薇矣。
以暴易暴兮，不知其非矣。
神农虞夏，忽焉没兮，
我安适归矣？
于嗟徂兮，命之衰矣。

145cm×76cm
2016年作

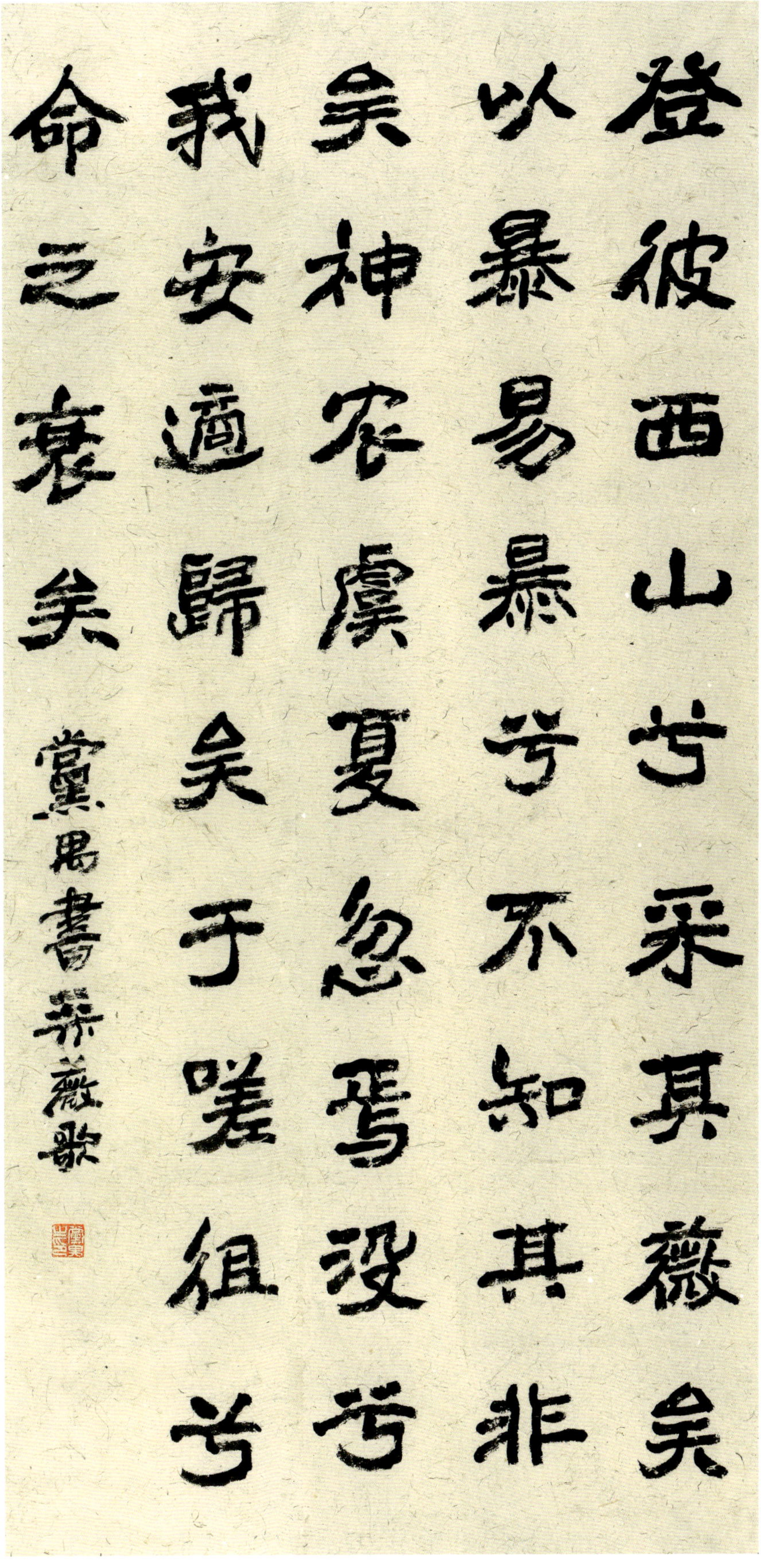
登彼西山兮采其薇矣
以暴易暴兮不知其非矣
神農虞夏忽焉沒兮
我安適歸矣于嗟徂兮
命之衰矣
黨思書采薇歌

《饭牛歌》句

南山矸，白石烂，生不逢尧与舜禅。
短布单衣适至骭，从昏饭牛薄夜半，
长夜漫漫何时旦？

145cm×76cm
2016年作

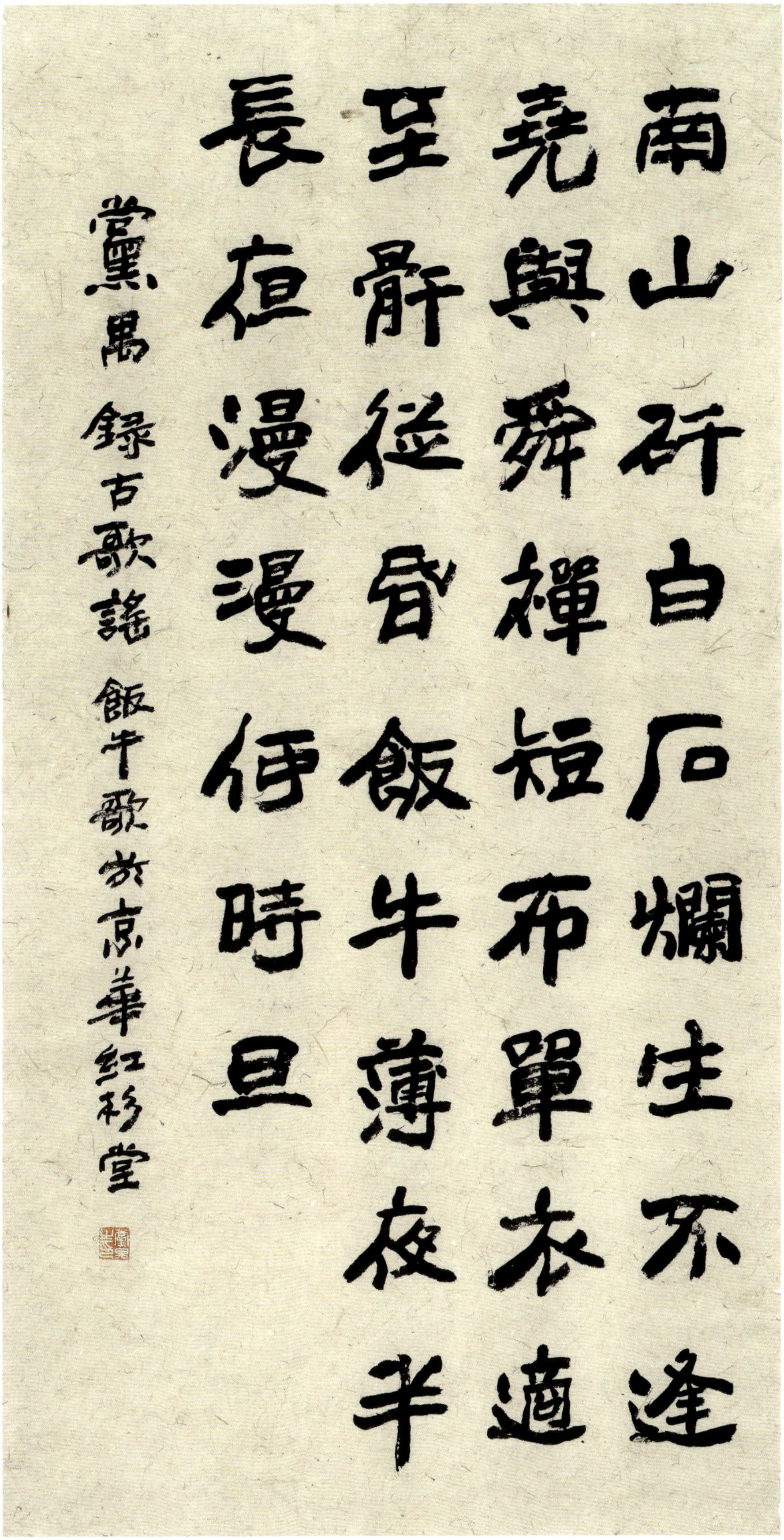

南山矸白石爛生不逢
堯與舜禪短布單衣適
至骭從昏飯牛薄夜半
長夜漫漫何時旦
黨黑錄古歌謠飯牛歌於京華紅杉堂

《帝载歌》句

日月有常，星辰有行。四时从经，万姓允诚。

于予论乐，配天之灵。迁于贤善，莫不咸听。

145cm×76cm

2019年作

日月有常，星辰有行。四時從經，萬姓允誠。於予論樂，配天之靈。遷于賢善，莫不咸聽。

帝載歌选句

黨禹書于羊城

《越人歌》

今夕何夕兮，搴舟中流。今日何日兮，得与王子同舟。
蒙羞被好兮，不訾诟耻。心几烦而不绝兮，得知王子。
山有木兮木有枝，心说（说通悦）君兮君不知。

146cm×38cm×4
2016年作

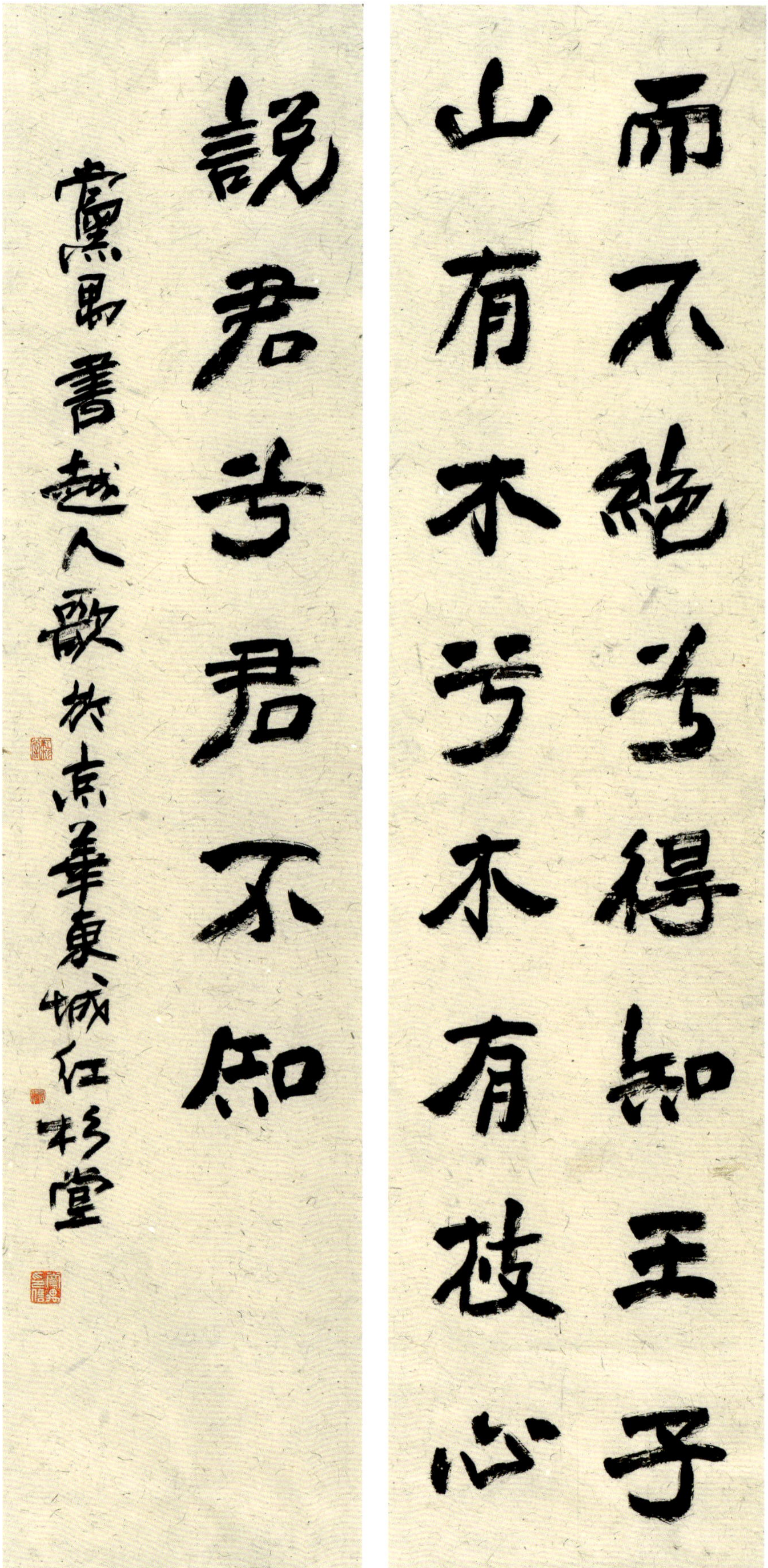

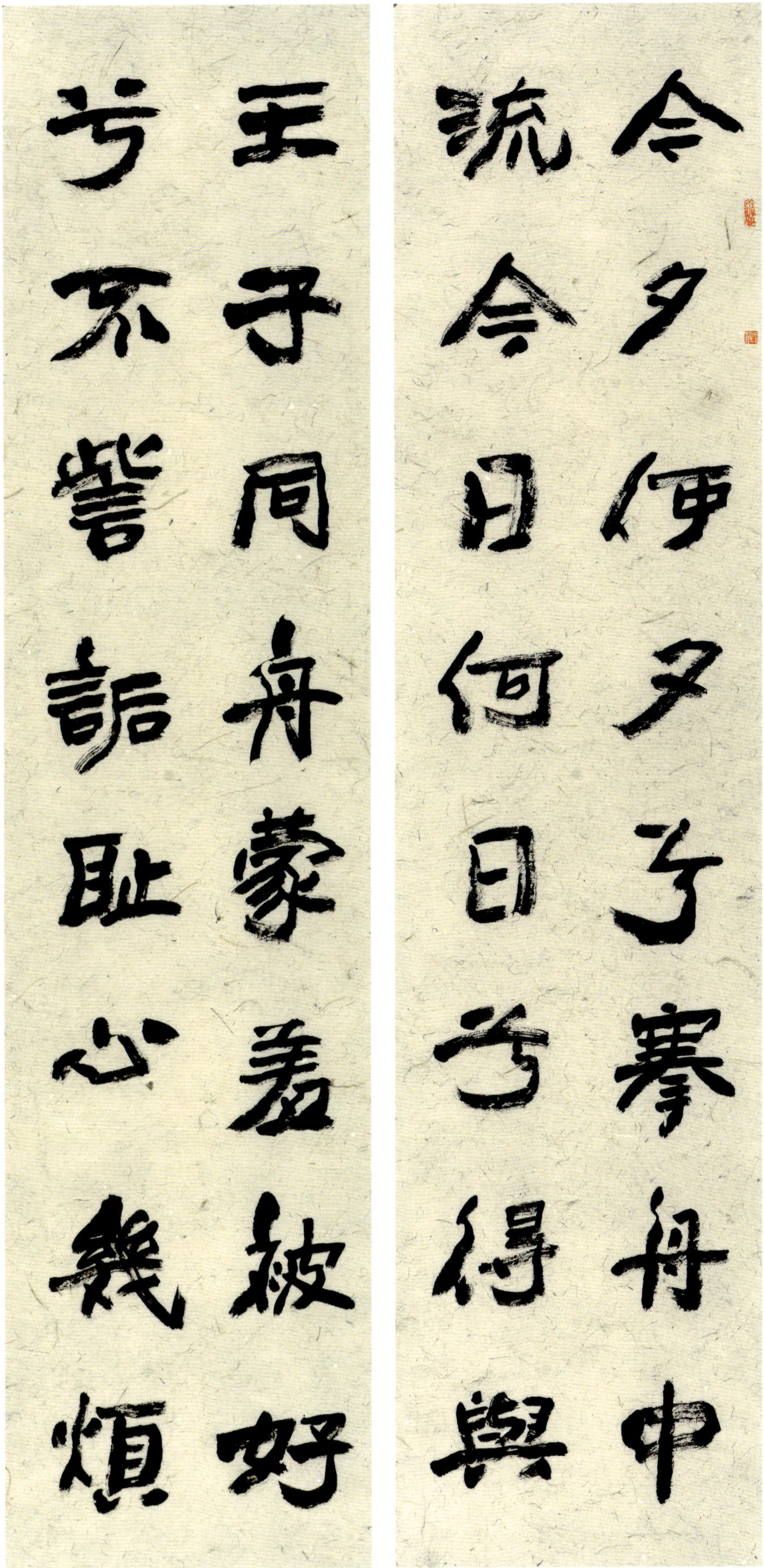
今夕何夕兮搴舟中
流今日何日兮得與
王子同舟蒙羞被好
兮不訾詬恥心幾煩

《渔父歌》

日月昭昭乎寝已驰，与子期乎芦之漪。日已夕兮，予心忧悲。月已驰兮，何不渡为。事寝急兮将奈何。芦中人，岂非穷士乎。

145cm×69cm×2
2016年作

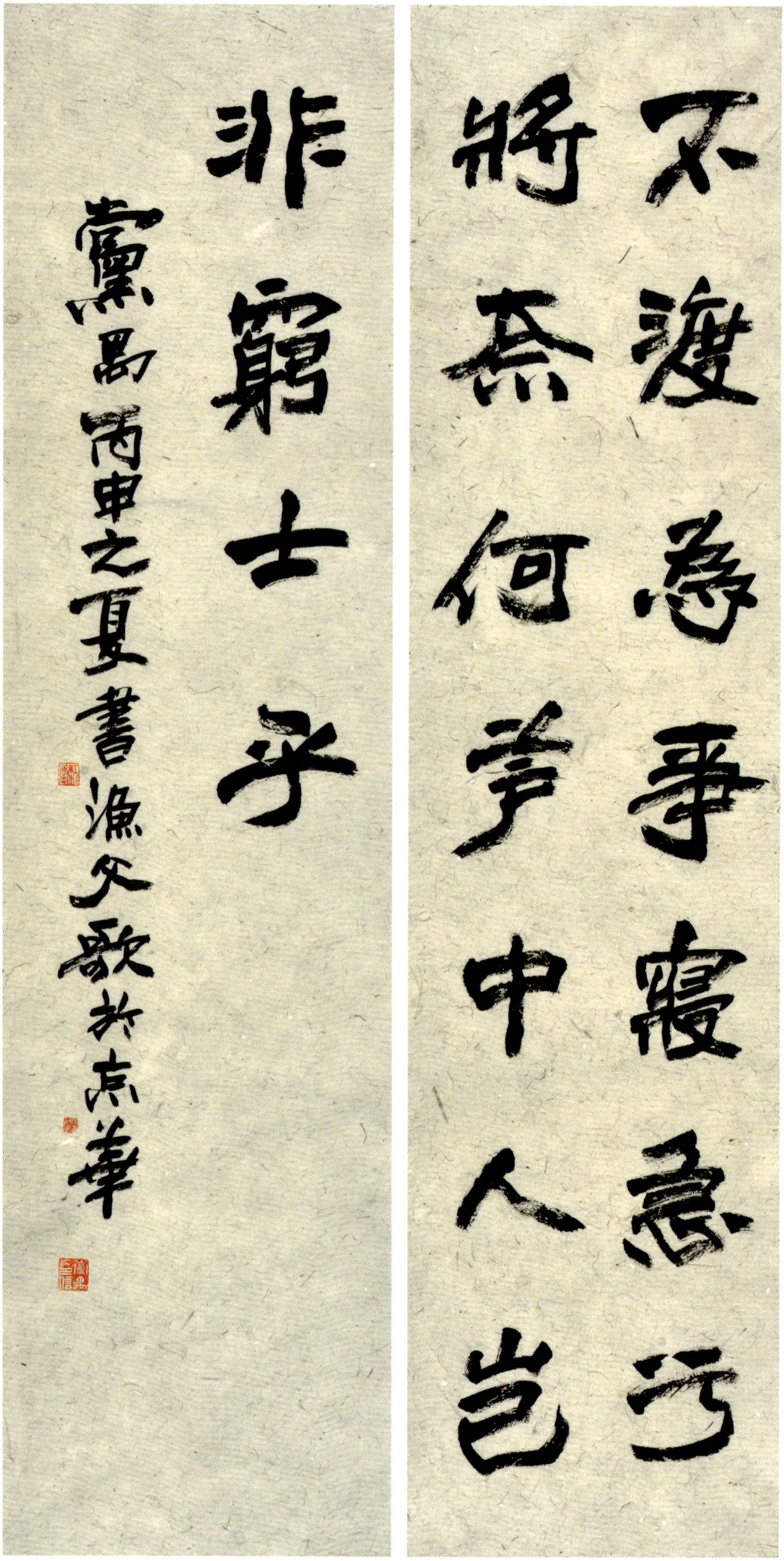

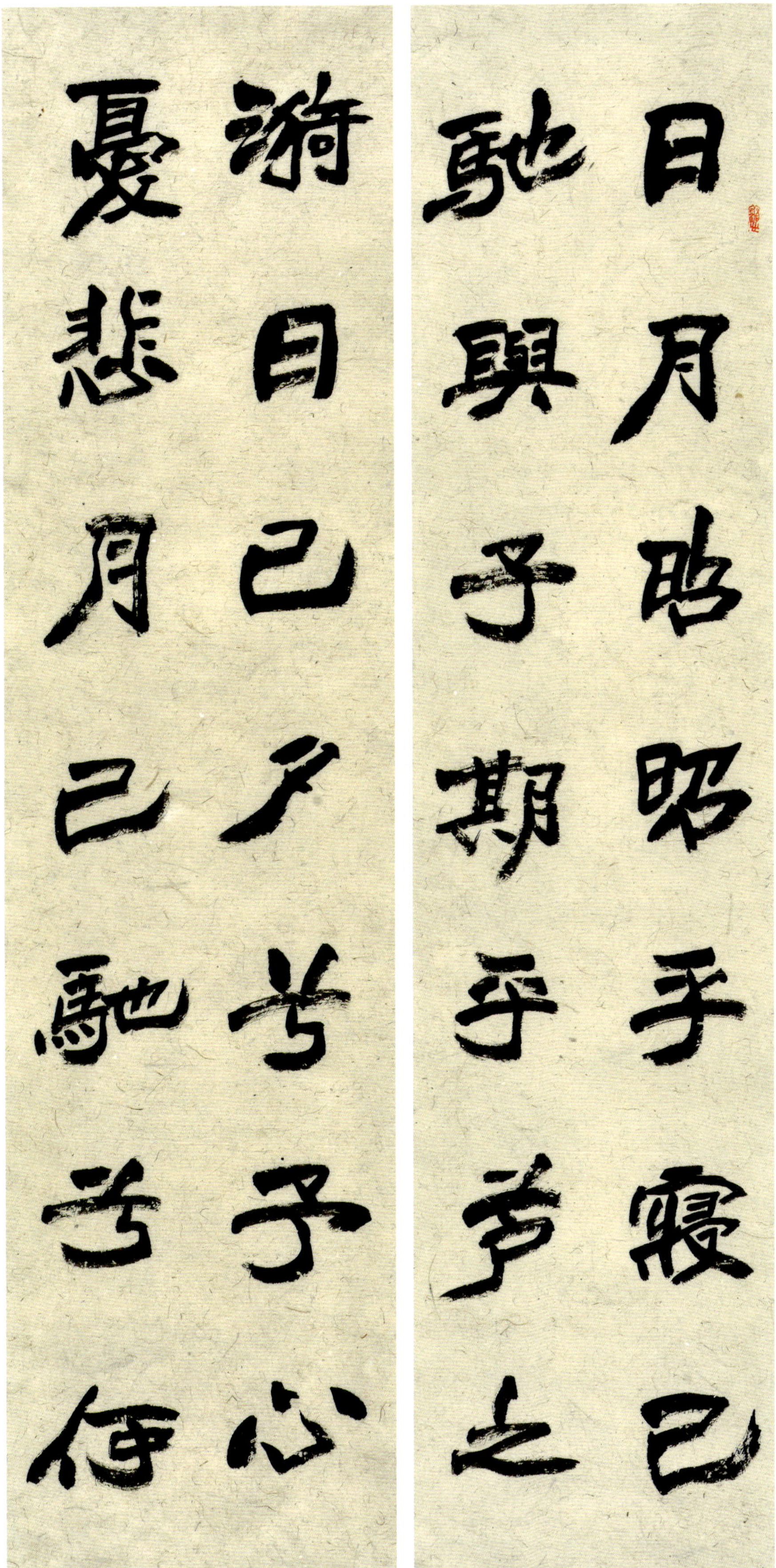
日月昭昭乎寖已
馳與子期乎蘆之
漪日已夕兮予心
憂悲月已馳兮何

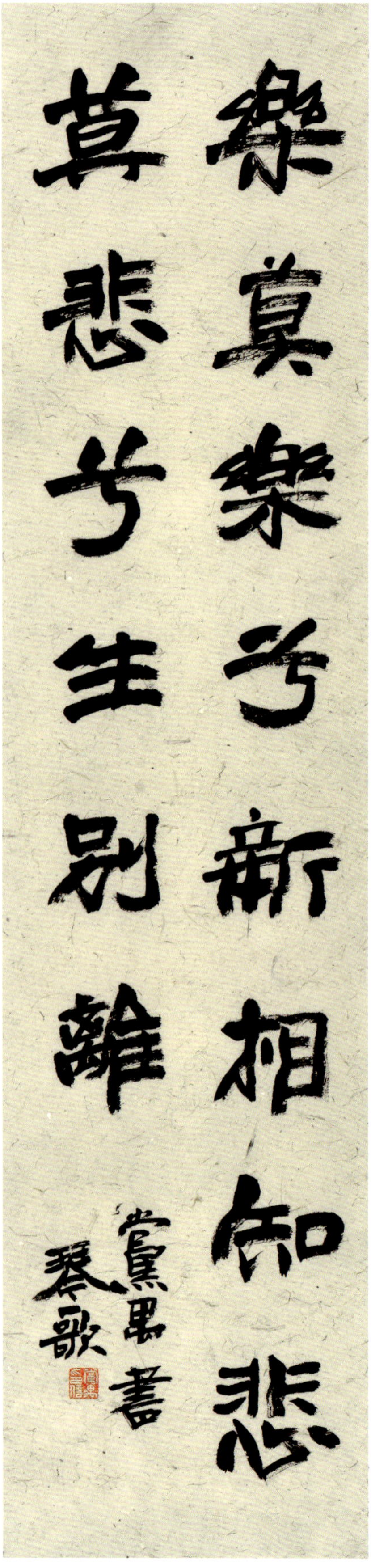

《琴歌》句

乐莫乐兮新相知，悲莫悲兮生别离。

146cm×38cm

2016年作

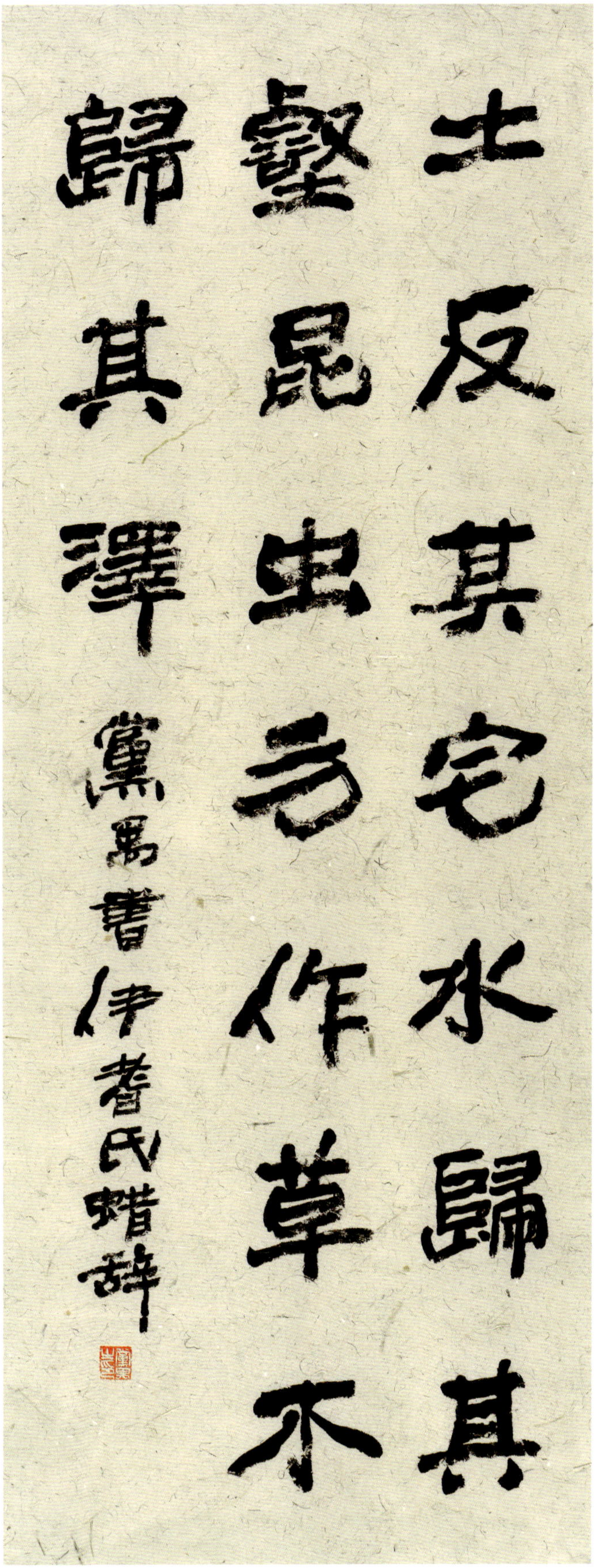

《伊耆氏蜡辞》

土反其宅，水归其壑，昆虫毋作，草木归其泽！

145cm×60cm

2016年作

《大地之歌》

履霜，直方，含章。

括囊，黄裳，龙战于野。

其血玄黄。

145cm×75cm

2016年作

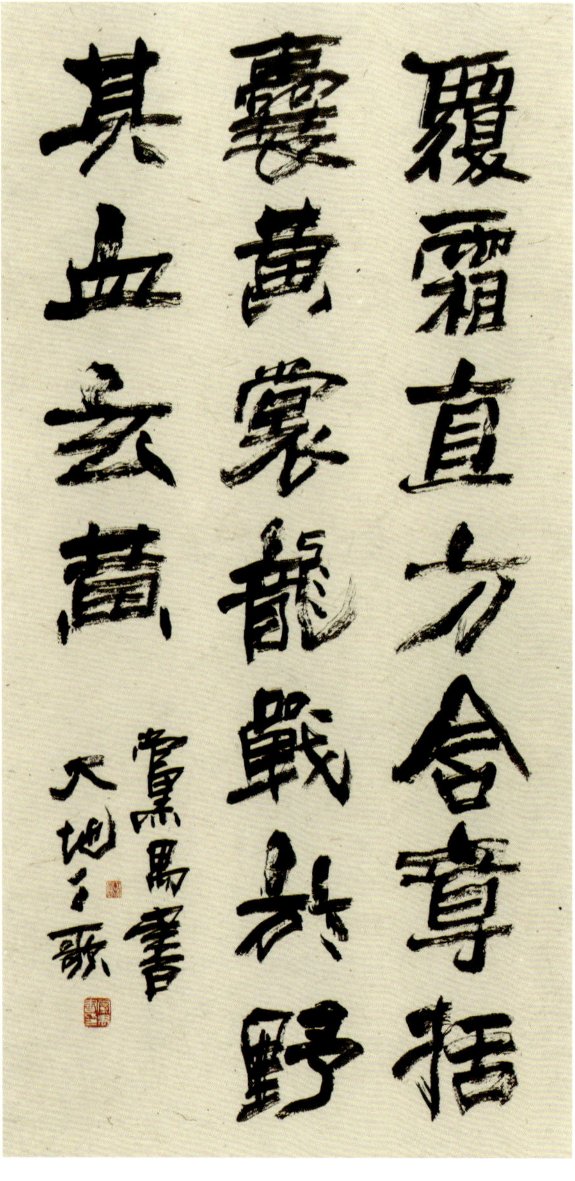

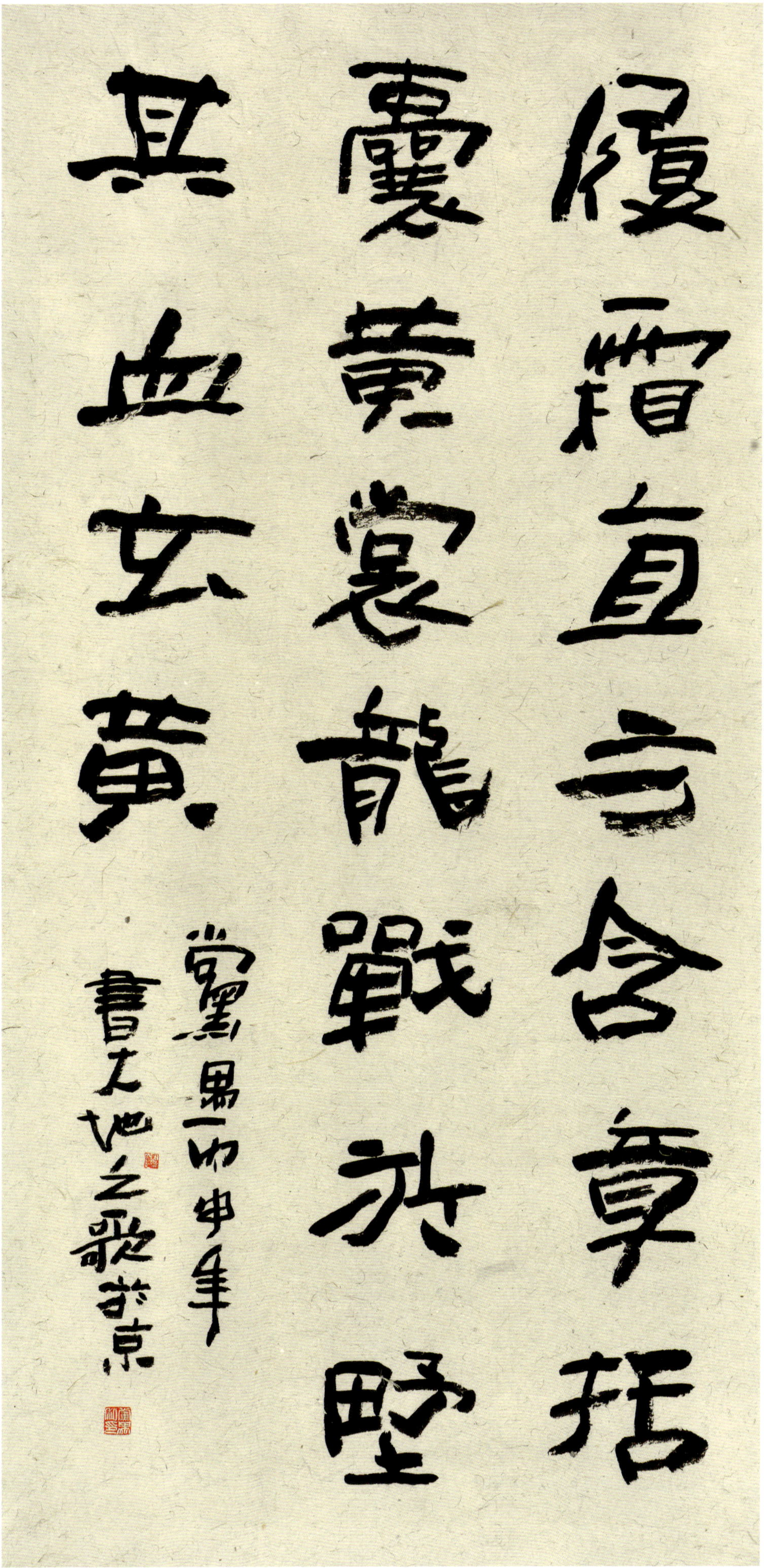
履霜直言含章括
囊黄裳龍戰於野
其血玄黄
書天地之歌於京

《箕子之歌》

明夷于飞，垂其左翼，
君子于行，三日不食。

145cm×76cm
2016年作

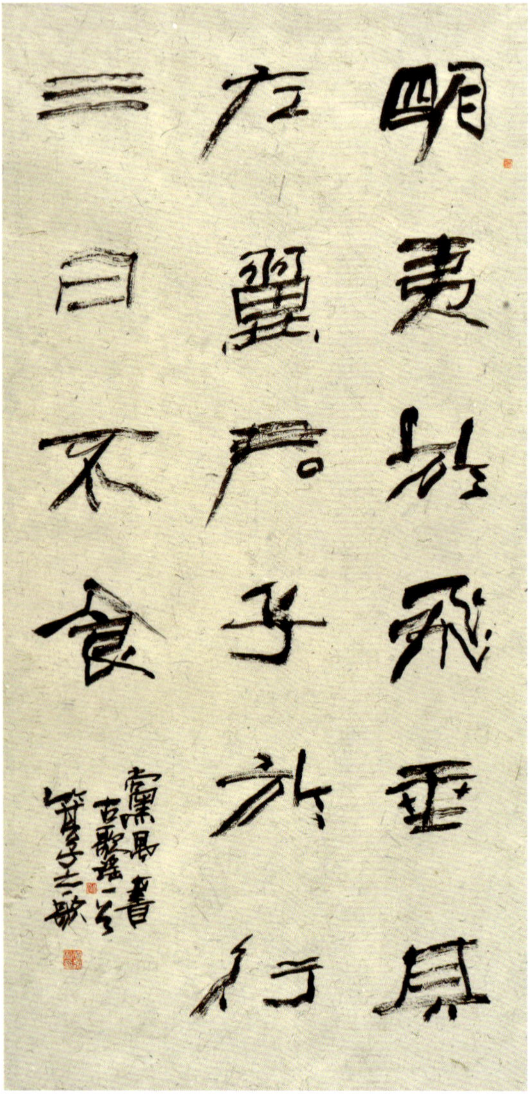

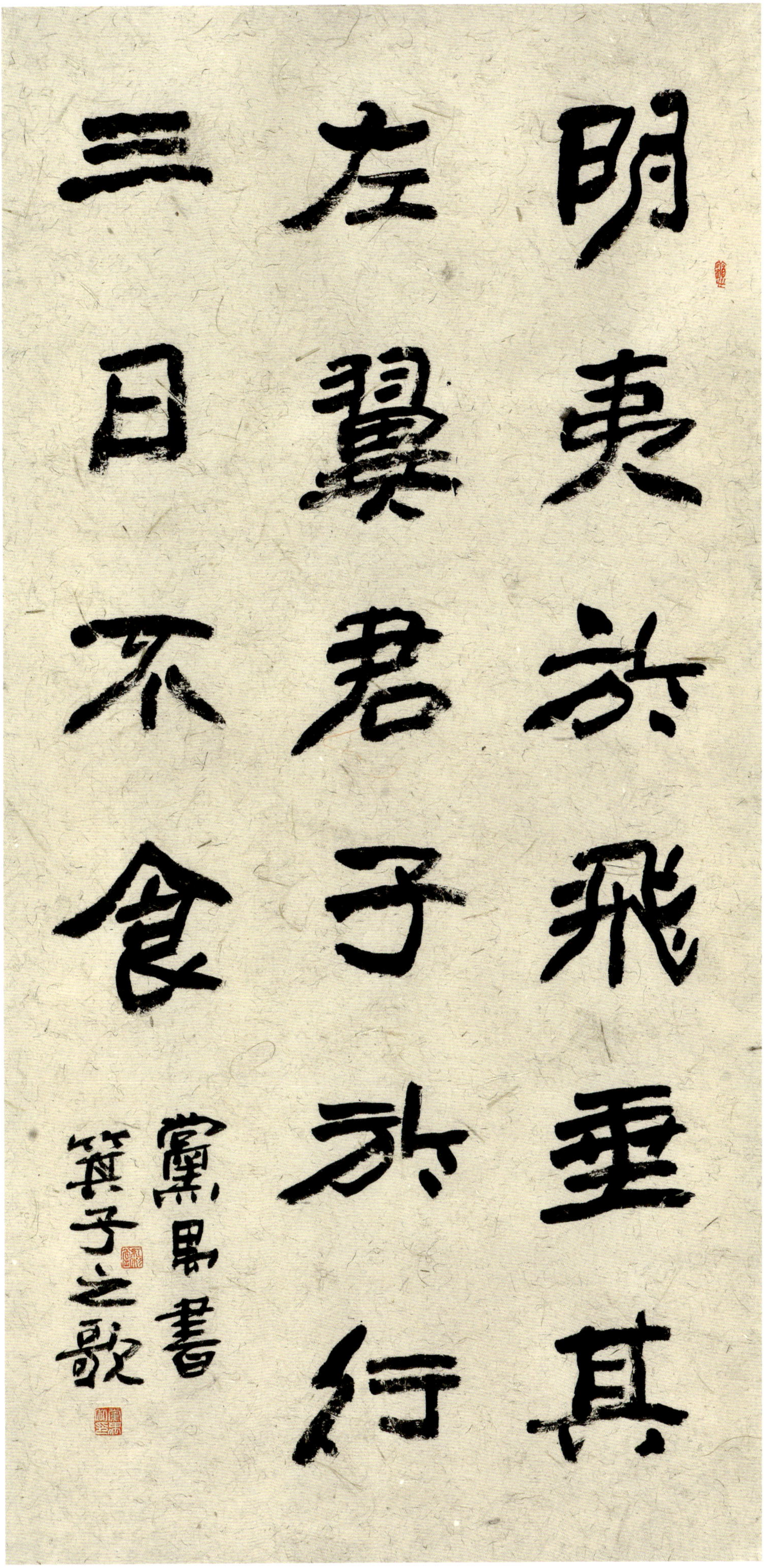
明夷於飛垂其
左翼君子於行
三日不食
黨黑書
箕子之歌

《易水歌》句

风萧萧兮易水寒，
壮士一去兮不复还。

138cm×65cm
2016年作

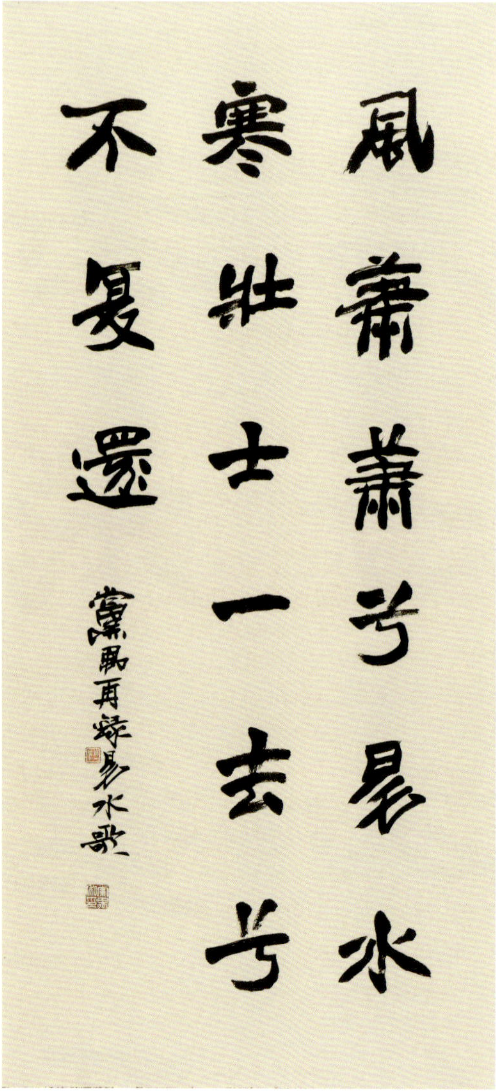

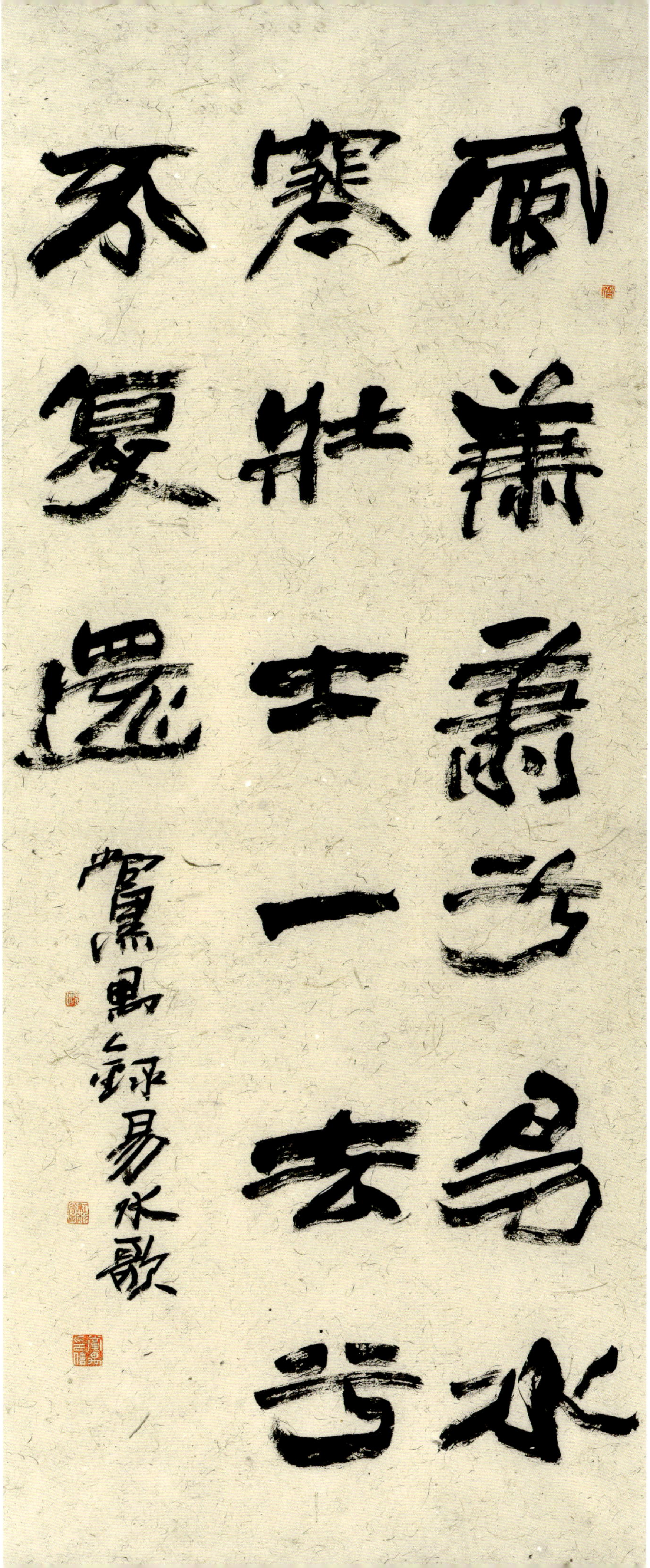

作品

《卿云歌》句

日月光华，旦复旦兮。

75cm×48cm

2019年作

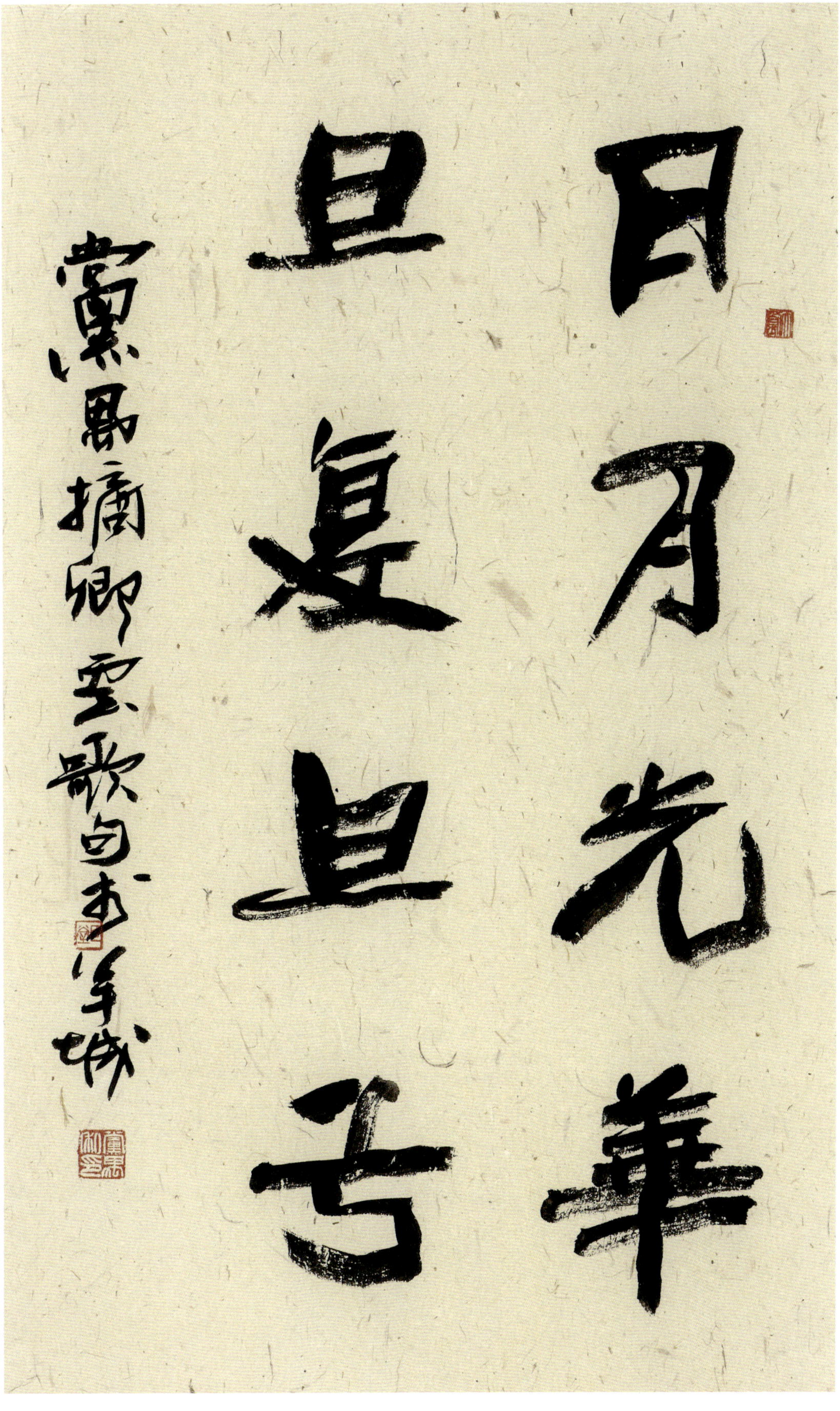
日月光華
旦復旦兮

《商铭》句

嗛嗛之德，不足就也。不可以矜。

76cm×52cm

2019年作

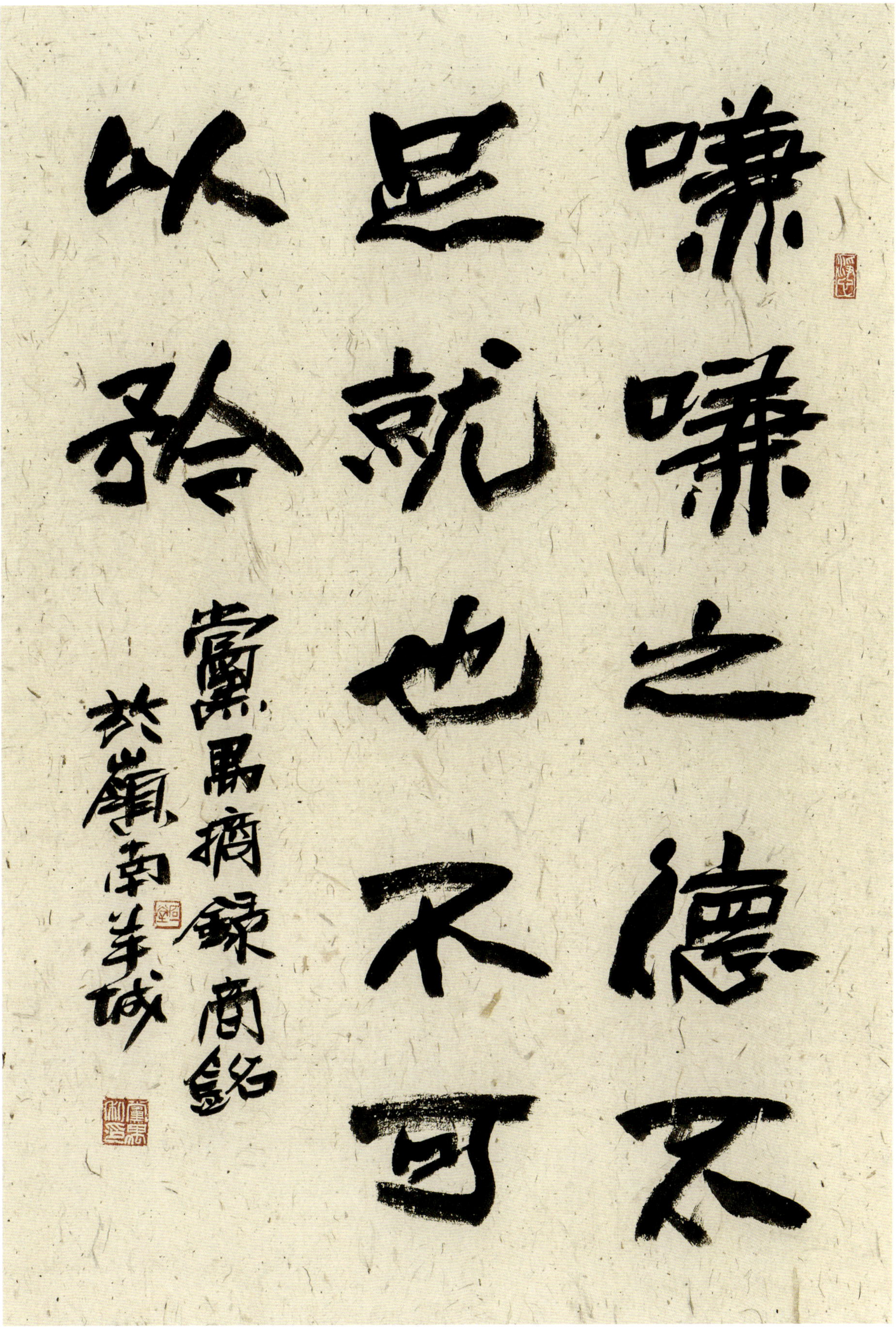
嗛嗛之德不足就也不可以矜

1983 年，党禺（左一）在山东考察云峰石刻

艺术谈

再谈传统

——我与《郑文公碑》

党禺

提到书法学习，“法度森严” 是人们经常用到的形容词。学得越多，越觉得“高山仰止”。为了不在技法的程式上陷下去，必须“越名教而任自然”，找到自我才是正途。

拿我自己来说，《郑文公碑》是我最重要的学习经历。

孩提时，我的床头四周贴满了父亲临习的柳体字，那是我最初的书法印象。5 岁启蒙时，一向重视教育的长辈，为我准备了柳公权的拓本字帖。中学后，父亲给我买了《嵩高灵庙碑》和《魏碑三种》字帖。“文革” 之初，南阳名家王学睿先生亲笔给我题写了魏碑，我和魏碑结缘甚早。那时，虽在当地小有成就，但就严格的书法训练而言，还是一般的“照葫芦画瓢”。

1979 年，我有幸获得《郑文公碑》的原拓本，细细揣摩，其点画似圆实方，敦厚雄健；其结体似松实紧，雍容大度。当下受到很大震撼，我奉若至宝，反复研习，不久后，1980 年便有一幅魏碑作品入选“河南省首届书法展览”。

1983 年，我专程到山东掖县云峰山实地

1 1984 年 9 月党禺参加云峰诸山北朝刻石学术讨论会

2 1988 年第 3 期《郑州大学学报》刊发党禺关于云峰石刻的论文

3 党禺 1983 年的自作诗集《齐鲁吟啸集》

考察《郑文公碑》摩崖石刻。书界曾有“《郑文公碑》为圆笔之宗”之说，我的拓本直观上也以圆笔居多，但实地考察后，我发现：所谓的“圆”，一是因其点画厚重而显得圆劲饱满；二是因为碑文刻在石质粗粝的山崖上，在千年的风雨侵蚀下，字口、笔锋受损的缘故。其实《郑文公碑》是以圆为主，方、圆兼备的；同时，郑道昭在当地留下来的四十多处摩崖石刻，清晰记录了书法史上由隶书到楷书的历史演变轨迹，更引发了我对南北朝书法艺术的进一步深入研究。

1984 年，在阅读了大量魏晋南北朝的艺术和历史论著后，我完成了关于云峰石刻的美学论文，该论文入选 5 个国家参加的云峰诸山北朝刻石学术讨论会，我在会上宣读了论文，刚刚走下台，时任中国书法家协会主席的欧阳中石当即迎上来，热情地赞扬了我。

当时社会条件有限，郑道昭的碑帖十分少见，石刻博物馆所藏的《郑道昭刻石拓本》是明代拓本，精美而完整。在会议结束后，我特意在当地停留了一个月，借助馆藏拓本，自制透明的硫酸本，将四十余种碑刻，一丝不苟地，一个字、一个字以双钩形式，完完整整地记录下来。这些亲手描摹的双钩帖本，是我形影不离的老师，练就了我后来的看家功夫。

之后，依据康有为先生的《广艺舟双楫》，我又按图索骥，将魏晋时期各种魏碑名帖一一借来，《张猛龙碑》《广武将军碑》《石门铭》《瘗鹤铭》《张黑女碑》等，用硫酸纸双钩并装订成册，对照临习。这些名帖，虽然统称魏碑，但是风格各异、面貌独具，有的方峻质朴，有的萧逸粗犷，有的古若散仙，我都下了功夫临摹。其

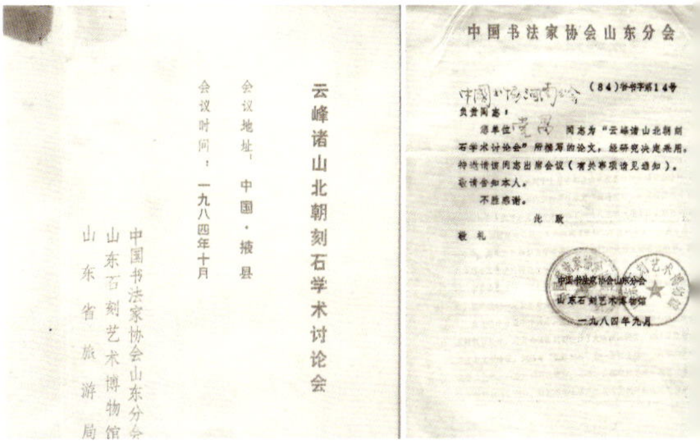

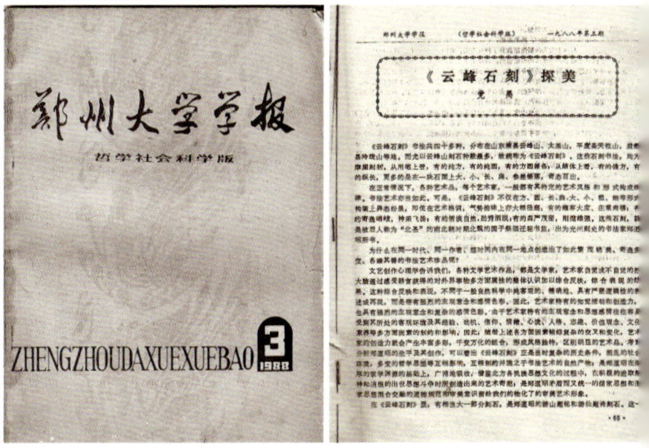

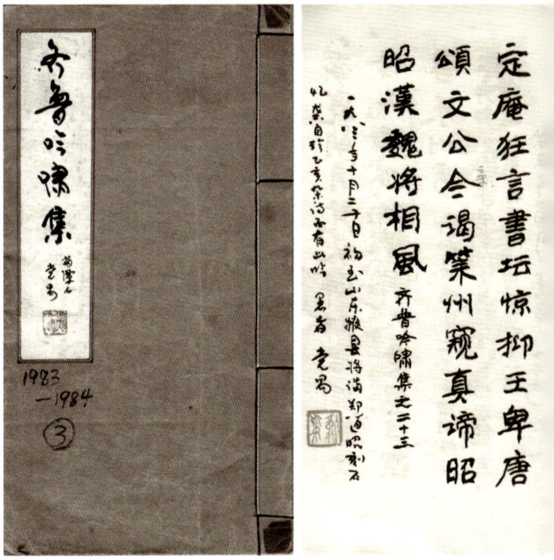

1984 年，党禺（后排右）与著名书法理论家侯嘉（前排左）、康殷（前排右）在山东考察云峰石刻

中，我对最钟爱的，也是最成熟、最具唐法渊源的《郑文公碑》《论经书诗》《张猛龙碑》，用功极深，成就了我后来的艺术根基。

1991 年，我参与编写河南美术出版社出版的《书法知识千题》一书，写到《书家》“北圣郑道昭”一节，我对北圣郑道昭的生平、艺术特征了如指掌，如数家珍，写到这一章节，就像在记录一个尊崇的故人。

为了博采众长，除了在魏碑上用功，我还以书法美学为导向，潜心临习各种风格的隶书。由于个性，我最喜欢朴茂雄厚的《张迁碑》、端庄肃穆的《礼器碑》以及洒脱自如的《石门颂》，这些各具其美的名帖至今历历在目，仍可随手写出。

这种大规模的学习持续了十余年，20 世纪 90 年代，我将纯熟于胸的魏隶字体融为一体，形成了我特有的“魏隶体”——体形扁方如隶、用笔劲健如魏，这种字体不仅为我当年在各路书法大赛上屡屡赢得奖牌，也成为我将不同书体融会到创作中的独特标志。

自 1979 年开始进行教学，二十余年的教书生涯里，我以柳体楷书、行书《兰亭序》、草书《十七帖》为范本，同时为大学编著了《书法教程》等教材，长期浸淫在帖学中，教学相长，完成了真正意义上的“碑帖双修”。

入道之初，我曾对自己立规：五十岁前不写草。草书不仅要对草法了然于心，还要笔力的饱满圆通，只有扎实的基础和长期的训练，才能心手合一进入草书的无上境界。1997 年在中国美术馆举办的书法个展，标志着我的楷书风格基本形成，草书开始在心中萌动，此后，我全身心投入草书的学习，怀素的《自叙帖》一写 10 年。

一晃几十年过去，我的笔下，魏碑之方劲与草书之连绵，竟然发生了反应——魏隶的方笔运用到草书中，如同文官披上了将军的铠甲，内蕴浩气，外形孔武有力——50 年的书学，终于“化蝶”，我的方草问世了。

孙过庭曰：“初谓未及，中则过之，后乃通会，通会之际，人书俱老。”总结自己的学习历程，我发现一个秘密——每隔三年

党禺早年双钩碑帖封面

1983 年党禺亲手双钩的云峰

1983 年党禺在汉画馆和云峰山实地临摹古迹

五载，一旦创作中显示出惯性和习气，或者感到某些停滞，我会停下，回头，从传统书库中去寻找与目前最有艺术差异的法帖，进行新的临习，比如说：正在以《张迁碑》为主，复临时就转写《曹全碑》；《郑文公碑》写多了，再临《张猛龙碑》……通过这种节奏不同、交替进行的学习，不断汲取传统书法中的精华，成为我前进中的能量源。

很多人学习书法一味追求“像”原帖，而我最大的不同，就是一旦发现临帖近似了，审美面临程式化，立刻放下，开始学习另一种帖，而且最好是风格完全不一样——我最爱怀素的《自叙帖》，但同时又在临习黄庭坚的《诸上座帖》，目的就是为了打开门户之见，在各个门派间，建立起既有诸帖之长、又有自己特征的艺术风格。

很多人惊讶我的作品面目多变，我对书法传统的理解首先是一种学养，深入广泛地理解国学以及书法美学，再辅以扎扎实实的技法功底。传统的面目在心中活灵活现，不同的魏碑、隶书，我随时可以写出十几种样式，从这个意义上来讲，传统书法的风格和审美，已经融入了我的血液，依照我的艺术追求，随时可将传统技法进行新的组合，形成我独有的艺术趣味。

最后，必须强调一点，关于中锋用笔。

自进入书法以来，我始终坚持“创新”的艺术观点，但在书法研究、教学、创作中，我又始终遵守着“用笔千古不易”的古训，我的创作包括水墨创作都是中、侧锋并用，以中锋用笔表现力度和气势，以侧锋用笔表现灵活、生动，从这一点来说，我这个一直强调书法“创新”的人，一直在老老实实地守着“传统”的基本功。

在结体上，我的魏碑隶书更多地吸收了颜真卿的楷书特征，强调“中松外紧”，用笔圆劲饱满，追求正大气象和庙堂之气；我的草书则钟爱怀素浪漫的“酒神精神”，在章法上强调大开大合、疏密对比强烈。

就以石涛的一段题画录作为本文的结束语：

“画有南北宗，书有二王法。张融有言：不恨臣无二王法，恨二王无臣法。今问南北宗，我宗耶？宗我耶？一时捧腹曰：我自用我法。”

艺术年表

1947年

出生于豫西南阳。

1979年

当选为平顶山市书法研究会副会长。

1980年

作品入选河南省首届书法展览。

1982年

论文《试沦狂怪》入选“河南省首届书学理论会”。

作品入选上海《书法》杂志。

1983年

加入河南省书法家协会。

到山东云峰山考碑，遍览云峰石刻。

作品入选《中国书法》杂志。

1984年

论文《云峰石刻探美》入选“云峰诸山北朝刻石学术讨论会”。

书法作品参加首届“中原书法大赛”并获三等奖。

1985年

论文《狂怪和创新》在《书法研究》发表，后被中国人民大学报刊资料《造型艺术研究》1986年第1期全文转载。

作品入选“国际书法展览”，在会上拜中国书法家协会副主席黄绮为师。

参与创办《青少年书法》杂志。

1986年

调入河南省政法干部学院专职教授书法。

参与撰写河南书法研究院出版的《书法教程》之“书法史”部分。

1987年

论文《狂怪和美》入选“中国新十年书法论辩会”，到会宣读后引起激烈辩论。

1988年

加入中国书法家协会。同年，加入中国现代书画学会。

到天津大学王学仲艺术研究所进修，成为王学仲先生的入室弟子。

论文《云峰石刻探美》在《郑州大学学报》第3期发表，并获优秀论文奖。

书法作品参加“第二届中原书法大赛”并获二等奖。

任“国际新书法大展”评审委员，并到桂林参加评选。

1989年

论文《论王学仲先生的书法艺术空象观》在《青少年书法报》上发表。

论文《传统的核心精神就是创新》收录于1990年出版的《书法新论》一书。

1990年

合著《书法教程》在河南美术出版社出版。

书法作品参加中国对外交流协会主办的“中国现代书画大赛”，获一等奖，其副本《狂风》成为水墨代表作。

论文《狂怪和创新》被收入《中国书法论著辞典》。

1991年

著作《书家必携》在河南美术出版社出版发行，多年来畅销不衰。

参与编写《书法知识千题》，1991年在河南美术出版社出版。

受司法部教育司委托，主持编写《书法与司法笔录训练》（中国政法大学出版社出版）。

参加“中国当代书法家作品邀请展”并当选为组委会副主任。

1992年

应聘到海南师范学院（现为海南师范大学）教学。

创作现代派书法作品《迷》。

应聘为《现代书法》杂志编委。

1993年

在《现代书法》杂志发表现代派书法作品5幅。

论文《明、清书法家群体比较》参加“海南省首届书学理论会”。

1994年

《读党禺的现代派书法》一文被收入四川美术出版社出版的《中国现代派书法赏析》一书。

1995年

作品获“海南省第四届书法、篆刻作品展”金奖。

主编《书法教程》并由海南省南海出版公司出版发行。

参加在江苏省美术馆举办的“中国现代派书法十周年纪念大展暨学术研讨会”。

创作《自由自然》《废纸三千》等一批现代派书法代表作。

1996年

《党禺书画集》由广西美术出版社出版。

1997年

1月20日—26日，中国书法家协会、中国艺术研究院主办的“党禺书画展览”在北京中国美术馆举办，同期举办“党禺艺术研讨会”。

1998年

赴日本进行学术访问，在秋田县立美术馆举办展览和美学讲座。

1999年

4月，参加海南省文联主办的“中国党禺·日本长沼雅彦书法联展”。

6月，参加在成都举办的“巴蜀点兵·99成都20世纪末中国现代书法回顾展”。

7月，在广东省博物馆举办“党禺书法展”。

2000年

游学北京及江南，访兰亭旧址、青藤书屋和黄宾虹故居。

2001年

定居广州，专注怀素《自叙帖》学习，草书风格逐步形成。

2002年

为白云山风景名胜区能仁寺题写《即心是佛》并刻碑。

2003年

举办“汉唐雄风·中国书法名家邀请展”，首倡“汉唐雄风”艺术精神。

12月月底，《党禺书法艺术·行草卷》出版。

2004年

到北京参与“华夏（北京）艺术学院”的筹办，受聘为美术系主任。

2005年

创作《苏东坡·念奴娇·赤壁怀古》等一批巨幅作品。

在广东东莞和河南省南阳美术馆举办“党禺书法艺术展”。

8月，赴甘南采风，回来后创作《九寨飞瀑》等一批国画。

2006年

3月，“大风·党禺书法艺术展”在广州艺术博物院举办，出版作品集《大风·党禺书法作品集》。

8月，赴新疆采风，历时一个月，行程近万里，后创作《吞吐大荒图》等国画。

12月，中国书协学术委员会委员西中文先生《党禺的书法艺术》一文在《书法导报》刊发，提出“党禺的书法是真正的艺术创作”。

2007年

7月，佛山市委宣传部主办“党禺书法艺术展览”。

12月，《解读党禺》出版，对党禺40年的艺术之路进行了完整的总结。

2008年

5月，广州皇阿玛拍卖公司举办“党禺书法艺术展”。

7月，“党禺书法艺术展”在江门美术馆开展。

9月，《增广书画家必携》一书由岭南美术出版社出版发行。

2009年

7月，广东省收藏家协会主席陈少湘先生主编的《收藏党禺》出版。

9月，“党禺书法·传统与创新”在广州越秀区图书馆举办。

12月，广州市越秀区宣传部主办“党禺艺术展”，并出版《党禺书法艺术·毛泽东诗词卷》。

2010年

在广东省文联艺术馆举办“心象·党禺书法展”，出版《党禺书法艺术·综合卷》。

2011年

6月，在澳大利亚墨尔本澳华历史博物馆举办“天涯万里游·党禺书画展”。

10月，湖北武汉市委宣传部主办的“心象·党禺艺术展”在武汉美术馆举办。

12月，在北京西城区文化艺术中心举办“天高云淡·一首词的展览”。

2012年

4月，当选为广州市荔湾区政协委员。

2013年

9月，出版《党禺书法艺术·心象卷》，标志着方草艺术的建立。

11月，出版《党禺书法艺术·心画卷》，书画交融的心象艺术基本成形。

2014年

1月，受聘为广东省文史馆馆员。

3月，参加国家画院主办的“汉书形意——中国汉字水墨艺术展”。

3月，在日本大阪举办“禅茶一味艺术展”。

4月，广州市委宣传部主办的“汉唐雄风·党禺艺术展”在广州艺术博物院举办 。

6月，方草作品《不到长城非好汉》被中央档案馆收藏。

7月，巨幅方草作品《大江东去》被广州国家档案馆收藏。

10月，方草作品《毛泽东诗词·清平乐·六盘山》被人民大会堂管理局收藏。

12月，由湖北美术馆和广东省文史馆主办的“大江东去·党禺书法艺术”在湖北美术馆举办，并同期举行了研讨会。

2015年

1月，草书作品《行云经天》《杏花流雪》被湖北美术馆收藏。

1月，《信息时报》推出专版《当代书法的边界在哪里》之后，党禺做出了书面回应——《坚守书法的边界》。

2月，第二次当选为广州市荔湾区政府特殊津贴专家。

6月，在广州广粤会举办沙龙“书情时代·党禺艺术谈”。

10月，在北京恭王府艺术中心举办“我心光明·党禺书法艺术展”。

2016年

4月，长卷《小草千字文》创作完成。

6月，创作《古歌谣·魏碑卷》和《诗经·隶书卷》。

7月，赴太行山写生，创作素描作品60余幅。

2017年

4月，在广州举办“满庭芳·党禺师徒书画展”。

5月，在江苏扬州八怪纪念馆举办“月满扬州·党禺七十艺术展”。

7月，创作《唐宋词·行书卷》。

10月，参加广东省文史馆的洛阳考碑行，第十次参观洛阳龙门石窟。

11月，在广州雅趣艺术馆举办“山居秋暝——党禺书画展”。

2018年

3月，整理国画旧稿。

5月，完成《唐诗·草书卷》的创作。

6月，完成《方草千字文》第三稿。

8月，整理《读写经典·党禺艺术丛书》四卷作品，不断筛选并补充创作。

12月，《读写经典·党禺艺术丛书》四卷书的样稿基本编撰完成。

重要个展

1997 年 1 月 …… 北京中国美术馆
1998 年 1 月 …… 日本秋田县立美术馆
1999 年 6 月 …… 海南省群众艺术馆
1999 年 7 月 …… 广东省博物馆
2006 年 3 月 …… 广州艺术博物院
2007 年至 2008 年 …… 广东巡回展
2009 年 12 月 …… 广州市越秀区文化艺术中心
2010 年 1 月 …… 广东省文联艺术馆
2011 年 6 月 …… 澳大利亚墨尔本澳华历史博物馆
2011 年 9 月 …… 武汉美术馆
2011 年 12 月 …… 北京西城区文化艺术中心
2014 年 3 月 …… 日本大阪堺市文化会馆
2014 年 4 月 …… 广州艺术博物院
2014 年 6 月 …… 北京航空航天大学
2014 年 12 月 …… 湖北美术馆
2015 年 10 月 …… 北京恭王府艺术中心
2017 年 5 月 …… 扬州八怪纪念馆
2017 年 11 月 …… 广州雅趣艺术馆

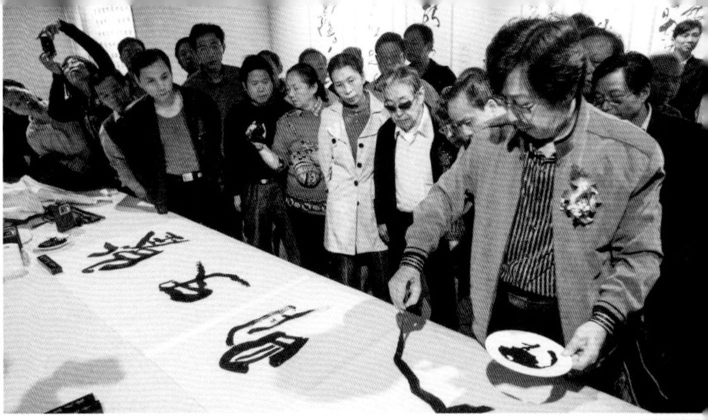

東南大学現代書画研究所客員研究員
黨禺先生

大江東去·黨禺書法藝術展

热烈庆祝月满扬州—党禺七十艺术展在我馆
扬州八怪纪念馆

作品集

《党禺书画集》 1996年广西美术出版社

《党禺书法艺术·行草卷》 2004年河南美术出版社

《大风·党禺书法作品集》 2006年书艺出版社

《解读党禺·党禺书法艺术》 2007年书艺出版社出版

《收藏党禺》 2009年中国评论学术出版社

《党禺书法艺术·毛泽东诗词卷》 2009年书艺出版社

《党禺书法艺术·综合卷》 2010年中国美术家出版社

《党禺书法艺术·心象卷》 2013年书元文化出版社

《党禺艺术书法·心画卷》 2013年中国美术家出版社

《读写经典·党禺艺术丛书》 2019年岭南美术出版社

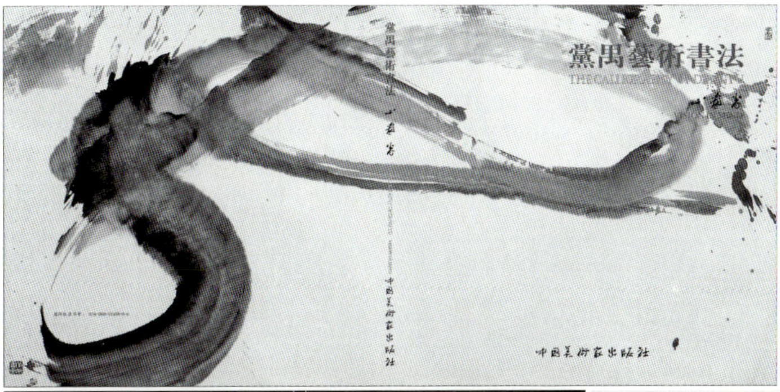
黨禹藝術書法
中國美術家出版社

党禹书法作品集
大風
書藝出版社

解讀黨禹
—黨禹書法藝術
JIEDUDANGYU
DANGYUSHUFAYISHU
青島出版社

黨禹書法藝術
·心象卷·
心象

黨禹書法藝術
綜合卷
中國美術家出版社

广西美术出版社

黨禹書法藝術
行草卷
河南美术出版社
中國當代傑出藝術家藝術經典

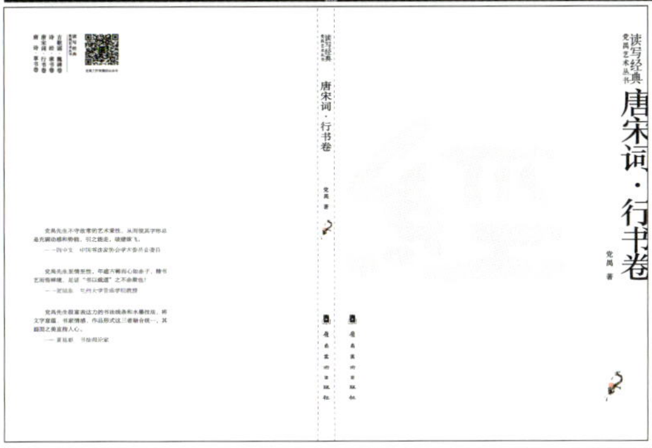
读写经典
党禹艺术丛书
唐宋词·行书卷
党禹 著

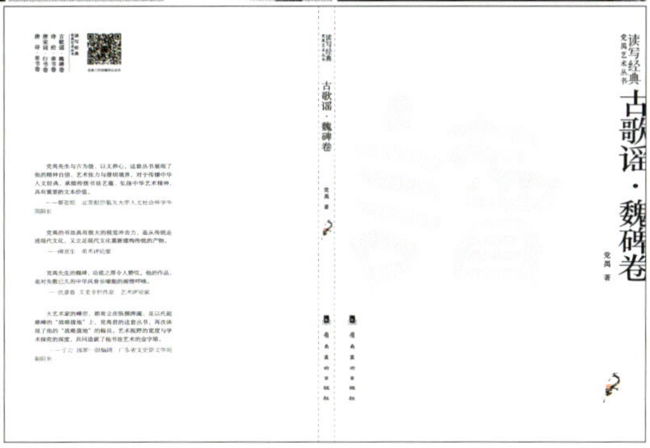
读写经典
党禹艺术丛书
古歌谣·魏碑卷
党禹 著

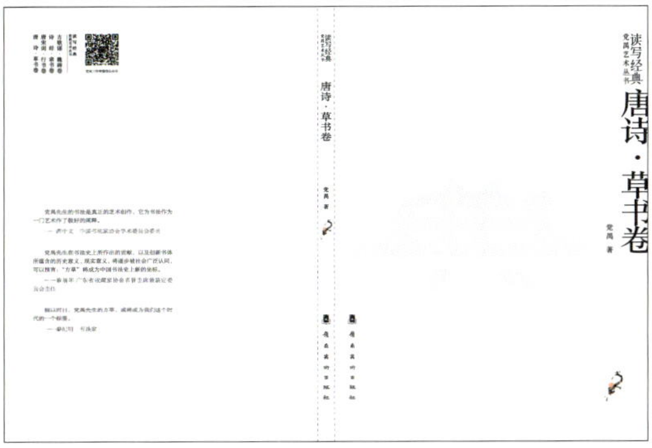
读写经典
党禹艺术丛书
唐诗·草书卷
党禹 著

读写经典
党禹艺术丛书
诗经·隶书卷
党禹 著

后 记（一）

狂生原来是儒生

周俊杰

我与党禺相识于40年前，从1978年到1992年，15年间，我们共同参与了当代书法界早期的大部分活动，编书，参展，开会，由相识到相知，惺惺相惜。

很多人以为，以“狂怪”理论著称的党禺，一定是个狂狷之人，只写狂怪之书。其实，了解他的朋友都知道：狂生原来是儒生。

20世纪80年代，正是改革开放之初，国门刚刚打开，西方美学著作进入视野，而传统文化在拨乱反正后，方兴未艾，传统与未来，两股力量在碰撞融合，文艺界萌生了美学大讨论，书法界也是如此。这段历史，我和党禺是亲历者，也是见证人。

彼时党禺入道不久，血气方刚，好学上进。他一边四处考碑，拜师，临习传统楷书，一边深入研究书法美学。面对浩瀚星河的书法传统，他着力于探究“书法创新”这一美学观点。1982年他的第一篇论文《试论狂怪》入选河南省首届书学理论会，1987年论文《狂怪和美》参加了“中国新十年书法论辩会”，提出“传统的核心就是创新”，两度引起学界激辩。

不过，秉持“创新”观点的党禺，在艺术实践上，却又是力主“集古终能自立家”（清，王文治）的融合派。1988年，党禺加入中国书法家协会，同年，在老师王学仲先生引介下，又加入了中国现代派书画学会。对此，他坦陈：“一手拉着传统，一手挽着创新，这是我几十年来，始终左顾右盼的艺术之路。”

所以，党禺对于传统文化的研习，对碑帖、书画、诗词，无不用心。早年，他在颇有影响的“中原书法大赛”“国际书法大

展”“国际临书大展”中屡次获奖，凭借的就是过硬的魏碑、隶书功底。那时，他给自己立了个规矩“50岁前不写草”。

2014年12月，我参加了党禺在湖北美术馆的个人大展，看到了他近年来的艺术创作，更体会到他一直以来对中国文化的坚守和努力。数十年间，这个曾经以研究书法“创新”著称的人，却一直踏踏实实地守着传统的功夫，精进、努力，从未懈怠。这套读经典、写经典的作品，如实记录了他对传统的理解和实践，是他在倡导艺术“创新”40多年后，对艺术传统的深情回望。

前些年，党禺远走他乡，浪迹天涯，种种艰辛，不言而喻。如今，我们天各一方，年愈古稀，但是，透过这套丛书，我依然感受得到，他对书法艺术的忠诚，所谓历经波折，不忘初心，这是我们这代人的坚守与担当。

谨以此文，祝愿老弟党禺，艺术之树长青！

2019年3月28日

（周俊杰：河南省书法家协会名誉主席，历任中国书法家协会理事、学术委员会副主任）

后 记（二）

千江有水千江月

雨秋

2018年，是我和先生相识的30周年，也是我的天命之年。

一日，走进电梯，明亮的灯光下，巨大的镜子里，头顶隐约有银丝闪烁，凑近细看，我大声惊叫："哇！白头发！我有白头发啦。"先生在一旁笑出泪来："哈哈，小姑娘变大妈啦，哈哈哈……"

这一刻，我与先生20岁的年龄差，鸿沟瞬间坍塌，变成了五十步笑百步。

30年的打磨足以改变许多，我的意气用事逐渐变成心平气和，先生则"从心所欲不逾矩"，愈发做回自己。两人习惯了遇事内求，渐渐避开外界喧嚷，很有些"躲进小楼成一统"的意思。

晨起，先生写字，面有得色，拿来一看："一生负气成今日，四海无人对夕阳。"陈寅恪先生的诗句，我心中一动，起身泡茶，茶香袅袅，熨平心中的波澜，我和先生相视而笑：路是自己选的，因为愿意，所以不悔。

几年前，整理先生的诗集和文集，阅读大量的历史，愈发理解了先生的过往。成年人，谁都有过浩气冲天的青春，碰壁多了，不得不一步步妥协，理想渐渐成灰。但是，先生却是例外，抱定自己的方向，不曾退却，在这点上，他活得比我更纯粹。

2013年年底，先生的恩师王学仲老仙逝，先生夜不能寐，写下悼诗，看到那句"誓立东土厚万丈，敢铸方草随师魂"，我当时泪下，也终于心安——每个女孩都是紫霞，希望自己的意中人是一位盖世的英雄。身边这个倔强又沉闷的人，到底没有让我失望！

在全民性焦虑的时代，又身处名利场，到处是圈子，人愈多愈好，声音愈大愈好，先生喜欢朋友，却恐于应酬，不免寂寞冷清。其实，他是有过辉煌过往的，不过，是他自己主动退出了舞台。

艺术像一面玻璃，将他和时代的狂欢隔开，彻骨的孤独中，他时有叹息，更多时是自得其乐，"偶尔人前走走，到底还是独行"，说到底，艺术表达的是自家那颗心。

令人惊讶的是，文化自有强大的生命力，书法传统里也从来不乏创新的基因——先生36岁提出艺术创新，72岁完成"心象"艺术，他以自己的实践印证了自己的艺术理论，做到了"我手写我心"。

数十年的艺术探索，书法就是先生的佛经，他持戒，精进，禅定，如同一棵大树，根基牢牢地抓住大地，枝丫却奋力地向上伸展，漫长的浸淫后，他的创造力越来越丰盛，传统和创新，在他笔下互相渗透，最终水乳交融。

近来，跟着先生游走江湖，从南到北，

从北到南，见的人越来越多，经历的事儿越来越大，心中越来越明白：白云苍狗，世事难料。于是，我和先生时时自省：活在当下。

心经云：色即是空。人世繁华，百年不过一瞬。生命有限，必须学会舍弃，才能有精力做要紧的事。先生这一生，只为书法艺术而努力，我的当下，便是将他的理想和抱负，以及创作和探索，立此存照，留与后人去评说。

《读写经典 · 党禺艺术丛书》便由此而来。前后两年，不断取舍，不断重建，耗费大量心力物力，从构思到完成，终于在2018年年底收官。

以传统用笔书写经典诗词，是先生扎根传统50年的深情回望，如实呈现了他“从哪里来”的艺术渊源。下一部表达风格和个性的《自由自然》，将回答“到哪里去”的历史性思考，计划于2019年问世。

以一套书描绘一个人的艺术史，说实话，工作量是巨大的。我还奢望：真实记录先生的艺术脉络的同时，也能勾勒时代的背景。如此，两个岁数加起来超过120岁的人，全心投入，日复一日，每有进展，拊掌共庆。

最后，也是最重要的，是我们的感恩。

这些年，先生之所以还能够做出取舍，并且，以一种几乎是任性的方式完成自我，全赖你们的支持！假如，没有亲人、朋友的理解和包容，没有各位知音、至交的支持和帮助，先生的艺术理想，便是空中楼阁，有心无力。

感谢诸位亲人！感谢所有的朋友！谢谢你们一路加持！

2018年9月9日